MICHAEL STAVARIČ

GOTLAND

MICHAEL STAVARIČ

GOTLAND

Roman

Luchterhand

I can’t fit in this skin
It’s worn and useless thin
The size of the eyes and the flies in the sky
Make it hard to see, to the end

(»My body’s a zombie for you« – Dead Man’s Bones)

Vorwort

Ich wurde später gefragt, was genau passiert war, ich meine, alles nahm zunächst einen guten Lauf… ich hatte von meiner Rechercheréise nach Gotland einiges mitgebracht, unter anderem gotländische Tinte und eine neue Füllfeder, die Sätze flossen und trieben fortan nur so dahin, fein säuberlich in meiner Handschrift ins Papier eingestanzt.

Am Telefon hatte ich sogar mit meiner Agentin darüber gescherzt, dass sich der neue Roman offensichtlich fast von allein schriebe, ich hätte vor Begeisterung fast die Wände vollgekritzelt. Die Tinte roch wie ein Morgenspaziergang um einen Vulkan, nach echten, wahren Abenteuern, sie glitzerte seidig-matt, wie das verflüssigte Gestein einer Kohlegrube, sie war wie der pechschwarze Himmel, unmittelbar vor einem vernichtenden Gewitter, eine Urgewalt, die alle belanglosen Sätze hinwegzufegen vermochte und nur das Wesentliche überleben ließ.

Ich hatte damit begonnen, einen Roman über zwei gotländische Bergsteiger zu verfassen, die einen mystischen Berg besteigen, dessen Gipfel im Nebel und Wolkentreiben noch nie zu erkennen gewesen war; sie klettern, und die Wände nehmen kein Ende, es geht immer weiter hinauf, im diffusen, dämmrigen Licht, es scheint ein Berg, dessen Gipfel unendlich fern, ja nahezu unerreichbar ist, keinesfalls nur im metaphorischen Sinne; er kennt nur gescheiterte Besteigungen und verschollene Expeditionen. Die ansässigen Einwohner sprechen ehrfürchtig davon, dass der Berg bis ans Ende aller Zeiten und Sterne reicht, ein von Göttern geschaffener Maßstab, um die Unendlichkeit des Universums einigermaßen glaubhaft darzustellen.

Der angedachte Roman schrieb sich gut, ich war motiviert bis in die Haarspitzen und wann immer ich zu arbeiten begann, konnte ich kaum noch aufhören, zwei, drei Monate intensiver Schreibarbeit, so schien mir, und schon läge ein 500-seitiger Roman vor einem, das wäre doch phänomenal. Es war unfassbar schwer, die Feder aus der Hand zu legen, kurz zu verschnaufen, etwas zu essen, mit den Eltern zu telefonieren, einzukaufen, irgendeiner sonstigen alltäglichen Beschäftigung nachzugehen.

Es schien diesmal vor allem ein Problem zu sein, an ein Ende zu kommen: Bekanntlich weist der Roman an sich kein echtes Ende auf, dieses ist lediglich ein vom Autor angenommenes Konstrukt, doch selbst Konstrukte entzogen sich in diesem Fall all meinen Bemühungen. Die Besteigung des Berges ging also weiter voran, die Protagonisten erlebten zahlreiche waghalsige Abenteuer, sie hatten Visionen, Träume, Erscheinungen und weiß Gott was, sie hielten langwierige Monologe und beschrieben in einer nahezu manischen Weise die sich kaum verändernde Umgebung (na ja, immer nur Felsen und dergleichen), mir wurde selbst schon angst und bange, dass der Roman wohl gewisse Längen aufweisen könnte, doch wollte ich den Schreibfluss nicht unterbrechen, eine kleine Hoffnung bestand nach wie vor, dass mein Erzählen neuerdings diesen Raum benötigte.

Ich konnte zudem nicht davon lassen, mir immer wieder vorzustellen, wie erstaunt und freudig erregt meine Agentin sein würde, die mir zwar hervorragende Bücher zutraute, doch alles in einem überschaubaren, 200-, 300-seitigen Rahmen; ein gut 1000 Seiten umfassendes Manuskript wäre zweifelsohne in der Kategorie »Lebenswerk« zu verbuchen, verfasst von irgendwelchen altehrwürdigen, mit allen Wassern gewaschenen Romanciers. Oder es handelte sich um eingebildete Spinner, lachte sie, autistisch veranlagte Egomanen, zwanghafte Persönlichkeiten, deren einziger, identitätsstiftender Lebensinhalt das Schreiben wäre. Ich war immer froh gewesen, eine verständnisvolle Agentin gehabt zu haben, die mich tatkräftig unterstützte, in meinem Weg bestärkte und meine Manuskripte selbst skeptischen Verlegern schmackhaft zu machen wusste.

Ich war, alles in allem, ein sehr zufriedener Schriftsteller gewesen, bevor ich dieses Schreibprojekt einleitete, bevor ich die Füllfeder samt zugehöriger Tinte nahezu obsessiv verehrte, bevor ich mich selbst plötzlich als einen wahrhaft mächtigen Gipfel in der Textlandschaft der Gegenwartsliteratur erachtete. Ab Seite 2000 war ich mir sicher, ich sei zweifelsohne besser in dem, was ich tue, als die meisten Schriftsteller meiner Generation; ab Seite 2500 war ich überzeugt davon, ich sei besser als die meisten Schriftsteller des 20. Jahrhunderts; ab Seite 3500 kam ich zu dem Schluss, dass ich wohl das Wissen und die Fähigkeiten von Schriftstellern der letzten 200–300 Jahre locker überträfe; ab Seite 4500 hielt ich mich für einen der ganz Großen unserer Zeitrechnung, ab Seite 6000 war ich allein auf weiter Flur, jenseits aller Kategorisierung, es gab schlichtweg niemanden mehr, der sich auch nur im Ansatz mit mir vergleichen durfte; ab Seite 8000 war ich mir dieser letzten Behauptung auch absolut gewiss.

Nachdem ich die zehntausendste Seite erreicht hatte, bekam ich ein Problem mit der vielschichtigen Handlung des Werkes; ich konnte mich nicht mehr daran erinnern, was in meiner Geschichte 400 Seiten zuvor passiert war, geschweige denn vor 4000. Jetzt könnte man meinen, es sei etwas Natürliches, sich in seiner Handlung zu verlieren, man bräuchte sich doch nur die Dinge noch einmal zu vergegenwärtigen, und alles wäre wieder im Lot. Ich versuchte das auch, las intensiv das eigene Manuskript, ein großartiges Buch würde das werden, wohlgemerkt, ich konnte kaum damit aufhören, darin zu blättern; was das »Handlungsproblem« betraf, brachte mich das Lesen allerdings nicht weiter. Ich hatte offenbar als erster Schriftsteller in der Geschichte der Menschheit den Punkt erreicht, von dem aus es unmöglich war, das eigene Manuskript zu überblicken; es war schlichtweg ein Zuviel an Informationen, es war ein eigenes Universum, das zu betrachten einen zutiefst erfreute, dessen Bedeutung man allerdings weder einzuschätzen noch zu begreifen wusste.

Während ich las und weiterlas, bekam ich zugleich das Problem, dass ich nicht mehr an meinem Buch weiterschreiben konnte; dabei war mein Kopf voller weiterer köstlicher

Ideen und der besagte, ja doch, heilige Berg gewissermaßen noch lange nicht bestiegen. Und so kam es dann, dass ich nach zwei weiteren, überaus intensiven Wochen einen vorläufigen Gesamtumfang von 20 000 Seiten erreichte.

Das war dann auch der Tag, an dem mich erneut die Agentin anrief, um nachzufragen, wie ich mit dem Roman vorangekommen sei; als ich ihr sagte, dass ich ihr noch heute 300 Seiten schicken könne, hielt sie erstaunt inne: Du hast wohl einen richtigen Schub. Gut gemacht!

Ich überlegte kurz, ob ich die übrigen 19 700 Seiten erwähnen sollte, ließ es dann aber lieber bleiben, ganz abgesehen davon, dass sie mir vermutlich kein Wort geglaubt hätte; ich begriff selbst nicht, was da geschah, fand es aber wunderbar, ja kolossalst. Ich übermittelte ihr noch am selben Tag die besagten 300 Seiten, also das erste Kapitel, genauer gesagt, den Prolog zum ersten Kapitel, wobei ich diese Informationen nicht explizit ausführte. Sie meldete sich schon am nächsten Morgen, schrie mich förmlich durch das Telefon an, wie fabelhaft das alles sei, sie habe es in einem Zug durchgelesen, habe kein Auge von der Geschichte lassen können, dass zwei gotländische Bergsteiger (was sie an sich schon für absurd hielte, da auf Gotland keinerlei Gebirge existieren) und ein Berg überhaupt so viel hergäben. Sie wollte wissen, wann wir in Druck gehen könnten, sprach über Vorschüsse und mögliche Coverbilder, den Titel müssten wir auch noch einmal diskutieren, mir wurde ob der Konkretheit ganz flau im Magen. Ich bin allerdings noch nicht ganz fertig damit, da kommen schon noch ein paar Seiten, stotterte ich ins Telefon, das Jauchzen am anderen Ende der Leitung war keinesfalls zu überhören. Es folgt noch mehr davon? Das wäre ja noch viel besser, und ob sie der Verlegerin vielleicht 400–500 Seiten zusichern könne? Also den erwähnten Umfang kann ich ausnahmsweise zu 100 % garantieren, stammelte ich, und ich werde dir schon bald den Rest schicken, versprochen. Sie war hochzufrieden und verabschiedete sich in bester Laune, es war schön, wenigstens eine Frau glücklich gemacht zu haben.

Ich schrieb also weiter, schließlich würde mich dieses Buch für immer und ewig unsterblich machen, man würde mich »the great one« nennen, das oberste Ende einer literarischen Nahrungskette. Nach einer weiteren Woche schickte ich meiner Agentin entschlossen weitere 1000 Seiten; nach drei Tagen hörte ich endlich erneut von ihr: Das sei eine absolute Offenbarung, ein jeder Satz eine Notwendigkeit, eine Forderung, sich und sein Leben zu hinterfragen … es war scheinbar immer noch ein herausragendes, bestechendes, beglückendes Manuskript. Sie schlug mir vor, den Titel, in Anbetracht der Fülle, welche auf die Leser bei der Lektüre zukam, kurz zu fassen, eindringlich und prägnant, sie sagte: »Gotland«. So nennen wir es.

Mir fiel ein, dass sich schon einmal einer an der Besteigung eines Berges versucht hatte, Francesco Petrarca, dessen Schilderung damals so revolutionär gewesen war, dass sie das Mittelalter endgültig für beendet erklärte, ja pulverisierte; dieser Dichter markierte den Beginn der Neuzeit: »Den höchsten Berg dieser Gegend, den man nicht unverdient Ventosus, den Windumbrausten, nennt, habe ich am heutigen Tage bestiegen, einzig von der Begierde getrieben, diese ungewöhnliche Höhenregion mit eigenen Augen zu sehen. Jener Berg, weit und breit sichtbar, stand mir fast allzeit vor Augen, allmählich ward mein Verlangen ungestüm, und ich schritt zur Ausführung.« Oh ja, auch ich musste meinen Roman noch weiter ausführen, schließlich sollte dieser alle Epochen der Geschichte verwerfen und den Fels einer neuen Zeitrechnung bilden.

Ich schrieb und schrieb, die gotländischen Bergsteiger schwitzen und mühten sich, die am Fuße des Berges ansässigen Einwohner jaulten und stimmten archaische Gesänge an, sie priesen ihren unendlich großen, allmächtigen und einzig wahren Gotlandgott, die Felswände wurden stetig steiler, das Wetter unwirtlicher, die Übernachtungen der im Roman agierenden Akteure glichen wahren Himmelfahrtskommandos, sie schrien ihre Gedanken verzweifelt in den Fels, in die nackten, rissigen, eiskalten Steine.

Ich rief die Agentin nach ein paar Wochen erneut an, ob ich ihr weitere Seiten schicken dürfe, sie bejahte das ausdrücklich; also schickte ich ihr weitere 10 000 Seiten zu, damit käme sie insgesamt auf 11 300 Seiten. Sie meldete sich nach gut eineinhalb Wochen, klang heiser und erschöpft, ich befürchtete schon, sie wäre krank. Es ist so was von gut, ich kann's noch immer nicht fassen, flüsterte sie, dein Buch fesselt, es lässt einen weder einschlafen noch vor Erschöpfung ohnmächtig werden, du kannst mir glauben, ich bin unendlich müde, doch vor allem bin ich gigantisch beglückt. Dafür werden wir den Nobelpreis einfahren, so viel ist sicher, zweifelsohne wird dein Werk in alle Sprachen der Welt übersetzt werden, behauptete sie. Sie müsse jetzt ein paar Tage schlafen, doch würde sie unverzüglich die Verlegerin in Kenntnis setzen, ihr weitere Vorablektüre schicken, damit auch sie sich von der Genialität überzeugen könne.

Nach einer Woche rief mich eine erschöpfte, doch hingerissene Verlegerin an, »Gotland« sei mit Abstand das Gewaltigste, was sie je gelesen (und sie hätte schließlich ziemlich alles Relevante gelesen); die Menschen würden vor den Buchhandlungen Schlange stehen, es würde einschlagen wie ein Komet, es verinnerliche ein ganzes Universum, sagte sie, man würde mir Denkmäler bauen, noch zu Lebzeiten.

Ich schrieb hocherfreut weiter und schickte meiner Agentin die nächsten 20 000 Seiten zu; als ich ein paar Tage lang nichts von ihr hörte, schickte ich ihr weitere 20 000 Seiten und danach noch einmal circa 20 000, wobei, eigentlich war ich mir gar nicht mehr sicher, wie viele Seiten ich ihr insgesamt übermittelt hatte, denn so, wie sich mir bereits die Handlung entzog, so entzogen sich mir nunmehr auch die Seitenzahlen, ich konnte beides nur noch äußerst vage beschreiben. Es ging, glaube ich, um irgendeine Bergbesteigung … und irgendwas war da wohl noch, jedenfalls, ein wirklich gutes Buch lässt sich schließlich nicht beschreiben, man muss es lesen und seine poetische Kraft am eigenen Leibe erfahren.

Von meiner Agentin hörte ich in der Tat nichts mehr; ich rief sie immer wieder an, doch nahm sie nicht ab, ich schrieb ihr elendlange E-Mails, die sie unbeantwortet ließ, ich schickte ihr täglich ein Fax und hinterließ Nachrichten auf ihrem Anrufbeantworter, sprich, ich machte mir ernsthafte Sorgen. Nach ein paar weiteren Tagen erhielt ich endlich einen Anruf von ihrer Sekretärin; sie entschuldige sich, dass im Büro keiner reagiert habe, ich müsse das verstehen, es herrsche Trauer und Chaos, jetzt, wo die Chefin tot sei.

Ich legte den Hörer auf, einigermaßen geschockt, ich wusste zwar nicht, was genau mit der Agentin passiert war, doch fühlte ich mich plötzlich an ihrem Tod mitverantwortlich. Ein paar Tage später erhielt ich einen Anruf aus dem Verlag, der für mich zuständige Lektor war am Apparat, dass die werte Frau Verlegerin überraschend verschieden sei, sie sei ja schließlich nicht mehr die Jüngste gewesen. Und sie hätte mein Manuskript auf ihrem Nachtkästchen liegen gehabt, sich sogar vergnügliche, beipflichtende Notizen dazu gemacht.

Er versicherte mir noch, wie sehr er sich, selbst in Anbetracht der schweren Stunden, die das Haus nun bewältigen müsse, darauf freue, dass mein Meisterwerk bei ihnen erscheine. Und man sei sich auch über den gewaltigen Umfang des Manuskriptes im Klaren, welches alles bislang Dagewesene in der Literatur in den Schatten stelle. Die Stimme des Lektors überschlug sich aufgeregt: Wir schicken Ihnen das fertige Buch bald zu! Auf Wiederhören!

Ich legte den Hörer auf und war erschüttert, meine Agentin war tot, meine Verlegerin war verstorben und der Roman ging demnächst schon in Druck, ich meine, keine Ahnung, wie viele Seiten des eigentlichen Manuskriptes abgedruckt würden, ich selbst konnte nicht einmal schätzen, wie viele Seiten meines Romans im Verlag kursierten. Faktum war allerdings, dass ich immer noch schrieb und sich weitere abertausende Seiten in meiner Wohnung auftürmten.

Und was würde erst passieren, wenn »Gotland« überall verfügbar war? Unabhängig davon, dass es sich um ein unvollendetes, nicht vollständiges Werk handelte; was würde mit den Menschen passieren, die »Gotland« lasen? Was, wenn ihnen ein ähnliches Schicksal drohte wie meiner Agentin und der Frau Verlegerin? Was, wenn ich nicht als größter Autor aller Zeiten in die Geschichte einginge, sondern als perfider, teuflischer Massenmörder mein Dasein fristen müsste? An diesem Punkt angelangt, ließ ich die Füllfeder fallen, sie blieb wie ein Messer im Parkettboden des Arbeitszimmers stecken, wippte dort ein paar Mal vergnügt hin und her, ich wusste nicht mehr genau, was ich da sah, eine Füllfeder war es ganz und gar nicht; die Situation lähmte mich zutiefst, denn ein jeglicher Fluchtweg blieb versperrt.

Ich erinnerte mich daran, wie mir einst im Zoo ein Pfau den Weg blockiert hatte: Er schlug hierfür sein berühmtes Rad, ein beängstigender Federkranz füllte daraufhin die Welt, es war unmöglich geworden, sich an diesem vorbeizuschleichen. Der Vogel fixierte mich mit seinen stechenden Blicken, ließ beängstigende Rufe erklingen, er schüttelte jede einzelne seiner Federn und die Pfauenaugen rasten von allen Seiten auf mich zu, schillernde, kreisrunde Monstermäuler, die mir zweifelsohne die Seele zu rauben gedachten. Ich sah mein Sein plötzlich durch einen Pfau gefährdet, ich meine, das konnte doch kein Zufall sein?

Fast schien es mir, als wäre dieses weiterhin im Boden hin und her wippende Federding eine Inkarnation des Pfauenvogels, der sich manifestierte, um mich erneut zu verhöhnen. Ich öffnete panisch die Fenster, warf entschlossen das sich überall aufstapelnde Werk nach draußen, ich wollte unter allen Umständen mein Leben zurückgewinnen, frei und gelöst sein von diesem mich belauernden Wahnsinn.

Es regnete abertausende beschriebene Seiten in den Hof, sie häuften und türmten sich dort auf, der Wind ließ es sich tatsächlich nicht nehmen, diese erneut zu einem Berg zusammenzusetzen. Schlussendlich lief ich entschlossen mit einem Feuerzeug nach unten, alles, einfach alles wollte ich verbrennen, bevor es mich erneut zu fassen bekam. Bald schon loderten die ersten Seiten, ein Lauffeuer erfasste den papierenen Berg, er pulsierte, wankte, glühte, schwarzer Rauch verdeckte und verhüllte mich. Ich schloss die Augen und ließ den Dingen ihren Lauf, bald schon war überall nur noch trudelnde Asche zu erkennen, der Wind verteilte sie in alle Himmelsrichtungen. Nur an der Feuerstelle selbst, gewissermaßen am Sockel des Berges, blieb ein verdichteter Klumpen übrig, ich traute meinen Augen nicht, was ich da sah: Die einzigen noch lesbaren Worte des gesamten Manuskriptes lauteten »Gott« und »Land«, ich kniff die Augen zusammen und murmelte »Gottland«, beinahe schon ehrfürchtig, als hätte das verbrannte Werk hier sein eigenes Vermächtnis geschaffen.

Ich fühlte mit einem Male tatsächlich diesen Gott, ich spürte jenes Land, beide schnitten mit irgendwelchen Skalpellen in meine Schultern, sie zogen diese förmlich durch meinen Körper und mich nach unten. Sie versanken in einer bedrückenden, beengenden Unendlichkeit, die sich, früher oder später, aller Götter und Länder bemächtigt; sie stürzten sich von oben auf mich, rissen und schleiften mich mit, denn so gehört sich das wohl, es entspricht den ewig geltenden Gesetzen: Die Existenzen müssen fallen, die Weltenberge werden stürzen, nichts bleibt im Verborgenen, keine Kraft, kein Übel ist unsterblich, allen und allem wird schwarz vor Augen, als ob sie in dunkle Mäntel gewickelt würden.

Ich ließ mich mitschleifen, »Gotland« und all das, was ich ursprünglich zu schreiben gedachte, war nur noch Erinnerung, ein entschwindender, wahnwitziger Traum. Pfauenfedern legten sich auf mein Gesicht, sie bedeckten die Augen und wuchsen aus meiner Nase, ich begann mit der Arbeit an einem neuen Buch, es erzählt eine gänzlich andere Geschichte, schließlich und endlich war die vorherige das Ende meiner selbst …

Prolog

Gotland

Niemand kann sicher sein, niemand, kein Einziger kann jemals behaupten, es gäbe ihn, diesen Gott, unseren Heiland, der hier in Gotland lebt, der sich im Wasser zeigt, in den Bäumen, Möwen und Menschen, es wäre doch lächerlich, das zu glauben. Natürlich gibt es ihn, diesen Gott, der im Wasser schwimmt, der auf dem Wasser treibt und niemals untergeht, der allen, die am Ufer verharren, nachsieht und zuwinkt, es kann nicht bloß Einbildung sein. Er scheint allgegenwärtig und zugleich nichtig, ein Schatten am Plafond, Schemen in der Dämmerung, wie diesig doch heut der Himmel ist, viel trüber noch als die gekräuselte See, stumm die Fische darin, und schwer sind ihre Bäuche.

Es gibt einen Gott, der in den Bäumen sitzt, an den Ästen nagt und diese schüttelt, bis das Laub abfällt, bis aus herabfallenden Samen neue, wild wuchernde Bäume wachsen. Unser Gott schüttelt sich gern, das Wasser perlt von ihm ab, seine Federn sind dicht, er vermag es, alles von sich fernzuhalten, das Land, den Himmel, die See, die armseligen, verängstigten Menschen. Und Bäume und Häuser, und wenn Tiere aus den Kronen fallen und zu Boden stürzen, sich die Knochen brechen und vermodern, dann ist auch dies unvermeidlich und von Ihm gewollt.

Es gibt einen Gott, der zur Gänze aus Feuer ist, hier oben in Gotland, Gott brennt wie Zunder, wie trockenes Stroh, wie das Haar der Mägde und Knechte, alle strecken und recken ihre Hände zur Wärme, zum Licht, weil es so verdammt kalt werden kann. Und selbst diejenigen, die an gar nichts glauben, wissen nur zu gut, dass sie ohne Wärme umkommen, sie werden allmählich langsamer in ihren Bewegungen und erstarren bald vollends, ein jedes Jahr dasselbe Spiel, der Winter zieht auf, es lässt sie erschaudern.

Es gibt keinen Gott, niemand kann sicher sein, niemand, kein Einziger kann jemals behaupten, dass die Natur hier oben nicht schön sei, dass sie nicht prächtig gedeiht und selbst abgebrühte Urlauber in ihren Bann zieht, sie in den Norden lockt nach Gotland, hierher zu uns. Die Natur und das Wasser und die schroffen, unwegsamen Felsen und dichten Wälder, wie es sie andernorts nicht mehr gibt, sie sind der Blickfang, sie sind der Grund, warum wir hier sind, weil es uns – wie auch Gott – nirgendwo sonst so gefällt. Nur in Gotland gibt es einen Heiland, der in den Bäumen sitzt und Vögel frisst, der im Wasser schwimmt und Fischen nachstellt, der Nebel aufziehen lässt und alle Häuser verschleiert. In Gotland werden noch Menschen geboren, die sich sehen lassen können, die schon als Kinder in kalten Teichen tauchen, die in der Brandung des Meeres waten, ohne zu murren, ohne sich gar zu beklagen. Die Menschen von Gotland sind unermüdlich, sie schreiten weiter, und manchmal stolpern sie im Kreis, weil ihnen die Insel keine andere Wahl lässt, doch niemals erlahmen sie, sie streichen kein Segel, denn ihr Glaube ist fest und unerschütterlich.

Viele, die auf der Suche sind, kommen nach Gotland, sie versuchen sich selbst und Gott zu finden, sich irgendwo einzureihen, sie schwimmen und treiben durch die eisige Brandung, die Lippen trotzig aufeinandergepresst, zitternd vor Kälte, mit bleicher Haut und zerzaustem Haar. In Gotland glauben viele, ohne zu fragen, in Gotland brauchen wir keine Beweise für die Existenz Gottes, wir wissen, was wir sehen, wir fühlen, wer er ist, wir sind die besseren, die auserwählten Menschen. In Gotland findet man, man findet zu Ihm, man erkennt Ihn, man hasst Ihn, denn auch dafür findet man Gründe.

Niemand kann sicher sein, niemand, kein Einziger kann jemals behaupten, er hätte seinen Gott gefunden, weil es – außerhalb Gotlands – keine anderen Götter gibt, die Christen irren und die Moslems täuschen sich, oder wie auch immer sie sich nennen mögen, sie sind die wahren Irrlichter der Welt, die Verlorenen unserer Zeit, eines Tages werden auch sie es erkennen und am eigenen Leib erfahren. Die Gotländer sind an lange Winter gewöhnt, Schnee fällt und noch mehr Schnee, die Bäume biegen sich und manche brechen, die Wälder sind voller Spuren, unser Gott hinterlässt seine Fährten, und wir folgen ihnen, retten einander dabei manchmal vor dem Erfrieren.

Wie sich in Gotland Frost anfühlt, wurde ich einmal gefragt, wie sich überhaupt alles anfühlt, und ich habe geantwortet: Der Frost fühlt sich immer wieder ganz anders an. Der Frost ist der leere Magen einer hungrigen Ziege, der Frost ist der pralle Bauch einer toten Dohle, der Frost ist das Anhalten des Atems und das Aufplatzen der Lippen und stechender Kopfschmerz und stetiger Schwindel. Der Frost ist ein Kammerflimmern, der Frost ist schlicht der Faustschlag des Windes.

Und betrachtet man Gotland von oben, dann sieht man eine Insel, die schmerzt, wenn man sie anfasst, ihr Umriss ist gespickt mit spitzen Felsen, Buchten, Steinsplittern und Landzungen. Man erkennt einen Fisch, Finnen und Flossen, die durchs Wasser pflügen, ein Schlachtschiff, das aus allen Rohren feuert; man erkennt das Antlitz Gottes, Seinen Kopf im Profil, den Hals, die Nase, das Auge, und ja doch, die alte Stadt Visby liegt dort, wo dieser eine Gott sein Auge hat. Ein jeder sieht etwas anderes in Gotland, man nimmt die Landkarte zur Hand und vertieft sich, Gotland spiegelt wider, was man ist, was in einem steckt, was man verloren hat, was man begehrt und verdammt.

Als man mir zum ersten Mal eine Karte von Gotland zeigte, sah ich einen Spalt im Meer, es war, als würde sich das Wasser teilen und zurückziehen, auseinanderklaffen, ein Riss in der Erdkruste, eine dem Planeten zugefügte offene Wunde. Ich sah genauer hin und erkannte eine ovale, klaffende Ritze, dachte an das Geschlecht einer Frau, mit ausgefransten Schamlippen und einem angedeuteten Anus. Ich weiß, es hört sich abstrus an, doch nahm ich mein Glied aus der Hose und masturbierte vor der Landkarte Gotlands, meine Augen glitten über die Topographie der Insel, ich masturbierte, wand mich und stöhnte, kam allerdings nicht.

Ich wurde später gefragt, wer oder was in Gotland die meisten Menschen tötet, und meine Antwort war: Der Frost tötet einige, das Meer nimmt viele, die Brandung, die alle Unachtsamen mit sich reißt, wenn sie Muscheln sammeln und an weiche Leiber denken oder beten oder irgendwas gedankenverloren in den Sand kritzeln, jedoch, die allermeisten sterben an Organversagen. Oder – falls das einleuchtender klingt – an gebrochenem, eiskaltem Herzen. Wie ich das bloß wieder meine, wurde ich daraufhin gefragt, doch meine Antwort war: Und dennoch entfernt man die Herzen der Toten und schneidet sie entzwei, weil Gott sie sonst auferstehen, erneut herumirren lässt. Und wer mag sich Gotland schon mit all den Erfrorenen, Ertrunkenen und Unglücklichen teilen, die einem, früher oder später, ohnedies nach dem Leben trachten.

Die Erfrorenen lehnen reglos an Bäumen, lungern herum und warten und erkennen einen nicht mehr, selbst wenn sie früher mit einem unter demselben Dach lebten und man alles miteinander teilte. Die Ertrunkenen, die zieht es zu den Stränden und Küsten, sie stellen Krabben nach und riechen streng aus dem Mund, manchmal knien sie tagelang am Strand und trinken Meerwasser, immer noch mehr Meerwasser, bis sie sich übergeben und ihre Körper wild zucken; wenn die Krämpfe nachlassen, dann fangen sie wieder von vorne an. Das will man nicht sehen, man will das ganze Elend nicht, das einem Gott immer wieder vor Augen führt, wie zerbrechlich, einfältig und widerlich ein menschliches Wesen doch ist. Manche sind der Meinung, Gott zeige uns das alles, damit wir nicht aufhören zu beten, damit wir nicht aufhören, Ihn beim Namen zu nennen, unseren allmächtigen und allgegenwärtigen Gott von Gotland, der uns errettet und ins Himmelreich führt.

Immer dann, wenn sich die Menschen von Gotland vermählen, schneiden sie ihr Haar ganz kurz und danach nie wieder, das ist hier Brauch, bei Männern und Frauen gleichermaßen. Die Männer suchen sich Frauen aus, die wohl auch dem Heiland gefallen würden, die weichen und gut riechenden, mit rosigen Lippen und wohlgeformten Brüsten. Die Frauen wiederum halten nach Männern Ausschau, die in langen Wintern wärmen, die sich nicht beklagen, die einfach nur den Mund halten.

Und immer dann, wenn die Menschen von Gotland in langen Wintern um ihre Vergangenheit trauern, dann tun sie es stumm wie die Fische, wie all das Getier, das sie zum Trocknen in ihre Schuppen hängen, das dort baumelt und einen unverkennbaren, stechenden Gestank verbreitet. Es riecht nach fauligem Fisch, Seetang, Salz, fasrigem Fleisch, Kalkfelsen und der allgegenwärtigen, über der ganzen Insel wabernden Verwesung. Manchmal schleichen die hungrigen Menschen heimlich in die Schuppen, um Fische anzuknabbern, man erkennt noch Jahre später all die Zahnabdrücke und Bissspuren, die sich deutlich von jenen der Ratten und Marder unterscheiden.

Einige Schuppen haben Keller, sie sind voller Luken und schmaler Treppen, die in die Dunkelheit führen, in die im nackten Erdreich angelegten Gewölbe, wo weitere Fische, Körper und Vorräte auf ihren Verzehr warten. Was immer man auch glaubt, Fisch- und Verwesungsgeruch sinkt nach unten, ganz nach unten, in den Kellern und Gängen atmet man Kiemen, Gräten, Flossen und Spinnenhaar; ab und an hört man sogar das Meer rauschen oder jemanden um sein

Leben betteln, man dürfte das alles gar nicht erzählen. Die Schuppen und Verschläge sind aus Fichtenholz gezimmert, unbehauene Stämme über und aufeinandergeschlichtet, sie ragen in die Höhe, sie stützen das bröckelnde, nicht zur Ruhe kommende Erdreich. Manchmal fragen sich Neuankömmlinge, wie das alles zusammenhält, warum es nicht sofort in sich zusammenfällt, es gibt hierfür keine einzige halbwegs plausible Erklärung.

Die Menschen von Gotland seien wie Fichten, heißt es, stramm und gradlinig, niemand weiß, was sie sonst noch ausmacht, zusammenhält. Überall liegen abgestorbene Bäume, tote Gedanken, die nicht mehr Wurzeln schlagen, die besser nie gedacht worden wären, niemals hätten wachsen sollen. Man erzählt sich davon, dass Gott hohle Gefäße lieber wären, dass der Mensch zur Welt käme, um sich vor Ort mit Glauben füllen zu lassen, wie ein Truthahn, eine Stopfgans oder Pekingente.

In Gotland sind sich Tage und Nächte recht ähnlich, vor allem dann, wenn der Wind nachlässt, wenn es windstill wird auf der Insel, dann weiß man plötzlich nicht mehr, ob noch Tag oder schon Nacht ist. Die Nächte sind stiller und die Tage lauter, doch wenn kein Wind bläst und überall Ruhe herrscht, dann kann man unmöglich sagen, wie spät es ist, dann spielt das alles keine Rolle mehr. Und wenn der Wind wieder Fahrt aufnimmt, dann gehen die Wellen des Meeres in den Sand der Dünen, lebende Menschen in Tote über, der Wind wirbelt alles durcheinander und rüttelt an der Insel. Gott spricht so zu uns, und man weiß nie genau, was man zu hören bekommt, man weiß nie, wen man vor sich hat, mit wem man gerade isst oder schweigt, ob es sich überhaupt lohnt, ihm zuzuhören, ihn zu umarmen oder zu töten.

Ich wurde später gefragt, was denn die Macht und Existenz des einzig wahren Gottes beweist, und meine Antwort war: Unser Gott schlägt mit flachen Händen ins Meer, immer wieder, und die Fische sterben, sie verenden und werden von der Strömung an die steinigen Küsten gespült, die Ufer Gotlands sind voll verquollener Grätenleiber. Die Fische liegen in der Sonne und stinken, das Wasser in ihrer Nähe (und sie sind überall) verfärbt sich in allen Schattierungen, vor allem jedoch in Braun und Gelb und Schwarz. Unser Gott herrscht über das Wasser, unser Heiland kann mit einem Fingerschnippen alles Trinkwasser in eine Brühe verwandeln, nicht einmal Tiere kosten danach noch davon. Die Gotländer trinken dann den in den Kellern gelagerten Schnaps, sie trinken das Blut ihrer Lämmer, sie trinken, was immer sie noch zu trinken ergattern, die Gotländer wissen sich schon zu helfen.

Und es könnte noch schlimmer kommen: Gotlands Gott gebietet den Molchen, den Lurchen, den Fröschen, allen Geschöpfen, die das Wasser bewohnen, und allen Geschöpfen, die es verlassen oder zu verlassen gedenken. Auf der Insel kann es im Sommer vor Molchen nur so wimmeln; plötzlich kriechen sie hervor, dringen in jedes Haus, sie erscheinen einem im Schlaf, sie kommen in die Betten und Häuser der Nachbarn, in die Backstuben, Bäder und Werkstätten. Wenn es Gott gefällt, lässt er sie in der Glut seiner Sonne sterben, er lässt sie einsammeln und zu riesigen Haufen auftürmen, er fordert die Menschen auf, sie ins Feuer zu werfen, bis irgendwann die ganze Insel nach verbrannten Molchen stinkt.

Wann immer es Gotlands Gott gefällt, wirbelt er Staub auf mit seinen Händen, er streicht über die Insel, viel schneller noch als der Wind, er schlägt mit seinen Fäusten in die Senken der Steinbrüche. Als würde er jemandem einen Schlag versetzen, einen Tritt in die Magengrube, als wäre er ein böses, übellauniges und zu allem bereites Geschöpf. Der Staub wirbelt durch die Luft, die Staubpartikel schmerzen, sie schleifen das Land und die Häuser wie Schmirgelpapier, auf Mensch und Vieh setzen sie sich ab, als wären sie lebendig, als wären sie Schwärme von Bremsen und Stechmücken. Ein befremdlicher Schleier liegt an manchen Tagen über Gotland, staubiges Ungeziefer zieht seine Kreise, hinterlässt seine Spuren, nagt sich voran, es dringt ein in die Keller und bricht durch die Wände, als wären diese aus Pappmaschee.

Wann immer es Gotlands Gott gefällt, setzt er dem Vieh auf den Feldern zu, die Schafe, Rinder, Pferde und Esel werden gehetzt und gejagt, bis sie vor Erschöpfung zusammenbrechen. Sie liegen mit geweiteten Augen auf den Weiden, sie strampeln und schlagen um sich und lassen ihre Zungen im Staub kreisen, sie übergeben sich und ersticken an ihrem Erbrochenen. Dem Gras, dem Getreide, dem Fischmehl, den Brotresten, den Salzlaken, den Strohballen, den Wiesenkräutern, an all dem verenden sie gleichzeitig. Und der aufgewirbelte Staub hinterlässt Wunden auf ihren Körpern, er verätzt sie selbst im Tode, er verätzt sie wie die Menschen, die sorglos genug waren, an solchen Tagen vor die Tür zu treten. Mensch und Vieh sind mit Geschwüren übersät, mit sich von der Haut abhebenden, aufplatzenden und bis auf die Knochen schmerzenden Blasen, mit Striemen und eitrigen Stichen.

Ich wurde gefragt, ob ich mir sicher sei, ob ich mir nicht alles nur eingebildet hätte, und ich antwortete: Es könnte sogar noch schlimmer kommen. Gotlands Gott gebietet dem Wetter, er jongliert mit Blitz und Donner, mit Sturmtiefs und Hagelkörnern, mit Sturmfluten und Landflüchtigen, er findet immer einen Weg zu den Menschen. Und der Hagel erschlägt Mensch und Vieh, er plättet Felder und Feldpflanzen, er vernichtet Ernten und bricht die knorrigsten Bäume, so weit das Auge reicht.

Und an manchen Tagen lässt Gott Wasser und Staub zueinanderfinden, er treibt fliegende Fische in Scharen aus dem Meer, er füllt sie mit Staub, Gefäße, die an gar nichts glauben, er vereint sie zu Heeren, er schleudert sie durch Lüfte, und sie bedecken schon bald die Oberfläche der Insel, so dass man den Erdboden nicht mehr erkennen kann. Sie verzehren, was bislang verschont blieb, sie fressen Knochen und Baumkronen kahl, sie verschlingen ein ganzes Land und alle Früchte, sie schlagen ein mit der Wucht eines von Katapulten abgeschossenen Steines, sie zertrümmern Knochen und Schädel, lassen kein einziges Fenster heil.

Und wenn sie alle gemeinsam auffliegen, verdunkeln sie den Lauf der Sonne, sie lassen einen Tag zur Nacht werden, stockdunkel ist es dann, und man erkennt die Hand vor den Augen nicht. Man sieht kein Unheil kommen, hört das Schlagen der

Flügel, die Luft vibriert und zuckt, es regnet Fischschuppen vom Himmel, die alle Dächer, Felder und Wälder bedecken, sie begraben die Insel unter sich, als wären sie der zu früh gefallene, in strengen Wintern gleichfalls tödliche, breiige Schnee.

Genesis

I.
Die Schöpfung

Es heißt, Gott schuf Himmel und Erde; zunächst war alles noch ein unscheinbarer Klumpen in seinen Händen, er rollte und bearbeitete diesen mit seinen Handflächen, es war keine große Sache, selbst Kinder vermögen das schließlich, mit etwas Lehm oder Plastilin. Ich hatte einmal selbst eine ganze Reihe Planeten mit meinen Händen geformt, aus lehmiger, schlammiger, nasskalter Erde, in der sich Grashalme und trockenes Laub verfangen hatten; ich reihte sie vor Mutter auf, der Größe nach absteigend, und verlautbarte: Ich habe ein ganzes Sonnensystem erschaffen! Dies hier sei die Sonne, ich stupste die größte der Kugeln an, sie rollte zu Mutter hin, etwas schwerfällig, einer schiefen, unkalkulierbaren Umlaufbahn folgend, sie kullerte dann aber doch vor ihre Füße. Mutter hob die Sonne auf, hielt sie interessiert vor ihr Gesicht, und ich dachte nur: Alles wird fortan leichter werden, die Sonne ist aufgegangen.

Gottes Erde war wüst und leer, meine Planeten waren es auch, so konnte ich das nicht belassen. Ich überarbeitete also die Sonne, steckte fein säuberlich einen lichten Strohhalm nach dem anderen in die dunkle Masse, ich spickte sie mit angedachten Sonnenstrahlen, und siehe da, es ward Licht. Ich legte die Sonne, die wie ein seltsamer Igel aussah, erneut ab, wodurch ich einige der Strohhalme abknickte, doch davon ließ ich mich nicht beirren. Ich nahm die Erde zur Hand, fügte ihr weitere Masse hinzu, noch mehr Lehm und noch mehr Erdreich, ich rollte sie wie einen Ball über den Boden, sie war nun wesentlich größer als die Sonne, doch störte mich der falsche Maßstab als Kind keineswegs.

Und Gott sprach: Es lasse die Erde aufgehen Gras und Kraut, das sich besame, und fruchtbare Bäume, da ein jeglicher nach seiner Art Frucht trage. Und die Erde ließ aufgehen Gras und Kraut, das sich besamte, ein jegliches nach seiner Art, und Bäume, die Frucht trugen. Ich pikste weitere Halme in den Erdklumpen, streute ein paar Gänseblümchen ein, holte mir aus dem Kühlschrank ein paar Himbeeren und Weintrauben (ich meine sogar ein Stück Wurst), die ich mit Nadeln aufspießte und danach auf der Oberfläche der Kugel fixierte.

Und Gott sprach: Es errege sich das Wasser mit webenden und lebendigen Tieren, und Gevögel fliege auf Erden unter der Feste des Himmels. Und Gott schuf große Walfische und allerlei Getier, ein jegliches nach seiner Art. Ich holte mein Plastikspielzeug, sortierte die vorhandenen, mir vertrauten Tiere und gruppierte diese im Kreis, in die Mitte dieser Versammlung legte ich die lehmige, nach Gänseblümchen duftende Erde. Es standen dort ehrfürchtig: eine Antilope, ein Wolf, eine übergroße Elster, eine Ziege, eine Giraffe, ein Pferd, ein Krake und ein Krokodil; das war schon gut so.

Der Krake selbst war etwas Besonderes, er bestand aus Weichgummi und war mit einer dauerhaft klebrigen Substanz überzogen, die ihm besondere Fähigkeiten verlieh. Man konnte ihn gegen jede beliebige Wand werfen, an der er zunächst haften blieb; nach einer halben Minute löste er sich, glitt langsam, sich dabei um die eigene Achse drehend, die Wand nach unten, er fand schließlich mit den klebrigen Tentakeln überall Halt. Wer immer ihn erfunden hat, muss ein Genie sein, dachte ich mir des Öfteren, wiewohl das Tier auch erhebliche Nachteile aufwies: An der klebrigen Oberfläche des Kraken lagerten sich Staub und allerlei Schmutz ab, alles, einfach alles blieb an ihm kleben, Wandverputz, Fasern, bestimmt auch Viren, Bakterien und Kleinstlebewesen.

Ich schrubbte und reinigte ihn nach einem jeden seiner Einsätze sorgfältig, sang ihm, weil er das Meer gewiss schrecklich vermisste, im Badezimmer ein paar fröhliche Lieder vor, es sollte ihm möglichst gut gehen, schließlich war er mein ganzer Stolz. Ich stellte mir vor, dass er auch im Meer, von ganz oben, von der Oberfläche, nach unten stieg, in die Tiefe schwebte, als würde er eine blaue dunkle Wand entlangklettern, seine Saugnäpfe sorgten dafür, dass er nicht unkontrolliert in die Tiefe taumelte. Mit der Zeit und in Anbetracht der ständigen Reinigung seiner Hautoberfläche verloren sich seine Fähigkeiten, er blieb kaum noch irgendwo kleben und fiel sofort wie Pudding nach unten, seine Tage als Kletterkünstler waren offenbar gezählt. Meine Erde im Auge behalten, das konnte er allerdings nach wie vor, und wer weiß, seine dehnbaren Arme würden sie vielleicht sogar festhalten, sollte sie irgendwohin wegrollen oder gar entfliehen wollen.

Mutter sah mir zu, sie strahlte bis über beide Ohren und brachte mir einen spitzen, dunklen Stein aus einer ihrer Kommoden im Wohnzimmer. Den hier habe ich aus Gotland mitgebracht, sagte sie. Ich steckte ihn entschlossen in die oberste Wölbung der Erde und verkündete: Das ist der höchste Berg, den es auf Erden gibt. Und während ich es verlautbarte, fiel tatsächlich die Giraffe um, das höchste Tier auf Erden bezeugte dem höchsten Berg auf Erden seine immerwährende Ehrfurcht.

Und Gott sprach: Lasst uns Menschen machen, ein Bild, das uns gleich sei, die da herrschen über die Fische im Meer und über die Vögel unter dem Himmel und über das Vieh und über alles Gewürm. Und Gott schuf den Menschen ihm zum Bilde, einen Mann und ein Weib. Ich leerte meine Cowboy-&-Indianer-Schachtel, sortierte die Waffen und Krieger, eine Frau war bei bestem Willen nicht zu finden, da konnten selbst die langen, matt schimmernden Haare des Häuptlings nichts daran ändern; und auch die Kriegsbemalung, ich meine, das sah doch bei Frauen wirklich anders aus. Mutter war wohl gespannt, wie ich dieses Problem lösen würde, denn sie setzte sich zu mir, wir saßen gemeinsam auf dem Fußboden, ich und sie und neben uns die junge Erde, mit all den Gräsern, Blumen und Tieren. Ich packte meine Plastikmännchen wieder in ihre Schachtel, lief ins Wohnzimmer und holte ein Bild von mir und Mutter, das sie unlängst hatte rahmen lassen. Es zeigte uns, wie wir inmitten einer Wiese lagen, über uns die makellose Sonne und um uns herum buntes, im Wind wippendes Grasvolk. Ich stellte das Bild neben meine Erde, ein Mann und ein Weib, die beide in die Kamera lächelten, es konnte keine Besseren geben.

Mutter schaute etwas nachdenklich, sie schien sich über irgendetwas Wichtiges klar werden zu wollen, doch lächelte sie, es konnte also nur etwas Wunderbares sein. Sie kochte mir an diesem Tag mein Lieblingsgericht, Grießbrei mit Butterstücken (die darin steckten), darüber verstreute sie pulvrigen, fein gemahlenen Kakao. Ich löffelte mich durch den Brei, zunächst entfernte ich ihn sachte am Tellerrand, ich kreiste ihn mit meinem Löffel ein, während die Butterstücke in der Mitte des Tellers schmolzen. Kleine, goldene Butterseen hatten sich schon bald gebildet, die ich noch etwas vertiefte; ich löffelte mich emsig durch den Brei, bis ich schließlich Verbindungen zwischen den einzelnen »Seen« geschaffen hatte, Kanäle und Bäche und Flussläufe. Zuletzt aß ich alles auf, was diese noch trennte, so dass ein einziger gewaltiger Buttersee entstand, umrandet von einem Damm aus Grießbrei. Ich löffelte nunmehr die flüssige Butter aus, sie rann mir übers Kinn, und ich strahlte; danach war der verbliebene Brei an der Reihe, die letzten mit Butter durchtränkten Grießklumpen verschwanden in meinem Kindermund. Während ich aß, hatte die Mutter ihre Bibel geholt und diese zu meiner Erde gelegt, unmittelbar vor unser Bild, alles war licht und vollkommen.

Erinnerst du dich noch an das Gleichnis vom Elsternkönig? Wollte die Mutter plötzlich von mir wissen, die Frage kam völlig unvermittelt und hallte noch lange nach. Ich wusste um ihre Lieblingspredigten, die alte Bibel war schließlich voller markierter Stellen, der Elsternkönig musste dort irgendwo zu finden sein. Ich versuchte mich krampfhaft zu erinnern, ein König und sein Volk, ja doch, da war einst ein gefiederter

König gewesen, dessen Volk sich von ihm abgewandt hatte. Irgendeine seltsame Krankheit hatte ihn befallen, alle weißen Federn hatten sich schwarz verfärbt, und die Untertanen mieden ihn. In seiner Verzweiflung erließ dieser Gesetze, die alles Weiße in seinem Königreich verboten, ich hörte nunmehr ganz deutlich Mutters Stimme: Und er befahl, dass alle weißen Räume und Vorhänge schwarz eingefärbt würden, er ließ alle weißen Blumen und Blüten im gesamten Elsternreich auszupfen und -reißen, dem Salz und Mehl wurde Asche beigemengt, der Milch ebenso. Und wenn weiße Wolken über sein Reich zogen, mussten alle Elstern auffliegen, sie zischten und pfiffen durch die Wolkenformationen, so lange, bis diese in alle Winde zerteilt wurden. Und wenn es im Winter in seinem Reich schneite, befahl er allen Elstern, den Schnee mit ihren Flügeln auf einen großen Haufen zu rechen, ganz egal, wie kalt und unwirtlich es draußen auch sein mochte. Danach wurden Holzscheite am Fuße des Berges aufgestapelt, fein säuberlich in Pech getränkt, der Elsternkönig ließ diese in Brand setzen, und schwarzer Rauch umhüllte den eisigen Berg, er waberte durch sein gesamtes Reich, und sein Volk hustete sich jegliche Seele aus dem Leib …

Es heißt, die Anfänge unserer Erinnerung sind Momente, die uns maßgeblich prägen; die Anfänge meiner Erinnerungen waren allesamt in der Wohnung der Mutter angesiedelt; ich erinnere mich an ihre Geschichten, die Farben, an den Grundriss der Wohnung, an Fenster, an Möbel und ein allererstes Haustier (einen Hamster); ich erinnere mich, dass die vorherrschende Farbe im Schlafzimmer meiner Mutter gelb war; ich erinnere mich, dass unser Bad Fliesen hatte und die

Füße dort schnell kalt wurden; ich erinnere mich, dass ich gern auf allen vieren durch die Wohnung kroch; ich erinnere mich an den weißen Arztkittel der Mutter und einen ihrer »Mundversperrer«, ein Gerät aus der Zahnarztpraxis, das sie vor spontan zubeißenden Patienten schützte (damals war mir nicht klar, warum überhaupt jemand Mutter hätte beißen wollen!); ich erinnere mich, dass ich einmal einen ihrer Kronenentferner (mit irgendeiner Chemikalie dran) in meinen Mund steckte und es höllisch brannte; eine Viper schien in meinem Mund zu schaukeln, es war der erste Schmerz, den ich vergegenwärtigte. Er befiel meinen Rachen, meine Zunge, meine Lippen, die Zunge schwoll an, kein klares Wort war mehr in mir, nur noch Gestammel.

Ich erinnere mich an das Grammophon meiner Mutter, das Knistern der Platten (um genau zu sein: an den Song »Angel Baby« von Rosie and the Originals), ich erinnere mich an das Auto der Mutter (irgendetwas Türkises) und dass der Hamster gern aus seinem Käfig floh, um die herabhängenden Vorhänge anzuknabbern. Ich erinnere mich, dass ich den Hamster als etwas echt »Großes« ansah, was sich im Nachhinein nur dadurch erklären lässt, dass ich offenbar noch ziemlich klein war; und ja doch, er hat mich tatsächlich gebissen, daran erinnere ich mich ganz genau.

Und Gott sprach: In mir war das Leben, und das Leben war das Licht der Menschen; das Leben schien mir wiederum etwas zu sein, worin man sich erst behaupten musste, es galt, auf die Beine zu kommen, sich nicht von der Angst überwältigen zu lassen, niemals aufzugeben, doch wovor sollte ich mich schon fürchten, Mutter würde mich niemals im Stich lassen. »It's just like heaven being here with you, you're like an angel too good to be true, but after all, I love you, I do, Angel Baby, my Angel Baby«, Mutters Lieblingsschallplatte lief immer weiter, ich krabbelte dabei durch die Wohnung, Hamster, Blitze, Licht, das Leben war vielleicht doch etwas zutiefst Halsbrecherisches und Gefährliches.

Und Gott sprach: Darum erinnere ich dich an meine Gabe, die du empfangen hast, als ich dir die Hände auflegte: Entfache sie neu in dir! Ich spürte jene Gabe, ob sie nun von Gott stammte oder der Mutter, sie war ein greller Lichtblitz, der mich und mein Denken aus- und erleuchtete; es war schließlich der Moment, an den überhaupt Erinnerungen anknüpfen konnten; es war der Moment, in dem mein Leben wirklich begonnen hat: Ich lag im Bett, bei mir irgendwelche Plüschtiere und Kleinkindrasseln (ich muss sehr klein gewesen sein), ich konnte nicht einschlafen und starrte teilnahmslos zur Decke. Immer dann, wenn ein Auto draußen einen bestimmten Weg nahm, huschten die Scheinwerfer über die Zimmerdecke, sie drangen durchs Fenster und zogen in unterschiedlichen Tempi vorüber, sie erhellten einen Moment lang die Dunkelheit und stimulierten meine Netzhaut. Das war es, was Gott und Mutter in mir entfacht, was sie in Gang gesetzt hatten; ich verinnerlichte diese Lichtblitze, ich sehe in ihnen die allerersten, mir bis heute bekannten Erinnerungen. Sie verdeutlichen den Unterschied zwischen Licht und Dunkelheit, zwischen Bewegung und Stillstand, zwischen Stille und Klang (denn ich konnte auch den Motor des jeweiligen Autos vernehmen).

Das Licht stand am Beginn meiner Erinnerung, schon mit dem Verlassen des Mutterleibs und dem Zur-Welt-Kommen, im grellen Scheinwerferlicht unterschiedlichster Spitalleuchtkörper; irgendwelche Hände krallten sich danach meinen Körper, der erste Atemzug, mein erster Schrei und nunmehr also diese Welt. Ich erinnere mich, wie fasziniert ich später war, als ich mir dessen bewusst wurde, dass die Sterne, die ich am Nachthimmel sah, möglicherweise gar nicht mehr existierten; dass nur noch ihr Licht durch den Kosmos raste, Jahrmillionen lang, um irgendwann auf unsere Netzhaut zu treffen.

Du hast Augen wie ein Luchs, sagte die Mutter einst zu mir (da trug ich auch noch keine Brille); ich fand jedenfalls die Vorstellung, dass ein Luchs (wie kaum ein anderes Lebewesen) selbst in den dunkelsten Nächten das Licht verstärken und es scheinbar aus dem Nichts schöpfen konnte, ungemein faszinierend. Ich wünschte mir sehnlichst einen solchen, den ich meinem Tierkreis und der darin ruhenden Erde hinzufügen konnte. Mutter brachte mir schon bald einen mit, er war aus Plastik und hatte gelb-funkelnde, wache Augen. Das Wort »Luchs« bedeute auch »der Funkler«, erklärte mir die Mutter.

Früher legte sie mir noch funkelnde Knöpfe ins Bett, solche, die nächtens glänzten und glitzerten, ein bisschen vielleicht an Raubtieraugen erinnerten, meine Augen, betonte sie und kraulte mich dabei am Hinterkopf. Was ist mit meinen Augen, Mutter? Sie sind voller Rauch, sagte sie. Rauch und Staub? Ja, etwas Staub kann ich auch erkennen, sie lachte. Die Fußabdrücke des Sandmännleins. Mutter, was ist ein Sandmännlein?, wollte ich wissen. Das Sandmännlein lässt dich tief und fest schlafen, wusste sie. Und wenn ich gar nicht schlafen will? Mit dem Sandmännlein kann man nicht diskutieren … es kommt und bringt dir schöne Träume. Und wenn ich nicht schlafen will, Mutter? Dann wird es böse, meinte sie. Und wenn es böse wird, Mutter? Dann streut es dir so viel Sand in die Augen, dass sich diese erst am nächsten Morgen wieder öffnen lassen. Ich bin also für eine Weile blind? Nein, du wirst nur unendlich müde, dein Kopf wird schwer, und bald schon schläfst du. Streut es mir auch Sand in den Mund? Nein, das tut es nicht, es will ja nicht, dass du hustest und mich aufweckst. Und jetzt, gute Nacht!

Eine ganze Weile ließ mich dieses Sandmännlein nicht mehr los, jeden Morgen die gleichen Fragen: Warum träume ich, was ich träume? Warum will Gott überhaupt, dass wir träumen? Warum träumen Menschen oft von Monstern? Und träumen Monster dann eigentlich von Menschen? Und wenn ich zu oft von Menschen träume, macht mich das zu einem Monster? Aber das Sandmännlein streute nur fleißig Sand, es antwortete nicht, mit ihm konnte man wahrlich nichts diskutieren.

Das von mir geschaffene Sonnensystem lag noch eine ganze Weile bei uns herum, die Blumen und Früchte verdorrten, der Lehm wurde hart, alle Sonnenstrahlen brachen ab und die Planeten verloren nach und nach ihre Wichtigkeit. Die Tiere zogen weiter, mit ihnen spielte ich noch viele Jahre lang (zumeist kämpften sie gegen die Cowboys & Indianer), die Fotografie wanderte wieder zurück ins Wohnzimmer, die Bibel kam aufs Nachtkästchen der Mutter, der gotländische Stein wurde der bröckelnden Erde entrissen, Mutter wusch ihn ab und legte ihn wieder in ihre Kommode. Als ich endgültig von den trostlosen Erdklumpen die Nase voll hatte, zertrat ich sie, warf alles in den Müll, die Planeten verschwanden und ich habe sie nie wiedergesehen. Ich stellte mir sogar die Frage, ob sich Gott nicht ähnlich gefühlt haben muss, irgendwann später, ob er uns und die Erde und überhaupt das meiste nicht als entbehrlichen Müll betrachtete, denn alles hatte seine Zeit und nichts war von Dauer.

II.
Noah und die Flut

Mutter hatte darauf bestanden, dass ich eine katholische Grundschule besuche, so wie sie einst, ich wandelte ganz auf ihren Spuren, sogar meine Lehrerinnen und Lehrer konnten sich noch gut an sie erinnern; du bist also tatsächlich ihr Sohn? Sie war immer so ein braves Mädchen gewesen, klug und spitzfindig, und eine gute Schülerin, da wirst du dich ranhalten müssen, dies und das musste ich mir von der Klassenlehrerin anhören. Wir trugen züchtige Uniformen; jene der Mädchen erinnerten an altehrwürdige Nonnen, jene der Burschen glich der eines ordentlich gekämmten Matrosen, nun ja, vermutlich eher Chorknaben. Wir hatten einen großen Garten zum Herumtoben, es gab eine Ziege, vor der sich alle fürchteten, weil es hieß, sie habe den Teufel im Leib, es gab darüber hinaus lichte, freundliche Klassenzimmer und leckere Schulmilch.

Wir lernten dort alles, was man fürs Leben braucht, Lesen, Rechnen, Schreiben und biblische Geschichten; ein jeder von uns bekam am ersten Schultag seine eigene Bibel, ich staunte, wie umfangreich das Werk Gottes war (die Bibel der Mutter war wesentlich kleiner); lesen konnten wir darin zwar noch nicht (oder nur sehr unbeholfen), doch blätterten wir uns sofort fleißig durch alle 1456 Seiten, das Rascheln der dünnen Blätter erfüllte den ganzen Klassenraum. Einigen von uns kam die Idee, ein pompöses Daumenkino zu entwickeln; kaum ein anderes Buch schien dafür so geeignet zu sein wie die Heilige Schrift. In meine Bibel kritzelte ich einen stilisierten Bogenschützen, der einen Pfeil abfeuerte, dieser flog und flog immer weiter und durchschlug auf seinem Weg allerlei Gegenstände, Tiere und sogar Personen (später konkretisierte ich diese sogar und überarbeitete das Bibeldaumenkino von Grund auf).

Noch später verglich ich meine Bibel (die immer in der Schule zu bleiben hatte, im Bankfach, keiner durfte sie mit nach Hause nehmen) mit jener der Mutter: Ihre war in einer etwas anderen Sprache verfasst (ich wusste da nicht, dass es verschiedenste Ausgaben bzw. Übersetzungen der Bibel gab), die Schriftsetzung war kompakter, die Schrift generell kleiner, und ein paar Kapitel fehlten auch darin, das erklärte so einiges. Meine Schulbibel war zudem absolut neu, sie roch gut und war nicht so zerfleddert, abgegriffen und mit Anmerkungen versehen wie die Bibel zu Hause.

Ein Schultag begann mit der Begrüßung der Klassenlehrerin und des allgegenwärtigen Herrn, dem wir tagtäglich ein Morgenständchen zum Besten gaben. Diejenigen, die den Liedtext nicht kannten oder auswendig gelernt hatten (weil sie noch gar nicht lesen konnten), summten einfach die Melodien mit, alle anderen sangen. Am lautesten sang natürlich die Klassenlehrerin, die uns sachte mit ihren Händen dirigierte, sie wippte mit dem Kopf (und ihrem Becken), der Herr war zweifelsohne beeindruckt von unserer Darbietung:

Die Erde ist schön, es liebt sie der Herr,
Neu ist der Mensch, der liebt.
Die Erde ist schön, es liebt sie der Herr,
Neu ist der Mensch, der liebt wie er.

Große Freude wir gefunden, sie begleitet uns voran.
Allen möchten wir sie schenken, dass die Welt sich
freuen kann.

Alle Wege dieser Erde führen zu dem Himmel hin,
Und der Wind, der mich umwehet, lenkt zur Sonne
hin den Sinn.

Die Erde ist schön, es liebt sie der Herr,
Neu ist der Mensch, der liebt.
Die Erde ist schön, es liebt sie der Herr,
Neu ist der Mensch, der liebt wie er.

Wir sangen vom Herzen, wie es nur Kinder vermögen, mit klaren, engelsgleichen Stimmen; ich war wirklich gern in der Schule, und Mutter konnte erleichtert ihrer Arbeit nachgehen. Bald schon waren wir alle passable Leseratten und einigermaßen sicher in der Verwendung der Schrift, wir tollten vergnügt durch den Garten, und im Turnunterricht konnten wir uns so richtig austoben. Mädchen und Burschen hatten ihre eigenen Umkleidekabinen, im Turnunterricht waren wir vorsorglich voneinander getrennt, im übrigen Unterricht schien das nicht nötig zu sein. Die bei uns Burschen im Stundenplan gebräuchliche Bezeichnung für den Turnunterricht lautete »LÜK« (Leibesübungen Knaben); jene der Mädchen

»LÜM« (Leibesübungen Mädchen). Es gab schon bald, hinter vorgehaltener Hand, die ersten Witzchen darüber, was wohl »Übungen des Leibes« alles beinhaltete, vermutlich war es eine gute Idee, uns die Unterrichtseinheit nicht gemeinsam bestreiten zu lassen.

Ich liebte es, an Seilen herumzuklettern, wahlweise Metallstangen, es gab nämlich nicht viele Mitschüler, die bis zur Decke des Turnsaals zu klettern vermochten; es erforderte einiges an Kraft und Technik, von oben sahen zudem die anderen wie nichtige, farblose Flöhe aus. Wenn ich an der Decke hing und nach unten blickte, dachte ich manchmal daran, dass Gott uns wohl ständig so sah, immer von oben, aus einer ganz seltsamen Perspektive, in der Menschen schlichtweg lächerlich schienen, kleine herumwuselnde Punkte im Staub, die sich ab und an den Hals verrenkten, um verkrampft nach oben zu stieren.

Die Schulmilch schlürften wir alle im Kollektiv in unserer großen Pause, ein jedes Kind mit seinem bunt gestreiften Strohhalm; hatte man genug von der Milch (und es war noch etwas verblieben vom Viertelliter der blauen Kartonverpackung), konnte man diese mit Hilfe des Strohhalms nach außen pressen (bei einer vollen Milchverpackung ging das natürlich leichter), den weißen Strahl über seine Mitschülerinnen und Mitschüler verteilen, die allesamt kreischend davonliefen. Die Milch diente uns damals in manchen Pausen als Ersatz für Spritzpistolen, vor allem die Mädchen mussten oft und gern dran glauben. Am liebsten spritzten wir ihnen die Milch in ihre Gesichter, doch schlugen sie dann besonders heftig nach uns oder holten gleich die Klassenlehrerin, die den einen oder anderen Burschen entschlossen an den Ohren packte und hinter sich her zog. Es kam aber nicht so oft vor, wie es jetzt vielleicht den Anschein hat, wir mochten die Schule, kamen ganz gut miteinander aus, und der Herr wachte über uns.

Als wir irgendwann im Naturkundeunterricht davon hörten, dass die Brust einer Frau auch Milch gab, wollten wir das zunächst nicht glauben, es schien einfach zu weit hergeholt und bizarr. Ich wollte zu Hause danach von Mutter wissen, was es damit auf sich habe, und sie erklärte mir, dass es ihre Milch gewesen sei, die mich hatte groß und stark werden lassen, es sei das, was alle Mütter für ihre Kinder taten. Die Vorstellung, dass die weibliche Brust im Wesentlichen nur eine Milchverpackung (oder Spritzpistole) darstellte, fand ich durchaus amüsant; in der Schule diskutierten wir später darüber, ob Frauen ihre Milch auch so gut verspritzen konnten wie wir mit unseren Milchverpackungen, doch gab es hierzu keine eindeutigen Meinungen.

Ich wollte noch von der Mutter wissen, ob es denn möglich sei, weiterhin von ihrer Milch zu trinken, doch sie schüttelte entschieden den Kopf, dafür sei ich viel zu groß. Ich verstand nicht ganz, warum man irgendwann zu groß für Milch sein sollte, in Anbetracht ihrer Entschiedenheit sparte ich mir allerdings weitere Kommentare.

Einmal im Jahr gab es an unserer Schule eine große Aufführung, der wir allesamt entgegenfieberten; Bibelgeschichten wurden von ausgewählten Schülerinnen und Schülern zum Besten gegeben, die Aula unserer Schule füllte sich mit stolzen Eltern und Lehrern, es war eine richtig große Sache. Wochenlang wurde gesungen, geprobt, an Kostümen gearbeitet, die Aula wurde festlich geschmückt, und alle Gäste hatten selbst gemachte, von uns Kindern entworfene Einladungen erhalten.

Es stellte sich heraus, dass ich ziemlich gut im Werken und auch anderen Handarbeiten war (Stricken, Häkeln, Weben etc.), also dekorierte ich regelmäßig die Bühne, half den Darstellern bei ihren Kostümen und machte mich im Organisatorischen nützlich. Selbstverständlich hätte ich auch gerne auf der Bühne mitgewirkt, doch wurden hierfür nur die Besten ausgewählt, das war schon in Ordnung so. An einem dieser denkwürdigen Spätnachmittage wurde »Noah und die Sintflut« aufgeführt, eine Bibelgeschichte, für die ich mich durchaus begeisterte, schließlich hatte sie alles, was einen jeden normalen Menschen bewegt: Dramatik, Action, und es kamen Tiere vor.

Unsere Klassenlehrerin saß am Klavier, sie untermalte das Bühnengeschehen so gut es ging, der Direktor unserer Schule mimte den Erzähler, er sprach dann Sätze wie: Ich werde den Menschen, den ich geschaffen habe, vom Erdboden wegwischen, samt dem Vieh, den Kriechtieren und Vögeln, denn ich bedaure, sie gemacht zu haben. Baue dir eine Arche, lieber Noah! Oder: Ich werde die Flut kommen lassen, eine Wasserflut über die Erde, in der alles Lebendige umkommt. Bei nachfolgendem Satz legte er sich aber ganz besonders ins Zeug: Du aber sollst mit deiner Frau, deinen Söhnen und deren Frauen in die Arche gehen, und von allen Tieren sollst du je ein Männchen und ein Weibchen mitbringen, damit sie am Leben bleiben.

Dieser Satz war zugleich der Startschuss für unsere Darsteller; Noah und seine Söhne und deren Frauen betraten die Bühne, sie setzten sich in die aus Kartonkisten zusammengeklebte Arche (die durchaus eine beträchtliche Größe aufwies), mein zuvor geäußerter Einwand, dass Karton keinesfalls einer Flut werde standhalten können, wurde allerdings schon in der Planungsphase beiseitegewischt (ich hatte mich dort für eine Holzkonstruktion starkgemacht).

Danach gab es einen großen Auftritt für nahezu alle Kinder (also auch mich!): Da sich möglichst viele männliche und weibliche Tiere in der Arche einfinden sollten, kamen wir diesmal alle zum Zug. Ein Paar nach dem anderen betrat nach Noah, seinen Söhnen und deren Frauen die Bühne, es trottete in den Bauch des Schiffes und verschwand in dessen Lagerräumen. In Anbetracht der Tatsache, dass die Bühne zu klein für alle war, verließ man die Arche auch gleich wieder verstohlen über die Hinterbühne; man zog seine Tierverkleidung aus und setzte sich erneut ins Publikum. Alle Kinder hatten ihre Tiere frei wählen dürfen, ihre Partner allerdings nicht, die wurden von den Lehrern zugeteilt; es gab leider nicht für alle Männchen genug Mädchen an unserer Schule, was schließlich dazu führte, dass sich mancher Bursche als Weibchen verkleiden musste, im Grunde machte es kaum einen Unterschied, schließlich sahen die meisten Tiere, egal ob sie nun männlich oder weiblich waren, gleich aus. Nur ein paar Hirscharten trugen prahlerisch ihr Protzgeweih, ein paar überbunte Vögel gab es, die gleichfalls das zutiefst Männliche repräsentierten, der Löwe hatte eine fransige, mächtige Mähne, und der Hahn durfte »Kikeriki« krähen.

Ich selbst hatte mich für ein Nashorn entschieden, ein, wie ich fand, gewaltiges und majestätisches Tier, dessen Horn seinesgleichen suchte; es schien mir jedenfalls wesentlich eindrucksvoller als die Mähne eines Löwen, die Hörner eines Stiers oder die Wampe eines Bären. Ich hatte mir das Horn aus Pappmaschee gebastelt, grau angemalt und mit Draht verstärkt, es konnte sich wirklich sehen lassen; ich band es mir an den Kopf, beinahe war es größer als ich damals. Dem mir zugewiesenen Weibchen, einem etwas dicklichen Mädchen aus einer der Parallelklassen, half ich selbstverständlich auch mit dem ihrigen, wir machten es allerdings kürzer und weniger imposant. Ich wusste, dies entsprach nicht ganz den Tatsachen; die Nashörner wiesen in der Regel, ganz egal, ob nun Männchen oder Weibchen, vollkommen identische, gleich lange Hörner auf, doch behauptete ich kurzum, das Pappmaschee sei ausgegangen. Wir trotteten gemeinsam Hand in Hand in die Arche, endlich war auch ich auf der Bühne, es war ein erhabenes, beinahe schon göttliches Gefühl.

Die Klassenlehrerin begann auf ihrem Klavier zu spielen, ganz sachte, mit viel Gefühl und nur die hohen Tastentöne anschlagend, den einsetzenden Regen illustrierend, Gottes nahende Flut. Der Schuldirektor murmelte verheißungsvoll: Die Schleusen des Himmels werden geöffnet und alle Quellen der großen Tiefe brechen auf. Die Klassenlehrerin klopfte immer wilder in ihre Tasten, was so gar nicht ihrer Art entsprach, sie schwenkte heftig ihren Kopf und spielte sich fast schon in Trance, sogar die eine oder andere Haarsträhne entkam ihrem sonst stets akkuraten Dutt. Diese hingen fortan in ihr Gesicht, sie versuchte sie immer wieder wegzublasen, da sie sich irritiert fühlte, doch spielte sie gewaltig auf und kam tatsächlich ins Schwitzen; schließlich regnete es vierzig Tage lang, das Wasser stieg und stieg immer höher, bis selbst die höchsten Berggipfel der Erde darin untergingen.

Dies war das Zeichen für uns andere Kinder (da wir ja mittlerweile alle unsere Tierkostüme abgelegt hatten), noch einmal auf die Bühne zu stürmen, alle in blauen T-Shirts, ein jedes Kind eine kleine Flut oder zumindest ein großer Wassertropfen, wir durften heftig an der Arche rütteln, und Noah und seine Söhne und deren Frauen sahen uns recht böse an, eine solch realistische Darstellung war schließlich nicht vonnöten.

Allmählich verliefen sich die Wassermassen, im Laufe von 150 Tagen nahm der Wasserstand immer mehr ab, Noah ließ eine Taube ausfliegen (wir stellten sie mit einem Papierflieger dar), sie kam auch schon bald mit einem Olivenzweig zurückgeflogen; es war endlich wieder Land in Sicht, das Schlimmste schien hinter ihm zu liegen. Der Schuldirektor donnerte noch einmal inbrünstig los: Ich versichere euch, nie wieder werde ich das Leben durch eine Wasserflut vernichten, nie mehr wird eine Flut die Erde zerstören. Noah und seine Söhne und deren Frauen kreischten vor Freude (wohl froh, endlich auch etwas von sich geben zu dürfen), die Klassenlehrerin spielte irgendetwas Beschwingtes und Fröhliches zum Abschied, schließlich sollte fortan alles fruchtbar sein, sich füllen und mehren.

Und während der Applaus bereits toste, der Direktor, die Lehrerin, Noah und seine Söhne und deren Frauen sich fleißig verbeugten, passierte es: Irgendjemand hatte einen Gartenschlauch oberhalb der Bühne eingeklemmt, diesen vorsorglich (mit Pappmaschee) als Vegetation getarnt, kurzum den Wasserhahn aufgedreht, und echtes, kaltes Wasser schoss in einem dicken Wasserstrahl herab, das Bühnenensemble kreischte erschrocken, es stürzte panisch von der Bühne; die Arche wurde unterdessen vom Wasserstrahl frontal erfasst, der Karton weichte in beängstigender Geschwindigkeit durch, er fiel in sich zusammen, ein kläglicher Haufen, der einer Flut nichts entgegenzusetzen hatte. Irgendwann fand endlich jemand den Wasserhahn, er stoppte das von der paradiesischen Schlange ausgespiene Verderben, jedenfalls, man sprach noch eine ganze Weile von der denkwürdigen Aufführung, vom Verursacher der schulischen Flut fehlte jede Spur. Ich hatte doch betont, dass wir die Arche lieber aus Holz hätten zimmern sollen, dann wäre uns auch die symbolische Wirkung erspart geblieben: Die Arche war gesunken, der Direktor hatte sich verkühlt, und Noahs Bein war gebrochen, es war irgendwie in dem nachfolgenden Tumult passiert.

Für die meisten Kinder unserer Schule war das alles ein Riesenspaß gewesen, wir tuschelten und grinsten noch eine ganze Weile darüber, von offizieller Seite wurde der Vorfall schließlich zu den Akten gelegt, angeblich soll der Schuldirektor behauptet haben: Was soll's, Gott wird den oder die Verantwortlichen schon richten, ich bin mir ziemlich sicher, die werden schon noch in der Hölle schmoren.

III.
Kain und Abel

Die Bibelgeschichte, die unser Direktor am meisten liebte, handelte von Kain und Abel, was wohl daran lag, dass er in jungen Jahren den eigenen Bruder verloren hatte (irgendein Motorradunfall), alle an der Schule wussten davon, dass er den Verlust weiterhin zu verarbeiten, zu beschreiben suchte. Ich war nahe daran, mir vorzustellen, was gewesen wäre, hätte ich einen Bruder (oder meinetwegen eine Schwester) gehabt, ob mich dessen (oder deren) Tod auch ein Leben lang in Mitleidenschaft gezogen, ob ich mich schuldig gefühlt hätte, alles in allem blieb es unvorstellbar.

Allerdings zählte es an unserer Schule zur Tradition (neben den schulischen Theateraufführungen), einmal im Jahr an einem Aufsatzwettbewerb teilzunehmen, »Kain und Abel« hieß das stetig wiederkehrende Thema. Der Direktor betonte, dass man sich dieser Aufgabe (die sich insbesondere an die älteren Schüler richtete) ganz frei nähern könne, die besten Geschichten wurden anschließend prämiert (es gab Gutscheine für die örtliche Buchhandlung), ja ihre Verfasser genossen in der Lehrerschaft fortan sogar hohes Ansehen.

Um mit gutem Beispiel voranzugehen, beteiligte sich der Direktor an dem alljährlichen Wettbewerb, seine Kain-und-Abel-Geschichte gab es meistens schon vorab in der Schülerzeitung zum Nachlesen. Sie solle der Inspiration dienen, wie es in einem nahezu immer gleich klingenden Vorwort hieß, man dürfe in diesem Zusammenhang den biblischen Vorfall vollkommen frei erzählen, diesen mit persönlichen Belangen, Nöten, Ängsten anreichern, wichtig sei einzig und allein die Auseinandersetzung mit irgendeiner nachvollziehbaren, allgemein relevanten Geschwisterproblematik.

Und da an unserer Schule nahezu alle Schüler mehrere Geschwister hatten, wurden diesbezüglich die wildesten Geschichten verfasst (und mitunter sogar anonym eingereicht), ich selbst hatte mich jedenfalls nie an dem Wettbewerb beteiligt. Allerdings las ich die prämierten Geschichten, sie ließen so manchen der älteren Schüler in einem völlig neuen Licht erscheinen; so hieß es etwa, dass die diesjährige Siegergeschichte zum Besten zählte, was je an der Schule verfasst worden wäre, solche und ähnliche Kommentare machten einen selbstredend neugierig. Sie trug den vielsagenden Titel »Als ich mit Vater und Bruder zum Fischen fuhr und Gott mich auf einen Kaffee einlud« (von Manfred K.), was einen zunächst schmunzeln ließ, doch war einem nach der Lektüre insgesamt recht unbehaglich. Ein Qualitätsmerkmal, wie die Lehrerjury in ihrem Begleitkommentar versicherte, schließlich gelte es, die Eindringlichkeit der Bibel ins alltägliche Leben zu übertragen, und genau das sei hier vortrefflich gelungen. Es war bekannt, dass der Direktor und die Lehrerjury in die Beiträge eingriffen, sie redigierten und korrigierten die Texte, schließlich sollten sie sprachlich auf bestmöglichem Niveau sein, doch wurde nie etwas an der inhaltlichen Ausprägung geändert (hieß es jedenfalls).

»Als ich mit Vater und Bruder zum Fischen fuhr und Gott mich auf einen Kaffee einlud« hatte wirklich eine eigentümliche Wirkung auf mich, was auch daran liegen mochte, dass ich noch nie einen Kaffee getrunken hatte, ich war mir seiner tatsächlichen Anregung somit alles andere als gewiss. Ich sah fortan die Mutter, wenn diese ihren Kaffee trank, mit gänzlich anderen Augen, stellte mir vor, dass ihr Gott höchstpersönlich diese duftende, allerdings tiefschwarze Brühe eintrichterte, in solche und ähnliche Betrachtungen mischte sich dabei stets etwas Neid und Bedauern …

* * *

»Als ich mit Vater und Bruder zum Fischen fuhr und Gott mich auf einen Kaffee einlud« (von Manfred K.)

Vater und Bruder hatten behauptet, ein jeder Morgen beginne mit einem Kaffee, schwarz, ohne Zucker, keine Milch, in schlichten Tassen, keine Untersetzer, nur wir und die gurgelnden, in sich gekehrten Geräusche der Kaffeemaschine. Ich war ein Frühaufsteher, kaum auf den Beinen schon vollends wach, auf den Muntermacher hätte ich schlichtweg verzichten können. Das Kaffeetrinken war ein Morgenritual, ohne das man bei uns nicht auskam, ein Tag begann mit den ewig gleichen Handgriffen: aufstehen, Toilette, rasieren, anziehen, Kaffee aufsetzen und trinken (mit Vater und Bruder), Stiefel anziehen, die Nebelschwaden über dem See in Augenschein nehmen, hinaus aus der Stube, die Netze straffen, Breitgarn, Stachel, Lendseil, Kescher, Reusen, Dreizack, Winden, Senkgewicht und Fischstecher bereitstellen, raus auf den Steg, das Boot klarmachen und auf die Besatzung (Vater und Bruder) warten.

Wir kauften unseren Kaffee im nahen Dorf, es gab ihn dort gemahlen und in »Glänzblech« (wie wir es nannten) abgepackt, was genau auf der Verpackung stand, hatte ich nie sonderlich beachtet, man behauptete dort, »weil er besser bekommt!«, die üblichen Werbebotschaften unserer Zeit. Vater und Bruder hätten nie einen anderen Kaffee ausprobiert, einmal Glänzblech, immer Glänzblech, so hätte man es in unserer Familie auf den Punkt bringen können, doch war ich selbst durchaus empfänglich für Neues. Vater und Bruder vertraten die Meinung, dass eine Abweichung von unsrem »gottgegebenen« Tagwerk nichts als Schwäche darstellte. Man hatte zu tun, was man immer schon getan hatte, mehr war nicht notwendig, mehr war nicht üblich, mehr war schon seit jeher eine falsche Entscheidung.

Im Dorf gab es durchaus Menschen, die etwas offener waren, in der Senke lebten tatsächlich wagemutigere Gemüter, in den Hügeln, wo wir hausten, dort stand die Zeit still, darauf konnte man sich verlassen. Vater und Bruder konnten dem Dorf nicht viel abgewinnen, sie rümpften die Nasen und hielten sich abseits, die monatlichen Einkäufe oblagen demnach meiner Obhut. Ich fuhr jeden letzten Freitag im Monat ins Dorf, suchte den dortigen Greißler auf, übergab ihm die Einkaufsliste, die Vater verfasst und die ich selbstverständlich längst verinnerlicht hatte. Während die Waren verpackt wurden, wartete ich vor dem Ladentresen, schaute mich um, was es so Neues gab, ich blätterte in Zeitschriften und musterte die frisch eingelangten Produkte.

Eines Tages stach mir der »Gott-Kaffee« ins Auge, irgendeine neue, angesagte Kaffeesorte sei das, wie der Greißler versicherte, sie präsentierte sich in einer schlichten, unaufdringlichen Papierverpackung. Diese war in Weiß und Rot gehalten, der Längsstrich des kleinen »k« (das den Beginn des Wortes Kaffee bildete) zog sich über das ganze Etikett, als wäre jemandem beim Schreiben der Stift nach oben hin abgerutscht; dieser traf auf seinem Weg auf einen roten, kreisrunden Ballon mit dem Wort »gott«, mehr gab es nicht anzumerken.

Ich weiß nicht, welcher Teufel mich an jenem Tag ritt, auf jeden Fall beschloss ich spontan, den »Glänzblechkaffee« abzusetzen, um nunmehr den neuen zu probieren. Der Rückseite der Verpackung nach zu urteilen, kam besagter Kaffee aus Schweden (meines Wissens nach nicht unbedingt eine prosperierende Kaffeeregion), irgendein Charles verbürgte sich für die Qualität des Produktes, allerdings, und dessen war ich gewiss, Vater und Bruder würden nichts gegen Gott einzuwenden wissen.

Wie nicht anders zu erwarten, beäugte man den neuen Kaffee misstrauisch, Vater und Bruder äußerten sich zunächst missbilligend, doch tat Gott seine Wirkung, der Kaffee durfte bleiben, und wir brühten ihn am nächsten Morgen gemeinsam auf. Eine Kaffeemaschine war, so der Hersteller, nicht notwendig, das Kaffeepulver würde seine Wirkung sofort nach Kontakt mit heißem Wasser entfalten. Vater und Bruder bemerkten keinen Unterschied, es schmecke wie immer, doch ich, ich muss es eingestehen, schon nach dem ersten Schluck verspürte ich eine wohltuende, höchst seltsame Wirkung.

Der Kaffee beflügelte mich vom ersten Tage an, ja, im Laufe der Wochen und Monate stellte sich eine Euphorie in meinem Innersten ein, die mir bislang unbekannt war, die mich vibrieren ließ, die ich nie mehr missen wollte. Ich schlief weniger (ohne müder zu werden), stand früher auf als die anderen, pinkelte nicht mehr in die Toilette (sondern ins Waschbecken), rasierte mich beidhändig, zog mich in Windeseile an (meist auch wieder aus, da mir die Kleidung nicht exakt zu sitzen schien), ich trank zwei, drei Kaffee (mindestens aber einen mehr als Vater und Bruder), schlüpfte in meine Stiefel, verblies die Nebelschwaden über dem See (ich versuchte das tatsächlich jeden Morgen), ich überprüfte mehrmals die Netze, rollte sie auf und zusammen, flickte die Stellen, die mir verdächtig schienen (selbst dann, wenn Vater und Bruder meinten, ich sei übergeschnappt), ich sortierte all die Dinge, die wir zum Fischen benötigten (und die wir mit aufs Wasser nahmen) alphabetisch, ich reinigte jeden Morgen den Steg, saß ungeduldig im Boot (bis sich die anderen endlich bequemten), rief Vater und Bruder, sie sollten sich nun aber beeilen ...

Wir ruderten mit dem Boot über den See, legten die Netze aus, kreisten die Fische ein (so gut es ging) und zogen und zerrten nach Kräften an den ins Wasser geglittenen Schwimmern und Seilen. Ein Netz nach dem anderen wurde im Laufe des Tages ins Boot zurückgehievt, die Zander, Welse, Hechte, Barsche, Karpfen, Brassen, Aale und so weiter wurden gemustert und sortiert (die kleineren landeten wieder im Wasser), die Fische wurden ausgenommen, filetiert, danach rauchten wir gemeinsam ein paar Zigaretten und frohlockten. Über den guten Fang, die frische Luft, das gute Wetter, das Schöne und Gottgefällige in der Natur, es war einfach ein großes Glück. Wenn ich es mir recht überlege: Kaum hatten wir begonnen »Gott-Kaffee« zu trinken, waren die Netze voll, wir fingen fortan reichlich Fisch, Pleiten und Flauten blieben aus, natürlich konnte das alles nur Zufall sein.

Wie dem auch sei, für Vater und Bruder verlief alles wie immer, sie blieben diejenigen, die sie waren (egal wie viel Fisch sie fingen), für mich allerdings wurde das Leben nach und nach zur Qual. Waren die ersten Monate mit »Gott-Kaffee« noch euphorisch verlaufen, änderte sich nach und nach meine Stimmung, ich wurde zusehends unruhiger, weinerlicher, wütender. Die Nächte waren mir plötzlich zu dunkel, die Tage zu hell, das Haus zu stickig, das Boot zu klein, die Fische, die wir nach oben hievten, taten mir leid, ich hatte ihren stummen Mäulern und toten Augen nichts mehr entgegenzusetzen, Vater und Bruder waren mir in ihrer Ignoranz schier unerträglich.

Der Gestank der toten Fische stieg in meine immer empfindlicher werdende Nase, die Lichtbrechungen auf dem Wasser machten mich schwindelig, meine Ohren fühlten sich an, als sei Seewasser in sie geraten, jedoch, das Unerträglichste und Furchtbarste von allem war das Ausnehmen der Fische: das Ansetzen des Messers (in den After), das Aufschlitzen der Bäuche, das Herausreißen der Eingeweide, das Abspülen des Schleims, das Abspülen des Blutes, das Abspülen des Kotes, das Abspülen der schuppigen Körper und die nachfolgende Reinigung der Dielen und Planken. Das Hervorritzen des Schleimes, Blutes, Kotes unter den eigenen Fingernägeln, das Waschen der Hände, der Blick in den Spiegel, das Entfernen der allerletzten Fischschuppen aus dem öligen Haar.

Ich konnte mich immer weniger an die Zeit erinnern, in der mir das Fischen sinnvoll erschienen war, ein altes und gefälliges Handwerk, sogar Jesus hatte sich mit Fischern umgeben, eine Tatsache, die Vater und Bruder viel bedeutete. Als Jesus am See von Galiläa entlangging, sah er zwei Brüder, Simon, genannt Petrus, und seinen Bruder Andreas; sie warfen gerade ihr Netz in den See, denn sie waren Fischer. Da sagte er zu ihnen: Kommt her, folgt mir nach! Ich werde euch zu Menschenfischern machen. Manchmal lasen sie sich diesbezügliche Stellen aus der Bibel vor, ihre Augen leuchteten und flackerten, die meinigen verengten sich zu wahnwitzigen Schlitzen, mein Magen rebellierte, und ich ging lieber an die frische Luft.

Eines Nachts erwachte ich draußen im Hof, wälzte mich am schlammigen Boden, eingewickelt und verheddert in den zum Trocknen aufgespannten Netzen, über mir Vater und Bruder, die ich vage durch all die Maschen und Schlingen erkennen konnte. Ich schrie und schlug um mich, zappelte und schnappte nach Luft, die Stimme des Vaters schien mich beruhigen zu wollen, die Stimme des Bruders war weitaus hämischer, irgendwann fluchte er, er müsse schlafen, denn über den Bergen werde es langsam hell. Sie pressten mich zu Boden, ihre beiden Körper legten sich auf mich, der Vater sah mir in die Augen und murmelte etwas vom Schlafwandeln, alles sei gut, den Schlamm könne man abwaschen und die bösen Träume auch.

Als der Morgen anbrach, fuhr ich zum ersten Mal nicht mit auf den See hinaus, Vater und Bruder meinten, ich müsse mich ausruhen, ich sei krank, irgendein Virus müsse mich erwischt haben, ein paar Tage Ruhe täten mir gut, danach wäre ich wieder der Alte. Ich lag im Bett, trank »Gott-Kaffee« und erschrak, wie still es werden konnte, wer weiß, wann ich zum letzten Mal alleine in der Stube gewesen war. Der Kaffee ließ mich frösteln, nein, er war kalt und warm zugleich, roch nach Schlick und fauligem Holz, im nächsten Moment reizte er die Nasenschleimhäute, erinnerte an

Ammoniak, dann jedoch kam der Duft von Waldbeeren und Pilzen auf, Sporen und Staub. Je mehr ich davon trank, umso durstiger wurde ich, der Schweiß stand auf meiner Stirn und draußen vor dem Fenster tauchten die morgendlichen Sonnenstrahlen die Berghänge in ein fahles, unwirtliches Licht.

Wenn ich die Augen schloss, sah ich Vater und Bruder im Boot stehen, sie fletschten die Zähne und verbissen sich in Fischleiber, ich streckte die Hände aus und war kurz davor, sie zu berühren, so nah und gegenwärtig waren sie mir. Wasservögel sammelten sich hinter dem Boot, dort, wo der Beifang und die Eingeweide über Bord gingen, der See war riesig und die Zahl der hungrigen Schnäbel unüberschaubar. Vater und Bruder schmissen manchmal (nur so aus Spaß) mit kleineren Fischen nach den Vögeln, diese flogen in Scharen auf und schnappten nach den in der Luft um ihre Achsen wirbelnden Fischleibern. Ich öffnete die Augen und hasste Vater und Bruder inständig, ich verfluchte sie vor dem Herrn, oh ihre Rohheit, ihre Grobschlächtigkeit, ihre aus allen Poren triefende Mittelmäßigkeit, die allen gewöhnlichen Menschen anhaftet.

Ich lag mehrere Wochen lang im Bett, ab und an stand ich auf und trat in den Hof, blickte auf den See, sah eine kräuselnde, sich immer wieder neu formierende Fläche, ich lauschte dem Wind, der mir ins Gesicht blies, ich blickte zum Himmel, sah allerlei Zeichen in den Wolken, Männer mit Bärten und Fische und Frauen mit Katzenzungen. Manchmal konnte ich in der Ferne unser Boot erkennen, es schlingerte in der Strömung, ich wusste, Vater und Bruder saßen an den Rudern und mühten sich ab, sie schwitzten und stanken. Oft lag ich im Bett, trank »Gott-Kaffee« während es regnete, ich zählte, wie oft es blitzte und wie lange es dauerte, bis ein

Donnergrollen die Hügel erschütterte, die Gewitter kamen zumeist näher, sie kamen immer näher und tobten über und in meinem Kopf. Blitz und Donner galten seit jeher als eine Manifestation Gottes, doch wann immer ich zum Himmel hochsah, wann immer ich auf eine Erscheinung, irgendein Zeichen hoffte, war dort, wo sich Gott nun eigentlich zu erkennen geben müsste, gar nichts. Nicht die geringste Spur von Ihm.

Irgendwann schlief ich gar nicht mehr, doch meinem Körper mangelte es an kaum etwas, es war vielmehr das Denken und Fühlen, das mich rasend machte, es war dieses Ab- und Zuwarten auf etwas, das ich nicht zu benennen wusste. Es war diese Warterei auf den Bruder, der einmal im Monat ins Dorf fuhr, um nunmehr an meiner Stelle die anstehenden Besorgungen zu erledigen. Ich wartete voller Ungeduld, brachte er mir doch »Gott-Kaffee« mit, er brachte Kunde aus der mir langsam entrückenden Welt, er überbrachte Genesungswünsche des Greißlers, er brachte ein paar Zeitschriften, er strotzte nur so vor Kraft, wie ich, früher einmal.

Der Bruder betrat den Raum, er stapelte mit Vater die Waren auf, er legte die Nägel auf die eine Seite und Reis und Mehl auf die andere, er stellte die Gummischuhe neben die Tür, und das Öl kam in den Schrank, er verteilte Unterhosen, und der »Glänzblechkaffee« kam auf die Anrichte … ich zitterte und schnaubte. »Gott-Kaffee« sei aus, meinte der Bruder lapidar, die Lieferung aus Schweden sei nicht eingelangt, der Greißler wisse angeblich nicht weiter. Für Vater und Bruder war die Sache damit erledigt, für mich brach eine Welt zusammen, das Licht erlosch, und der See gefror in mir.

Vater und Bruder fuhren weiter hinaus, sie lachten und frohlockten mitten im See, die Netze wurden schwerer und voller, die Fische stetig größer und fetter, Petri Heil, Petri Heil. Der See in mir blieb gefroren, eine ebene, dunkle Fläche mit Furchen und Rillen, wie ein unbestellter, brachliegender Acker, der keine Früchte hervorbringt, keine Ähren, keine Fische, keine Ährenfische, ich schaute hinaus auf den See, etwas lief mir heiß über den Rücken, mein Blick senkte sich.

Vater hatte einst zu mir gesagt, einen Namen müsse man sich erwerben, es sei ehrbar und gottgefällig, es sei der Weg, den auch er gegangen sei, die Fischer und Jäger dieser Welt verdienen sich ihre Sporen, sie erwerben ihre Namen, ich solle an die Naturvölker denken, »kanah«, erwirb dir deinen Namen Kain, denk an die Indianergeschichten, die du so gern liest, an Ayita, die Ersttanzende, an Ahyoka, diejenige, die Fröhlichkeit bringt, an Akando, den Angriff aus dem Hinterhalt. Ich dachte an seine Worte, die sich bis heute in meinem Gedächtnis festgesetzt hatten, ich sehnte mich nach »Gott-Kaffee«, ich wollte wieder der Alte sein, mit Vater und Bruder über den See treiben… »Gott-Kaffee« sei nun mal aus, meinte der Bruder, die Lieferung aus Schweden wohl verloren, der Greißler mit seinem Latein am Ende, und Charles, der Lieferant, er melde sich nicht mehr.

Der Bruder drehte mir seinen Rücken zu, der Vater wandte sich ab und ging in die Hütte, ich sah hoch auf, die Wipfel der Bäume schlenkerten im Wind, es war ein ablandiger Wind aus den Hügeln, kein auflandiger Wind vom See. Mein Bruder Abel, der Windhauch, er beugte sich zu einem Stapel Feuerholz hinab, Festmeter um Festmeter am Waldrand gestapelt, ich erinnerte mich, wie wir früher gemeinsam Holz geschlagen hatten, abwechselnd, Keil um Keil. Ich schlug nach dem Bruder, ich erschlug ihn mit der neben dem Spaltholz liegenden Axt, das Blut spritzte auf meine Hände, das Blut schrie vom Waldboden hinauf. Ich ließ die Axt fallen und sah hinauf zu den Bäumen, sie schlenkerten und schüttelten sich weiter im Wind, es war kein ablandiger Wind aus den Hügeln, es war ein auflandiger Wind vom See.

Ich ging zurück in die Hütte und setzte mich an den Tisch des Vaters, wir aßen Fisch und tranken »Glänzblechkaffee«, Vater wollte wissen, wo der Bruder sei, und ich wusste es nicht mehr genau, ich wusste überhaupt nichts mehr. Der See war gefroren und ich kein Hüter, nicht meiner selbst, nicht irgendeines Bruders, nicht des Vaters und nicht der toten Fische, deren Leiber draußen im Wind baumelten, zum Trocknen und Räuchern auf lange Stangen gehängt.

* * *

»Als ich mit Vater und Bruder zum Fischen fuhr und Gott mich auf einen Kaffee einlud« war alles in allem wohl die eindringlichste Interpretation einer Bibelgeschichte, die ich jemals gelesen hatte. Sie ließ mich zwar etwas ratlos zurück, doch war ich insgeheim froh, keine Geschwister zu haben, alles andere wäre glatt gelogen. Es war die einzige Wettbewerbsgeschichte in all den Jahren, die ich mehrmals gelesen und die unmittelbare Auswirkungen auf mich hatte: Ich roch manchmal fauligen Fisch im Schulhof, trank auch später noch äußerst ungern Kaffee, und Manfred K. besaß fortan mein vollstes Mitgefühl.

Wir grüßten einander sogar in den Pausen, manchmal auch irgendwo auf der Straße, wenn ich mit Mutter zufällig an ihm vorbeischlenderte. Manfred würde wohl auch nie vergessen, dass ich mir damals tatsächlich ein Autogramm von ihm geholt hatte, er kritzelte mir etwas Unleserliches in die Schülerzeitung, gleich unter die darin abgedruckte Geschichte.

Viele Jahre später traf ich ihn wieder, ganz zufällig, er hatte eine Bäckerlehre gemacht und betrieb eine kleine Backstube unweit unseres Heimatortes, ich kam zur Tür herein und suchte irgendetwas mit Mohn. Wir erkannten einander sofort, er begrüßte mich freundlich und wollte wissen, wohin es mich so im Leben verschlagen habe. Da sich keine andere Kundschaft in der Backstube befand, servierte er mir noch einen Kaffee (zu einem kleinen Mohntörtchen), wir sprachen über die gute alte Schulzeit, ich erwähnte, dass ich mich noch immer an seine Kain-und-Abel-Geschichte erinnerte. Er stutzte kurz, ein etwas verlegen wirkender Versuch eines Lächelns folgte, es sei alles in allem damals für ihn keine einfache Zeit gewesen, tatsächlich hätte es viele familiäre Zwistigkeiten gegeben, ja er habe seinem Bruder oft genug die Pest an den Hals gewünscht. Er sah mich etwas eigentümlich an, vielleicht lag es daran, dass wir uns aus der Schule her kannten und einander doch fremd waren, sein zuvor noch recht fröhlicher Gesichtsausdruck verfiel zusehends, er flüsterte mir zu: Diese Kain-und-Abel-Geschichte, wenn du nur wüsstest, wie sehr mich der Direktor damals …

IV.
Abrahams Opfer

Und Gott sprach: Nimm etwas Lebendiges, das du liebst, geh in das Land Morija und bring es dort auf einem der Berge, den ich dir nenne, als Brandopfer dar. Wir hörten davon in einer Predigt in unserer Kirche, ich zupfte Mutter an ihrem Ärmel und flüsterte, dass ich nicht begreife, warum man so etwas überhaupt tun solle. Verbrennen war wohl der schlimmste Tod, den ich mir vorstellen konnte, ich hatte mich selbst schon ein paarmal ordentlich verbrannt: einmal an einem Feuerzeug, dessen Mechanismus ich neugierig erkundete, einmal an einem Lagerfeuer, als Mutter gerade nicht hinsah und irgendeiner der Anwesenden leichtfertig behauptete, sein Herz stehe in Flammen und das sei doch so schön, und einmal an Mutters Herd, der in meinen Augen unscheinbar wirkte, eine weiße Kommode mit Knöpfen, die ganz fest zubeißen konnte (ich hatte neugierig nach oben gefasst).

Später verbrannte ich mich noch schrecklich oft: an einem heißen Motorradauspuff, an ein paar Feuerwerkskörpern, an einer von der Sonne aufgeheizten Kneifzange, am Wasserkocher, dessen brodelndes Wasser ich mir versehentlich über die Füße goss. Insgeheim war ich mir nie sicher, ob man ein Verbrühen mit einem Verbrennen gleichsetzen durfte, doch in beiden Fällen ging es schließlich um Hitze, und die Haut warf ähnliche Blasen, sie brannte und war feuerrot. Als Kind hielt ich Feuerwehrmänner für echte Helden, sich freiwillig solch einer Gefahr auszusetzen imponierte mir, Berufe wie Fensterputzer, Bauarbeiter, Lokführer und Co. schienen mir dagegen reiner Kinderkram zu sein.

Wie bei allen heranwachsenden Kindern gab es auch bei mir eine Phase, in der ich gerne mit dem Feuer spielte; einmal packte ich ein paar alte Kuscheltiere ein, die mir bislang gute Dienste geleistet hatten, ich versteckte sie im Rucksack und ging mit ihnen zur Schule, nur sollten sie dort niemals ankommen. An einer mir dafür geeignet scheinenden Stelle (einem eben erst umgegrabenen Acker), türmte ich sie zu einem kleinen Hügel auf, ich arrangierte ihre Beinchen und Ärmchen so, dass sie sich aneinander festhalten konnten, holte mein Feuerzeug aus dem Rucksack und zündete sie an. Zunächst schien sich gar nichts zu tun, der Wind blies das Feuer mit Leichtigkeit aus, ich musste es immer wieder probieren (ich befürchtete schon, zu spät zur Schule zu kommen); plötzlich ging ein Ruck durch einen der Stoffhasen, fast wirkte es, als würde er davonlaufen wollen, doch frischte der an jenem Tag böige Wind erneut auf, diesmal hatte er eine gegenteilige, verheerendere Wirkung. Er setzte den Hasen in Flammen, danach den Plüschbären, die Katze und sogar den auf ihren Köpfen dargebotenen Fisch. Der Plüschfisch war vermutlich das ungewöhnlichste Stofftier, das ich je besessen hatte, ihn zu grillen erschien mir dennoch nicht vollkommen falsch.

Kurzum, bevor sie lichterloh in Flammen standen, blickten mich die sich aneinanderkrallenden, vormaligen Kumpane vorwurfsvoll an, Knopfaugen, die einst mit mir lebten, irgendwann in Vergessenheit gerieten und nunmehr langsam verkohlten. Viele Erwachsene (von Kindern ganz zu schweigen) bringen es bestimmt nicht übers Herz, sich ihrer alten Stofftiere zu entledigen, dachte ich noch, daher hielt ich mich, in ebenjenem Augenblick, für etwas Besseres, beinahe schon Auserwähltes.

Doch hier in der Predigt sprachen sie davon, dass man etwas Lebendiges benötige, Abraham jedenfalls zögerte keinen Augenblick; er packte seinen geliebten Sohn Isaak, sattelte seinen Esel und machte sich auf den Weg. Er schleppte ihn zu irgendeinem ihm vorgegebenen Berg, Isaak gänzlich im Unklaren lassend, was ihn erwartete. Nach einer Weile sagte dieser zum Vater, dass er sich wundere, wo denn das Opferlamm sei, doch bevor darüber ein weiterer Disput entstehen konnte, fesselte ihn der Vater kurzum, schichtete das Holz auf und bettete ihn darauf. Auf diesem Berg lässt sich der Herr sehen, murmelte Abraham.

Was daraufhin folgte, ließ mich lange grübeln: Gott hielt Abraham im letzten Augenblick zurück, er könne seinen Sohn verschonen, das Ganze sei nur irgendeine abstruse Prüfung gewesen, um sich seiner Gefolgschaft sicher zu sein. Während der Predigt (ich hörte zum ersten Mal von dieser Geschichte) kam das Ende völlig unvermittelt, ich stutzte und konnte es nicht fassen, dass Gott lediglich geblufft hatte. Natürlich freute ich mich für Abraham, immerhin konnte er mit seinem geliebten Sohnemann wieder nach Hause fahren, doch dass Gott so inkonsequent sein konnte, dass er nicht den Mut hatte, das Brandopfer einzufordern, es war schon erstaunlich. Ich weiß schon, die Milde, Güte und Barmherzigkeit, doch würde kein Wesen, das diese Eigenschaften auch nur im Ansatz in sich vereinte, je ein Brandopfer von einem Menschen fordern. Der Gott Abrahams erschien mir wie ein Sadist, ja schlimmer noch, er war ein Feigling, der die Sache nicht zu Ende bringen wollte. In meinen Augen hätte erst dieses ultimative Brandopfer die Loyalität Abrahams bewiesen, ja, wer weiß, vielleicht hätte er es auch gar nicht getan, er hatte möglicherweise nur gepokert, bis zum allerletzten Moment gewartet, und Gott war ihm auf den Leim gegangen. Abraham schien mir seitdem äußerst verschlagen, das Wesen des Sohnes konnte ich allerdings nicht wirklich einschätzen. Sich dermaßen unbedacht zur Schlachtbank führen zu lassen, so gar nichts mitzubekommen, da musste man schon ziemlich naiv und unbedacht, vermutlich sogar dämlich sein.

Ich stellte mir vor, Mutter würde von Gott zu einem solchen Brandopfer aufgefordert werden, wie sie sich wohl verhalten, was danach aus mir werden würde? Wie konnte Isaak seinem Vater nach Hause folgen, als ob nichts gewesen wäre, wie konnten die beiden Männer überhaupt Sara, Abrahams Frau und Isaaks Mutter, in die Augen schauen; ich konnte mir beim besten Willen nicht vorstellen, dass sie diese überstürzte Aktion gebilligt hätte. Es war mir ein Rätsel, wie Isaak weiterhin gemeinsam mit Abraham in seinem Haus leben konnte, wohl wissend, dass ihn der Vater beinahe verbrannt hätte (er litt wohl doch an Idiotie), doch dann hielt ich irgendwann inne, es konnte nur so gewesen sein: Die beiden steckten unter einer Decke, sie hatten gemeinsame Sache gemacht.

Unser Priester verkündete daraufhin das Ende der Predigt: Weil du das getan hast und mir deinen einzigen Sohn nicht vorenthalten hast, will ich dir Segen schenken in Fülle und zahlreich sollen deine Nachkommen sein, wie die Sterne am Himmel und der Sand am Meeresstrand. Amen! Von wegen Amen, Gott hatte sich austricksen lassen, wie sollte man Ihm je wieder folgen, was war er denn noch, ein Mitspieler, ein gewaltiger natürlich, auf der kosmischen Bühne, doch allmächtig? Das wohl kaum.

Ich kann nicht mehr sagen, ob ich mir als Kind genau das gedacht hatte, ich wusste nur, diese Predigt hatte an der göttlichen Strahlkraft genagt, der Herr hatte mit dem Feuer gespielt und, in meinen Augen, dabei nicht die allerbeste Figur gemacht. Es war ein Fehler gewesen, Abraham überhaupt zu einer solchen Tat aufzufordern und dann noch einfach so abzuspringen, wenn es ans Eingemachte ging.

Ich weiß nicht, ob nicht doch alles irgendwie miteinander zusammenhing, meine Gedanken und Abrahams Tat, jedenfalls, schon in der nächsten Woche bekam ich überraschend Läuse; ich war eines der ersten Kinder an unserer Schule (so genau lässt sich das im Nachhinein nie sagen), das von Parasiten befallen wurde, mein Kopf juckte, und wann immer ich mich kratzte, fanden sich danach ein paar dieser Parasiten auf meinen Handflächen; sie mehrten sich munter und legten immer weitere Eier auf meiner Kopfhaut ab. Mutter war ganz aus dem Häuschen, vor manchem Ungeziefer ekelte sie sich, Läuse zählten ganz offenbar dazu.

Macht euch selbst nicht zu etwas Abscheulichem durch das wimmelnde Kleingetier, verunreinigt euch nicht an ihnen und lasst euch nicht verunreinigen durch sie, flüsterte Mutter, entschlossen ihren Rasierer packend, mich auf den Küchenstuhl setzend, sie rasierte mir alles Kopfhaar ab, kehrte es auf einen Haufen und schaufelte diesen in eine Plastiktüte. Dann lief sie damit vors Haus, dann doch wieder in den Hof, sie legte die Tüte auf einem Kanaldeckel ab, nahm ein Feuerzeug aus ihrer Handtasche und zündete alles an. Ich sah ihr von oben aus dem Fenster zu, hörte, wie die geschorenen Haare zischten und knisterten, das Plastik schmolz, alles loderte auf, und die darin gefangenen Läuse und ihre ungeborenen Nachkommen verbrannten; der widerliche Geruch stieg bis nach oben an mein Fenster. Ich überlegte, ob es sich hierbei auch um ein Brandopfer handelte, ob sie Gott damit etwas sagen, irgendeinen leisen Protest äußern wollte, dass das hier jetzt zu weit gehe, Läuse und Läuseeier auf dem Kopf ihres Sohnes, Jessas!

Danach kam sie nach oben gelaufen, sie holte irgendeine Tinktur aus ihrem Medizinschränkchen, damit massierte sie mir ausgiebig die juckende Kopfhaut ein; es brannte fürchterlich, mein Kopf schien plötzlich in Flammen zu stehen, und ich wimmerte, flehte sie an, die Flüssigkeit wieder abzuwaschen, doch sie blieb unerbittlich. Die Chemikalie würde den allerkleinsten Rest der Läusepopulation über den Jordan schicken, ich müsse das nur eine halbe Stunde einwirken lassen, danach sei es ausgestanden. Eine halbe Stunde lang mit brennendem Kopf in der Küche zu sitzen war kein Honigschlecken, die Zeit schien, als zusätzliche Strafe, stillzustehen. Vielleicht hatten meine Gedanken Gott erzürnt, und das hier war die unmittelbare Folge davon, wer nicht hören will, muss schließlich fühlen.

Die nächsten Schultage zählten zu den allerschlimmsten, die mir im Gedächtnis geblieben sind: Ich saß mit rasiertem, leicht verätztem Kopf in meiner Bank, ich war der Einzige in unserer Klassengemeinschaft, den die Läuse befallen hatten. Es war auch kein sonderlicher Trost, ein paar andere Kinder mit rasierten Köpfen an unserer Schule zu wissen, wir begegneten einander in der großen Pause und lächelten bestenfalls gequält. Wie es sich gehört, hänselten mich meine Klassenkameraden, die Mädchen nannten mich »Eierbecher«, sie kicherten durchaus hinterfotzig, die Burschen fanden jede Menge Formulierungen, am häufigsten waren »Glatzarsch«, »Kahlfresse« und »Läuserutsche«. Es schien mir, meine Haare wüchsen äußerst langsam, ich hielt in den nächsten Wochen demnach lieber den Schnabel, um Gott nicht noch weiter gegen mich aufzubringen.

Ich fühlte mich wie eines dieser unreinen Wesen, vor denen einen die Bibel stets warnte; ich war mit etwas in Berührung gekommen, das mich verunreinigt, beschmutzt und in Gottes (und wohl auch Mutters) Augen entweiht hatte. Läuse zählten zweifelsohne dazu, doch war die Liste noch weitaus länger: Das Kamel, der Klippdachs, der Hase, das Schwein, mit denen durfte man sich gar nicht abgeben, ja sie nicht einmal berühren, wenn sie verendet waren. Hinzu kamen der Gänsegeier, der Lämmergeier und der Mönchsgeier, der Milan und alle Arten von Habichten, alle Arten von Raben, der Strauß, die Schwalbe, die Möwe und alle Arten von Falken, das Käuzchen, die Fischeule und der Uhu, die Schleiereule, die Ohreule und der Aasgeier, der Storch, alle Arten von Reihern, der Wiedehopf und die Fledermaus, allesamt verabscheuungswürdige Wesen. Des Weiteren alle geflügelten Insekten, die wie Vierfüßer laufen (mit Ausnahme derer, die Sprungbeine haben und auf der Erde hüpfen können), alle Vierbeiner, die auf Tatzen gehen, alle Arten von Dornschwanzechsen, der Maulwurf und die Springmaus, der Gecko, der Waran, die Eidechse, die Blindschleiche und das Chamäleon. Und ein jeder Gegenstand, auf den ein solches totes Tier falle, würde sofort unrein sein, ob es nun ein Holzgerät, ein Kleid, ein Stück Leder, ein Sack, ein Kopf oder dergleichen sei.

Die Sache mit Abrahams Brandopfer ließ mir allerdings auch später keine Ruhe, etwas Lebendiges, das man liebt – ich musste das einfach auf die Probe stellen; ich fing eine kleine Amsel für Gott, sie war noch nicht ganz flügge gewesen, ich konnte sie einigermaßen gut überwältigen. Ich liebte alle Tiere (nun ja, vielleicht nicht gerade Läuse), Vögel hatten es mir allerdings ganz besonders angetan. Ich erinnerte mich daran, dass einer aus unserer Klasse einmal eine junge, noch nicht befiederte Amsel gefunden hatte; er erläuterte uns, es sei wirklich das Beste, einen Stein zu nehmen, um sie zu erlösen. Als Kind wusste ich nie, ob etwas wirklich das Beste war oder nur die einfachste aller Möglichkeiten.

Ich steckte meine Amsel in einen kleinen Pappkarton, kaum dass ich die Hausaufgaben fertig hatte, lief ich mit ihr zu einem verfallenen Haus (mit einem verwahrlosten Garten), gleich in der Nähe unserer Schule. Ich hatte ein paar Feuerzeuge eingepackt, die ich der Reihe nach mit einem schweren Stein aufschlug, die darin enthaltene Flüssigkeit verflüchtigte sich schnell, ich leerte lediglich ein paar Tropfen über die kleine Kartonverpackung; ich konnte ganz deutlich das klägliche Piepen des kleinen Vogels hören. Ich war mir sicher, Gott würde mich aufhalten, er würde zu mir sprechen und dem flauschigen Vogel das Leben schenken, ich wollte schließlich nur eines der üblichen Brandopfer darbieten, damit mich nie wieder im Leben Läuse befielen.

Gott schwieg, ich zögerte, Gott schwieg weiter, vielleicht war ein kleiner Vogel in seinen Augen nicht so wertvoll wie Isaak, ich sah das allerdings vollkommen anders: Liebend gern hätte ich den idiotischen Sohn Abrahams hier liegen gehabt, ihn in Flammen zu setzen hätte mir keine schlaflosen Nächte bereitet. Die kleine Amsel war ein Teil meiner selbst, sie anzuzünden, das würde ich niemals wieder aus dem Kopf bekommen, sollte ich mich wirklich dazu durchringen. Gott schwieg weiterhin, vielleicht hatte er sich seit den Zeiten Abrahams, es war schließlich eine Weile her, eine neue Strategie zurechtgelegt, vielleicht war er auch hartherziger, unnachgiebiger geworden, wer vermag das schon zu sagen.

Ich zündete den Pappkarton an, bereit, das Feuer jederzeit und mit bloßen Händen zu löschen, den Vogel sofort zu retten, ich wartete auf Gottes Zeichen, er musste einfach einschreiten, alles andere war, auch nach all den Geschichten, die mir Mutter von ihm erzählt hatte, undenkbar. Der Karton ging in Flammen auf, und das Gepiepse der kleinen Amsel verstummte schon bald, ich weinte bitterlich und verfluchte Gott für seine Kaltblütigkeit. Oder gab es dieses Arschloch vielleicht gar nicht? Hatte ich das geliebte Tier einem abstrusen, vollkommen unsinnigen Glauben geopfert?

Ich schlief kaum, aß wenig in den nächsten Tagen, Mutter ging umgehend mit mir zum Arzt; dieser untersuchte mich gründlich, er schaute in meine Augen, meinen Rachen, meine Ohren, als ob er dort etwas hätte entdecken können. Er hörte und klopfte mein Herz ab, das weiterhin schlug, danach konnte er der Mutter Entwarnung geben, ich sei vollkommen gesund. Hätte er doch nur mein Herz hervorgeholt, es aufgeschnitten und in sein Innerstes geschaut, er hätte den Rauch gesehen, der nach wie vor von dem brennenden Karton aufstieg.

V.
Der Turnlehrer

In der Schule gab es regelmäßig einen Schulgottesdienst, unser Direktor und alle Lehrer und Lehrerinnen saßen in der ersten Reihe, sogar der Turnlehrer, der ansonsten immer nur im Trainingsanzug herumlief, hatte sich an solchen Tagen zurechtgemacht. Er trug ein Sakko, und sein stoppeliger Bart war deutlich gestutzt, es hieß, mit etwas gutem Willen könnte man aus ihm einen passablen, wenn nicht gar bemerkenswerten Mann machen.

Wir hatten einmal zufällig die Klassenlehrerin belauscht, die sich mit der Sekretärin des Direktors eben darüber unterhielt, wir konnten es zunächst gar nicht fassen. Beide Frauen, die uns bis dahin äußerst züchtig erschienen waren (ich erinnere daran, wir waren an einer katholischen Schule), gerieten ob des Körpers des Turnlehrers ins Schwärmen: Er hat so stramme Waden, eine wirklich beeindruckende Hüfte und erst dieser muskulöse Oberkörper, ein Bild von einem Mann, wenn er sich nur nicht so gehen ließe.

Tatsächlich war der Turnlehrer unverheiratet, bei einem Mann sieht man das nach einigen Jahren, bei Frauen weniger, die legen sich noch eine ganze Weile ordentlich ins Zeug. Allerdings erfuhren wir bald, dass die Sekretärin verheiratet war, wir mussten fortan immerzu grinsen, wenn wir ihr auf dem Gang begegneten, dieses kleine, durchtriebene Luder und ihre sündigen Gedanken. Unsere Klassenlehrerin war gleichfalls unverheiratet, sie konzentrierte sich voll und ganz auf uns, ihr Eifer und ihre Fürsorge waren nahezu sprichwörtlich.

Einer der älteren Schüler erzählte uns, dass der Herr Direktor höchstpersönlich unsere Klassenlehrerin irgendwann zum Abendessen ausgeführt hatte, er hätte die beiden mit eigenen Augen in einem der Gasthäuser gesehen. Ich weiß nicht, ob man daraus folgern durfte, dass ihr der Herr Direktor eindeutige Avancen unterbreitete, schließlich war er verheiratet; es könnte sich auch lediglich um ein Arbeitsessen gehandelt haben. Der Turnlehrer war jedenfalls der begehrteste Erwachsene an unserer Schule, selbst viele der Mädchen schwärmten für ihn, das bekam man eindeutig mit. Es hieß, im Unterschied zu allen anderen Lehrerinnen und Lehrern wäre er nicht sonderlich gläubig, er rauchte, trank Alkohol, und in der Kirche ließ er sich auch nie blicken (den Schulgottesdienst vorsorglich ausgenommen).

Nur damit kein falscher Eindruck entsteht: Die meisten Schülerinnen und Schüler waren ebenfalls gläubig, wir waren schließlich eine katholische Schule, die meisten hatten so rein gar nichts gegen Gott, den Herrn, ja nicht einmal ich würde mich davon ausnehmen, es gab lediglich Zeiten, da kam ich besser mit Ihm zurecht und dann wieder weniger. Was ich jedoch eigentlich sagen wollte: Obwohl wir uns alle mit Vorliebe in Bibelgeschichten und Glaubensbekenntnisse vertieften, unsere Kirchenlieder anstimmten und religiöse Fragen diskutierten, gab es doch auch eine starke Anziehungskraft zu allen weltlichen Dingen. Wir mochten den Turnlehrer, weil er etwas aus der Reihe tanzte, ein wenig den verwahrlosten Rebellen mimte, seine überragende, bravouröse Physis tat ihr Übriges. Außerdem war er der Einzige, vor dem sogar die Schulziege Respekt hatte, ab und an, wenn diese besonders frech war, packte er sie an den Hörnern und brachte sie wieder zur Räson (und wie die danach erst meckerte).

Nach den Schulgottesdiensten flanierte zumeist die ganze Schule noch ein Weilchen im Hof oder Garten herum, die Lehrer bildeten Grüppchen und unterhielten sich, viele Schüler spielten miteinander und tollten herum, es gab allerdings auch eine Art Schwarzmarkt; da es die einzige Gelegenheit war, wo sich wirklich alle an einem Ort einfanden, bot es sich förmlich an, dem Tauschhandel zu frönen oder sonstige Geschäfte anzuleiern. Am interessantesten für mich waren die unter der Hand getauschten oder gegen Geld angebotenen Comichefte, denn bei mir zu Hause war das ganze Zeug tabu, da wusste die Mutter nicht viel damit anzufangen. Die Verherrlichung von Superhelden und ähnlichen Gestalten, was soll ich sagen, es rangierte bei uns im Haus durchaus unter der Kategorie »Gotteslästerung«.

Ich hatte gleich einige bevorzugte Superhelden, deren Geschichten ich gerne las, doch konnte ich zu Hause nicht allzu viele von ihnen in meinen Verstecken einlagern; hätte die Mutter die Heftchen entdeckt, sie wären unweigerlich weg gewesen. Also war ich eigentlich ständig am Tauschen, was an sich kein Problem war, denn ich musste nicht unbedingt etwas besitzen, um mich daran zu erfreuen. Die grellen, fantastischen, mit Strahlkraft versehenen Helden begeisterten mich, sie vollbrachten so viel mehr an Wundern, da sollten sich alle Bibelakteure echt ein Beispiel nehmen.

Ich schwärmte für die Abenteuer von Flash Gordon, einem der allerersten Superhelden, der an sich nur ein Mensch war, doch nach einem unfreiwilligen Transfer auf einen auf die Erde zurasenden Kometen, verwandelte sich besagter Gordon Ferrao schließlich zum heldenhaften Flash. Im Comicuniversum waren es oft genug Reisen oder traumatische Erfahrungen, die einen normalen, menschlichen Akteur zu einer Götterfigur machten. Ich blickte fasziniert auf Captain America, jenen Helden, der so unmittelbar in Zusammenhang mit der Ermordung von J. F. Kennedy stand, ganz abgesehen davon, dass für uns katholische Schüler nahezu alles, was aus Amerika kam, eine ungeheure Faszination ausübte.

Ich liebte den Animal Man, einen Helden, der die Kräfte und Fähigkeiten eines jeden irdischen Tieres annehmen konnte, verfolgte staunend die Abenteuer von Atom, einer Figur, die auf subatomare Größe schrumpfen konnte, bei gleichzeitiger übermenschlicher Kraft, das war schon was. Ich verliebte mich sogar in Wonder Woman, eine Superheldin, die mit Hilfe ihres goldenen Lassos jeden dazu bringen konnte, die Wahrheit zu sagen (ganz abgesehen davon, dass sie sexy aussah und einen gigantischen rechten Haken aufwies); ich bewunderte das Phantom, einen Helden, der im Dschungel lebte, angebetet von pygmäischen Urwaldvölkern, bewahrte er dort Natur und Stämme vor der Knechtschaft der modernen Welt.

Ich konnte meine Finger nicht von Rorschach lassen, beinahe schon ein Antiheld, eine psychisch gestörte Persönlichkeit, die sich durch ihren kompromisslosen Gerechtigkeitssinn auszeichnete. Sein Merkmal war eine Maske mit einem sich ständig ändernden Muster, in nahezu jedem Comicbild veränderten sich Kleckse und Schatten, die über sein Gesicht huschten.

Und um noch einen Comichelden meiner Schulzeit kam ich nicht herum: Superman! Tatsächlich ein wahrer, ein überirdischer Gott, der schon von Natur aus ein geborener Held war; an das Schicksal des Lichts geknüpft, bezog er seine Kraft und Herrlichkeit aus der Sonne, ein wahrer Zeus, Helios, Jupiter und Odin in einem, Superman, der oberste und machtvollste aller Sonnengötter und Götterväter.

Verständlicherweise konnte ich solche und ähnliche Gedanken nicht vor Mutter äußern, in der Schule war die ganze Thematik offiziell ebenfalls tabu, wurde man mit Comicheften erwischt, wurden sie einem ausnahmslos abgenommen; kam es mehrmals vor, wurden die Eltern verständigt. Es ist demnach nicht allzu verwunderlich, dass die Heftchen im Schulhof wie harte Drogen gehandelt wurden; man nahm sachte Blickkontakt auf (mit der Zeit kannte man seine Pappenheimer), verständigte sich mit knappen Gesten oder leisen Worten, vereinbarte die Übergabe und verschwand in der Menge.

Manchmal scherzten wir in unserer Klasse darüber, in welchem Superheldenkostüm wohl unser Turnlehrer am besten zur Geltung käme, doch eigentlich spielte das keine Rolle;

nahezu jeder Superheld trug schließlich eine hautenge Robe, unser Turnlehrer konnte darin nur fabelhaft aussehen. Er war erpicht darauf, uns fit zu halten, vermutlich ein verständlicher Impuls in Anbetracht unseres klerikal-vergeistigten Umfeldes; wenn es ihm zu bunt wurde und wir gar nichts mehr zustande brachten, sei es nun am Reck, Pferd oder Barren, brüllte er uns an, dass schließlich auch Jesus körperlich alles hatte geben müssen, ohne Kondition und Kraft wäre keine der Bibelgestalten ans Ziel gelangt, all diese Märsche durch Wüsten und dieses Erklimmen der Gipfel, wir sollten uns endlich etwas mehr anstrengen.

Ich denke, damit lag er nicht ganz falsch, schließlich führte etwa Mose sein Volk tagelang durch die Wüste, höllische Wegstrecken, viel war zu schleppen, kaum Schlaf, die Bestie Ägypten im Nacken. Und als der Herr sich an Moses wandte, ihm auftrug, seinen Stab zu heben, seine Hand über das Meer zu strecken (das nach irgendeinem ihrer Gewaltmärsche plötzlich vor ihnen lag) und dieses zu spalten, damit sie auf trockenem Boden weiterziehen konnten, nun, von da an schien mir sogar Moses eine Art Superheld zu sein. Natürlich nicht ganz so faszinierend wie Superman oder Wonder Woman, die hätten das Meer auch wie nichts geteilt, doch immerhin, Gott konnte einem Superkräfte verleihen, wenn er denn wollte, das war schon was.

Es ließ mich dem Herrn erneut näherkommen. Übermenschliche Kräfte zu haben, um sie zum Wohle der Menschheit einzusetzen, das hätte mir durchaus gefallen. Überraschenderweise wurde aus dem Plan nichts, Gott ließ mich auch hier im

Regen stehen, ich bekam keine Superkräfte, nicht die allerkleinsten, ganz egal, wie oft ich zu ihm betete oder ihn anflehte, er wollte seine Macht schlicht nicht mit mir teilen.

Immerhin beschloss ich das Angebot des Turnlehrers redlich zu nutzen, ich strengte mich in seinem Unterricht doppelt und dreifach an, ich machte Liegestütze, Klimmzüge und stemmte Gewichte, es ließ mich schon bald etwas männlicher werden, sein Drill tat dem Körper tatsächlich gut. Ich war dann auch der Erste in unserer Klasse, der keine Angst mehr vor der Ziege hatte, vollkommen egal, wie grimmig sie einen ansah oder wie fest sie zutrat, bockte und stupste. Ich wurde zusehends schneller, wendiger und kräftiger, die Ziege hatte sich allmählich auch damit abgefunden.

Als man uns eines Tages in der Schule mitteilte, dass der Herr Turnlehrer versetzt worden war, fiel es uns schwer, die Fassung zu wahren; wir überhäuften unsere Klassenlehrerin mit allerlei Fragen, was denn passiert und warum er gegangen sei, doch konnte oder wollte sie uns darüber keinerlei Auskunft erteilen. Er war, ohne sich auch nur kurz von uns zu verabschieden, plötzlich aus unserem Leben verschwunden. Im Schulhof, nach den Gottesdiensten, kursierten die wildesten Geschichten, die nur hinter vorgehaltener Hand weitergereicht wurden: Der Turnlehrer sei mit der Frau des Direktors erwischt worden (im Haus des Direktors), der Turnlehrer sei mit der Sekretärin des Direktors im Direktorenzimmer erwischt worden (auf dessen Schreibtisch), der Turnlehrer hätte sich mit einigen Lehrerinnen gleichzeitig vergnügt, bei sich zu Hause und in seiner Freizeit zwar, doch sei er dadurch selbstverständlich untragbar (warum das nicht auch die besagten Lehrerinnen betraf, konnte ich überhaupt nicht nachvollziehen).

Der Turnlehrer hätte irgendwelche verbotenen Substanzen zu sich genommen (man munkelte etwas von Kokain), der Turnlehrer hätte anrüchige Bemerkungen zu Gott und der Welt abgesondert, der Turnlehrer wäre irgendwelchen wohlhabenderen Eltern in die Quere gekommen (deren Sprösslinge er zu hart rannahm), der Turnlehrer hätte es mit einer der älteren Schülerinnen in seinem Sportkämmerchen getrieben (da würden mir sofort einige Kandidatinnen an unserer Schule einfallen, insofern hielt ich diese Geschichte für absolut glaubwürdig), der Turnlehrer hätte es heimlich ab und an sogar der Ziege besorgt (hä?) … es gab eigentlich keine Geschichte, die man im Schulhof nicht gehört hätte.

Was genau passiert war, wurde nie öffentlich gemacht, es musste sich demnach wirklich um eine peinliche, weitreichende Sache gehandelt haben, mir tat das Ganze leid. Wir verloren einen Lehrer, der ein bisschen etwas von der echten Welt an die Schule gebracht hatte, der nicht nur ständig mit uns singen, beten oder über die Bibel diskutieren wollte. Was immer es auch gewesen sein mag, weswegen er unsere Schule hatte verlassen müssen, ich war mir sicher, ich hätte es ihm, ohne auch nur mit der Wimper zu zucken, vergeben. Wo blieb eigentlich diese Vergebung, von der die Bibel nahezu ständig predigte, wenn man sie brauchte?

Das ist mein Blut, das Blut, das für euch zur Vergebung der Sünden vergossen wird und den Bund zwischen Gott und der Menschheit besiegelt, bla bla. Jeder der Verantwortlichen an unserer Schule hätte dem Turnlehrer vergeben müssen; meinetwegen, er hatte gesündigt, er hatte den einen oder anderen Fehler gemacht, doch rechtfertigte das seine fristlose Entlassung? Ich gewann damals den Eindruck, dass es die ach so gläubigen Erwachsenen an unserer Schule mit der Vergebung vor allem dann nicht sonderlich genau nahmen, wenn es sie selbst betraf, wenn sie selbst über den einen oder anderen Schatten hätten springen müssen, wenn Vergebung plötzlich wehtat, dann fiel sie offenbar doppelt und dreifach schwer.

Was für einen Wert hatte das Wort Gottes dann eigentlich noch an unserer Schule? Wenn es nur um irgendwelche persönlichen Befindlichkeiten ging, weil sich irgendwer auf den Schlips getreten fühlte; ich glaube, ich sah die Heuchler danach mit anderen Augen. Allen voran den Direktor, der, wie ich vermutete, mit seiner Weisung den Abgang des Turnlehrers angezettelt, ja diesen veranlasst hatte, der vielleicht dessen Entlassung auch hätte verhindern können.

Ich hatte den Eindruck, dass von jenem Tag an ein merkwürdiger Schatten über unserer Schule lag, die Atmosphäre in den Gängen hatte sich gewandelt, die Erwachsenen schienen ernster, verschlossener geworden zu sein, sie unterhielten sich kaum noch miteinander, und man hörte nur noch selten jemanden herzhaft lachen. Unsere Klassenlehrerin ließ gleichfalls ihre Fröhlichkeit missen; wir sangen zwar weiterhin Lieder für den Herrn, doch machte sie kaum oder nur noch leise mit, sie wirkte abwesend, war bleicher geworden, versah ihren Dienst nach Vorschrift und schien jegliches Interesse an uns verloren zu haben.

VI.
Die Unreinheiten der Ziege

An unserer Schule gab es selbstverständlich keinen richtigen Aufklärungsunterricht, Natur- und Sachkunde wurde gelehrt, das schon, doch wurde dieses Thema dort beinahe gänzlich ausgespart. Ab und an wurde uns etwas über die Fortpflanzung von Tieren, Regenwürmern etwa, mitgeteilt, nun ja, eigentlich wurde auch deren Sexualleben ausgeklammert, am ehesten wurde uns das Mysterium des Lebens noch an diversen Pflanzen dargelegt, irgendwelchen immergrünen, bestenfalls mit dem Wind kopulierenden Hecken. Einmal sprach die Klassenlehrerin von Vögeln und eierlegenden Säugetieren, wohl vor allem deshalb, weil diese Tiere keine üblichen Geschlechtsmerkmale aufwiesen, an ihnen hing schlicht nichts Peinliches herum, das Eierlegen hatte etwas latent Harmloses und Unverfängliches.

Jedoch, wir alle wurden schließlich langsam älter, auch wenn wir nach wie vor als Kinder Gottes galten, im strengeren Sinne des Wortes würden wir das wohl nicht bleiben. In der Klasse gab es im Laufe der Zeit die unterschiedlichsten Meinungen dazu, wie wohl Leben entstanden sein mochte, die Bibel und ihre Auslegung legten uns nahe, einfach alles Gott zuzuschreiben. Allerdings, viele Tiere vermehrten sich praktisch von alleine, das sei so wie mit der kochenden Milch, die am Herd immer weiter aufschäumt, sagten einige. Manche in der Klasse glaubten zunächst, es reiche schon aus, wenn sich zwei Tiere, ein Männchen und ein Weibchen, gegenseitig ins Maul spuckten; es setze dies einen chemischen Prozess in Gang, am Ende resultiere daraus das Leben. Mit der Zeit ahnten wir jedoch, dass es schon etwas mit den Geschlechtsorganen zu tun haben musste; als am wahrscheinlichsten galt, dass diese diesbezügliche Säfte absonderten, und sollten sich die männliche und die weibliche Flüssigkeit vermengen, dann entstünde neues Leben.

Als ich von der Mutter mehr dazu wissen wollte, meinte sie, für dieses Thema sei ich noch entschieden zu jung, ich denke allerdings, sie hatte schlicht keine Ahnung, wie sie mir damit beikommen sollte. An der Schule sprachen die älteren Schüler übrigens schon von sexuellen Aktivitäten, wenn man sich am Gang nach jemandem umdrehte und sich irgendwie komisch dabei fühlte; Sexualität und alles was damit zusammenhing, war schlicht ein Tabu.

Ich blätterte verstohlen die Bibel durch, um mich ein wenig ausführlicher zu informieren, es musste sich doch in der einen oder anderen Weise etwas dazu finden lassen. Bei Levitikus wurde ich endlich auf etwas aufmerksam, dieser äußerte sich im Detail zu den »Unreinheiten von Männern und Frauen«. Ich erfuhr, dass es unrein sei, einen Ausfluss aufzuweisen, dass es dann beim Mann darauf ankäme, ob sein Körper diesen Ausfluss fließen oder sich dieser unterdrücken lasse. Jedes Lager, auf das man sich setzte oder legte, war danach unrein, sofern besagter Vorgang auftrat. Man müsse sich dann sorgfältig waschen, seine Kleidung reinigen und dergleichen, könne allerdings davon ausgehen, dass man für mindestens sieben Tage als unrein zu gelten habe. Am achten Tag solle man zwei Turteltauben oder zwei junge, gewöhnliche Tauben auftreiben, zum Offenbarungszelt kommen und diese dem Priester übergeben; diesem wiederum würde empfohlen, die eine Taube als Sühne- und die andere als Brandopfer darzubringen, um sich vor dem Herrn wegen des Ausflusses zu entsühnen.

Mit der Unreinheit von Frauen war es ähnlich gelagert: Im Falle von Blutfluss etc. sei die Frau sieben Tage unrein, wer sie berühre, sei ebenfalls mit irgendwas kontaminiert; die Empfehlung lautete: waschen, waschen und nochmals waschen. Endlich fand ich auch eine bedenkenswertere Stelle: Schlafe ein Mann mit der Frau, während sie unrein sei, so komme die Unreinheit ihrer Regel über ihn; wieder die üblichen sieben Tage lang, die Frau solle sich gleichfalls zwei Turteltauben krallen, ab damit zum Priester etc. etc.

Mit einer Frau zu schlafen, beziehungsweise Geschlechtsverkehr zu haben war offenbar etwas sehr Ähnliches, wir kannten beide Formulierungen aus der Bibel; hat ein Mann Geschlechtsverkehr mit einer Frau, dann komme ihre Unreinheit über ihn; kein Mann soll mit einem anderen Mann Geschlechtsverkehr haben, denn ich, der Herr, verabscheue das; und eine Frau soll sich nicht vor ein Tier stellen, um sich mit ihm zu paaren, das sei schändlich, ja eigentlich solle jeder, der mit einem Tier Geschlechtsverkehr habe, getötet werden; niemand solle zudem mit einem seiner Blutsverwandten eine sexuelle Beziehung haben. Ich bin Jahwe, Hugh!

Ich hielt fest – mit einer Frau zu schlafen, Geschlechtsverkehr zu haben, sich zu paaren, alles dasselbe; im eigentlicheren Sinne kamen sich Mann und Frau mit ihren Flüssigkeiten zu nahe, beim Umarmen, Baden, Schlafen etc., die Geschlechtsteile waren also das eigentliche Desaster. Irgendwie klang nämlich alles nach einer Erschwernis, keinesfalls nach brauchbaren Erklärungen, wie Leben entstanden sei; man musste unweigerlich glauben, Leben an sich sei schon das Problem oder zumindest ein gewichtiger Teil davon. In Anbetracht der Tatsache, dass man für Geschlechtsverkehr mit Tieren getötet werden konnte, sah ich die Geschichte des Turnlehrers in einem völlig neuen Licht (ich erinnerte mich schließlich an die damals kursierenden Gerüchte). Sollte er tatsächlich Geschlechtsverkehr mit unserer Schulziege gehabt haben, war ich froh, dass er unverzüglich gegangen war, um den Häschern zu entkommen. Dennoch konnte ich mir nicht vorstellen, meine eigenen Säfte mit denen einer Ziege zu vermischen, da musste ich der Argumentation der Bibel schon folgen.

Ich beobachtete unsere Ziege ein paar Tage lang genauer, wie sie durch den Schulhof und den Garten lief, sie genoss absolute Bewegungsfreiheit; einem jeden Schüler wurde vom ersten Schultag an ausdrücklich dargelegt, die Tore, Gatter etc. geschlossen zu halten. Natürlich kam es vor, dass es irgendwer trotzdem vergaß (bzw. es sogar mit Absicht geschah), die Ziege lief dann wild vor oder in der Nähe der Schule herum, attackierte Fahrzeuge oder vorbeieilende Passanten. Zum Glück kannte jeder im Umkreis von einigen Kilometern unser Horntier, einer altehrwürdigen, katholischen Schule kam man zudem nicht so leicht mit Beschwerden. Die Ziege selbst kam in der Regel auch wieder von ganz allein zurück, im schlimmsten Fall wartete sie vor geschlossenen Türen und meckerte lautstark, bis man sie hereinließ.

Sollte der Turnlehrer tatsächlich etwas mit der Ziege gehabt haben, verstand ich nicht, warum er diese nicht mitgenommen hatte, bestimmt würde er sie dort, wo er jetzt war, vermissen. Doch eigentlich interessierte ich mich bald gar nicht mehr für Ziege und Turnlehrer, mir fiel stattdessen auf, dass ich immer öfter den Mädchen in unserer Schule hinterherblickte, äußerst verstohlen selbstverständlich, damit es ja keiner bemerkte. Plötzlich fielen mir ihre Haarfarben auf, ihre Figuren, ich unterschied ihre Stimmlagen und die Art des Sprechens, ab und an gab es auch eine Gelegenheit, an ihnen zu schnuppern, wenn man gerade etwas von ihnen abschrieb oder dergleichen. Auf all das wurden wir in unserer Schule rein gar nicht vorbereitet, ich hielt das für einen gewaltigen, unermesslichen Fehler.

Es kam schließlich so weit, dass uns im Schulhof die älteren Schüler erklärten, dass der Penis in die Vagina eingeführt werde, erst dort vermischten sich die Flüssigkeiten und so weiter, ich meine, so falsch hatte ich mit meinen Mutmaßungen gar nicht gelegen. Wir erfuhren auch, dass es Mittel gäbe, um diese Vermischungen zu unterbinden, irgendwelche kleinen Gummitüten, die man sich über den Penis stülpte. Und für die Frauen gab es spezielle Medizin, die sie nehmen konnten, dann sei der Geschlechtsverkehr absolut unbedenklich. Ich verstand das nicht wirklich, denn schließlich würden sich die Flüssigkeiten des Mannes und der Frau ja weiterhin vermischen, das mit der Gummitüte klang wesentlich plausibler. Unreinheit schien jedenfalls absolut unvermeidbar, sie war fixer Bestandteil geschlechtlicher Aktivitäten, alles in allem sollte man damit jedoch gut zurande kommen.

Die älteren Schüler brachten uns einmal grinsend diese Gummitüten in den Schulhof mit, sie hießen Kondome, wie ich erfuhr, und ein paar von uns erhielten tatsächlich welche, um mit ihnen zu üben. Ich weiß noch genau, das Ganze war irgendwann im Sommer, unmittelbar vor Schulschluss, nachdem wir uns wieder einmal nach dem Schulgottesdienst im Hof versammelt hatten. Die älteren Schüler wollten, dass wir unauffällig die Arme hoben, es hieß, wer schon Achselhaare hatte, der habe auch ein Anrecht auf eines der Kondome. Zum Glück zählte ich da schon dazu, man überließ mir also eines, das ich sofort in den Taschen meiner Schuluniform verschwinden ließ.

Es war schließlich gar nicht so einfach, ein paar ruhige Minuten zu finden, um das Kondom zu Hause auszuprobieren; ich war etwas ungeduldig, wollte nicht warten, bis Mutter wieder in der Praxis war und ich ein paar Stunden für mich allein hatte, ich erzählte ihr etwas von Verdauungsproblemen und verschwand für längere Zeit auf der Toilette. Es war der einzige Ort im Haus, wo ich sicher sein konnte, dass sie mich niemals stören würde; sie klapperte inzwischen munter in der Küche mit dem Geschirr herum, vermutlich war sie dabei, abzuwaschen.

Ich riss die Verpackung auf, holte das Gummitütchen hervor und inspizierte es genau; es roch einigermaßen seltsam, war etwas glitschig und fein säuberlich zusammengerollt. Die Verpackungsbeschreibung legte nahe, sich das Tütchen wie einen Hut auf den Penis zu setzen, es vorsichtig nach unten abzurollen, soweit es eben ging, und schon wäre man gegen alle Unreinheit gewappnet. In der Praxis gestaltete sich das nicht ganz so einfach, mein Penis blieb zu weich (immerhin war ich mir darüber im Klaren, dass es mit einem festeren Penis leichter vonstattenginge), das Kondom schien viel zu eng (was jedoch keinesfalls an der Größe meines Penis liegen konnte), ich fuhrwerkte mit nervösen Fingern an mir herum, angenehm war die Prozedur jedenfalls nicht.

Schließlich hatte ich es irgendwann übergezogen, allerdings war mein Penis bei dem krampfigen Überstülpen noch kleiner geworden, wenn ich ehrlich sein soll, das Ganze sah lächerlich aus; wäre ich ein Mädchen und würde ich dabei zuschauen müssen, na, herzlichen Dank. Plötzlich schien mir das mit der speziellen Medizin für Frauen wesentlich einfacher, es war mit einem Male dann doch logischer, sich mit Heilkunde gegen die Unreinheiten zu wappnen (wiewohl das im eigentlich Sinne ja unmöglich war). Und gegen das Leben. Und gegen weiß Gott was! Oder wie uns die Bibel verhieß: Ein Geschlecht geht, ein Geschlecht kommt, und die Erde bleibt ewig bestehen.

Nach dem nächsten Gottesdienst wollten die älteren Schüler von uns jüngeren wissen, wie wir mit den Kondomen zurechtgekommen wären, sie grinsten spitzbübisch, und ich begann zu ahnen, dass es ganz normal war, dabei nicht unbedingt eine gute Figur zu machen. Uns jüngere Schüler machten diese Fragen durchaus verlegen, doch hatten wir die Kondome schließlich bereitwillig angenommen, insofern mussten wir uns die Frageprozedur gefallen lassen. Jedenfalls, wir wurden ordentlich ausgelacht, bis zu dem Zeitpunkt, als ich wiederum danach fragte, ob die älteren Schüler das Ganze schon mit Mädchen ausprobiert hätten, wie das dann gewesen sei und überhaupt, da war es mit einem Male vorbei mit dem Gelächter. Die älteren Schüler blickten sich verlegen an, sogar die Rädelsführer wirkten wie auf dem falschen Fuß erwischt, ich Grünschnabel solle mal ganz schnell das Maul halten, das gehe nur sie und ihre Mädchen was an. Ich kam nicht umhin, dämlich zu grinsen, schließlich hatte ich ein gutes Gespür dafür, wann ich Oberwasser gewann, doch bevor ich nachsetzen konnte, wurde unser Gespräch jäh unterbrochen: Die Ziege hatte mit ordentlich Anlauf den Hintern des Direktors gerammt, es hieß später sogar, sie hätte eines ihrer Hörner direkt im Allerwertesten des Herrn Direktor versenkt.

Selbstverständlich gab es viel Geschrei, der Direktor musste zu unserer Schulärztin gebracht werden, damit man ihm Erste Hilfe erweisen konnte, die Ziege wurde eingefangen und mit einem dicken Strick an den Apfelbaum im Garten gebunden, es schien sie allerdings nicht sonderlich zu stören, denn sie graste dort vergnügt und in aller Seelenruhe. Unter den Lehrern kam es zu einer spontanen Diskussion darüber, ob man die Ziege nicht gänzlich der Schule verweisen sollte; die einen meinten, es sei doch längst an der Zeit, das Tier wäre schließlich unberechenbar, und man habe seine Eskapaden lange genug ertragen; die anderen argumentierten damit, dass die Ziege gewissermaßen das Maskottchen der Schule sei, unzählige Kinder wären mit ihr aufgewachsen, eine Entfernung des Tieres sei für sie unchristlich und undenkbar.

Inzwischen musste die Schulärztin ihre Untersuchung des Herrn Direktor abgeschlossen haben, dieser kam wieder in den Hof gehumpelt und löste die aufgeregte Menge auf; er verlautbarte auch gleich unüberhörbar, dass doch gar nichts Ernsthaftes passiert sei (wohl um alle Mutmaßungen diesbezüglich abzuwürgen), wir alle seien gut darin beraten, die Kirche im Dorf zu lassen; die Ziege bleibe natürlich weiter an der Schule, das müsse man gar nicht diskutieren. Und um seine Worte zu unterstreichen, humpelte er zu dem angebundenen Tier, tätschelte es am Kopf und raunte ihm ein paar ausgesprochen freundliche Worte zu; ich weiß nicht, wie ich es sagen soll, sein Blick gefiel mir dabei ganz und gar nicht.

Nach den Ferien, zu Beginn des neuen Schuljahres, erfuhren wir, dass es während unserer Abwesenheit einen bedauernswerten Unfall gegeben hatte; die Ziege hatte sich, wie schon so oft, selbstständig gemacht, sie war in einer der Nachbarstraßen von einem Auto erfasst und zu Boden geschleudert worden, man hätte sie schließlich mit gebrochenen Beinen, schwer verletzt auf dem Asphalt liegend vorgefunden. Des Weiteren wusste man, dass die Schulärztin sofort ihre Ferienruhe unterbrochen hätte, sie sei so schnell es ging zur Schule gefahren, wohin ein paar Anrainer die Ziege unterdessen transportiert hatten. Nach einer eingehenden Untersuchung hätte sie keine andere Wahl gehabt, als das Tier einzuschläfern; sie bedauere das sehr, versicherte sie uns, immerhin hatte sie höchstpersönlich alle Klassen in die Aula gebeten, um ihre Stellungnahme abzugeben und uns vom Ende der Ziege zu berichten. Ein paar Schülerinnen und Schüler weinten, etliche hatten Tränen in den Augen, die Ziege war beliebter gewesen, als man meinen würde, selbst unter den älteren Schülern herrschte betroffenes Schweigen.

Man wollte vom Direktor schließlich wissen, ob man eine neue Ziege für die Schule anschaffen würde, doch beließ es dieser im Unklaren; erst müsse man den unerwarteten Schicksalsschlag verkraften, später würde man dann weitersehen. Ich fragte mich, wer denn unsere Ziege eigentlich überfahren hatte, doch hieß es dazu nur, es sei irgendein Fremder gewesen. Ich persönlich hätte gerne dem Herrn Direktor ein paar unangenehme Fragen gestellt, doch stand mir dies als Schüler keineswegs zu.

Alles nahm bald wieder seinen gewohnten Lauf, der Beginn eines neuen Schuljahres war erfahrungsgemäß hektisch, die Sache mit der Ziege geriet nach und nach in Vergessenheit. An einer der Aushängetafeln vor dem Sekretariat entdeckte ich eine der üblichen Ansichtskarten des Direktors, die er jedes Jahr aus seinem Urlaub an die Schule (und die gesamte Belegschaft) adressierte. Ich nahm die Ansichtskarte von der Aushängetafel und las mir seine Grußbotschaft durch: Der Herr ist meine Stärke und mein Schild; auf ihn vertraute ich, da wurde mir geholfen (Psalm, 28,7). Habt alle eine gute Zeit, herzliche Grüße aus den großen Ferien, euer Direktor.

VII.
Die Schulärztin

Der Schulärztin wurde in unserer Schule unglaublich viel Sympathie entgegengebracht; nach dem traurigen Vorfall mit der Ziege stand sie bei uns allen hoch im Kurs, immerhin hatte sie wenigstens zu helfen versucht, der Tod des Tieres war auch ihr sichtlich nahegegangen. Mutter konnte es ebenfalls nicht fassen; dass die Ziege ein solches Ende genommen hatte, schien selbst ihr unbegreiflich; sie mochte Tiere, das durchaus, doch standen sie natürlich auf einer ganz anderen Stufe als wir Menschen, ich solle demnach auf dem Boden bleiben.

Die Schulärztin war nicht jeden Tag an unserer Schule, sie hatte irgendwo auch noch eine florierende Praxis, doch schaute sie zweimal in der Woche vorbei, es gab fest vereinbarte Ordinationsstunden. Mutter kannte meine Schulärztin, sie waren sich auch außerhalb der Schule mehrmals begegnet, »Grüß Gott, Frau Dr. Hansson«, »Guten Tag, Frau Dr. Helmrich«, sie betonte immer wieder, wie fähig die Helmrich sei, wir müssten froh sein, eine solche Kapazität an der Schule zu wissen. Wollte man die Schulärztin aufsuchen, genügte es, im Sekretariat sein Kommen anzukündigen, dort sortierte man die allfälligen Fragen und Wehwehchen.

Oft genug wurden wir auch gesammelt zur Schulärztin geschickt, damit uns diese vorsorglich gegen diverse Krankheiten impfen konnte, Tetanus, Diphterie, Zeckenbisse oder Polio. An solchen Tagen standen wir in einer langen Reihe vor ihrem Schulkämmerchen, einer nach dem anderen trat ein, bekam seine Medizin (oder Spritze), für die meisten war das reine Routine. Es war durchaus üblich, an der Tür der Schulärztin zu lauschen, je nachdem, wer gerade bei ihr war, einige galten als ausgesprochene Waschlappen, hatten Angst vor Spritzen und dergleichen; hörte man sie leise wimmern oder gar weinen, konnte man sie im Anschluss ordentlich auslachen.

Unsere Schulärztin war eine schöne Frau, sie war fast immer in Weiß gekleidet (doch das kannte ich ja schon von Mutter), sie lächelte oft und hatte für jeden ein paar freundliche Worte übrig. Es kam schon vor, dass man nach einer Impfung lediglich vorgab, man müsse sich kurz hinlegen, damit man noch ein paar Minuten lang ihre ungeteilte Aufmerksamkeit bekam. Sie setzte sich dann zu einem ans Bett, blickte einen mit ihren blauen Augen an, sie hielt einen, wenn erwünscht, sogar an der Hand oder streichelte einem kurz über den Kopf. Wir, also die Burschen, stellten uns öfters vor, wie es wohl wäre, sie zu küssen, sie an uns heranzuziehen, wie sie darauf reagieren würde, doch waren wir da alle schon ein bisschen älter.

Worüber wir sehr wohl sprachen, war die Tatsache, dass sie den Hintern des Direktors hatte versorgen müssen, sie tat uns allen überaus leid; der Direktor war zwar äußerlich reinlich, gepflegt und eloquent, doch musste das schon eine ungewöhnliche Situation gewesen sein. Er, auf dem kleinen Bett in ihrem Kämmerchen liegend, die Hose nach unten gezogen, sie über ihm, wie sie mit Jod (oder sonstigen Tinkturen) seine Wunden pflegte, ihre Hände zwischen seinen Pobacken, das ließ uns einfach keine Ruhe. Vermutlich hatte er es sich auf dem Bauch bequem gemacht, das Gesicht verschämt abgewandt, und sie, um Routine bemüht, hatte irgendetwas darüber geplappert, wie das Befinden der werten Gattin sei oder so ähnlich.

Viele in unserer Klasse waren insgeheim der Meinung, dass der Direktor einen stark behaarten Hintern hatte, schließlich waren da jede Menge Haare auf seinem Kopf, und als ihn jemand im Sommer zufällig mit nacktem Oberkörper beim Rasenmähen erwischte, bestätigte uns dieser, der Direktor sei in der Tat ganz ordentlich behaart, wie ein hässlicher Gibbon. Wir alle hofften, die Schulärztin hatte Gummihandschuhe getragen, bestimmt war sie selbst froh gewesen, als die Prozedur vorbei war.

Wir diskutierten, ob es für jemanden einen großen Unterschied mache, eine Person nackt zu sehen und später dann wieder angezogen, irgendwo am Schulgang, ob das nicht für immer alles verändern würde. Ich konnte mir jedenfalls gut vorstellen, dass die Schulärztin fortan unweigerlich an den Hintern des Direktors denken musste, wenn sie ihm irgendwo begegnete; das tat mir wirklich leid. Außerdem debattierten wir darüber, ob der Herr Direktor nun, im weitesten Sinne, auch Geschlechtsverkehr mit der Ziege gehabt hatte, unfreiwilligen zwar, doch änderte das nichts an den nackten Tatsachen. Die Ziege war im Direktor gewesen, im biblischen Sinne hatte unser Schulleiter also bestimmt ein Problem. Natürlich mussten wir darüber lachen, sogar unserer Klassenlehrerin fiel es auf, und sie wollte unbedingt wissen, was uns so amüsierte, doch wie hätten wir ihr auch nur im Ansatz davon erzählen sollen.

Das Thema kam überhaupt erst auf, nachdem irgendwer behauptet hatte, dass Männer auch miteinander schliefen und ihre Säfte vermischten, kein Mann jedoch sollte mit einem anderen Mann verkehren, das stand schwarz auf weiß in der Bibel. Die Mädchen behaupteten, die Vorstellung sei widerlich, wenn Männer andere Männer küssten und weiß Gott was miteinander anstellten, wir Burschen fanden das gar nicht mal so schlimm, für uns schien der Geschlechtsverkehr damals an sich ähnlich gelagert zu sein, ob nun mit einer Frau oder einem Mann; etwas musste irgendwo eingeführt werden, und das war es schon. Die Mädchen in unserer Klasse (wir diskutierten es allerdings erst ausführlicher, als wir etwas älter waren) fanden »Einführungen« äußerst merkwürdig, vaginal schien das ja durchaus seine Berechtigung zu haben, doch dass man sich irgendetwas in den Hintern einführen solle, nun ja, das sei doch widerlich.

Ich fand in diesem Zusammenhang nie wirklich etwas widerlich (bis auf den Hintern des Direktors!), unsere Körper waren beschaffen, wie sie es eben waren, und der liebe Gott hatte sie schließlich so konstruiert, an einer katholischen Schule sollte man also nicht groß die Nase darüber rümpfen. Die Mädchen unserer Klasse fanden es sehr wohl widerwärtig oder zumindest unappetitlich, die Gespräche drehten sich weitestgehend im Kreis. Ich unterließ es, damit zu argumentieren, dass so gesehen auch ein Penis und eine Vagina widerwärtig und unappetitlich waren, ich denke jedoch nicht, dass mich solche Behauptungen bei den Mädchen sonderlich weitergebracht hätten.

Ich überlegte tatsächlich, ob ich mich nicht mit all den geschlechtlichen Fragen an die Schulärztin wenden sollte, doch wusste ich nie, wie man ein solches Gespräch überhaupt hätte beginnen sollen. Ist es widerwärtig, sich oder jemand anderem etwas in den Po zu stecken? Ist Geschlechtsverkehr wirklich so unrein, wie die Bibel immer behauptet? Und wie fühlt sich Geschlechtsverkehr überhaupt an, ist das so, wie etwas recht Anstrengendes im Turnunterricht? Und ob sie, die Schulärztin, etwas von ihren Erfahrungen mit mir teilen könne?

Ich glaube, ich hätte mich in der Schule gar nicht mehr weiter damit beschäftigt, es war ein anstrengendes Schuljahr, und meine Noten waren nicht die besten, ich meine, ich war kein schlechter Schüler, doch schwankten meine Leistungen zusehends. Mutter vereinbarte diesbezüglich einen Förderunterricht für mich, es betraf dies mehrere Schülerinnen und Schüler, alles in allem keine große Sache. Es fand sich immer ein Lehrer oder eine Lehrerin, die diesen spezielleren Nachmittagsunterricht übernahmen, in der Regel machten wir dort vor allem Hausaufgaben und bekamen noch einmal den Stoff einer ganzen Woche erklärt.

Einmal war ich länger in der Schule geblieben, der Förderunterricht war längst vorbei, und alle waren gegangen, das Licht in den Gängen war bereits an- und wieder ausgegangen. An sich war es nicht erlaubt, sich ab einer bestimmten Stunde noch in der Schule aufzuhalten, vor allem im Winter sollte so gewährleistet bleiben, dass alle noch bei Tageslicht ihren Weg nach Hause fanden. Ich hatte Hausaufgaben gemacht, noch etwas in der Bibel gelesen, irgendwie hatte ich die Zeit außer Acht gelassen; zudem war unser Schulwart, der üblicherweise noch eine Runde durch die Schule (und alle Klassen) drehte, am Vortag erkrankt, das eine kam zum anderen.

Plötzlich hatte ich zwei Stimmen gehört, ein Mann und eine Frau, die offensichtlich im Sekretariat zugange waren; ich packte schnell mein Zeug zusammen und wollte die Schule umgehend verlassen, doch hörte ich bald seltsame Geräusche, irgendein Gestöhne und dumpfe, regelmäßige Schläge, als würde man sein Bettzeug ausklopfen. Ich schlich vorsichtig zum Sekretariat, die Tür war nur angelehnt worden, ganz offenbar wähnte man sich alleine. Ich konnte zwar nichts sehen, doch hörte ich eine ganze Menge; offensichtlich hatte der Herr Direktor noch etwas mit der Sekretärin zu bearbeiten. Beide stöhnten, was mir äußerst seltsam vorkam, die Sekretärin sagte in regelmäßigen Abständen »Oh Gott«, mir schwante, dass das alles wohl mit Geschlechtsverkehr zu tun haben musste.

Da der Herr Direktor verheiratet war, konnte ich nicht ganz verstehen, warum er mit der Sekretärin Geschlechtsverkehr hatte, schließlich hatte er, da war die Bibel unmissverständlich, zu Hause eine Frau dafür. Ich schlich wieder davon, keinesfalls wollte ich an der Tür beim Lauschen überrascht werden; Ruhe ließ mir das Ganze allerdings nicht. Es war schließlich möglich, einen Blick ins Sekretariat zu wagen, ich müsste dazu lediglich an einem der Bäume hochklettern, die nahe am diesbezüglichen Fenster standen; ich meine, was soll's, und die Schulärztin (oder gar Mutter!) müsste ich dann mit meinen Fragen zu der ganzen Sache auch nicht belästigen.

Ich erklomm also (ich war ja ein guter Kletterer) in Windeseile einen der Äste und lugte ins Sekretariat. Die Vorhänge waren zu meinem Glück nicht ganz zugezogen oder bereits wieder etwas verrutscht, das Sekretariatszimmer war nicht sonderlich groß; es gab zwei Schränke, einen Drehsessel und einen Schreibtisch. Im Drehsessel saß jedenfalls der Herr Direktor, auf ihm die Sekretärin, die mir zwar den Rücken zukehrte, doch konnte ich sie mühelos an ihrer Frisur erkennen; sie war die einzige Erwachsene mit roten gewellten Haaren an unserer Schule.

Der Penis des Direktors war ganz offensichtlich in der Vagina der Sekretärin, er hielt sich mit seinen Händen an ihren Hüften fest, die Sekretärin hüpfte dabei auf und ab, sie schwitzte (man sah deutlich die Schweißflecken auf ihrer Bluse) und stöhnte (jedenfalls ging ich stark davon aus), das also war Geschlechtsverkehr. Und wie aufs Stichwort kam der Penis des Direktors ganz zum Vorschein, er nahm diesen in die Hand, bugsierte ihn zum Hintern der Sekretärin und versuchte ihn dort einzuführen. Sie rutschten bei dem Vorhaben mehrmals ab, doch schließlich gelang das Kunststück, der Penis des Direktors verschwand langsam im Hintern der Sekretärin, die beiden stöhnten offenbar lauter, allerdings war durch die Fensterscheiben nicht allzu viel davon zu vernehmen. Ganz deutlich hörte ich jedoch ein langgezogenes, mehrmals sich wiederholendes und schließlich in ein Wimmern übergehendes »Oh Grundgütiger!«.

Ich kletterte sofort vom Baum herunter, lief so schnell ich nur konnte nach Hause, das Gesehene ging mir natürlich nicht aus dem Kopf; mir war klar, ich würde den Direktor und die Sekretärin fortan mit gänzlich anderen Augen sehen, da ließ sich nichts mehr dagegen machen. Die Mutter wollte wissen, wie es in der Schule gewesen sei, warum ich überhaupt so spät käme, doch murmelte ich etwas vom längeren Förderunterricht. Ich überlegte, ob ich der Mutter etwas davon erzählen sollte, was ich gesehen hatte, doch wollte ich sie keinesfalls aufregen; einmal davon abgesehen, sie hatte an Schulsprechtagen und dergleichen mit dem Direktor und der Sekretärin zu tun, ich wollte nicht, dass sie sich bei allfälligen Gesprächen künftig irgendwie unwohl fühlte.

Geschlechtsverkehr war etwas Eigenartiges, die Entstehung des Lebens auf Erden bestimmt auch, schließlich gab es noch unzählige andere Planeten im Kosmos, so viel wusste ich schon. Ich konnte lange Zeit nicht einschlafen, schließlich war überdeutlich, wovon ich träumen würde; ich wälzte mich im Bett herum und konnte es gar nicht erwarten, dem Direktor und der Sekretärin bei nächster Gelegenheit in die Augen zu sehen. Oder wer weiß, vielleicht würde ich ihnen gar nicht mehr in die Augen sehen können, möglicherweise würde ich rot anlaufen und irgendetwas stammeln, peinlich war das alles auf jeden Fall.

VIII.
Der Direktor

Nach dem Verschwinden des Turnlehrers, dem Tod der Ziege und all den weiteren Ungeheuerlichkeiten, zog ich mich vom Schulalltag etwas zurück; ich dachte zum ersten Mal daran, wie schön es wäre, nicht mehr in die Schule pilgern zu müssen, frei zu sein und ausschließlich das zu tun, was man wollte. Ob der Mensch als solcher überhaupt jemals frei sein konnte? Mag sein, das war nur Gott vorbehalten, der sich gewiss köstlich über die ihm hier auf Erden dargebotenen Geschehnisse amüsierte. Der Turnunterricht, der stets mit ein Grund gewesen war, weshalb ich die katholische Schule gerne besuchte, hatte sich merklich gewandelt; verschiedene Lehrer übernahmen nach dem Abgang des Turnlehrers diverse Stunden, keiner von ihnen hatte eine sportliche Ausbildung genossen, sie dirigierten uns lediglich aus der Ferne (ohne mitanzupacken oder gar selbst mitzumachen), alle erachteten es als »lästige Pflicht«. Der Herr Direktor übernahm ebenfalls einen Teil des Sportunterrichts, ihm konnte man keinesfalls mangelndes Engagement vorwerfen. Wenn er etwa mit uns Fußball spielte, trat und foulte er wie alle anderen auch, ja schlimmer noch, dank seiner Größe und Kraft war er uns weit überlegen. Bei diversen Übungen in der Leichtathletik (Speerwurf, Hochsprung etc.) und besonders beim Ringen und dergleichen, trat dies noch deutlicher zutage.

Der Direktor ging mit Vorliebe schwimmen, so wurde ein Teil des Turnunterrichts nach und nach umgestaltet. Wir verbrachten unsere Stunden nicht mehr ausschließlich im Turnsaal, vielmehr schleppten wir uns alle gemeinsam ins nahe gelegene Hallenbad. Das war nicht ganz in meinem Sinne; ich konnte zwar gut klettern, laufen, springen und Ähnliches, Schwimmen zählte allerdings nicht zu meinen Paradedisziplinen.

Aus organisatorischen Gründen war es nicht möglich, den Turn- bzw. nun eigentlich Schwimmunterricht separat zu gestalten, die Mädchen und Burschen besuchten demnach gemeinsam das Hallenbad, Unterteilungen erfolgten am ehesten noch nach dem Leistungsvermögen; es gab Gruppen mit ausgezeichneten, passablen und schlechten Schwimmerinnen und Schwimmern. Wenn wir die Schule verließen, mussten wir züchtig in Zweierreihen gehen, Menschen, die uns auf unserem Weg begegneten, galt es freundlich zu grüßen, darauf legte der Direktor Wert.

Im Hallenbad, welches an den für uns reservierten Vormittagen anderen Besuchern verschlossen blieb, zogen wir uns in großen Gemeinschaftsräumen um, selbstverständlich nach Geschlechtern getrennt. Die Burschen schlüpften in ihre Badehosen, nicht ohne sich dabei genau im Auge zu behalten, die Mädchen benötigten stets länger, sie trugen Badeanzüge, einige, die schon Brüste hatten, bevorzugten Bikinis. Der Direktor hatte ausdrücklich erklärt, dass es seitens der Schule keine Kleiderverordnung geben könne, sein Badeoutfit konnte demnach jeder individuell zusammenstellen. Selbstverständlich war das auch im normalen Turnunterricht so gewesen, doch trugen dort alle eine Turnhose und ein T-Shirt, Individualität kam da nicht unbedingt zum Zug.

Im Hallenbad war das anders, man musterte sich genau, die Mädchen die Burschen und die Burschen die Mädchen, noch genauer besah man sich wie gesagt in der Umkleidekabine, die Anatomie der anderen übte eine gewisse Faszination aus; Vergleiche wurden angestellt und waren, zumindest an Schwimmvormittagen, an der Tagesordnung. Vor dem Schwimmbecken mussten wir alle Aufstellung nehmen, zumeist in drei Gruppen unterteilt, in der vordersten Reihe standen die ausgezeichneten Schwimmerinnen und Schwimmer, in der zweiten Reihe befanden sich die passablen Schüler, in der dritten Reihe all diejenigen, die im Becken nicht viel auf die Reihe brachten. Ich befand mich irgendwo zwischen der dritten und der zweiten Reihe; ich konnte durchaus schnell Brustschwimmen, da zählte ich absolut zu den passablen, wenn nicht gar ausgezeichneten, schnellen Schwimmern, allerdings, kraulen konnte ich gar nicht, und das Tauchen war mir absolut zuwider.

Wenn es ans Tauchen und diverse damit verbundene Übungen ging, wurde ich mit ein paar Mädchen in eine vierte Gruppe gesteckt, der Direktor verbannte uns dann grinsend ins Kinderbecken. Er stand hämisch am Beckenrand, warf mit Plastik ummantelte Gewichte ins Becken (die ein wenig nach Tellerminen aussahen), auf einen Pfiff von ihm mussten wir die Köpfe unters Wasser stecken und die Gewichte vom Grund holen; im Kinderbecken war das durchaus zu bewältigen, schließlich reichte einem das Wasser maximal bis zum Bauch. Einige Mädchen in meiner Tauchgruppe konnten an sich normal tauchen, sie lehnten es jedoch ab, ihre Frisuren in Unordnung zu bringen, sie drückten sich einfach, wo sie nur konnten. Mir persönlich war meine Frisur egal, ich kann wohl nur schwer begreiflich machen, was mich damals am Tauchen störte; es war möglicherweise die damit verbundene Taubheit, dieses Gefühl, Wasser in den Ohren zu haben und nur noch peripher zu hören; es war der durch das Hallenbad klirrende Lärm, man lachte, schrie, alberte herum, feuerte andere an, sprich, die Geräuschkulisse hallte gewaltig, unter Wasser hatte es etwas Infernales.

Im tiefen Wasser war es zudem eine Spezialität der ausgezeichneten Schwimmer, unterzutauchen und andere, weniger geübte Schülerinnen und Schüler an den Beinen zu schnappen, sie nach unten zu ziehen. Die Angriffe kamen meist aus dem Hinterhalt, immer dann, wenn der Direktor nicht hinsah oder gerade abgelenkt war. Meistens erwischte es Mädchen, die nach dem erneuten Auftauchen wie Sirenen loskreischten, um sich traten und wütend das Becken verließen. Manchmal traf es allerdings auch mich, oft genug zogen mich gleich zwei oder drei der anderen Burschen nach unten, bis zum Beckenboden, und ließen erst los, wenn ich dem einen oder anderen einen Schlag verpasste. Dabei handelte es sich um absolute Glückstreffer, denn ich verlor unter Wasser jegliche Orientierung, getraute mich nicht, die Augen zu öffnen, und hatte schon nach ein paar Sekunden das Gefühl, kläglich ersticken zu müssen.

Viele der Burschen tauchten allerdings auch unter, um den über ihnen im Wasser stehenden, mit den Füßen strampelnden Mädchen zwischen die Beine zu sehen; die hautengen Badeanzüge und Bikinihöschen verbargen nicht viel, man konnte angeblich oft genug die deutlichen Umrisse der Vagina erkennen, Schambehaarung inbegriffen. Es kam sogar vor, dass manche der Burschen den Mädchen im Wasser die Bikinihöschen runterzogen, doch wurden diese Praktiken vom Herrn Direktor vehement unterbunden. Er betonte ausdrücklich, dass er so etwas nicht dulden würde; die Konsequenz war, dass sich alle Missetäter ausnahmslos dafür verantworten mussten; ihre Eltern wurden in die Schule bestellt, dem Schüler wurden noch einmal im Direktorenzimmer vor den Augen der Anwesenden die Leviten gelesen, es war an Peinlichkeit nicht zu überbieten.

Ich war an den Schwimmtagen stets bedrückt, schon am Morgen, bevor ich das Haus verließ, konnte ich es kaum erwarten, wieder zurückzukehren; oft fönte ich nach dem Schwimmunterricht nicht einmal das Haar ordentlich durch, ganz egal, wie kalt es draußen war. Dabei war das Fönen zumeist recht amüsant, je nachdem, neben wem man zu stehen kam; die Fönhauben waren fix an der Wand verankert, man musste eine finden, die ungefähr in der richtigen Höhe hing (was die Körpergröße betraf). War das nicht der Fall, musste man sich unter irgendeiner viel zu niedrig montierten Haube (die echt nur für kleine Kinder taugte) verbiegen, die Fönhauben der Erwachsenen wiederum waren unerreichbar. Meistens teilte man sich die Hauben, zwei oder drei Personen steckten die Köpfe zusammen, stellten sich eng zueinander, und verständlicherweise kam es dabei zu einigen Aufregungen.

Einmal kam es sogar zu einem, für eine katholische Schule, durchaus bedenklichen Vorfall; ein Mädchen und ein Bursche hatten sich gemeinsam die Fönhaube geteilt, danach hatte der Betreffende eine eindeutige Erektion vorzuweisen gehabt. Es war in einer Badehose nicht zu leugnen gewesen, der Betreffende erntete viel Gelächter, ja schlimmer noch, auch dem Direktor war der Vorfall nicht verborgen geblieben, und die Eltern des Unglücksraben wurden umgehend in die Schule einbestellt; es hieß, der Direktor hätte ihnen den Vorfall im Detail geschildert, und die entsetzte Mutter hätte dem Schüler einen mehrwöchigen Hausarrest erteilt. Ich fragte mich unweigerlich, wie wohl meine Mutter reagiert hätte, ob sie ähnliche Maßnahmen ergriffen oder mich nur schelmisch angegrinst hätte.

An manchen Tagen wollte ich dennoch so schnell es ging fort, nach Hause oder noch einmal kurz zur Schule, etwas aus meinem Bankfach holen, irgendetwas Normales tun; mit dem Hallenbad wurde ich einfach nicht warm, da konnte beim Fönen noch so viel passieren. Für gewöhnlich beendete der Direktor nach dem Schwimmunterricht den Schultag, was den Vorteil hatte, dass keiner mehr auf den anderen warten musste, jeder war für seinen Heimweg selbst verantwortlich (oder wurde von seinen Eltern vorsorglich beim Hallenbad abgeholt).

Es gab dort ein großes Münztelefon, viele Schülerinnen und Schüler hatten vorsorglich diverse Münzen eingesteckt, man konnte zu Hause anrufen, sich abholen lassen, sich wichtigtuerisch geben, ja man konnte das restliche Münzgeld dann im Hallenbad verprassen, es gab einen kleinen Laden mit Gummischlangen, diversen anderen Süßigkeiten und sonstigem Kram, Getränken und Eis. Es kam vor, dass sich auf dem Heimweg Grüppchen bildeten, manchmal ging man auch nur zu zweit oder dritt, je nachdem, wer wann mit dem Fönen und Umziehen fertig wurde. Ab und an hatte ich auch Glück, irgendein Mädchen, das mir insgeheim gefiel, ging zur selben Zeit wie ich los, man kam nach so einem Schwimmtag immerhin gut ins Plaudern: Wir beschwerten uns über den Direktor, lästerten über seinen Bauchansatz (und die unmögliche Badehose), unterhielten uns über Mitschüler, gaben bereitwillig Auskunft darüber, was in den Umkleidekabinen des jeweils anderen vor sich gegangen war, oft genug gab es einiges zu bekichern.

Besonders heikle Dinge wurden ausschließlich getuschelt, wer weiß, irgendwer hätte ja etwas hören können, dann steckte man die Köpfe zusammen, unterhielt sich verschwörerisch und roch deutlich das Chlor in den Haaren des anderen. Ich mochte Chlorgeruch nicht sonderlich, vielleicht auch mit ein Grund, warum ich meinen Kopf ungern unters Wasser steckte, doch in diesen Momenten war ich aufgeregt, es konnte plötzlich gar nicht genug Chlor im Mädchenhaar geben. Selbstverständlich sah ich die Notwendigkeit des Chlors ein, es wurde uns von unserer Klassenlehrerin ausdrücklich erklärt: Der Stoff sorge dafür, dass sich Keime, Bakterien und sondergleichen nicht ungehindert vermehrten, das Chlor halte das Wasser sauber, ganz egal, wie oft wir reinpinkelten.

Ich glaube nicht, dass es bei uns noch oft vorkam, doch schließlich waren auch jüngere Schülerinnen und Schüler im Schwimmbad (allerdings an einem anderen Vormittag), da konnte ich mir das lebhaft vorstellen. Chlor hin oder her, ich wusste mit einem Mal wieder, warum ich den Kopf nicht ins Wasser stecken wollte, es reichte schließlich schon, in dieser Suppe herumzuwaten. Vielleicht wäre das Schwimmen an sich auch gar kein Problem für mich gewesen, hätte ich ein eigenes Schwimmbecken gehabt, wo nur ich meine Bahnen ziehen durfte und die Mutter selbstverständlich. Manchmal, wenn ich nach dem Hallenbad nach Hause kam, stellte ich mir genau das vor: Ich und Mutter in unserem eigenen Hallenbad, wir schwammen elegant ein paar Längen, aßen gemütlich zu Abend und besprachen, was uns tagsüber so alles widerfahren war.

Der Direktor ließ sich oft genug von seiner Frau abholen, vor allem im Winter, dann wartete sie mit dem Auto vor dem Hallenbad, ich meine sogar, sie einmal dabei gesehen zu haben, wie sie rauchte. Sie wirkte immer etwas nervös, wenn der Direktor aus dem Schwimmbad kam, ich vermutete sogleich, dass das Rauchen im Haus des Direktors absolut verpönt war. Im Frühjahr und Sommer ging der Direktor meistens zu Fuß zurück in die Schule, da bestellte er seine Frau nur äußerst selten zum Schwimmbad. Meistens schlossen sich ihm dann auch ein paar Mädchen an, vor allem solche, die eifrig und strebsam waren, vorzügliche Schülerinnen allemal, die sich auch weiterhin gut mit ihm stellen wollten. Der Direktor mochte eifrige Schülerinnen und Schüler, sie waren seine erklärten Lieblinge, denen er gerne mit Rat und Tat zur Seite stand, im Direktorenzimmer waren sie jederzeit willkommen.

Es gab auch später noch eine Zeit, in der ich über unseren Schuldirektor nachdachte, wer er denn wirklich war und was ihn an die katholische Schule verschlagen hatte, ob es nicht gar jene Verschlagenheit gewesen war, ob das des Rätsels Lösung sein konnte? Ich denke nicht, dass man in seinen jungen Jahren jemals den Berufswunsch »Schuldirektor« äußern würde, doch vielleicht lag ich damit vollkommen falsch. Ich stellte mir vor, wie es wäre, selbst Direktor an meiner Schule zu sein, irgendwann später, als studierter, gebildeter Erwachsener, immerhin kannte ich jeden noch so verborgenen Winkel des Schulgebäudes. Ich meinte, dass mich diese Tatsache sehr wohl qualifizierte; nicht nur Fachliches machte einen solchen Vertrauensposten aus, vielmehr auch Praktisches, die Kenntnis der sich vor Ort zusammenfügenden Dinge.

Wusste ich überhaupt, ob der Herr Direktor wirklich an Gott glaubte? Ich meine, wir alle glaubten, dass er ganz entschieden an den Lippen des Herrn hing, doch was, wenn wir uns irrten? Was, wenn alle Erwachsenen nur so taten, als würden sie an Gott glauben, da es unser aller Zusammenleben entschieden erleichterte? Gott war vielleicht nur eine zugängliche, allen vertraute Melodie, die uns auf halbem Wege entgegenkam; wir summten sie, ein sich in uns einnistender Ohrwurm, damit die Welt nicht in Chaos verfiel; und wenn wir sprachen, dachten und lebten, fügte sich alles nahtlos in diese Melodie ein, erst dann gab es plötzlich eine Ordnung und viel wichtiger noch: einen Sinn.

Ich erinnere mich, dass ich Jahre später noch einmal zum Hallenbad fuhr (ich war da bereits an der Universität eingeschrieben), der gesamte Komplex, in dem ich während der Kindheit so viel Zeit verbracht hatte, würde abgerissen werden, einem neuen Thermenhotel weichen. Das Hallenbad war bereits vor längerer Zeit geschlossen worden, doch hatte sich der Abriss aufgrund diverser Rechtsstreitigkeiten verzögert. Ich schlüpfte durch eine der eingeschlagenen Frontscheiben in das Innere des Gebäudes, es war entkernt worden, und nur noch diejenigen, die wussten, wie es hier früher ausgesehen hatte, waren in der Lage, den ursprünglichen Zustand in ihrem Kopf zu rekonstruieren.

Ich schlich in die große Halle, wo sich die beiden Schwimmbecken befanden, viele der blassblauen Fliesen am Beckenrand und -boden waren gesprungen oder abgeblättert, ohne Wasser sahen sie wie Fallgruben aus, ein altes, vergessenes Bärengehege. Ich sprang nach unten, besah alles vom einstigen Grund und Beckenboden aus, einem Ort, den ich als Kind nie (freiwillig) zu erreichen wusste. Hierher hatte der Direktor seine Tauchgewichte geschleudert, und die Tauchelite hatte sich diese geangelt, während ich bestenfalls dabei zusah.

Im rissigen Beckenboden hatten bereits ein paar Pflanzen Fuß gefasst (der »Gute Heinrich« und das »Barbarakraut« waren dabei), sie wetteiferten längst um die besten Plätze, ihre

Samen mussten einen Weg durch die löchrige Decke gefunden haben. Ich schloss die Augen und stellte mir vor, dass hier später ein ganzer Urwald aus dem Becken wuchern würde, weit über die Dachkonstruktion hinaus; ich könnte dann das Becken als Kletterpark nutzen, endlich etwas, das ich hier im Hallenbad angehen könnte, worin ich gut war, wo mir kein anderer etwas vormachte. Doch natürlich, man würde diesem keimenden Urwald keine Chance einräumen, bevor das auch nur annähernd passieren würde, kämen die Bagger, Bauarbeiter und Lastenkräne. Ich dachte darüber nach, was wohl dem Direktor durch den Kopf schießen würde, der hier schließlich seine vergnüglichsten Stunden verbracht hatte: Bestimmt kämen ihm die Tränen.

Ich kam auch noch an einem der Folgetage, zum offiziellen Baubeginn: Irgendein Bürgermeister versuchte sich mit hochrotem Kopf am Spatenstich (was einigermaßen bizarr schien, wo doch längst nichts abgerissen war), einige der Umstehenden applaudierten; danach erst rollte die wartende Baggerkolonne an, sie stürzten sich von allen Seiten auf den Gebäudekomplex, der Abriss ging dann doch schneller vonstatten, als ich es erwartet hatte. Bald schon war das halbe Dach entfernt, die tragenden Wände löchrig, die einstigen Becken füllten sich mit stetig nachströmendem Schutt und Staub, die Kindheit ging unwiederbringlich zu Ende. Der junge Urwald erstickte, keine der Pflanzen, keiner der jungen Bäume hatte auch nur den Hauch einer Chance, sich zu verziehen, sie wurden unter frenetischem Baggerröhren begraben.

Ich war mit dem Hallenbad nie warm geworden, hatte insgeheim gedacht, ich würde bei dessen Abriss, bei seiner endgültigen, vorsätzlichen Vernichtung eine diebische Freude verspüren, doch überkam mich in diesem Augenblick nur eine stochernde, unselige Leere. Ich verließ die Baustelle, einmal noch blickte ich mich kurz um, da brach die große Halle gerade zusammen, der Lärm und das Beben des Bodens waren weithin zu vernehmen, eine Pferdeherde schien auf mich zuzurasen, das Trommeln und Dröhnen der weithin fühlbaren Hufe ließ mich zur Seite weichen; eine Staubsäule bildete sich schließlich über dem Komplex, sie stieg immer höher, und der Wind verteilte sie.

Viel später besuchte ich noch ab und an ein anderes Schwimmbad, es lag gut eine halbe Stunde von unserer Wohnung entfernt, alles in allem war es mir ein Rätsel, was ich dort verloren hatte. Vielleicht wollte ich dem alten Hallenbad irgendwie einen letzten Dienst erweisen, mich einmal noch all der Dinge erinnern, die dort passiert, die schlichtweg nicht zu leugnen waren. Möglicherweise saß ich in diesem anderen Schwimmbad herum, da ich mich mit dessen Hilfe in die Vergangenheit zurückversetzen konnte, es ließ, tief in mir drin, so manches auflodern: das Schnaufen, Röcheln und Grunzen des Direktors (wenn er verschnupft war); das hektische, ungezügelte Treiben von uns Kindern, die in ihren Badehosen und -anzügen einer außer Rand und Band geratenen Vogelschar glichen; den etwas aufgedunsenen Leib des Bademeisters, dessen einzige und vordringlichste Aufgabe darin zu bestehen schien, das Becken mit reichlich Chlor zu versetzen; die resolute Dame an der Kassa, die uns die Eintrittskarten stets mit der Mahnung überreichte, uns »bittschön« nur einmal zu benehmen etc. Ich war überwältigt, wie viele Erinnerungen ein längst nicht mehr existierender Ort in sich vereinen und sich einverleiben konnte. Meine Erinnerung schien wie die Pfanne eines fiebrigen Goldwäschers; die gewichtigen Dinge lagerten sich darin ab, alles andere wirbelte unkontrolliert und unwiederbringlich davon.

Das andere Schwimmbad war weitaus moderner, es verfügte über größere Becken und großzügigere Umkleidekabinen, doch was es tatsächlich von unserem alten Hallenbad unterschied, war die Tatsache, dass die Dachkonstruktion aufgeklappt werden und zur Seite gleiten konnte, es war ein Hallen- und Freibad gleichermaßen, bot demnach im Sommer jede Menge Annehmlichkeiten. Ich weiß noch, dass ich eines Morgens dort ankam, eine Kinderklasse war bereits am Aufwärmen, der zuständige Lehrer tippte unmotiviert auf seinem Tablet herum. Die Kinder standen verteilt am Beckenrand und liefen im Stand, sie erinnerten mich an glitzernde Motoren im Leerlauf, dehnten die Arme und Beine, ließen sich auf ein paar Hoch-Streck-Sprünge ein, während der Lehrer lustlos in seine Trillerpfeife schnaufte.

Es war ein sonniger, launiger Tag, in der Nacht zuvor hatte es heftig gestürmt und geregnet, die Luft war nach solchen wetterbedingten Scharmützeln vollkommen klar und roch nach Sommerfrische. Der Dachmechanismus wurde in Gang gesetzt, um alle Schwimmbadbesucher an diesem belebenden Tag teilhaben zu lassen, die gläsernen Dachpaneele verschoben sich und deuteten auf einen tiefblauen, von keinem Wölkchen garnierten Himmel, ich sah gerade kurz hoch, als es über uns hereinbrach.

Unvermittelt und plötzlich fiel etwas ins Wasser, die soeben noch spiegelglatte Fläche begann sich zu kräuseln, es folgten weitere, dutzende dieser seltsamen Einschläge, das Becken war aufgewühlt, und die am Rand hantierenden Kinder erstarrten zu kleinen Salzsäulen. Das Unwetter der letzten Nacht musste eine ganze Taubenschar in die Irre geführt, sie zerschmettert haben, augenscheinlich waren die Vögel gegen das Dach des Schwimmbades geschleudert, jedem von ihnen war das Genick gebrochen worden. Die toten Körper trieben und verteilten sich gemächlich im Wasser, einmal noch schienen die Tauben zu schweben und der Schwerkraft zu trotzen. Zwei der Kinder lösten sich unversehens aus der Salzsäulenformation, sie kicherten und fischten nach einer langsam auf den Beckenrand zutreibenden Taube, schließlich bekamen sie den Vogel zu fassen und hielten diesen triumphierend hoch, was einem Weckruf zu entsprechen schien: Die übrige Kinderschar sprang johlend ins Wasser, ein jeder wollte sich einen der toten Vögel sichern, das gellende Pfeifen des Lehrers, das wohl als ein »Halt!« oder »Auf gar keinen Fall!« gedeutet werden konnte, verlor sich im frenetischen, infernalen Lärm, dem Gekreische und Gezeter einer erregten Horde, der Mann stand deutlich auf verlorenem Posten.

Die beiden Kinder, die sich den ersten Vogel gesichert hatten (zwei Mädchen), waren unterdessen in Streit geraten, wem die Taube eigentlich zustünde, eine jede von ihnen hatte sich einen der Flügel gekrallt, man schrie, zog und kreischte, keine wollte nachgeben … der Vogel wurde schließlich von den entfesselten Kräften auseinandergerissen. Sein Rumpf fiel auf die Fliesen, die Flügel, die in den Mädchenhänden verblieben, wurden triumphierend wie kleine Fähnchen geschwenkt, ich weiß selbst nicht mehr, was mir in diesem Moment durch den Kopf schoss, es war ein weiteres, unumkehrbares Ende der sich mir entziehenden Kindheit, ein Schwimmbad hätte ich nach diesem Vorfall ohnedies nie wieder betreten.

Ich lief danach zu meiner alten katholischen Schule, die sich im Laufe der Jahre verändert hatte: Die Farben der Gebäude waren verblichen, an einigen Stellen ließen sich Wasserschäden erkennen, die Dächer waren von Flechten überwuchert, die Zäune und Gatter rostig, ein Blick in den einst sorgfältig gepflegten Garten bewies, dass sich keiner mehr groß mit ihm befasste. Ich betrat das Schulgebäude, es war wohl gerade Unterricht, die Gänge waren leer, und nur aus manchen Klassen konnte man leise Stimmen vernehmen. Der Schautafel vor dem Direktorenzimmer konnte ich entnehmen, dass längst ein anderer Direktor die Schulleitung übernommen hatte, ja seltsamer noch, die katholische Schule existierte als solche nicht mehr, nunmehr stand hier etwas von einer »integrativen Grundschule«.

Plötzlich setzte weiter hinten im Flur Gesang ein, immerhin schien die Tradition des Singens gewahrt worden zu sein, doch waren es definitiv keine Kirchenlieder mehr. Ich trat etwas näher an die geschlossene Tür, die Klasse sang bemüht im Chor, die Stimmen schwollen sachte an, um erneut leiser zu werden; ich hörte irgendeine Klassenlehrerin, die den Ton angab, es schien sich um das Arrangement eines englischsprachigen Musikstückes zu handeln, das gegenwärtig überall im Radio zu hören war.

> With the lights out, it's less dangerous,
> here we are now, entertain us,
> I feel stupid and contagious,
> here we are now, entertain us!

Ich blieb eine Weile vor der Tür stehen, die Melodie schlich sich in meinen Kopf ein, sie verdrängte die soeben noch präsenten Lieder und das Geträller der Kindheit, ich hätte nie gedacht, dass ich die katholische Schule eines Tages vermissen könnte. Und dann waren sie plötzlich allesamt in den Gängen, die Pausenglocke hatte geläutet, die Türen wurden aufgerissen, und Schüler in allen Größen verteilten sich in den Korridoren; die Lehrer eilten zum Lehrerzimmer, die Schüler stellten sich beim Buffet an, ich schien dabei vollkommen unsichtbar, keiner nahm die leiseste Notiz von mir. Ich bahnte mir allmählich einen Weg nach draußen, das Gewirr und Gewusel waren mir schlicht zu viel, all die fremden Personen, die in meiner Vorstellung nicht hierher gehörten, ja, was hätte ich in diesem Moment nicht für ein vertrautes Gesicht gegeben: jenes der Klassenlehrerin, der Sekretärin, des Schulwarts, des Turnlehrers, der Ziege, ja sogar das des Herrn Direktor, der mich vielleicht erkannt und möglicherweise willkommen geheißen, mich im Ansatz getröstet hätte.

Das Buch Charles

I.
Mutter

Ich wurde gefragt, ob die Schlafzimmertür meiner Mutter immer weit offen gestanden hätte, ob sie nicht manchmal doch verschlossen, versperrt oder zugemacht worden wäre, so dass man nicht in den Raum hätte hineinspähen können. Und ob ich es nicht gewesen wäre, der diese Tür leise geöffnet und wie ein Tier mit seiner Nasenspitze vor sich hergeschoben hätte, bis er schließlich doch einen Blick ins Innere hatte erhaschen können; jedoch, es war alles ganz anders gewesen: Die Tür zum Schlafzimmer meiner Mutter stand sperrangelweit offen, meine gesamte Kindheit und Jugend lang, ich erinnere mich ganz genau daran.

Niemand kann sicher sein, niemand, kein Einziger kann jemals behaupten, die Vergangenheit sei so passiert, wie es einem die Erinnerung vorzugaukeln vermag, doch ich wusste manches und könnte das jederzeit beschwören: In der Tür steckte ein goldener, mit Ornamenten verzierter Schlüssel, der fast so groß wie meine Hand war, er glitzerte matt und roch nach altem, ranzigem Schmieröl. Die Tür allerdings stand offen, und ich betrat ihr Schlafzimmer zum ersten Mal (heimlich) an einem frühen Sonntagmorgen, ursprünglich wollte ich Mutter nur etwas kitzeln, sie sachte wecken. Sie schlief noch tief, draußen prasselte der Regen gegen die nicht mehr ganz sauberen Fensterscheiben, Mutter lag auf dem Rücken, die Bettdecke weit über den Kopf gezogen, die Beine angewinkelt und gespreizt, ich konnte mühelos ihr Geschlecht erkennen, das möglicherweise rasierte, sich da und dort schon wieder kräuselnde Haar und die kleine Öffnung, die meine Mutter zu einer Frau machte.

Ich wurde später gefragt, was ich in diesem Moment empfunden hätte, ob es befremdlich auf mich gewirkt, ob es sich irgendwie gut angefühlt hätte, leider konnte ich mich an ebendiese Empfindung, jene Regung, nicht mehr genau erinnern. Allerdings, und daran denke ich noch heute, bekam ich damals große Lust, das Geschlecht der Mutter anzufassen, wie eines der Stofftiere in meinem Bett, die mir im Schlaf Gesellschaft und Beistand leisteten. Ich glaube, ich dachte auch über Gott nach, den angeblichen Ursprung aller Dinge; und ob Gott auch ein Geschlechtsteil zwischen seinen Beinen sitzen hatte (ganz egal, mit wem er sich auch hätte mehren sollen und wozu) und ob es, sofern vorhanden, das meinige oder das meiner Mutter wäre? Ob Gott eigentlich ein Mann oder eine Frau war, das wollte ich wissen, und ob das irgendeinen Unterschied machte? Ich glaube, ich dachte auch daran, wie zum Teufel sich Gott möglicherweise selbst hatte erschaffen können, und falls nicht, was ihn wiederum gezeugt hatte, sofern alles doch anders abgelaufen war, als gemeinhin geglaubt, ja postuliert wurde.

Meine Mutter war eine strenggläubige Katholikin, die mich von frühester Kindheit an in die Kirche mitnahm, wir knieten dort gemeinsam vor dem prachtvollen Altar und beteten, sangen Lieder oder sprachen mit anderen Menschen, die sich

Gott nahe fühlten. Als ich mir mit zwölf Jahren zum ersten Mal ein Pornoheft kaufte, wollte der übergewichtige Mann hinter der Verkaufstheke zunächst wissen, ob ich denn ein Sex- oder doch lieber ein Pornoheft wolle, darin läge ein gewaltiger Unterschied, er grinste. Ich lief rot an, weil mir Unterschiede mittlerweile zwar geläufig, sie mir allerdings nicht maßgeblich erschienen waren, doch von diesem hier wusste ich nichts, ich hatte keine Ahnung, worauf er anspielte. Und der Mann lächelte weiter, kratzte sich seinen ekligen, widerwärtigen Bauch und formulierte die Frage verständlicher: Willst du ein Magazin mit Frauen … oder eines mit Frauen und Männern?

Und ich wollte, nach dieser zusätzlichen Erläuterung, eines mit Frauen, weil ich schließlich keinen Wunsch verspürte oder sonst wie eine Veranlassung sah, mir nackte Männer anzuschauen, also antwortete ich: eines mit Frauen, woraufhin der Mann wissen wollte, welche Frauen ich denn gerne betrachten möchte, alte oder junge, Asiatinnen oder Farbige, blonde oder brünette, rasierte oder unrasierte, mit oder ohne »Gerätschaften« … Er predigte eine ganze Weile, eine ganze Litanei voller Rassen- und Herkunftsmerkmale, gespickt mit allerlei Äußerlichkeiten, prasselte auf mich ein, seine Stimme schien den gesamten Raum des Tabak- und Zeitschriftenladens zu füllen; fast war es so, als spräche Gott selbst zu mir, ein gewaltiger Fleischberg hinter seiner Verkaufstheke, eine durch und durch übermächtige Lichtgestalt, was soll ich noch sagen, der Herr zeigte sich mir und sprach: Wenn du in dieses Land einziehst, solltest du dich gegen allerlei Gräuel wappnen; es werden dir viele begegnen, die ihre Söhne und Töchter durchs Feuer gehen lassen, meide diejenigen, die Losorakel befragen, die Wolken deuten, die Verstorbene um Rat fragen; meide diejenigen, die sich an den Teufel verkaufen, denn ein jeder, der so etwas tut, ist dem Herrn ein Dorn im Auge. Und ich spürte plötzlich, wie Worte, so ganz aus dem Nichts, in meinen Mund drangen: Oh, ich kann die donnernde Stimme des Herrn, meines Gottes, nicht noch einmal hören und dieses große Feuer nicht noch einmal sehen, ohne dass ich sterbe …

Ich schloss kurz die Augen und hörte weiterhin die Stimme des Fleischbergs in meinem Kopf, als wäre ich nur ein enges, eingepferchtes Tal und das Echo übermächtig, als wären Donner und Glut in mir plötzlich kolossal, es dröhnte: Du sollst mir doch glauben. Du sollst meine Gaben nicht verunehren. Du sollst alle Montage in meinen Laden eilen. Du sollst es heimlich tun, deiner Mutter nichts davon erzählen. Du sollst nicht erröten. Du sollst nie bei einlangenden Neuerscheinungen fehlen. Du sollst nach neuen, prickelnden Bildern hecheln. Du sollst nie dein Bedürfnis stillen. Du sollst nie verkehren mit nur einer Frau. Du sollst nie verkehren mit nur einem gottverdammten Weibsbild.

Irgendwann schaute mich der Fleischberg fragend an, und ich stammelte: blond, eindeutig blond, woraufhin ich mein erstes Sexmagazin erstand, keine Pornozeitschrift wohlgemerkt, einfach nur ein Hochglanzheftchen mit Darstellungen von nackten jungen, blonden Frauen, ich war fürs Erste ganz zufrieden. Ob ich denn auch Zigaretten haben wolle, wollte der Mann zum Abschied noch wissen, und mir fiel keine bessere

Antwort ein als: Beim nächsten Mal vielleicht, er lachte und fuhr sich mit der linken Hand durch sein fettiges Haar, woraufhin ich endlich fluchtartig das Geschäft verließ und nach Luft schnappte.

Zu Hause blätterte ich heimlich das Magazin durch, die blondesten Frauen der ganzen Welt reckten sich mir in allen Augenfarben und Körbchengrößen entgegen, sie lächelten, zeigten ihre Zungen und spreizten manchmal ihre Beine, man konnte dann alles gut erkennen. Nahezu alle waren sie blank rasiert, ihr Geschlecht erinnerte an jenes kleiner Mädchen, wie ich es aus irgendwelchen Schwimmbädern kannte; ich erfuhr schon bald, dass die meisten männlichen Erwachsenen genau das sehen wollten. Und sollte sich der Geschmack der Masse doch irgendwann ändern, dann würde das Gros der Zeitschriften lautstark ebendiesen neuen Trend berücksichtigen.

Alle erwachsenen Männer, die für gewöhnlich solche Zeitschriften einkauften, würden gerne mit jungen Mädchen schlafen, das wollte man mir später jedenfalls weismachen, daran sei auch nichts Anrüchiges, vielmehr wäre es ein natürlicher, männlicher, gottgegebener Impuls. In meinem ersten Magazin fanden sich sogar diverse Kommentare, in denen die abgebildeten Frauen ihre geheimsten Wünsche und Erlebnisse offenbarten: Ich stehe mehr auf Uwes Riemen, aber Jens hat ein echt zupackendes Wesen. Oder sogar in Fremdsprachen: Of course, my parents haven't the slightest notion that her daughter is the most-screwed hussy in the student hostel. Alleen mijn adem en mijn schaamteloze blikken al brachten de geile beer tot een heerlijk hoogtepunkt. Nous avions envie de sa crème chaude! Et voilà que Christina me remettait la main à la motte … es war eine neue und seltsame Welt für mich.

Ich wurde später gefragt, ob mir rasierte Frauen besser gefielen als unrasierte, ob sie mich anmachten, ob sie blond und engelsgleich sein mussten, doch ich antwortete, es hätten sich mir beim Durchblättern des Magazins eigentlich ganz andere Fragen aufgedrängt: Ob denn diese Frauen überhaupt katholisch waren (manche trugen tatsächlich goldene oder silberne Kreuzchen um ihren Hals) und ob sich vielleicht nur katholische Frauen zwischen den Beinen rasierten, wie doch auch die Mutter (ich meine, Juden wurden schließlich auch beschnitten), und, falls dem so sei, welchem Glauben die unrasierten Frauen in Sexzeitschriften angehörten, wie ihre Bilder mit diesem zu vereinbaren waren, ob sie vielleicht orthodox, evangelisch, muslimisch waren, gar irgendwelche mir völlig unbekannten Götter anhimmelten.

Ich schlich fortan jedenfalls des Öfteren ins Schlafzimmer der Mutter, dann und wann lag sie noch so, dass ich einen Blick auf ihr Geschlecht erhaschen konnte, manchmal hatte sie sich, zu meinem Erstaunen, gar nicht rasiert, vielleicht wollte sie an solchen Tagen einfach kein kleines Mädchen mehr sein. Wenn Mutter zur Arbeit ging, masturbierte ich später manchmal in ihrem Schlafzimmer; ich lag mit dem Magazin da oder stellte mir ihr Geschlecht vor, unterdessen rieb ich an dem meinigen, so führte das eine zum anderen. Allerdings, lieber mochte ich die Frauen in meinem Magazin, ihre polierten, seidigen Öffnungen, sich ihnen in meiner Fantasie hinzugeben fiel allemal leichter; es spielte bald keine Rolle mehr, ob sie katholisch waren oder nicht, mit der Zeit war mir das wirklich gänzlich egal.

Ich wurde gefragt, ob ich es nie seltsam gefunden hätte, auch im Beisein der Mutter, sie drückten sich da gewählt aus, »an mir herumzuspielen« (ja, das war ab und an tatsächlich vorgekommen, während sie schlief), woraufhin ich erwiderte, dass doch alle Kinder, ganz gleich ob Buben oder Mädchen, schon in den Bäuchen ihrer Mütter masturbierten, dass es nur keiner wahrhaben wolle und es etwas ganz Natürliches sei. Meine Mutter hatte im Bauch ihrer Mutter masturbiert und ich wiederum in ihr (und später auch neben ihr), was das für einen Unterschied mache, das könne ich nicht nachvollziehen. Das ganze Universum sei, weil Gott zweifellos der größte aller Masturbierer sein müsse, es war doch alles ein einziges großes Abspritzen, die Planeten, Kometen und sonstigen Brocken und Nebel, all das seien Kontraktionen und Eizellen, Spermien und Schleimschlieren, sich etwas anderes vorzumachen, das wäre doch verrückt. Und selbst Jesus hätte masturbiert, allein und mit seinen Jüngern, und die Römer, die ihn ans Kreuz genagelt hatten, die taten das erst recht, und überhaupt alle, die irgendwann gelebt hatten oder noch leben würden (einschließlich aller Anwesenden).

Ich wurde gefragt, ob ich jemals meine Mutter bei irgendwelchen sexuellen Handlungen ertappt oder sie sich an mir vergriffen hätte, doch davon wusste ich nichts, das wäre mir wirklich neu gewesen; wir saßen gern gemeinsam in der Kirche und beteten, wir ließen den Rosenkranz durch unsere Hände gleiten, wir lagen im Sommer auf einer flauschigen Decke und beobachteten die Sterne, wir frühstückten gemeinsam und gingen fast immer zur selben Zeit schlafen. Ich allerdings wurde meist früher wach, also schlich ich in die Küche oder zur Toilette, schaute im Schlafzimmer der Mutter vorbei (da die Tür ja offen stand), manchmal fühlte sich das so an, als wäre ich in einer Kirche, kurz zu Besuch im Haus des Herrn, bei »Gottmutter«, es war etwas Schönes und zutiefst Feierliches; meistens kämmte ich mir zuvor im Bad die Haare, putzte meine Zähne und zog schnell ein sauberes Hemd über. Ab und an passierte es, dass ich über irgendwelche Sachen stolperte, ich stieß einmal heftig gegen ein Möbelstück, ließ in der Küche oder im Bad unachtsam etwas fallen, doch Mutter schlief weiter, ihre Brüste hoben und senkten sich, während ich meinen Samen in diversen Taschentüchern verteilte.

Ich wurde später gefragt, ob es für mich seltsam gewesen war, meine erste richtige Freundin mit nach Hause zu bringen, um diese der Mutter vorzustellen, doch hatte ich nie etwas Komisches dabei empfunden, ich meine, da war doch wirklich nichts dabei. Mutter unterhielt sich mit dem halbwüchsigen Mädchen (irgendwer Jüngerer an meiner Schule), sie reichte ihr die Hand und bot Tee und Kaffee an, freute sich augenscheinlich darüber, dass sich nun hübsche Fräuleins für mich interessierten. Ich meine, hübsch anzusehen und katholisch, das mussten meine Freundinnen schon sein, doch lebten in unserer Gegend nahezu nur Katholiken, es gab also, diesbezüglich, nur selten Unstimmigkeiten.

Meine Unschuld verlor ich schließlich in einem Kinosaal, »Filmpalast« hieß das Etablissement, ich saß mit einem der Mädchen aus meiner Klasse in der letzten Reihe, auf der Leinwand wurde gerade gekämpft, ein gewisser Elias und Barnes standen sich gegenüber, irgendwo im fernen, schmierigen Vietnam. Zwei völlig unterschiedliche Welten und Weltanschauungen prallten dort gerade aufeinander; Elias, der Gott gefallen wollte, der, wann immer es möglich war, von Gewalt absah, und Barnes, der Verdorbene (Spitzname Käpt'n Ahab), der an die moralisch reinigende Kraft der Gewalt glaubte.

Der Streifen erzählte die Geschichte des jungen Chris Taylor, der sich freiwillig zum Vietnam-Einsatz meldete, um der Enge seiner Familie zu entfliehen. Später erklärte mir Mutter, dass es sich dabei durchaus um einen religiösen Film handele, dass sich, wie schon im Alten Testament, der götzendienerische König Ahab als Gegenspieler des Propheten Elias versuche, und, wie Ahab, umgäbe diesen eine Aura der Unbezwingbarkeit. Chris wäre gewissermaßen das Kind dieser beiden Väter, er müsse sich, so die Moral der Geschichte, für einen von ihnen entscheiden. Den Höhepunkt des Streifens stellte das Sterben von Elias dar, das in jedem noch so qualvollen Detail festgehalten worden war; Chris saß im wummernden Hubschrauber und sah von oben dabei zu, wie Elias im Kugelhagel der Vietcong auf eine Lichtung stolperte, bis er schließlich wimmernd die gepeinigten Arme hochriss und in einer epochalen Kreuzigungspose das gesamte Bild füllte.

Ich war von dieser Pose fasziniert und sah gebannt hin (Elias bekam das viel besser hin als Jesus), jedenfalls so lange, bis sich mein Geschlecht plötzlich im Mund des Mädchens wiederfand; sie bewegte verstohlen ihren Kopf auf und ab, wie ein Hühnchen, das ein paar Körner aufpickte; ich schloss die Augen, vergaß Elias und Barnes für einen Moment und gab mich ihr unverzüglich hin. Als sie genug zu haben schien, richtete sie sich auf, drehte sich um und schob ihren Rock hoch, den Slip schnell zur Seite, sie setzte sich auf mein Geschlecht, ein leises »Oh Gott« in den Saal hauchend. Ich war vollkommen aufgelöst, was man bei seinem ersten Mal vermutlich auch sein sollte, wähnte mich der Mutter nahe (wobei ich nicht im konkreteren Sinne an sie dachte), ich fühlte mich einfach nur schon wieder recht feierlich.

Ich wurde später gefragt, ob mir klar gewesen wäre, dass nicht nur katholische Frauen, mit denen man schlief, ein »Oh Gott« seufzten, dass selbst Frauen, die an gar nichts glaubten, die Gott an sich geradezu ablehnten, unwillkürlich diese Wortwahl bevorzugten. Als würden sie den Herrn mit ihrer Lust preisen, ihn vergegenwärtigen oder verhöhnen wollen, ich hatte darauf keine passende Antwort. Mir war es ganz gleich, ob sie ein »Oh Gott« oder sonst was hervorpressten, in ebendiesem Moment spielte es doch keine tragende Rolle.

Man wollte noch wissen, ob ich jemals dieses »Oh Gott« auf mich bezogen, ob ich mich jemals wie Gott gefühlt habe, den andere anrufen und preisen sollten; man wollte von mir wissen, ob ich denn, während ich kam, je geglaubt hätte, eins mit dem Universum zu werden, zu begreifen, worum es ginge, ich solle doch die Fragen beantworten, man benötige diese Antworten, doch wusste ich nicht, was ich darauf hätte erwidern sollen. Ich fühlte mich ganz normal, manchmal glaubte ich an Gott und dann wieder nicht, vielleicht würde ja irgendwann der Tag kommen, darüber ein für alle Mal zu entscheiden.

II.
Schiffssetzung

Gotland war schon immer eine frühe Welt gewesen, mitten im Meer, kein sonderlich großes, keinesfalls tiefes, nicht so wie der Atlantik oder Pazifik, die Insel lag einfach nur in der Ostsee, im Norden, von unten aus gesehen, dem kontinentalen, mir vertrauten Europa. Die Welt selbst war einst aus unzähligen Schichten entstanden, Schotter, Schlick und Schlamm, die Jahrtausende hatten alles vorsorglich miteinander verschweißt; aus unzähligen Schloten kroch Lava immer weiter unter das Meer, sie formte weitere Landmassen, die irgendwann endgültig aus dem Wasser ragten, sie lagen fortan bezugsfertig unter der gleißenden Sonne.

Es hieß, Gotland hatte viele Namen getragen, so einige gingen im Laufe der Geschichte verloren: »Mörkretsmärke«, ein »Dunkles Mal« vor der Küste, »Gudsigsjälv«, ein »Gott nur sich selbst«-Eiland, »Magplask«, ein »Schlag ins Wasser«, es hätte jedoch noch weitere, vollkommen unbekannte Namen gegeben. Ich erinnerte mich an die ersten Schritte über die Insel, die tosende Brandung und die Tauchkünste der Kormorane, deren grünstichige Augen mich mahnten: Gib dich bloß keiner falschen Vorstellung hin.

Mutter wollte immer nach Gotland zurück, einmal noch wolle sie Gotland sehen, wo ihr doch der Name der Insel so gefalle, ein Ort, an dem man noch echte Sommerfrische erleben könne, erzählte sie mir. All die Natur und die gottgefälligen, gradlinigen Menschen, Mutter predigte mir von den Einzelheiten eines unvergesslichen Sommers, in dem sie diesen Mann getroffen hatte; in Gotland konnte man den Alltag vollkommen ausblenden und vergessen, sie hatte es damals jedenfalls sehr genossen.

Sie hatte mir erzählt, dass Gotland zwar mit der Hilfe von Gletschern und all den damit verbundenen Kräften geformt worden war, doch hätte Gott nur hier höchstpersönlich mit Hand angelegt; Gletscher in Bewegung gesetzt und ein Meer namens »Yoldia« geschaffen, aus diesem hätten sich dann auch die ersten Spitzen von Gotland erhoben, doch was weiß man schon, alte, überlieferte, gewiss ausgeschmückte Geschichten eben.

Niemand kann sicher sein, niemand, kein Einziger kann jemals behaupten, er wüsste, wie Gotland entstanden war, ob es je einen Grund dafür gab, ob es nicht lediglich einer der üblichen Launen der Natur zu verdanken war, alles mehr zufällig denn beabsichtigt, und was das Wort »Gotland« überhaupt bedeuten mochte. Die Goten waren angeblich mit den skythischen Sauromaten und Melanchlainoi, den »Schwarzmänteln«, gleichzusetzen, sie waren die »Getae-Tecti«, die »Bedeckten und Beschützten«, andere nannten sie »Tervingi«, die »Waldleute«, oder auch »Grauthungi«, die »Steppen- oder Strandbewohner«.

Am Anfang war das Wort, und das Wort war bei Gott, und Gott war das Wort, ich weiß nicht mehr, wie oft mir Mutter damit in den Ohren lag, die Bibel befand sich bei uns auf dem Küchentisch, weil doch Liebe durch den Magen geht, behauptete sie. Sie blickte mich an, ich blickte sie an, woraufhin sie zum Kühlschrank eilte, um mir einen Kakao zu machen; sie strich mir durch das Haar und summte irgendein Loblied, zu Ehren von … den Namen habe ich vergessen. So fern scheint mir diese Zeit, als wäre sie lediglich ein Märchen, das ich irgendwo aufgeschnappt habe, als wäre mir später in Gotland alles von den Bäumen zugeflüstert worden, den Wellen, den dunklen, hungrigen Wolken, die mich mit Geschichten mästen wollten.

Angeblich war im Wort »Gotland« ein Verweis auf Bezeichnungen wie »giutan« oder »gutans« zu finden, jene, die »gießen« oder »gegossen haben«, das war die ursprüngliche und wahre Bedeutung; ausgegossen, vergossen und schließlich zu Stein erstarrt, wie es irgendwann mit allen flüssigen Orten und Sternen geschieht, deren sich der Schöpfer annimmt. Charles erzählte uns immer wieder die alten Geschichten von Göttern und Titanen, von den Schöpfern und den Gießern, die Menschen von damals hätten eben keine anderen Erklärungen gekannt, nicht so wie er, nicht so wie wir, die wir uns der Chemie, Physik, Mathematik und so weiter bedienen konnten. Unser Wort »Gott« sei auf die Silbe »ghuto« zurückzuführen, einem uralten »anrufen«, »anflehen« oder »bitten«, eine sich in der Sprache manifestierende Unmündigkeit, eine Verhinderung des Menschen, die ihn seit jeher wütend mache, behauptete Charles.

Visby selbst, die Hauptstadt Gotlands, sei immer schon ein heiliger Ort gewesen, nur hätte man dies heute längst vergessen, vollkommen außer Acht gelassen, dass »Vis-by« übersetzt »Heilige Stadt« bedeute, »Heiligtum« und »Stadt«, auf dies verwiesen nämlich die beiden Silben. Visby war gewissermaßen das Jerusalem des Nordens, nicht ganz so prächtig beschaffen, doch von einer ebenso festen Mauer ummantelt; die Stadt lag dahinter verborgen, und wenn man sich ihr näherte, erkannte man die hohen Mauern und Zinnen schon von weitem, ganz egal, wohin man das Auge schweifen ließ. Die Häuser, ja nahezu alle Gebäude, blieben unsichtbar, lediglich die Spitzen der Kirchen und Dome überragten die Stadtmauern, nur sie ragten wie Vulkankegel aus dem grauen, sorgfältig aufgeschichteten Mauerwerk.

Wenn man bedenkt, wie viele Kirchen und Türme im Laufe der Jahrhunderte aus der Stadt verschwunden waren, es hätte sich einem ein noch beeindruckenderes Schauspiel geboten, eine ganze Armada von Türmen, Zinnen, Wasserspeiern und Kreuzen. So waren im Wesentlichen nur der Dom, die Allerheiligenkapelle und Visborgkirche verblieben (mit ihren von den Decken hängenden »Votivschiffen«, die einst zu Ehren von Schiffbrüchigen gestiftet worden waren); allerdings gab es in der Stadt zahlreiche Überreste und Ruinen von mittlerweile verfallenen oder im Laufe der Geschichte zerstörten christlichen Heiligtümern. Seit jeher hatten es die Gotländer gescheut, diese vollständig abzutragen, sie gänzlich aus dem Stadtbild zu verbannen, es war schließlich ein heiliger Ort, es war die Insel des einen und einzigen Gottes. So gab es (in mehr oder minder bemitleidenswertem Zustand) weiterhin die Überbleibsel der Kirchen des hl. Clemens, des hl. Georg, der hl. Gertrud, des hl. Johannes, des hl. Peter, der hl. Katharina, des hl. Laurentius, des hl. Nikolaus, des hl. Olaf, des hl. Jakob und des hl. Michael zu bestaunen.

Gotland sei allerdings schon immer auch ein verfluchter Ort gewesen, eine Insel, die bei Tag gern im Meer versank und des Nachts erneut den Fluten entstieg, so erzählten es sich die Gotländer seit vielen Generationen; und warum sollten die Alten auch lügen? Allerdings, Tjelvar, der erste richtige Gotländer, er habe den Fluch gebrochen, angeblich habe er das Feuer auf die Insel gebracht, mit dessen Hilfe das Meer zu bändigen gewesen sei; die Insel sei fortan auch tagsüber sichtbar und zugänglich, wie wir es heute kennen. Für diese Großtat war Tjelvar posthum mit der ersten »Schiffssetzung« gewürdigt worden; sein Stamm habe besonders schöne Steine zusammengetragen, daraus an Land die Umrisse eines Schiffes geformt (eine Huldigung, die ihresgleichen sucht), dort sei er dann, nach allen Regeln der damaligen Kunst, bestattet worden; an jener Stelle, wo üblicherweise der Mast in den Himmel ragt, im Zentrum eines Schiffes, lag der Leichnam fortan wie eine Flagge gehisst.

Die Alten von Gotland erzählten sich schon immer seltsame Geschichten, so sei der größte erhaltene Hausgrundriss einem Wikingerhäuptling namens Stavar zuzuschreiben, der in Stavgard gelebt haben soll. Ein »Herr der Stäbe, Pfähle, Kreuze«, der einen jeden zu Brei schlug, der Gotlands Gott missachtete. Charles hatte etliche der Geschichten aufnotiert, als wäre darin etwas verborgen, als läge darin ein Schlüssel zu etwas wirklich Gewichtigem. Die Alten erzählten sich alles in einer Sprache, die nicht mehr viele verstanden, sie stammte aus einer Zeit, in der das Wort einem Menschen noch wahre Macht verlieh. Charles jedoch erlernte diese, unermüdlich hatte er es von den Alten eingefordert, er sprach und bewegte sich so wie sie, um zu begreifen, um zu erkennen, um endlich Antworten zu finden, um all die Besonderheiten Gotlands zu ergründen. Wenn er die alte Sprache der Gotländer anstimmte, hörte man gebannt zu, beinahe war es so, als würde ein alter, übermächtiger Zauberer seine Magie unter Beweis stellen:

Þissi Þjelvar hafði ann sun sum hít Hafði. En Hafða kuna hít Hvítastjerna. Þaun tú byggðu fyrsti á Gutlandi. Fyrstu nátt sum þaun saman sváfu þá droymdi henni draumr; só sum þrír ormar varin slungnir saman í barmi hennar, ok þýtti henni sum þair skriðin ýr barmi hennar. Þinna draum segði han firi Hafða bónda sínum. Hann raið draum þinna só: »Alt ir baugum bundit, bóland al þitta varða uk fáum þría syni aiga.« Þaim gaf hann namn, allum ófýddum; Guti, al Gutland aiga; Graipr, al annar haita; ok Gunnfjaun þriði. Þair skiptu síðan Gutlandi í þría þriðjunga, só at Graipr þann eldsti laut norðasta þriðjung, ok Guti miðal þriðjung, en Gunnfjaun þann yngsti laut sunnarsta.

Dieser Tjelvar hatte einen Sohn, übersetzte Charles im Anschluss, Hafthi hieß er, und Hafthis Ehefrau hieß Hvítastjarna (Weißer Stern), sie waren die ersten Menschen und Siedler auf Gotland. Als sie die erste Nacht auf der Insel verbrachten, träumte Weißer Stern davon, dass drei Schlangen in ihrem Schoß lagen; sie dachte noch, dass diese wohl aus ihrem Schoß gleiten würden, irgendwann, es war schließlich der Lauf der Dinge. Diesen Traum erzählte sie ihrem Ehemann, der diesen auch sogleich zu deuten wusste: »Alles ist an Ringe gebunden, diese Insel wird fortan bewohnt werden, wir werden drei Söhne haben, drei unverrückbare Möglichkeiten.« Hafthi gab in jener Nacht den Ungeborenen einen Namen; da war zunächst »Goti«, der Gotland besitzen sollte, »Graipur« nannte er den zweiten und »Gunnfjón« den dritten Sohn. Sie teilten Gotland später in drei Teile auf, wodurch der Mythos der Dreifaltigkeit des einzig wahren Gottes entstand: Graipur bekam, als ältester Sohn, den nördlichen Teil, Goti den mittleren und Gunnfjón, als Jüngster, erhielt den Süden.

Ich konnte in Gotland tagelang den Regentropfen zusehen, sie waren meine ersten, nur mir allein gehörenden Geschichten, denen ich lauschte; ich beobachtete, wie sie sich über die Fensterscheiben verteilten, wie sie sich zu kleinen Rinnsalen und Flussläufen verzwirbelten, die anschließend über die Scheiben huschten. Manchmal erinnerten sie mich an abgeschossene Gewehrkugeln, so schnell trieb sie der Wind voran; sie schlugen ein, bevor man Schutz suchen konnte, sie durchlöcherten so manch gesunden, noch überaus wachen Verstand. Es regnete oft in Gotland, die Geschichten, die man sich darüber erzählte, waren voller seltsamer Wetterphänomene, doch war das Wetter schließlich Gottes Wille, und die Vorstellung, darauf irgendwann selbst Einfluss nehmen zu können, schien vollkommen absurd.

In Gotland sah man die Dinge anders, die Bewohner Gotlands waren schon ein seltsamer Menschenschlag, manche sogar aus Lehm und Erde geformt und dort, wo eigentlich die Haare sprießen sollten, wuchsen Heidekräuter von ihren Köpfen. Im Süden der Insel sah ich neulich welche, die beteten und mieden die Sonne, weil sonst ihre Köpfe und Extremitäten eintrocknen und zu Staub zerfallen könnten. Ich war mir vollkommen sicher, sie bestanden tatsächlich nur aus Lehm und Ton, ein bisschen Wasser und Wurzelwerk vielleicht noch, nicht mehr und auch nicht weniger. Weiße, fahle Wurzeln wanden sich um ihre Körper, als hätte man sie eben erst aus ihren Blumentöpfen befreit, unheimliche, krakenartige Stränge, die sich bis in den letzten Winkel ihres Körpers verästelten, diesen stabilisierten und aufrecht hielten.

Die Bewohner Gotlands setzten sich einmal im Jahr Fischköpfe auf, die sie zuvor in der Sonne trocknen ließen, die sie aushöhlten und mit eigenen Gedanken füllten, so war das schon immer Brauch gewesen. Man saß zu Tisch und schwieg sich an, wie Fische eben so sind; die großen Fischköpfe zog man sich gänzlich über, die kleineren waren wie Partyhütchen an Gummibändern festgemacht. Sie wurden aufgesetzt und am Kopf fixiert, doch nicht einmal die Kinder lachten, weil Gedanken schließlich schwer wogen und draußen vor den Fenstern die Wellen anrollten, immer noch mehr Wasser, dessen Absicht unzweifelhaft war, sich stetig weiter voranzufressen.

In Gotland gab es viel Raum für Gedanken, jede Menge Geschichten über Gott und den Erdkreis, wir unterhielten uns gern miteinander, dachten viel nach und hörten zu, was Charles zu berichten wusste. Er war mit einem Schiff nach Gotland gekommen, das er selbst gezimmert hatte; er hatte irgendwo einen großen Baum gefällt, ihn mit scharfkantigen Steinen ausgehöhlt, und damit war er bis nach Gotland gepaddelt; doch es gab auch viele, die behaupteten, er sei nach Gotland geschwommen, mitten durch das Meer, fortgeschwommen aus der Knechtschaft, fort von den Christen und Juden und Moslems und all dem Pack, frei war er, ein Überlebender, ein Überirdischer, ein Überfälliger, ganz egal, was man über ihn und seine Ankunft in Gotland erzählte, Charles ließ sich nur schwer in Worte fassen.

Er konnte gut schwimmen, so viel war sicher (er hatte mir schließlich erzählt, er sei ein fabelhafter Brustschwimmer), für mich war er zudem, rein äußerlich, ein Mann mit Barteln, er erinnerte mich tatsächlich an einen Fisch, um genau zu sein, an einen Wels, Dorsch oder etwas Ähnliches; er war kräftig, beinahe schon gedrungen, mit kleinen Augen und einem großen, kantigen Mund. Diesen wiederum hatte er von einem Barsch, ganz gewiss, einem Wolfsbarsch vielleicht, davon gab es reichlich in der Ostsee, und die konnten ihr Maul gewaltig aufreißen. Wenn er sprach, dann ließen sich alle nieder und hörten zu, was er zu sagen hatte, Charles' Worte fanden einen immer, sie holten einen jeden zu sich. Ich wurde später gefragt, ob wir vor Charles auch knien mussten, ob er den Mund nicht generell viel zu voll nahm, ob wir uns nicht lieber unseres eigenen Verstandes hätten bedienen müssen, ich wusste, die hatten von nichts, aber auch von wirklich gar nichts eine Ahnung.

In Gotlands Norden brach sich das Meer seine eigenen Felsen, als würde es, wie auch die Menschen hier, Steinbrüche betreiben; es höhlte die Klippen aus und spülte sie fort, nur die seltsamen Rauken blieben an den Stränden und Küsten stehen, die harten und unbeugsamsten Steine. Ich wurde später gefragt, ob es mir denn lag, das Unbeugsame, das Rebellische, zweifelsohne hätte ich schon immer einen Hang zum Aufwiegeln besessen, einmal von der Leine mag der Hund ein Rudel um sich scharen, nicht wahr? Sie neigten allesamt die Köpfe, als würden sie mich ermuntern, alles einzugestehen, die Mutter wäre schließlich kein sicherer Hafen mehr, sie blickten mich durchdringend an, verzogen dabei jedoch keine Miene.

Gotland war eine Insel der Lämmer, die gotländischen Flaggen waren voll mit ihren Abbildungen, Lämmer in Schwarz und Weiß und Grau, Lämmer an jeder Straße, hinter jedem Haus, Lämmer auf jedem Teller. Nahezu jeder auf Gotland besaß eine kleine oder größere Herde dieser Tiere, Land gab es reichlich, viel mehr, als man auf dem Festland vielleicht denken mochte. Man fuhr über die Insel und hörte sie blöken, auf den Wiesen, in den Wäldern, vor und neben den Häusern, das Lamm Gottes war wirklich überall. Und wann immer Fischer aufs Meer fuhren, nahmen sie gepökeltes Lammfleisch mit, was auf den ersten Blick verwundern mochte; natürlich aßen sie auch gerne Fisch, schließlich waren sie von diesem umgeben, sie fingen ihn mit eigenen Händen und verspeisten ihn roh, zu Wasser und zu Land. Doch lieber noch nahmen sie Lammfleisch mit aufs Meer, es hieß, für eine sichere Rückkehr, nur das Lamm könne einen geleiten, durch aufkommende Stürme tragen, das Leben der gotländischen Fischer war seit jeher geprägt vom Tod auf dem Meer und Lämmern in den Bäuchen.

Gotland war jedoch auch eine Insel der Landasseln, man trat auf sie überall, wo man sich länger aufhielt; besonders viele fanden sich an schattigen Plätzen und unter Steinen, dort wimmelten sie umher, in allen Größen, Formen und Schattierungen. Man konnte sich gut vorstellen, wenn man im Freien einschlief, wie einen diese Tiere überwucherten, wie sie einen verloren gegangenen Kontinent erneut in Besitz nahmen; wie sie einen bestiegen, in langen, endlosen Ketten und Verkettungen von Beinen und Rückenpanzern. Kaum hatte man eine von ihnen berührt, zog sich diese wie von Zauberhand zusammen, das eben noch längliche Tier war innerhalb eines Wimpernschlages zu einer festen Kugel geworden, die man problemlos hin und her rollen konnte. Gotländische Kinder spielten gerne mit ihnen, sie ließen sie wie Murmeln in kleine Vertiefungen rollen, sie verschossen sie mit eigens dafür angefertigten Schleudern, die besonders mutigen nahmen sie sogar in den Mund und spuckten diese, so weit sie nur konnten.

III.
Intimrasuren

Ich wurde später gefragt, ob ich es als normal erachtet hätte, in der Schule auf der Toilette manchmal die Hosen herunterzulassen, nur um den anderen irgendetwas vorzuführen. Dass man längst Schambehaarung aufweise, dass man sich nicht von ihnen ins Bockshorn jagen ließe, dass man ebenfalls stolz mit dem Pimmel in der Hand umherstolzieren könne. Ich wusste nicht, was ich darauf hätte antworten sollen, vorsichtshalber kommentierte ich diese Frage mit einem »Ja«. Und dass man bei Mädchen ohnedies taktvoller vorgegangen war, ich betonte das entschieden, es hätte schon genügt, wenn sie nur kurz ihre Arme hoben und man einen Blick unter die Achseln werfen konnte (nur bei uns Burschen reichte das irgendwann nicht mehr aus). In der Schule wäre es uns jedenfalls niemals in den Sinn gekommen, sich irgendwo zu rasieren, alle Männ- und Weltlichkeit hätten wir eingebüßt, die wilde, urwüchsige Weiblichkeit wäre verloren, und darum ging es doch. Würden mir die Haare geschoren, dann würde mich meine Kraft verlassen, ich würde gebrechlich und schwach werden, wie jeder andere gewöhnliche, bedauernswerte Mensch.

Ich musste an die Geschichten denken, die mir Mutter aus der Bibel vorgelesen hatte; ich erinnerte mich an die List der Philisterfürsten, die Samsons Haar abschneiden ließen, die ihn so seiner Stärke beraubten, ihm sein Augenlicht nahmen und ihren Gott dafür priesen. Er jedoch rief den Herrn an und sagte: Herr und Gott, denk doch an mich und gib mir nur noch dieses eine Mal die Kraft, mein Gott, damit ich an den Philistern Rache nehmen kann, wenigstens für das eine von meinen beiden Augen. Mutter konnte ganz wunderbar Samsons Stimme nachahmen, sie sprach ganz rau und kehlig, mit flehenden, großen Augen schaute sie mich an, mich, den Himmel, den Herrn, ich hing gebannt an ihren Lippen.

Manche Mädchen hatten jedenfalls rotes Kopf-, jedoch schwarzes Achselhaar, viele Blonde wiederum waren unten dunkelbraun, es war damals ein echtes, ewiges Rätsel für uns. Ich selbst war braunhaarig und hatte folglich überall braunes Haar, wie es sich gehörte, ich spielte augenscheinlich mit offenen Karten. Ich hatte mich länger nicht rasiert, nirgendwo und schon gar nicht unter den Achseln, ich hätte auch gar nicht gewusst, wie das ging, schließlich hatte mir kein Vater je die dafür erforderliche Technik erklärt. Rasierklingen machten mir tendenziell Angst, und als irgendwer einmal vorschlug, ich solle doch zu Mutters »Ladyshave« greifen, schämte ich mich bis über beide Ohren. Mutter besaß tatsächlich ein solches Gerät und spielte gerne damit herum, ich hörte es oft im Bad brummen und surren, es wäre demnach ein Leichtes gewesen, es selbst auszuprobieren; jedoch die Vorstellung, meinen Bartflaum, meine Achseln (und eventuell auch mein Geschlecht) mit demselben Apparat zu versorgen, den auch Mutter nutzte (lange Zeit dachte ich dabei nur an ihre Beine), was soll ich sagen, ich ließ damals vorerst die Finger davon. Bestimmt rasierte sich Mutter ohnedies nur aus hygienischen Gründen, schließlich war sie Ärztin und wusste um die Gefahren, die von diversen Parasiten und Bakterien ausgingen.

Ich fand es allerdings selbst seltsam, konzentriert dem Surren des Apparates zu lauschen, auch dann, wenn ich gar nicht mehr hinhören, wenn ich Hausaufgaben machen oder essen oder mich sonst wie beschäftigen wollte. Immer wenn die Mutter im Bad verschwand und das elektrische Summen einsetzte, konnte ich keinen klaren Gedanken mehr fassen, an nichts anderes mehr denken; was wohl gerade im Bad vorging? Manchmal, wenn sie sehr lange im Badezimmer blieb, hegte ich die Vermutung, dass ein neuer Mann in ihr Leben getreten war, ich erfuhr allerdings nie davon, Mutter war in diesen Dingen äußerst diskret; zu Gesicht bekam ich bestenfalls den Briefträger. Das Surren des »Ladyshave« war ein untrüglicher Indikator dafür, dass Mutter bald mit irgendwem Sex haben würde, sie rasierte sich bestimmt auch ihre Scham, es schien mir die einzig logische Erklärung zu sein.

Wie man das mit Gott und dem christlichen Glauben vereinbaren konnte, wusste ich nicht, schließlich war Mutter nicht verheiratet; man durfte wohl das Sexuelle unter genau definierten Umständen erwägen, schließlich hatten doch nahezu alle biblischen Gestalten reichlich Sex gehabt. Wie sonst hätten die Großfamilien und ganze Dynastien begründet werden können, es wimmelt in der Bibel förmlich von allerlei Namen und Ankündigungen, denn siehe, du wirst schwanger werden und so weiter. Verheiratet oder in einer wirklich festen, stabilen Beziehung waren da bei Weitem nicht alle, ich glaube, Gott ging es zunächst (und vor allem nach dieser Sintflut) einfach nur um die Quantität.

In der Schule (da war ich allerdings schon im Gymnasium und hatte die katholische Klasse meiner Kindheit längst hinter mir gelassen) nannten wir den »Ladyshave« später auch »Mösenmäher« oder »Fotzentrimmer«, schließlich besaßen die meisten Mädchen im Gymnasium einen solchen; nur wenn ich von Mutter sprach oder an sie dachte, war das undenkbar, so eine Respektlosigkeit hätte sie nicht verdient, und ich hätte eine solche auch von den anderen nicht geduldet. Ich hatte es eigentlich lange Zeit vermieden, Mädchen als »Fotzen« usw. zu bezeichnen, ich ließ die anderen reden und nickte dann und wann müde, nun ja, ab und an dachte ich es mir schon auch, dass diese oder jene wirklich doch eine blöde Fotze sei, jedoch nur dann, wenn man mir weh oder unrecht tat, dann hielt selbst ich eine solche Äußerung im ersten Augenblick der Wut für angebracht.

Der »Ladyshave« stand ganz oben in einem der Regale im Badezimmer, jedenfalls seit ich denken konnte; er war in Weiß gehalten (mit ein paar türkisen Sprengseln), seine metallischen Zähnchen erinnerten an einen kleinen grauschimmernden Hahnenkamm. Ich ließ Mutters Toilettensachen eigentlich dort, wo sie lagen oder standen, selbst dann, wenn sie nicht zu Hause war; ich meine, nur einmal stieß ich versehentlich gegen das Regal, einer ihrer Lippenstifte fiel nach unten und kullerte mir vor die Füße. Ich hob ihn auf, wunderte mich noch, wie gut er roch, das Aroma konnte ich lange Zeit nicht vergessen, denn als ich die Kappe abnahm, duftete es verführerisch nach Himbeeren. Ich leckte mehrmals am Lippenstift, um einen Irrtum auszuschließen, geschmacklich konnte er in der Praxis natürlich nicht mit echten Himbeeren mithalten, doch dieser Geruch und die leuchtende Farbe, das war schon was. Ich dachte sogar daran, mir damit meinen Hintern einzureiben, weil dies bestimmt gut aussah (und noch besser roch), wie bei einem Pavianmännchen, und wäre Mutter irgendeine blöde Fotze gewesen, ich hätte es tatsächlich getan, den Stift sogar durch die Ritze gezogen, doch natürlich kam das nicht in Frage, ich stellte ihn wieder gewissenhaft ins Regal und putzte mir lieber die Zähne.

Ich wurde später gefragt, was ich denn dabei empfunden hätte, bei all dem, was ich sah, was mir so durch den Kopf schoss, wenn ich mit Mutter in der Küche saß, beim Mittagessen, während ich ihre Suppe schlürfte und draußen munter die Vöglein zwitscherten. Wie es sich angefühlt habe, als sie aufstand, um etwas aus dem Wohnzimmer zu holen, und ich wiederum bemerkte, dass sich zwischen ihren Beinen (auf ihrer Hose!) ein roter Fleck abzeichnete, ich meine, sogar der Stuhl im Esszimmer war leicht blutig. Natürlich konnte ich den Blick nicht von ihr lassen, dachte noch, dass es sich um diese Monatsblutung handeln musste, die Regel, die »rote Tante«, von der ich bereits gehört hatte, die Mädchen an der Schule sprachen andauernd davon; wie lästig es sei, wie schmerzhaft, wie ekelerregend. Und ich dachte noch, dass wohl Jugendliche (oder gar Kinder), die gar keine Ahnung von dem Thema hatten, bei einem solchen Anblick fast zu Tode erschraken, um das Leben der Mutter bangten oder irgendetwas Ähnliches, die taten mir wirklich leid.

Ich weiß noch, als ich nach Gotland kam, dass man dort in manchen Dörfern den Kindern erzählte, einmal im Monat käme der Teufel zu einer jeden Frau, er lecke sie wund mit seiner Schmirgelpapierzunge, er lecke so lange, bis eine jede Frau blute, erst dann ginge er wieder seines Weges. Und dass die Frauen in ebendieser Zeit nicht ganz sie selbst seien, was im Beisein des Teufels logisch scheint, man müsse damit leben, und ein jeder kluge Mann akzeptiere das. Man versuche zwar, den Teufel nach Möglichkeit abzuhalten, Knoblauch vors Fenster zu hängen und Kreuze in die mit Schilf gedeckten Dächer zu stecken, solche mit Kränzen, um das Böse besser anvisieren zu können. Besser sei es freilich, sich niemals mit dem Teufel einzulassen, man müsse viel beten und hoffen und der Dorfgemeinschaft vertrauen, das sei der einzig ehrbare Weg. Sollte das tatsächlich stimmen, dann hatte der Teufel eine ganze Menge zu tun, man bräuchte sich tatsächlich über nichts mehr zu wundern. Vielleicht sollte man sich lieber erst dann zu einer Frau legen, wenn diese definitiv ausgeblutet war, ich meine, unmittelbar nach ihrer Periode, dann müsste man sie jedenfalls nicht mit dem Teufel teilen. Ich war mir sicher, dass es heute noch Menschen gab, die sich das bei Frauen dachten, die alten Gotländer erzählten sich die Geschichten immer noch, gegen den Aberglauben, falls es sich wirklich um einen solchen handeln sollte, kam ohnedies niemand an.

Ich schlürfte weiter meine Suppe, ich stocherte so lange in ihr herum, bis Mutter aus dem Wohnzimmer zurückkehrte, sie hatte sich vorsorglich umgezogen, als wäre rein gar nichts gewesen, sie trug nun einen sauberen, blütenweißen Rock. Ich saß mit einem Mal unbeholfen da, fühlte mich irgendwie hintergangen, keine Ahnung, warum, es fühlte sich einfach falsch an, darüber zu schweigen, so zu tun, als wäre gar nichts passiert, als hätte ich mir all das Blut und so weiter nur eingebildet. Sie trat näher zum Tisch, setzte sich wieder, aß weiter, und ich dachte nur, dass sie das Blut am Stuhl wohl übersehen hatte, dass sie sich nochmals werde umziehen müssen, ich lächelte kurz. Mutter lächelte zurück, wir löffelten gemeinsam die heiße Fischsuppe aus, während eine fette Küchenfliege durch das offene Fenster geflogen kam, sie drehte zwei große Bahnen in der Küche und machte sich wieder von dannen.

Ich wurde später gefragt, ob ich nicht irgendetwas hätte sagen, sie auf das Blut am Stuhl hätte hinweisen müssen, es wäre meine Pflicht gewesen, ein kluger Junge hätte zudem längst alles mit einem Taschentuch oder der Küchenrolle gereinigt, ein jeder normale Mensch hätte das getan, ohne viel Aufsehens drum zu machen. Ich antwortete nur, die Zeit sei dafür zu kurz gewesen, am Ende hätte sie mich noch dabei erwischt und es wäre wirklich peinlich geworden; sie hätte sich doch in einer unangemessenen Art und Weise von mir beobachtet gefühlt. Und dass ich mir schon immer schwer damit tat, über etwas zu sprechen, das offiziell bei uns zu Hause gar nicht existierte. Und dass sie doch über ihren Körper Bescheid wusste, sie hätte sich rechtzeitig einen Tampon reinschieben oder eine Binde auflegen (sagt man doch so) können, es lag jedenfalls in ihrer Hand, uns diese Peinlichkeit zu ersparen.

Ich fügte noch hinzu, dass Mutters Schweigen auf mich befremdlich wirkte, warum sie mir damals nicht die Wahrheit über das Blut mitteilte, ich konnte das nicht begreifen, ich hätte doch alles verstanden. Ich wurde weiter befragt, ob ich es denn als normal empfunden hätte, die benutzten Tampons der Mutter aufzuheben, sie zu sammeln, und ich hielt kurz inne: Es kam mir, nach heutigen Maßstäben, selbst etwas eigenartig vor. Ich hatte sie eine ganze Weile aus dem Mülleimer gefischt, diese datiert, in kleine Plastiksäckchen gepackt, sie ab und an hervorgeholt und wieder in die rote Schuhschachtel gesteckt, die ich ganz hinten in meinem Kleiderschrank hortete. Alle Jungen in meinem Alter sammelten schließlich etwas, man besorgte sich Dinge, die etwas Besonderes für einen darstellten, an die man nicht so leicht gelangen konnte. In diesem Zusammenhang wollte ich mich entschieden nicht mit etwas beschäftigen, dem auch die anderen Jungs nachstellten, Briefmarken, Spielzeugautos, Zigarettenschachteln oder Fußballabziehbilder, wie banal das doch gewesen wäre.

Ich wurde gefragt, wie ich eigentlich heiße, und nannte meinen Namen, Vor- und Nachnamen, bevor man mich in einen abgedunkelten Raum brachte, man reichte mir dort ein Glas Wasser, ließ mich eine ganze Weile allein. Bestimmt beobachteten sie mich, wie ich nach dem Glas fasste, einen großen Schluck der Flüssigkeit nahm und es wieder vorsichtig abstellte, nicht das kleinste Geräusch war dabei zu hören, darauf achtete ich ganz besonders. Ich schloss die Augen, sie durften nicht in mein Innerstes sehen, wo sich doch darin Dinge abspielten, die sie nichts, aber auch wirklich gar nichts angingen.

Ich sah nunmehr den Glasperlenvorhang deutlich vor mir, erkannte, wie sich die hereinbrechende, ungestüme Sonne in die einzelnen Glasstücke verbiss, die Glasrhomben waren auf silbrige Fäden gereiht, penibel angeordnet, sie baumelten direkt von der Decke, glitzerten, rotierten und klirrten. Der Vorhang teilte den Raum und lud zugleich ein, seine Hände in oder hinter diesem abzukühlen; wie ein Schwimmer wollte man eintauchen, das, was hinter einem lag, zurücklassen, den funkelnden Perlenschnüren konnte man nicht widerstehen, man wollte, wenigstens symbolisch, das Wasser teilen. Es galt endlich einzutreten, die Glasrhombenschnüre klafften auseinander, sie spielten mit dem vorhandenen Licht und den sich abzeichnenden Wellen, als würde man auf eine unsichtbare Tür zuschwimmen, ganz genau so fühlte sich das zuletzt an.

Im Raum dahinter saß Charles auf seinem Stuhl, las irgendetwas oder rauchte seine seltsamen Zigaretten, von denen allen übel wurde und die man nur ein Mal, wenn man halbwegs bei Trost war, ausprobierte. Der Glasrhombenvorhang erzeugte eine angenehme Geräuschkulisse, die nicht so recht zum derben Turm passen wollte, in dem ich mich befand. Niemand in Gotland konnte von diesem Vorhang lassen, es führte kein Weg daran vorbei, wollte man Charles nahe sein, selbst die alten Gotländer waren irgendwann hindurchgeschritten. Er wartete dort auf uns alle, die zu ihm aufgebrochen waren, er tat dies keinesfalls wie die Spinne in ihrem Netz, er wollte schließlich nur, dass wir aufwachen und erkennen, was es mit der Welt auf sich hat.

All das, was du siehst, so sprach er einmal zu mir, ist nur ein ungefährer und nicht einmal annähernd der Wahrheit entsprechender Umriss der Dinge, du musst schon selbst den Vorhang lüften, du musst der Wahrheit auf die Spur kommen und immer weitermachen. Tauche nun ein, schieb diesen Vorhang zur Seite, der dir die Sicht auf den Kosmos verstellt, ich werde dir zur Seite stehen, dabei helfen, mehr zu erfahren …

Ich wurde später gefragt, was ich wirklich über Charles dachte, wie nahe er mir tatsächlich gekommen war, ob er mich eingeweiht hätte in seine Machenschaften, seine »Taschenspielertricks«, sie ließen keine Gelegenheit außer Acht, ihn auf eine perfide Weise lächerlich zu machen, ihn vorsorglich zu denunzieren. Und ich verstand sie ganz gut, es war eine logische, naheliegende Art, Charles zu begegnen; alles andere ließ einen schließlich nie wieder los, es ließ einen nicht mehr leben und schon gar nicht sterben, es ließ einen nur taumeln und an den eigenen Sinnen zweifeln, wie könnte ich es sonst beschreiben: Charles war der Grund, warum wir alle hier waren. Ob ich denn wisse, wo er sich heute aufhalte, ob er sich je Notizen gemacht, ob sich Charles vielleicht irgendwelchen Gesichtsoperationen unterzogen hätte, ich blickte alles in allem recht verständnislos drein. Eine Operation? Wozu? Um Spuren zu verwischen?

Sie fischten schlichtweg im Trüben, irgendwann hielt mir einer eine vergilbte Fotografie vor die Nasenspitze, ob das Charles sei, er deutete dabei auf eine Person, die deutlich auf der Fotografie zu erkennen war, ein Mann mit schmuckem

Zylinder. Ich ließ den Kopf sinken und nickte, Charles hätte schließlich ein jeder sein können, der Baum vor dem Fenster, die Wolkenformation über dem Zylinder, der scheckige Hund mit seinen gelben, widerlichen Zähnen, der Mann mit dem Hut war zweifelsohne Charles.

IV.
Die Zahnärztin

Bei uns im Haus war es stets ordentlich, alles war fein säuberlich an seinem Platz, zusammengeräumt die Küchenutensilien, die Untersetzer, der Blumenschmuck, vielleicht lag es daran, dass Mutter eine penible, pingelige Zahnärztin war. In ihrer Praxis war es mehr als ordentlich, ich war gerne dort, es roch beinahe wie zu Hause, klinisch und sauber, vermischt mit Mutters dezentem und doch apartem Parfüm, das war alles andere als unangenehm. Ich weiß wohl, viele Menschen haben seit jeher Vorbehalte gegen Zahnarztpraxen, doch meine ich, dass dies andere Ursachen haben muss, es ist den eigenen, diffusen Ängsten geschuldet, am Geruch kann es keinesfalls liegen.

Als ich noch ein Kind war, zog mir Mutter schon früh einige der lockeren Milchzähne, die seien etwas für ganz kleine Kinder, behauptete sie, da warten wir erst gar nicht ab, ich meine, manche der Zähne fielen dann doch fast von alleine aus, nur sehr wenige blieben hartnäckig im Kiefer verankert. Mutter zog sie mir irgendwann kurzerhand in der Küche, ganz vorsichtig, natürlich über der Spüle, sie hatte auch im Haus ein Zahnarztbesteck eingelagert, man konnte ja nie wissen, das bisschen Blut spuckte ich in den Abfluss, während die Zunge bereits die neuen Vertiefungen im Mund erkundete. Das fühlte sich durchaus angenehm an, ich schob sie mehrfach in die neu entstandenen Lücken, während Mutter längst wieder mit anderen Dingen beschäftigt war.

Ich wurde später gefragt, ob das vielleicht mit ein Grund dafür war, warum ich Mädchen mit Zahnlücken ganz besonders mochte, sogar Zahnspangen ließen mein Herz höher schlagen, ich kam jedenfalls nicht umhin, das zu bejahen; ich mochte Frauen mit Lücken. Nicht alle meine Freundinnen wiesen Zahnlücken auf, das wäre verrückt gewesen, doch fand ich jene mit solchen ganz besonders sympathisch, ich brachte sie gerne zum Lachen. Und um die nächste Frage wahrheitsgemäß zu beantworten: Eine Lücke zeugt für mich von Vitalität, eine Lücke ist das reine Glück (irgendwie verbirgt sich das Wort schließlich darin), sie personifiziert die Weiblichkeit; eine Lücke zwischen den Zähnen und noch eine zwischen den Lippen und eine weitere im Geschlecht, ich fand das schon immer aufregend. Eigentlich hätten sie sich die Frage nach den Zahnspangen schenken können, ich mochte diese zwar an sich, hasste jedoch, bei genauerer Betrachtung, die damit verbundenen Folgen: Jene vermaledeiten Zahnkorrekturen, die alle Gebisse nivellierten, glätteten und anglichen, eines sah schließlich nach der Behandlung wie das andere aus, die wundervollen Zahnlücken und Unregelmäßigkeiten waren Geschichte.

Mutter verdiente allerdings auch damit ihr Geld, sie predigte immerzu, eine schöne Frau müsse schnurgerade, fein säuberlich an ihrem Platz geordnete, kerngesunde Zähne aufweisen, alles andere sei, auch für einen Mann, eine Zumutung. Ich glaube, ein jeder Zahnarzt würde das unterschreiben, wie sollte man auch sonst sein Handwerk rechtfertigen, immerhin, es ging in der Regel wirklich einzig und allein um die Gesundheit, Karies wurde behandelt, der Parodontose ein Riegel vorgeschoben, das machte schon Sinn. Ich erinnere mich an zahlreiche Gespräche, in denen Mutter sachte darauf hinwies, dass ordentliche Zähne auch Ordnung ins Leben brächten, sie machte da vor keiner meiner Freundinnen Halt. Sie schlug ihnen regelmäßig vor, kostenlos ihre Zähne zu richten, dass es auch bestimmt nicht weh täte, und danach würden sich alle besser fühlen: Sie gewiss, die Freundinnen möglicherweise, ich allerdings war mir nie sicher, was ich davon zu halten hatte.

Früher saß ich oft in der Praxis meiner Mutter, um sie abzuholen, ich las dort Comics oder die sich überall stapelnden Mode- und Schönheitsmagazine, ich plauderte mit ihren Assistentinnen und lauschte den schrillen Bohrgeräuschen; ab und an war ein gequältes, aus den Tiefen einer geschundenen Seele stammendes Stöhnen zu vernehmen. Ich wurde gefragt, wann ich den Wunsch verspürt habe, Zahnarzt zu werden, doch so war es nicht, eigentlich wollte ich immer Astronaut werden, oder wer weiß, vielleicht ja sogar Schuldirektor. Mutter hatte diesbezüglich stets andere Pläne, sie sprach von einer fundierten Ausbildung, die ich genießen würde, ich solle in ihre Fußstapfen treten, im Glauben und in der Praxis, der zahnärztlichen wohlgemerkt. Es war schon bald klar, dass ich studieren würde, Medizin, Chemie und so weiter, ich war darin, glaube ich, im Nachhinein betrachtet, nicht vollkommen unbegabt.

Ich dachte darüber nach, ob nicht vielleicht schon das Wissen an sich ein großes Problem war, eine durch und durch traumatische Erfahrung, es holte einen aus einer heilen Kinderwelt, man landete unsanft auf einem verworrenen Planeten und war fortan irgendeinem willkürlichen Schicksal überlassen. Jedenfalls, die Arbeit meiner Mutter war ehrbar und sinnvoll, sie nahm Menschen für gewöhnlich ihre Sorgen und Schmerzen, sie sorgte sich um ihre Gesundheit, sprach ihnen Mut zu; mir waren die kosmetischen Korrekturen wirklich ein Gräuel, das würde sich niemals ändern.

Die meisten ihrer Assistentinnen fanden mich entzückend, niedlich, goldig, was auch an meinem gepflegten Äußeren gelegen haben dürfte; Mutter hielt mich in Schuss, selbst die Haare schnitt sie mir selbst, ich wage zu behaupten, besser als jede gelernte Frisörmeisterin; es gab schließlich nichts, was Mutter nicht beherrschte. Gott hat mich mit diesen Händen gesegnet, sagte sie manchmal zu mir, dabei legte sie diese auf meinen Kopf, sie streichelte mich, ich roch ihre sterile, keimfreie Handcreme. Ganz ehrlich, daran hatte ich auch nie etwas auszusetzen, ihre Hände waren mir vertraut, Mutter wusch mir den Kopf, kraulte mich im Nacken, sie besaß professionelle Scherensets, wie sie nur die besten Frisöre benutzten. Und später zeigte ich ihr einfach irgendwelche Bilder von Filmstars, ob sie das hinbekäme, und sie antwortete nur lächelnd: Na klar! Was ganz und gar der Wahrheit entsprach, denn an einer Sache bestand nie Zweifel: Mutter hielt stets ihr Wort, ich kannte keine talentiertere, hingebungsvollere Frau.

Sie besaß ein fotografisches Gedächtnis, ein absolutes Gehör und was weiß ich noch, Gott schien sie wirklich gesegnet zu haben, jedenfalls, ihr genügte tatsächlich ein einigermaßen belichtetes Foto, sie konnte danach sofort den zugehörigen Haarschnitt auf meinen Kopf zaubern. Demnach trug ich eine Zeit lang meine Haare wie Clark Gable, James Dean, Alain Delon oder Cary Grant, die Frisuren des moderneren Kinos ließ ich mir wiederum seltener zurechtmachen, die taugten bestenfalls für angesagte Partys; irgendein Johnny Depp oder Viggo Mortensen. Ich wurde später gefragt, warum ich mir nicht ausschließlich Filmstars meiner Zeit ausgesucht hätte, warum ich die heutigen Leinwandhelden missachtete, ob ich damit nicht nur den Vorlieben meiner Mutter genügen wollte, doch daran lag es wirklich nicht. Mir waren die älteren Schauspieler schlicht lieber, die verstanden in meinen Augen noch, was sie taten. Mutters Assistentinnen jedenfalls fanden mich zum Anbeißen, das hielt auch später noch an, als ich bereits ein junger Mann war, ich durfte mich wirklich nicht über mangelndes Interesse beschweren.

Viele aus meiner Klasse waren bei meiner Mutter in Behandlung; wann immer ich ihr davon erzählte, dass mir dieses oder jenes Mädchen gefiel, ließ sie sich bei deren zahnärztlichen Behandlungen extraviel Zeit. Das war keinesfalls allen recht, da sie den Ordinationstermin möglichst schnell hinter sich bringen wollten, doch es war Mutter, die das Tempo bestimmte; manchmal begleitete ich die Mitschüler sogar, wo ich doch nach dem Unterrichtsende im Gymnasium ohnehin zu ihr gegangen wäre. Dann kam ich in den Behandlungsraum mit (wenn der Patient oder die Patientin keine Einwände hatte), machte Konversation und Witze, sorgte insgesamt für eine entspannte, gelöste Atmosphäre.

Ich sah dabei zu, wie die Körper auf dem Behandlungsstuhl abgesenkt wurden, wie das grelle Licht den Mundraum erhellte, wie die Zähne aufblitzten und die Pupillen sich zusammenzogen, bei den Mädchen (nun ja, ein wenig auch bei den Burschen) erregte mich das. Mutter hielt ihre Münder offen, die Augen der Patienten waren bang geweitet, der über dem Stuhl schwebende Lampenschirm wurde darin beinahe vollständig reflektiert. Sobald sich Mutter mit ihren diversen Gerätschaften an den Zähnen zu schaffen machte, stellte ich mir vor, ich würde dabei ihre Hände führen, sachte und bestimmt, es wäre wie bei einem dieser Chirurgenspezialisten, die irgendwo auf einem anderen Kontinent herumsaßen und sich mit Hilfe des Internets bei Operationen einbrachten; sie lenkten zwei flexible Roboterarme und ersparten sich mühsame Anreisen, von den kräftezehrenden Hotelaufenthalten ganz abgesehen.

Ich hatte mich oft gefragt, wie viel Kraft eigentlich vonnöten war, um jemandem die Zähne zu ziehen, schließlich war Mutter eine zierliche Frau, und wenn sie sich an die Arbeit machte, sah alles so spielerisch einfach aus; sie stemmte sich gegen den Stuhl, ging vollends auf in flüssigen, beinahe schon eleganten Bewegungen, es war, als würde sie ein Orchester dirigieren, zugleich vielleicht ein paar Weinflaschen entkorken; im Anschluss landeten die Zähne in einem dafür vorgesehenen Metallbehältnis. Es war immer wieder aufs Neue ein seltsamer Anblick: das Blut, der Schleim und der Zahn, sie waren absolute Fremdkörper auf dem graugrimmigen Metall, oft schien es mir, als würde ich die letzten Regungen eines Lebewesens mitverfolgen, das man rüde aus seiner ihm angestammten

Umgebung entrissen und zum Sterben in eine kalte Schalenwelt abgelegt hatte.

Sobald Mutter mit der Behandlung fertig war, ließ sie stets die Praxis säubern, ihre Assistentinnen erledigten das beflissen, sie taten schließlich alles, was Mutter wollte; wir konnten, sofern es keine weiteren Termine mehr gab, endlich los, nach Hause oder in irgendein Einkaufszentrum. Mutter nahm mich gern mit, da ich schon recht früh einen guten Geschmack bewies, ich besaß ein Auge für Stoffe, Farben und Formen, als Kind liebte ich die Nachmittage in diversen Boutiquen und Kaufhäusern; später waren diese Besuche bisweilen zwiespältig. Jedenfalls, Mutter war eine modische Frau, der liebe Gott und die Mode schlossen einander offenbar nicht aus, selbst wenn ich fand, dass dies in den bildlichen Darstellungen diverser Heiliger und deren Konsorten schon der Fall war, auf irgendwelchen Heiligengemälden, Statuen und in Bibelfilmen. Gott schien eher einen Geschmack für fliehende, luftige Stoffe zu haben, vielleicht tat ich ihm jedoch in diesem Punkt unrecht; viele Heilige lebten schließlich in einer gänzlich anderen Zeit, wäre es damals in ihrer Gegend um Palästina kühler gewesen, sie hätten möglicherweise schicke Pelzkrägen oder Biberschweifmützen getragen.

Als Kind (jedoch mitunter auch später) saß ich gern bei der Mutter in der Umkleidekabine, assistierte ihr, öffnete die Reißverschlüsse, brachte ihr immer weitere Kleidung in ihren Größen, ich bewunderte sie im Spiegel, sie war immer hübsch anzusehen und duftete nach Marzipan. Manchmal tat ich beim Einkaufen so, als hätte ich mich in der Kabine geirrt, ich platzte dann mit irgendeinem Kleidungsstück in der Hand in ein fremdes Abteil, nur um zu sehen, was dort so los war; als ich noch ein Kind war, war das auch nie ein Problem, die meisten Frauen (jedoch auch Männer) lächelten sofort, ganz egal, wie kompromittierend die Situation auch sein mochte.

Am liebsten ertappte ich Frauen dabei, wenn sie die neuesten Bikinis und Badeanzüge anprobierten. Ich musste dann immer an die Zeit im Hallenbad denken, wie normal es doch gewesen war, sich gegenseitig zu taxieren, sich einfach nur aufzuziehen. Manchmal erwischte ich als Kind ein paar Frauen dabei, wie sie die Bademode probierten, ohne dabei ihre Unterwäsche anzulassen; ich wusste stets, dass es nicht ganz in Ordnung war. Dann rief plötzlich wieder die Mutter nach mir, ich ließ es also gut sein und verschwand wieder, so schnell, wie ich gekommen war.

In der Praxis, im Behandlungsraum meiner Mutter hing ein schweres Kruzifix, ein Familienerbstück, behauptete sie gern gegenüber anderen, doch hatten wir es auf irgendeinem Flohmarkt erstanden. Ich hatte es eigenartig gefunden, ein Kruzifix auf dem Flohmarkt zu kaufen, gleich neben all dem anderen, zumeist wertlosen Plunder, den Menschen nur zu gern anhäuften. Mutter meinte, es sei die Pflicht einer jeden aufrichtigen Katholikin, Kruzifixe vom Flohmarkt aufzukaufen; Jesus hätte es nicht verdient, diese Bloßstellung, das schäbige, geschäftige Umfeld und die gelangweilten Blicke. Wann immer wir also auf einem Flohmarkt ein Kreuz fanden, kaufte Mutter dieses und lagerte es bei uns im Keller ein, bestimmt war Jesus damit besser bedient. Ich kann mich noch gut daran erinnern, als sich einmal die Nachbarin einmischte (Mutter konnte sie nicht leiden): Sie traf Mutter im Keller an, als diese gerade neue Kruzifixe wegsperrte, sie hatte sie säuberlich gereinigt, geordnet und lose gestapelt. Die Kellertür stand offen, und tatsächlich, mit einem Male rutschte der Kruzifixberg in den Kellergang; wie eine Moräne ergoß er sich in den spärlich beleuchteten Flur. Jesus, in allen Größen, Formen und Farben, überall auf dem Fußboden verstreut, es sah beinahe so aus, als sortiere Mutter einen Stapel Brennholz. Die Nachbarin schrie auf und versicherte der Mutter, sie sei doch nicht ganz bei Trost.

Das Kruzifix im Behandlungsraum zeigte Jesus in seiner gewohnten, man möchte behaupten bewährten Pose, ordentlich gekreuzigt und mit der obligaten Dornenkrone versehen, nur sein Mund stand dabei offen, man konnte tatsächlich seine Zahnreihen erkennen. Ich denke, genau deshalb hing dieses Kruzifix hier, das Gebiss Christi war schließlich nicht bei einem jeden Exemplar ausgeprägt, meistens hielt Jesus nämlich den Mund; eine Zahnärztin hatte allerdings ihre eigenen Ansprüche, Sohn Gottes hin oder her. Irgendwer musste einst großen Wert auf dieses Detail der Schnitzarbeit gelegt haben, ein Künstler vor dem Herrn, wie es so schön heißt, nur waren Jesu Schneidezähne einen Tick zu lang geraten, er bekam dadurch etwas von einem dümmlichen Häschen. Der Bugs Bunny Gottes, kicherte ich als Kind in mich hinein, Mutter wäre darüber alles andere als erfreut gewesen; und wenn erst gar die Eckzähne Christi zu lang ausgefallen wären, nicht auszudenken.

Einmal ertappte ich Mutter dabei, wie sie die Zähne samt Mundhöhle Christi (denn es gab hier tatsächlich eine solche) mit einem Wattestäbchen reinigte, doch denke ich, das war ihren Reflexen geschuldet. Das Personal und die Patienten hatten sich längst an das Kruzifix gewöhnt, nur ich riskierte immer mal wieder einen Blick, wenn ich in Mutters Praxis war. Und ich kann es absolut beschwören: Ab und an fletschte Christus die Zähne, sein sonst so stoischer Blick bekam etwas Wildes, Aufsässiges, er sah mich und ich sah ihn, es fiel mir schwer, es dabei zu belassen. Es waren tatsächlich Momente, in denen ich erneut an den Herrn glaubte, was mir als Kind leichter gefallen war: Ich glaubte daran, dass er für unsere Sünden starb, ich glaubte daran, dass ich Mutter nach ihrem (und meinem Tod) wiedersehen würde, irgendwo im fernen Himmel, und dass wir dort auf immer und ewig zusammen wären, ein Mann und eine Frau in einem schmucken Wolkenhäuschen, dass dann endlich alles gut wäre und keiner etwas daran auszusetzen hätte.

Ich war mir so sicher, dass es so kommen würde, dass ich das alles sogar einmal bei einer Beichte erwähnte (Mutter und ich leisteten ja regelmäßig Buße); dass ich mich schon darauf freue, nach meinem Tod, wieder mit der Mutter zusammen zu sein, ich meine, so richtig mit ihr zu sein, es wäre das Größte für mich; wir würden im Himmel vielleicht sogar heiraten und selber Kinder haben, das lange, betroffene Schweigen des Paters werde ich wohl nie vergessen. Ich war zwar noch ein Kind, musste daraufhin aber gut dreiundfünfzig Ave Maria beten, so viele wie noch niemals zuvor; Mutter wollte anschließend wissen, wo ich so lang abgeblieben wäre, was bloß so lange gedauert hätte, ich ersparte ihr allerdings die delikaten Details. Als Kind stellt man sich die Welt noch recht einfach vor, erst viel später erkennt man die Ungereimtheiten, ruchlosen Fallen und hinterlistigen Stolperdrähte.

Die Zahnarztassistentinnen wählte Mutter im Übrigen nach folgenden Gesichtspunkten aus: 1. römisch-katholisch (oder Vergleichbares), 2. christlich/jüdische Namen, demnach Mirjam, Esther, Magdalena, Barbara und Co., auf gar keinen Fall Jacqueline, Ludmilla oder Helga, 3. verlobt, verheiratet oder wenigstens dem Anschein nach jungfräulich (wobei sich das natürlich schwer sagen ließ), 4. Leumund (sie bestellte in der Regel auch die Eltern, Verwandten der Kandidatinnen ein), 5. schmale, feingliedrige Hände (damit man es für die Patienten so angenehm wie möglich machte), 6. kein Mundgeruch (das widerstrebte ihr zutiefst) und 7. reine, gepflegte, ordentliche Zähne (in der Regel führte sie allfällige Verbesserungen am Gebiss ihrer Assistentinnen kostenlos selber durch). Und manchmal, wenn sie so gar nicht auf einen grünen Zweig kommen konnte, zeigte sie mir einfach die Bewerbungsfotos der Besagten; ich solle einfach sagen, welche mir sympathisch erscheine und welche nicht, ich hätte schließlich ein gutes Bauchgefühl. Und auch wenn man vielleicht etwas anderes meinen könnte (ich kann das nicht genug betonen): Mutter war bei ihren Assistentinnen überaus beliebt, man achtete, verehrte, ja vergötterte sie geradezu, die Ausbildungsplätze waren rar und begehrt.

Ich wurde später mehrfach gefragt, was mich bewogen hätte, ihr Gesicht abzudecken (im Schlaf), immer wieder aufs Neue in ihr Schlafzimmer zu schleichen und Seidentücher über ihren Kopf zu legen, es gab dafür wohl keine rationale Erklärung. Sie wollten wissen, ob es Mutters Gesichtsausdruck gewesen sei, doch was sollte ich darauf schon für eine Antwort geben? Vielleicht wollte ich mir einfach kein Bildnis mehr von Mutter machen!

Ich erinnerte mich gut daran, dass ich wie eine übermütige, tapsige Katze zu ihr schlich, ganz leise, ihr ein hauchdünnes Seidentuch (es sollte sie schließlich keinesfalls am Atmen hindern) über Augen und Mund legte, dabei zusah, wie sich dieses sachte hob und senkte; im Tuch bildeten sich Vertiefungen, ein Relief von Mutter, wie sie dalag und ruhig weiteratmete. Du sollst dir kein Bildnis machen von Gott, hatte Mutter stets behauptet, und wenn du irgendwann etwas ganz Schlimmes tust, dann verhülle lieber schnell dein Gesicht, vor, während und nach der Beichte; nein, die bleibt dir nicht erspart, mindestens eine ganze Nacht lang solltest du dich schämen oder noch länger, falls dich das Gewissen nicht schlafen lässt.

Ich behauptete kurzum, und sie glaubten es, dass ich verhüllte Gesichter schlicht mochte, dass doch ein jeder von uns Lust verspüre, eine Maske aufzusetzen, sich zu verbergen, dass ein schlichtes Tuch nur der Anfang sei, es drücke aus, was wir empfänden, während so vieler, unzähliger Augenblicke unseres Lebens: Demut, Trauer und Scham. Wir verhüllen unsere Gesichter, wenn wir Familienangehörige bestatten, wir verhüllen ihre Gesichter, weil sie tot sind (damit sie uns nicht vorwurfsvoll anblicken, nun ja, vielleicht auch aus Respekt, möglicherweise Ohnmacht oder Furcht). Wir verhüllen und verbergen seit jeher das Gesicht, die Augen, sie können unsere geheimsten Wünsche verraten, uns in Teufels Küche bringen. Ich antwortete ihnen, dass sie doch gleichfalls verhüllt seien, wo ich doch keinen von ihnen so richtig zu Gesicht bekäme; der Schatten läge über ihnen, und was sich erst alles hinter der verspiegelten Glasfront befände, das wolle ich gar nicht wissen. Wer immer dort auch stand, mich beobachtete, sich gleichfalls Notizen machte, auf die Uhr sah, gähnte, nieste, furzte, der Gedanke, ihn niemals zu fassen zu bekommen, drehte mir den Magen um. Das oder so etwas Ähnliches hatte ich zu ihnen gesagt, es musste sie getroffen haben, denn einige der schattigen Gesellen verließen gebückt den Raum.

Einmal war Mutter allerdings aufgewacht, ihre Augen öffneten sich unversehens, ich konnte sie schemenhaft hinter dem Tuch erkennen, das anbrechende Licht des nahenden Tages tat sein Übriges. Guten Morgen, sagte sie unvermittelt, ohne das Tuch auch nur anzutasten, guten Morgen, kleine Spinne! Ich hatte mir früher ja oft vorgestellt, Gott sei wie eine beharrliche, fleißige Spinne, die aus dem Nichts all die Planeten und Knotenpunkte, all die Gesetzmäßigkeiten, Bahnen, Materie und Schwerkraft spann. Was, wenn das Universum lediglich ein einziges riesiges Netz war, in dem sich alle und alles irgendwann verfing; was, wenn uns Gott nur eingefangen, eingesponnen hatte, weil wir unachtsam gewesen waren, engstirnig, ja vielleicht dumm genug, die Maschen zu leugnen, die klebrigen, alles an sich raffenden Hände des allmächtigen Vaters.

V.
Die Unsterblichkeit

Ich wurde mehrfach gefragt, warum es mich nach Gotland verschlagen habe, dass es doch eine Menge anderer Möglichkeiten gegeben hätte, ich solle doch antworten und endlich Farbe bekennen, allerdings schwieg ich beharrlich. Vielleicht war ich nach Gotland gefahren, um der Mutter etwas Gutes zu tun, um auf ihren Spuren zu wandeln, vielleicht wollte ich selbst den Zauber Gotlands erfahren, mich daran erinnern, wie sie als junges Mädchen die Insel erkundet, Gott und all seine Engel vorgefunden hatte.

Der Raum, in dem ich befragt wurde, erinnerte ein wenig an die Zahnarztpraxis der Mutter, alles war gleichfalls sauber und steril, man saß in der Mitte, und jedwede Regung und Bewegung wurde penibel verfolgt. Wie beim Zahnarzt war man versucht, den Nies- und Hustenreiz auszublenden, man wollte nichts falsch machen, keine weiteren bösen, misstrauischen Blicke ernten, kein weiteres Aufsehen erregen, es würde die Prozedur gewiss nur verlängern. Das Personal wechselte sich bei den Befragungen ab, zumeist stellte nur einer die Fragen, und alle anderen machten sich eifrig Notizen, viele der Anwesenden waren Linkshänder, was mich einigermaßen verwunderte. Ich fand seit jeher, dass bei Linkshändern alles seltsam verkrampft wirkte, das Schreiben, die Gestik, selbst das Gehen, es beeinträchtigt die gesamte Motorik eines Körpers.

Früher, als ich noch mit Mutter zusammenlebte, bat sie mich manchmal in die Küche, ich solle mich setzen, entspannen, Tee trinken, sie selbst müsse mir ein paar Fragen stellen, nichts Weltbewegendes. Ihre Fragen waren lange Zeit auch einfach zu beantworten, was ich so geträumt hätte in der vorangegangenen Nacht, ob ich fände, dass ich (oder sie) zu enge Hosen tragen würde, sie hätte erst unlängst davon gelesen, und das sei angeblich gar nicht gut. Enge Hosen könnten mich in meiner Entwicklung beeinträchtigen, man müsse nicht jeden modischen Schnickschnack mitmachen, von so etwas sprachen wir eben.

Bestimmt lag es auch an diesem Mutter-Sohn-Gespräch über die zu engen, einen in seiner Fruchtbarkeit beeinträchtigenden Hosen, dass ich daraufhin einen eigenartigen Traum hatte (den ich mir am nächsten Tag in allen Einzelheiten aufnotierte). Ich war darin längst erwachsen, von zu Hause ausgezogen, ich stand auf meinen eigenen Beinen und besaß tatsächlich eine eigene Wohnung. Jedenfalls ging ich mit ein paar Kumpels in eine Bar, wir tranken etwas, amüsierten uns, zu späterer Stunde lernten wir ein paar Frauen kennen, alles war herrlich ungezwungen. Wir tranken Tequila und spielten Scharade, ein Wort, das ich immer mit der Geschichte von Scheherazade assoziierte, die Mutter las mir früher gerne ausgewählte Episoden aus »Tausendundeiner Nacht« vor. Die persische Prinzessin entrinnt bekanntlich ihrem Tod, weil sie eine gute Geschichte zu erzählen weiß, diese bewusst nie zu Ende bringt und ihren potentiellen Mörder dermaßen fesselt, dass dieser mit seiner Tat zuwartet, er möchte schließlich das Ende der Geschichte erfahren.

Als sich nach einem vergnüglichen Abend die Gruppierung auflöste, blieb ich noch mit einer der Frauen sitzen, sie hieß Gloria; sie erzählte mir von ihrer Arbeit (in irgendeiner Spedition), ich erzählte von meiner harten Woche, das eine führte schließlich zum anderen. Wir schliefen miteinander, sie hatte zum Glück eine Packung Kondome aus ihrer Handtasche hervorgekramt, ich erinnere mich noch, wie wir uns über die Verpackung amüsierten: Das Liebesnest – Gehen Sie auf Nummer sicher! Sich ein »Liebesnest« überzustülpen, ich weiß auch nicht, wir lachten uns krumm, der Slogan gefiel uns, die Assoziation mit den Vögeln auch, das konnte auch nur irgendwelchen schrägen Skandinaviern einfallen (die Ware stammte aus Schweden).

Gloria ging irgendwann, ich fühlte mich wie im siebten Himmel, na gut, beim Harnlassen zwickte es ein wenig, doch hatte ich schließlich viel Alkohol (und kaum Wasser) getrunken, das würde sich schon geben. Später wurde das Zwicken stärker, mir kam sogar kurz der Gedanke, ob ich mich bei Gloria mit irgendetwas angesteckt haben könnte, doch schämte ich mich sogleich für diese unangebrachte Schuldzuweisung. Wir hatten uns schließlich geschützt, das Kondom war immer dort, wo es hingehörte, dessen war ich mir vollkommen und absolut sicher.

Scheherazade hätte an dieser Stelle die Geschichte wohl für vorläufig beendet erklärt, doch war das hier schließlich kein Märchen, das man leichtfertig zum Besten gab, es war mein immer seltsamer werdender Traum. Ich ging dort daraufhin in die Küche, wollte mir noch einen Kakao machen, wie es die Mutter früher tat, wenn ich nicht einschlafen konnte; der

Kakaoduft war gleichfalls ein fixer Bestandteil meiner Kindheit. Ich holte die Kakaoverpackung aus dem Regal, nahm die Milch aus dem Kühlschrank und stellte diese wieder ab, denn ich musste erneut zur Toilette.

Ich zog meine schmucken Boxershorts herunter, griff nach meinem Penis und wollte die anstehende Notdurft verrichten, doch … ich fasste ins Leere. Da schien nichts mehr zu hängen, nicht die kleinste Spur von »ihm«, ich fingerte nervös an mir herum, betastete mich ausgiebig. Mein Penis war tatsächlich verschwunden, das musste ein verquerer Traum im Traum sein; ich zwickte mich, so fest ich nur konnte, verabreichte mir eine schallende Ohrfeige, doch nichts geschah. Ich blieb, wo ich war, im Badezimmer meiner eigenen, mutterlosen Wohnung, kein Penis weit und breit.

Also nahm ich den Spiegel zur Hand, um die ganze Misere besser in Augenschein nehmen zu können; ich drehte diesen (und mich) in alle nur denkbaren Richtungen und Positionen, das Ergebnis blieb stets dasselbe. Mein Penis war nicht mehr vorhanden, keine wie auch immer geartete Öffnung hatte sich an seiner statt aufgetan, zu allem Überfluss bemerkte ich auch, dass mein After einen ähnlichen Weg genommen haben dürfte, denn er war ebenfalls verschwunden. Der Penis und der After also, ich murmelte dies in einem Anflug schierer Verzweiflung, das musste erst einmal verdaut werden.

Ob Gloria etwas damit zu tun hatte? Ich war ratlos, rang mit meiner bis aufs Äußerste strapazierten Fassung, dennoch war Panik gewiss fehl am Platz. Ich setzte mich daher wieder hin, selbst das Sitzen kam einem komisch vor, es fühlte sich alles ganz anders und falsch an. Einen Moment lang hoffte ich auf eine Eilmeldung in den Nachrichten (im Radio und Fernsehen), die eine akzeptable Erklärung offerieren würde, irgendeinen »Gengasunfall«, dessen schreckliche Nebenwirkung … etc., etc. Der Restverstand in mir wollte einen Schluck Kakao, und wenn ich es recht bedachte, war das auch die beste, gewiss vernünftigste Idee: aufstehen, Milch erhitzen, Löffel hervorholen, Kakao einrühren, den unwiderstehlichen Duft des Heißgetränks einatmen, danach endlich wach werden.

Ich trank trotzig meinen Kakao, googelte (dass so etwas in einem Traum überhaupt möglich war) etwas über »spontane Geschlechtslosigkeit«, doch waren die Tiefen des Internets nicht dazu angetan, einen aufzurichten. Die Hilfestellungen und Anregungen reichten von »geschlechtslose Vornamen gesucht«, über die »Geschlechtslosigkeit der Schlümpfe«, bis hin zu »geschlechtslose Parasiten leicht erkannt«.

»Geschlechtslos – theologische Miniaturen«, ich begann die Webseite zu studieren und hielt sogleich inne; die Bibel (und gewiss auch Mutter) legte in einem solchen Falle nahe, von einem Engel zu sprechen. Engel seien geschlechtslos (Markus, 12,25), heilig, unsterblich, geflügelt und mit göttlichem Wissen begabt (Lukas, 20,36). Ich weiß, wie sich das anhört, doch fühlte ich mich zum ersten Mal in jener Traumnacht in den Arm genommen, die Heilige Schrift schien einem tatsächlich Trost zu spenden.

Ich blickte eine Weile aus dem offenen Fenster, im Osten ging die Sonne auf und ihr Licht tauchte die versprengten, den Himmel bevölkernden Wolken in ein unwirkliches goldiges Gelb. Ich hatte keine Ahnung, was ich tun sollte, das Leben schien mir vollends zu entgleiten; ich verspürte große Furcht, meine Hände zitterten wie Espenlaub, und mir blieb nichts anderes, als abzuwarten, vielleicht würde sich alles irgendwie von allein normalisieren. Ich hielt still, lag verkrampft im Bett und stierte zur mich höhnisch fixierenden Decke …

Es war unausweichlich, zum Arzt zu gehen, doch überlegte ich noch, zu welchem; dem langjährigen Hausarzt (selbstverständlich war der mit Mutter bekannt) vertraute ich, doch was sollte der schon ausrichten, er würde mich ohnedies an einen Spezialisten verweisen. Sollte ich also zum Urologen? Zum Dermatologen? Zum Venerologen? Zu einem Internisten? Und würde mein Fall auch einigermaßen diskret behandelt werden? Auf irgendwelche langwierigen, komplizierten Testverfahren in Kliniken und Krankenhäusern war ich augenscheinlich nicht einmal im Traum scharf. Bevor ich die medizinische Problematik weiter vertiefte, um mich zu einer Entscheidung durchzuringen, rief ich kurz entschlossen Gloria an (sie hatte mir ihre Nummer hinterlassen). Ihre freundliche, glockenklare Stimme ließ mich kurz die bedenkliche Lage vergessen, wir tauschten ein paar belanglose, jedoch herrlich alltägliche Sätze: Wie geht es dir? Es geht mir ganz gut! Hattest du noch ein schönes Wochenende? Ja! Ich erwähnte gegen Ende unseres beruhigend plätschernden Gespräches, dass ich mich schon etwas krank fühlte, sie antwortete, sie sei kerngesund, ich solle jetzt bloß nicht schlappmachen. Und ob wir nicht nächstes Wochenende wieder etwas unternehmen wollten, sie kicherte zweideutig. Obgleich ich ihren Sinn für Unternehmungen prinzipiell schätzte, war ich mir ziemlich sicher, ihren Bedürfnissen in ein paar Tagen nicht nachkommen zu können, also beließ ich es bei einem unverbindlichen »ich meld mich dann noch«.

Gloria wies also scheinbar keinerlei medizinische Ungereimtheiten auf, nicht, dass ich es ihr gewünscht hätte, doch wäre sie betroffen gewesen, nun, ich hätte mich schon besser gefühlt. Es hätte dann eindeutig etwas mit uns beiden zu tun gehabt, irgendeine Strahlung, der wir ausgesetzt gewesen wären, irgendetwas in unseren Drinks, irgendeine allergische Reaktion, ach, ich weiß, wie sich das anhört.

Ich suchte mir entschlossen einen Venerologen im Internet, praktischerweise lag seine Praxis nur gut zehn Minuten von meiner Wohnung entfernt; am Telefon hatte ich erwähnt, es sei dringend, und ich war darin konsequent geblieben, hatte es nicht akzeptiert, zwei Wochen auf einen Termin zu warten, ja, es sei wirklich ein Notfall! Ich könne folglich noch heute den Herrn Doktor sprechen; die Ordinationsgehilfin wollte wissen, welcher Art mein Problem sei, und um das Ganze nicht maßlos zu verkomplizieren, entschied ich mich von einer »lähmenden Taubheit« zu sprechen; ja doch, ich spüre gar nichts mehr dort unten, und gewiss, unmittelbar nach einem sexuellen Kontakt.

Ich betrat die großzügige, sich prächtig in mehrere Räume verzweigende Praxis, die Ordinationsgehilfin ließ mich ein

Formular ausfüllen, ich wurde danach sogleich aufgerufen und betrat den Behandlungsraum des Doktors. Dieser war ein höflicher, vertrauenswürdig wirkender Mann, ich solle ihm zunächst mein Problem beschreiben, »Taubheit« klänge in seinen Ohren unkonkret. Und er sei schließlich kein HNO, von Ohren verstünde er reichlich wenig, ich weiß, es sollte der Auflockerung dienen.

Ich lächelte etwas gequält und die Miene des Arztes wurde deutlich ernster, was ihr einen Grad an Strenge verlieh, die mich einschüchterte; ich rang nach Worten und antwortete, dass ich ihm das Problem lieber gleich zeige, es erspare uns einiges an Zeit. Er zog seine buschigen Augenbrauen hoch, nickte und deutete mir, mich der Kleidung zu entledigen. Ich tat, wie mir geheißen, und ließ den Arzt gewähren, er schnaufte zunächst etwas unwirsch, untersuchte mich danach eingehender, ein leises »Oh« ließ mich mutmaßen, dass die Untersuchung ausgestanden sei. Er ging hoch erhobenen Hauptes wieder an seinen Schreibtisch zurück, setzte sich, rief nach der Ordinationsgehilfin, sie solle ihm zwei Gläser bringen und die im Kühlfach eingelagerte Flasche Slibowitz.

Ich zog mich geknickt an, setzte mich zu ihm und wartete konzentriert auf irgendeine, sich manifestierende Diagnose, wohl wissend, dass diese schwer in Worte zu fassen sein würde. Der Herr Doktor schenkte uns einen Slibowitz ein, wir tranken diesen unverzüglich aus, stellten die Gläser ab und er verlautbarte: Ihr Anus und Ihr Schwellkörper (irgendwie war es sympathisch, dass er dieses Wort benutzte) sind inexistent, folglich weisen sie keinen Stoffwechsel auf, ergo dürften Sie gar nicht leben, mein Herr.

In Folge sprach er von weiterführenden Untersuchungen, die er mir dringend empfehlen würde, ein EKG und MRT, das volle Programm einfach, vielleicht ließe sich im Inneren des Körpers eine Anomalie feststellen, die sich, im günstigsten Falle, behandeln ließe. Er selbst sei mit seinem Latein am Ende, natürlich könne er mir verschreiben, was immer ich wolle, Beruhigungsmittel, Schlaftabletten, diverse Cremes und Antibiotika, doch fürchte er, das wäre verlorene Liebesmüh. Ich solle mir keine Sorgen machen, alles würde schon irgendwie gut werden, das Wichtigste sei doch, dass ich mich nicht im herkömmlichen Sinne krank fühle. Und ob ich noch einen trinken wolle, was könne schon passieren …

Ich muss gestehen, der Arztbesuch war faktisch keine große Hilfe, doch fühlte ich mich danach tatsächlich nicht schlechter; ich hatte mich mitgeteilt, ich hatte mein Problem dargelegt, ich war auf einen bemühten und gefassten Mann gestoßen, viel mehr konnte man selbst im Traum nicht verlangen.

Die Sache mit den Engeln ließ mir schlussendlich keine Ruhe, ich erwog daher, einen Priester aufzusuchen; vielleicht würde mir dieses Gespräch etwas Schöneres offenbaren, irgendeinen Hinweis oder Fingerzeig. Ich ging zu einer nahe gelegenen Kirche, der Geistliche schien ein ehrwürdiger und gradliniger Mann zu sein. Ich sprach ihn an, dass ich in Not geraten sei und mit einem Mann Gottes sprechen müsse, eine Art Beichte, er willigte sogleich ein. Ich kam auch ohne Umschweife zur Sache, dass ich keinerlei Geschlechtsmerkmale mehr aufweise und daher meine, ein Engel geworden zu sein, doch war dieser von mir gewählte Gesprächseinstieg eine Sackgasse. Der Priester blickte mich mitleidvoll an, selbstverständlich seien die Wege des Herrn unergründlich, doch er empfehle mir, einen Psychologen aufzusuchen, dieser sei in meiner Lage der geeignetere Gesprächspartner.

Etwas verdattert verließ ich daraufhin das Haus des Herrn, ich hätte mir ein ausführlicheres Gespräch erhofft, doch musste ich mich wohl mit der Tatsache abfinden, dass sich meine Geschichte selbst im Traum etwas fadenscheinig anhörte. Engel seien unsterblich, Lukas, 20,36, ich vergegenwärtigte mir noch einmal das Bibelzitat, las dazu ausführlich in der Heiligen Schrift nach, es würde darauf hinauslaufen, es auf die Probe zu stellen. Ich wies zwar keinerlei Flügel auf, nicht einmal einen Mitesser am Rücken, gar nichts, doch musste ein Engel nicht zwangsläufig Flügel haben, jedenfalls keine sichtbaren. Ich analysierte wiederholt meine Lage und beschloss, es auf einen Versuch ankommen zu lassen; wäre ich tatsächlich unsterblich, so wäre dies zweifelsohne ein Zeichen göttlicher Allmacht; und wäre ich nach meinem Probelauf tot, so wäre auch dies ein Ergebnis, das zu billigen ich im Traum geneigt war.

Ist man erst einmal so weit gegangen, stehen einem plötzlich viele Türen offen: Ich könnte aus dem Fenster springen, mich von einem LKW überfahren lassen, ich könnte unendlich viele Schlaftabletten einnehmen, Rattengift, mich erschießen, aufhängen, verbrennen, ertränken und so weiter.

Schlussendlich wollte ich dann doch nicht so eine große Sache daraus machen, ich sah aus dem Fenster und nahm mir vor, zu springen. Zuvor schrieb ich, um auf Nummer sicher zu gehen, einen Abschiedsbrief, ich erwähnte, dass keiner an irgendetwas Schuld trage, das Leben sei gar keine üble Sache, doch wäre ich an einem Punkt angelangt, wo ich mich des letzten, großen Abenteuers bemächtigen wolle.

Danach stellte ich mich ans Fenster, drehte das Licht ab (sollte jemand vom Nachbarhaus zufällig herüberschauen), kletterte auf den Fenstersims und setzte mich. Meine Beine baumelten über dem Abgrund, weit unter mir lag eine ebene Betonfläche, keine Menschenseele war zu erkennen. Selbstverständlich hatte ich darüber nachgedacht, was wohl wäre, wenn mich jemand unten liegend fände, zerschmettert, aufgeschlagen wie ein trostloses Spiegelei, das wäre kein angenehmer Anblick.

Ich hatte mir bis zuletzt den Kopf zermartert, wie ich die damit verbundenen Unannehmlichkeiten minimieren könnte, also hatte ich spontan zuvor den Notruf gewählt, behauptet, ein Mann sei aus dem Fenster gesprungen, der nun tot am Boden läge, man solle schnell anrücken. Man versprach, in fünf Minuten vor Ort zu sein, ich hatte demnach noch ungefähr drei Minuten; diese ganze Sache jetzt noch abzublasen wäre nunmehr doppelt peinlich.

Es wäre vermessen zu behaupten, ich hätte keine Angst verspürt, Traum hin oder her, und um ganz ehrlich zu sein, ich machte mir beinahe in die Hose, wiewohl das in dieser seltsamen Geschichte nicht mehr möglich war. Ich blickte in den nächtlichen Himmel, sah ein paar Fledermäuse, die ihren bevorzugten Insekten nachstellten, ich erkannte ein Flugzeug, das langsam zum Landeanflug ansetzte, ich beobachtete das gegenüberliegende Haus, hinter den erleuchteten Fenstern sah ich ein paar in der Küche hantierende Menschen.

Als ich in der Ferne eine sich nähernde Rettungssirene vernahm, war meine Zeit endgültig abgelaufen, ich holte noch einmal tief Luft und sprang, nun ja, fiel kopfüber in die Tiefe. Meine letzten Gedanken galten, nicht ganz uneigennützig, der Mutter, die hoffentlich alles werde nachvollziehen können, ich dachte auch an Scheherazade, dass sie die Geschichte gewiss an diesem Punkt beenden, dass sie ihren potentiellen Mörder weiterhin im Unklaren lassen würde, was der Fall, also die Sache war. Und was soll ich noch sagen, alles wurde schwarz …

Ich muss gestehen, ich hatte wohl erwartet, an diesem Punkt aufzuwachen, doch war ich stattdessen auf dem von der Hitze des Tages noch lauwarmen Beton aufgeschlagen. Ich überlegte, ob ich tot sei, versuchte, flach zu atmen, mich zu beruhigen, wartete auf das oft bemühte Licht, durch das ich hindurchschreiten und in eine neue, himmlische Welt eintreten könnte. Doch stand ich stattdessen verblüfft auf, mir tat weder etwas weh noch sah ich, soweit ich das beurteilen konnte, irgendwie deformiert aus. Die heulende Sirene war nur noch einen Häuserblock entfernt, ich entschied mich spontan, nicht auf die eintreffenden Sanitäter zu warten. Ich eilte zur Haustür zurück, wollte diese öffnen, doch hatte ich mich zu meinem Leidwesen ausgesperrt. Daran hätte ich wirklich denken können, verfluchte ich meine doppelt missliche Lage; ich lief also hinter das Haus, wo sich ein kleiner Rosengarten mit einer Laube befand, und wartete ab, bis sich der Trubel am Vorplatz gelegt hatte. Ich war nicht stolz darauf, den Sanitätern einen Fehlalarm zugemutet zu haben, der Teufel solle doch all die mutmaßlichen Wahrscheinlichkeiten holen: Ich war unsterblich. Ich war ein Engel – oder so etwas wie.

Ich lungerte eine geraume Weile im Garten herum, passte schließlich meine Nachbarin ab, die pünktlich das Haus verließ, ja, ja, Fräulein Inge, ich habe mich ausgesperrt, ob sie wohl so freundlich wären, einen Schlüsseldienst anzurufen? Immerhin, die nächsten Traumsequenzen verliefen wie erwartet, der Schlüsseldienst kam, er öffnete meine Haustüre, ich bekam einen Zahlschein, wir verabschiedeten uns, Ende der Geschichte.

Um allerdings das denkwürdige Ergebnis meines Sturzes zu verifizieren, unternahm ich noch im selben Traum einige ausgefeiltere Selbstmordversuche. Ich erhängte mich, wovon ich Kopfschmerzen bekam, ich ertränkte mich (in der Badewanne), ich trank jedwedes Gift, das mir unterkam, ich erstach mich mehrmals mit dem Küchenmesser, davon bekam ich ironischerweise nicht einmal Seitenstechen.

Ich sprang noch ein paarmal von irgendwelchen Felsvorsprüngen, weit draußen im Grünen, wo mir keiner zusehen konnte, ich kletterte in der Nacht, nach Dienstschluss, auf ein paar U-Bahn-Gleise, wo ich mit etwas Glück in den Stromkreis geriet. Am bizarrsten war möglicherweise mein Verbrennungsversuch: Ich lieh mir einen Wagen, befüllte zwei Benzinkanister, fuhr in ein entlegenes Waldstück, überschüttete mich mit Benzin und setzte mich in Flammen. Ich brannte wie Zunder, eine ganze Weile jedenfalls, zu spüren war dabei nichts, nicht das kleinste Jucken; währenddessen lief ein Waschbär vorbei, der mich kritisch beäugte, ein paar Insekten verbrannten, die mir zu nahekamen, der Holzstumpf, auf den ich mich gesetzt hatte, fing Feuer, es war alles in allem ein grandioser Fehlschlag. Kaum war das Benzin aufgebraucht, erloschen die Flammen, nicht einmal das Kopfhaar war irgendwie angesengt; ich glaube, es war jener Moment, in dem ich meine vorherrschende Unsterblichkeit akzeptierte.

Ich träumte noch von vielen mehr oder minder seltsamen Dingen, meist endeten die Traumgeschichten in ähnlich verworrenen Szenarien, das Chaos schien mich im Bett förmlich zu verschlucken, regelmäßig fiel ich in meinen Träumen in enge, ausgeprägte Schluchten, dann wieder von einem Haus oder, schlimmer noch, aus einem historischen Doppeldecker. Am nächsten Morgen lag ich in der Regel unversehrt auf dem Teppich (dann und wann hatte ich mir die Nase geprellt), ich wusste im ersten Moment nie, wie ich dort hingelangt war, mit der Zeit wurde es allerdings zu einer beinahe alltäglichen Prozedur. Und enge Hosen trugen wir im Übrigen in der Schule fast alle, es war die Mode unserer Zeit, immerhin sah man dann genau, wer welche Figur hatte, kaschieren ließ sich da nur äußerst wenig.

VI.
Ungeheuer

Mutter hatte immer schon an Gott geglaubt, sie war damit geboren, es war ihr in die Wiege gelegt worden wie anderen bunte Rasseln oder Plüschgefährten. Ich selbst konnte mich nie festlegen, bisweilen glaubte ich, dann wieder nicht, Gott schien mir wie irgendein Tier in einem fernen, sagenumwobenen Wald, das man sowieso nie zu Gesicht bekam, bestenfalls sah man vage Schatten durchs Unterholz huschen, deren Anwesenheit nahezu immer der eigenen Fantasie geschuldet war; man sah, was man zu sehen glaubte, was man gern sehen wollte, man sah und suhlte sich in der eigenen, sich eines bemächtigenden Angst. Dann wieder schien Gott wie ein Muttermal aufzutauchen, plötzlich war er da (eigentlich aus dem Nichts) und blieb, bis man ihn irgendwann bei der Dermatologin entfernen ließ. Sie nahm eines ihrer Bestecke, tunkte und tauchte »Gottmuttermal« in eine Tinktur, danach ein sauberer Schnitt, es würde nicht einmal anständig bluten. Es gab demnach vielleicht einen Gott und dann wiederum gab es keinen, und falls er doch irgendwo real war und wirklich und leibhaftig existierte, dann nannte man ihn den »Tod«. Gott war bestenfalls ein Naturphänomen, etwas, wovon der Mensch nichts verstand, weil sein Verständnis von Mathematik, Chemie und Physik nahezu lächerlich war.

Gott gab es vor allem in meiner Kindheit, Mutter hatte Ihn mir mit der Muttermilch eingeflößt, sie schüttelte meine Rasseln und rüttelte an den Plüschtieren, und Gott tauchte auf wie ein beflissener, dienstbarer Flaschengeist, er war plötzlich da, wie ein Tisch oder Kleiderschrank, schien darüber hinaus jedoch keine weitere Funktion zu erfüllen, ein jeder Wunsch blieb unerfüllt. Damit will ich sagen: Gott war in unserem Haushalt, tat aber nicht viel, ein echter Stuhl, eine Gabel, eine Kommode und so weiter waren im Vergleich zu Ihm wahre Könner. Vielleicht baute Er ja tatsächlich irgendwo eigenhändig Kirchen und zimmerte Kirchenbänke und Betstühle, vielleicht hörte Er sogar zu, wenn wir Ihm unsere Sünden beichteten, und hörte weg, wenn es Ihm zu viel wurde, das will ich gar nicht ausschließen, doch dies alles ist nichts als Spekulation. Und wenn man erst darüber nachzudenken begann, was Gott eigentlich in seinem ureigensten Kern darstellte und was das Ganze mit Ihm überhaupt solle, konnte man genauso gut der Meinung sein, dass sich die Welt ohne Ihn (für uns) durchaus weiterdrehen würde. Mir selbst hat Gott jedenfalls nie auch nur den kleinsten Wunsch, nicht die leiseste Bitte erfüllt.

Ich kann mich daran erinnern, dass manche meiner Freundinnen ein Kruzifix um den Hals trugen, aus Silber, Gold oder etwas Billigerem, je nachdem, wie betucht das Elternhaus war, mit etwas Übung sah man es den Dingen an, ihren Wert und Ladenpreis, den die Gesellschaft festschrieb. Mutters Blick blieb stets an den um die Hälse baumelnden Kreuzen hängen, sie kommentierte es niemals, doch glaube ich, dass sie in solchen Momenten mit sich zufrieden war: mich auf den rechten Weg geführt, mich glücklich gemacht zu haben, wenigstens ein bisschen.

Ich hatte nie ganz verstanden, warum jemand ein Kruzifix um den Hals trug, meinetwegen noch irgendwo in Rumänien, wo es angeblich Vampire fernhielt, in den dunklen und verlassenen Ecken dieses Kontinents, wo der Aberglaube das Leben der Menschen dominierte, dort von mir aus, doch im Hier und Heute? Gott sollte man im Herzen tragen, lieber noch eingebrannt in die Haut, das Kreuz, es würde von wahrer Ergebenheit und Zugehörigkeit zeugen, wie früher beim Vieh, das seinem Hirten überallhin folgt, auf Gedeih und Verderb gebrandmarkt. Doch was sollte all dieser Tand, abnehmbarer, billiger, oft genug geschmackloser Modeschmuck?

Immer dann, wenn ich mal wieder nicht an Gott glauben wollte, konnte ich es nicht lassen, Mutter damit aufzuziehen, sie ein wenig zu quälen, oder, etwas gefälliger: zu necken! Ich musste allerdings stets zur Kenntnis nehmen, dass Mutters Glaube unbeirrbar war, Gott sprach zu ihr, er war irgendwo in ihrem Kopf und real wie ein Haus oder ein Blumenstrauß, da konnte man noch so gut Witze darüber reißen.

Charles wiederum hatte – soweit ich es sagen kann – nie an Gott geglaubt, bis ihm dieser tatsächlich eines Tages begegnet war, aus heiterem Himmel, er meinte, es habe sein Leben aus den Angeln gehoben und vollkommen verändert. Von jenem schicksalhaften Moment an lag es auf der Hand: dass man Gott irgendwie loswerden musste, vollkommen egal, mit welchen Mitteln, vollkommen gleich, was es kosten würde; niemand dürfe auf alles Anspruch erheben, und genau das tat dieser Gott (mit »alles« meinte Charles wohl das Universum, sich und uns eingeschlossen).

Eine Welt ohne Gott, eine Welt, in der Gott physisch vernichtet worden war, ich denke, das war Charles' größter Traum, doch objektiv betrachtet würde es für die meisten Menschen keinen Unterschied machen, da sie ja weiter an Gott glauben konnten (wie sie es schon immer getan hatten). Den Glauben der Menschen könne man nicht ausrotten, doch für all diejenigen, die wüssten, dass Gott tatsächlich existierte, dass er nunmehr jedoch tot sei, für diese bräche endgültig und unwiederbringlich ein neues Zeitalter an. Erst dann wären wir frei, meinte Charles, und darum ginge es doch, Freiheit und Unabhängigkeit und Aufgeklärtheit.

Man müsse dankbar sein, nicht an Gott zu glauben, es sei wahrhaft ein Segen, doch erst der Beweis der Existenz Gottes habe ihn tatsächlich befreit, erst da habe er erkannt, was zu tun und wie wichtig diese Mission sei. Charles wiederholte sich: Man müsse dankbar sein, Gott – aus vollster Überzeugung – leugnen zu können, doch jenen Tag, an dem Gott sich einem offenbare, den müsse man preisen; denn niemand könne töten, woran man lediglich glaube oder was man – aus Unwissenheit – verneine, nur wovon man unmissverständlich und absolut wisse, nur das ließe sich studieren, analysieren und letztendlich beseitigen.

Erst danach werden wir frei sein, frohlockte Charles, wir werden unsere Fesseln ablegen und uns entfalten, wir werden von

Gotland aus über die Welt (er meinte ganz gewiss das Universum) herrschen, nachdem wir Gott den Rest gaben. Wir werden es sein, die Gott den Garaus machen! Und als ich etwas verständnislos dreinblickte, flüsterte er es mir direkt in den Kopf, es hallte, als wäre er tatsächlich dort, als hätte er einen Weg gefunden, sich immer und überall manifestieren zu können: Wir werden es sein, die Gott anlanden! Wie ein Netz voller Dorsche. Wie eine Reuse Tiefseekrabben. Wie einen verfluchten Wal … ja, genau das meine ich. Charles blickte durch mich hindurch, er schaute einen so intensiv an, dass einem die Nieren weh taten, das Zwerchfell, das Herz, sein Blick stach auf die Menschen ein und durchdrang ihre Leiber, er bohrte sich irgendwo weit hinter ihnen in den Horizont; er trennte das Meer vom Himmel, den grauen Ozean von den gräulichen Wolken, dazwischen schimmerte, erstrahlte diese schmale Grenze, die Charles mit seinem Blick gezogen hatte.

Sosehr man sich auch verwehrte, es beschlich einen das Gefühl, Charles könnte alles vollbringen: toten Vögeln wieder Leben einhauchen, mit dem Klang seiner Stimme Fensterscheiben zum Bersten bringen, sich irgendwo hinsetzen und Tiere anlocken, die sich dann um ihn scharten, Esel und Kojoten und was immer er wollte; einmal sah ich tatsächlich, wie er sich im Steinbruch zu einer sich sonnenden Schlange beugte und sie säuselnd tätschelte. Dieser Augenblick hatte wahrlich etwas Magisches.

Ich erinnerte mich daran, dass ich schon vor langer Zeit einen großen Fisch gelandet hatte, dass es ein Augenblick gewesen war, der mich und Mutter eine Weile beschäftigte; von

Charles und seiner Wortwahl, dass Gott einem Wal gleiche, dass er ein mehr oder minder unbekanntes Wassertier darstelle, konnte da noch keine Rede sein. Allerdings zog ich es in Betracht, Charles' Stimme schon damals vernommen zu haben, vielleicht war er längst in meinem Kopf gewesen, fast so wie Gott, der wiederum in Mutters Körper wohnte.

Mutter zog mich jedenfalls schon seit der Kindheit hinter sich her, schob fröhlich den Kinderwagen mit ihren Händen an, und später, als ich älter war, fand ich mich auf einem Roller wieder, im äußersten Falle hatte ich zwei, drei Meter Abstand zu ihr, es waren die mir zugestandenen Freiräume. Im Winter, wenn es frisch geschneit hatte, zog sie mich auf einem Schlitten, ich lag oder saß auf diesem, verpackt und festgezurrt, vielleicht einen Meter hinter ihr (oder noch weniger). Im Sommer ließ mich die Sonne schwitzen, im Winter staubte der Schnee in mein Gesicht, aufgewirbelt von ihren Schritten; sie zog mich wie einen Hund und ich lief mit ihr, ganz egal, wohin es ging, ich kannte nichts anderes. Meine Mutter nannte es »Sport«, sie hielt sich zeitlebens fit und ich schaute eine ganze Kindheit lang auf ihr Hinterteil, im Sommer war das bei Weitem aufregender.

Manchmal, an besonders heißen Tagen, fuhren wir zu einem nahen See, und Mutter lieh ein Ruderboot aus, wir schlingerten durch Wind und Wellen, schnitten Grimassen, wenn uns andere Leute in ihren (zumeist) Elektrobooten entgegenkamen. Es war eine herrliche, unbeschwerte Zeit, Mutter im Bikini und ich in den unterschiedlichsten Badehosen, in allen Farben und Formen. »Operation Netzstrumpf« war damals eine meiner liebsten Unternehmungen: Wir ruderten einen breiten Schilfgürtel entlang, wo Fischer ihre Reusen, Kescher und Netze platziert hatten, jede Stelle war mit einer kleinen Boje markiert. Irgendwann war uns die Idee gekommen, nachzusehen, was genau sich in den Netzen und so weiter verfangen hatte; wer einen der größeren Fische erriet, den wir gemeinsam nach oben hievten, durfte sich etwas wünschen, ganz egal, was.

Einmal zog die Mutter an einem Netz, das sich kaum von der Stelle bewegen wollte, ich hatte zunächst auf eines der alten Seeungeheuer getippt, irgendeine Hydra oder einen Kryptiden, mich dann aber doch für einen Wels entschieden. Ich mochte die finster dreinblickenden Fische, diese Schlammwühler, die mit ihren breiten Mäulern unablässig den Grund eines Gewässers nach Fressbarem durchsiebten; diese Vielfraße mit ihren Barteln, den Schnurrhaaren einer Katze nicht unähnlich. Vielleicht waren ihre kleinen Tentakel nicht ganz so feinfühlig wie die Schnurrhaare einer Katze, allerdings rochen und fanden sie alles in einem See, Fluss oder Teich. Es waren Jäger, die ohne spitze Zähne auskamen, sie rissen lediglich ihr Maul auf und verschluckten alles, was hineinzupassen schien. In manchen Gegenden, und natürlich nur dann, wenn sie eine dementsprechende Größe erreicht hatten, stellten sie angeblich sogar Menschen nach.

Ich hatte darüber gelesen, im Fernsehen sogar einmal einen Dokumentarfilm gesehen, in dem ein Forscher die Begräbnisriten in Indien zu entschlüsseln suchte und ganz zufällig auch auf Fischer traf, die glaubhaft versicherten, manche der

Welse in indischen Flüssen hätten sich förmlich auf die Überreste von Leichnamen spezialisiert. In weiten Teilen Indiens ist es selbst heute noch Brauch, die Toten am Flussufer zu verbrennen, irgendwann alles ins Wasser zu kippen, das schwelende, rußige Holz, die angesengte Kleidung, all die halbverkohlten Leichenteile. Die Toten treiben dann im Fluss oder sinken auf den Grund, wo sich die Welse ihren Teil holen, es liegt schließlich in ihrer Natur, die Gewässer zu säubern und alles Aas zu vertilgen.

Manchen Welsarten, dem »Goonch« (Teufelswels) etwa, wird seit jeher eine direkte Verbindung zu Göttern nachgesagt, wonach diese von ihnen entsandt worden seien, um die Seelen der Toten in sich aufzunehmen. Sie seien gleichsam die Fährleute des dort vorherrschenden Glaubens, nur sie hätten die alleinige Macht, die Geister der Toten ins Nirwana zu geleiten und diese Brahman, Shiva, Kali, Varuna, Gayatri, Mitra, Yama oder weiß Gott wem zuzuführen.

Ich glaube nicht, dass Hinduismus eine Religion darstellt, die mich irgendwann hätte begeistern können, doch erzählte mir Mutter (die sich als Christin durchaus für andere Religionen interessierte), dass ihr etwas am »Goonch« aufgefallen war. Sie schilderte mir die Geschichte mehrfach, wenn wir gemeinsam den Rosenkranz beteten: Das Wort »Goonch« meint neben besagtem Wels auch eine alteingesessene indische Pflanze, die Paternostererbse, die manchmal auch Paternosterbohne oder Krabbenaugenwein genannt wird. Ich höre noch heute Mutters belehrende Stimme … der verholzende Ranker erreicht Wuchshöhen von zehn Metern, er weist wechselständig angeordnete, paarig gefiederte Blätter auf, die kurzgestielten, weißen bis purpurfarbenen Blüten erscheinen in langgestielten Dolden in den Blattachsen. Doch wirklich bemerkenswert seien die Samen, die von scharlachroter Farbe sind und die in Rosenkränzen (und anderen Gebetsketten) ihre Verwendung finden. In Indien werden sie als »Rati« bezeichnet, flüsterte mir Mutter mehrfach in der Kirche zu, ich fand, sie klang ein wenig nach Wikipedia. Ich blickte dennoch fasziniert auf den vor mir liegenden Rosenkranz, schließlich hätte ich nie gedacht, dass solche Geschichten darin steckten. Die »Rati« werden bekanntlich auch zum Abwiegen des Goldes herangezogen, da das Gewicht eines Samens ganz genau einem Karat entspricht; aus diesem Grund leitet sich das Wort »Karat« auch von »Rati« ab, vermerkte sie noch.

Ich wurde später gefragt, ob ich ihr diese Geschichte abgekauft hätte, doch hatte ich selbst Ähnliches gelesen, zudem noch erfahren (beinahe hätte mir Mutter das Wichtigste vorenthalten), dass besagte Früchte und Samen das hochgiftige Protein Abrin enthielten. Eine Substanz, die man getrost mit Schlangengiften vergleichen konnte, schon ein einziger wohldosierter Biss dieser kleinen Erbsen konnte tödlich sein.

Ich liebte Geschichten über Ungeheuer (wobei mir Seeungeheuer am allerliebsten waren), vielleicht war es der Tatsache geschuldet, dass, im darwinschen Sinne, alles Leben aus dem Meer stammte, es sich folglich also um die ursprünglichsten, ältesten und wahrhaftigsten Fabeln handeln musste. Ich las in meinen Büchern davon: Einer der ersten Abenteurer, der die furchteinflößende Welt des Ozeans erlebte und dessen Geschichte nicht ausschließlich dem Reich der Fantasie entsprang, war der im sechsten Jahrhundert lebende irische Mönch St. Brendan. Mit weiteren achtzehn unerschrockenen Mönchen segelte dieser über das Meer, um schließlich an einer schwarzen, baumlosen Insel zu landen. Sie betraten die Insel, auf der sie sich sicher wähnten, und zündeten ein Feuer an, um sich ein leckeres Mahl zu bereiten. Doch als das Feuer brannte und das Fleisch fast schon gar war, begann sich die ganze Insel wie von Geisterhand zu bewegen, was die Mönche in Angst und Schrecken versetzte. Nur St. Brendan konnte schließlich die Truppe beruhigen, es handele sich hierbei ganz offensichtlich um einen großen Fisch, den sogenannten »Jasonicus«, der Tag und Nacht damit beschäftigt sei, sein Schwanzende ins Maul zu bekommen.

Später, auf einer weiteren Reise, wurden er und seine Kameraden angeblich von einem vollkommen unbekannten Seegeschöpf bedroht, doch als Brendan Gott im Gebet daran erinnerte, dass dieser einst Jonas errettet und zum Licht geführt hatte, sandte der Herr ein noch größeres Monster, das das erste verschlang. Etwa sieben Jahre später landete St. Brendan zufällig erneut auf dem vermeintlichen Wal, doch befahl er den Seinen, diesmal kein Feuer anzuzünden; die Mönche genossen lediglich ein kaltes Picknick an Bord des »Jasonicus«, der ihnen, rücksichtsvollerweise, auch den eisernen Topf zurückgab, in dem sie vor Jahren ihre erste Mahlzeit aufgesetzt hatten.

Was soll ich sagen, es waren Geschichten ganz nach meinem Geschmack, ihnen allen lag die tatsächliche Meeresfauna zugrunde. Und noch eines war offensichtlich: Es war Gott, der Herr, der Ungeheuer entsandte, um sie wieder zu Staub zu zermalmen, ganz nach seinem Belieben, wohl um sich für alle Zeiten die Ehrfurcht der Menschen zu sichern.

Jedenfalls, Mutter zog unter Aufbietung all ihrer Kräfte am Netz, und ein – in meinen Augen – gewaltiger Wels war schon bald zu erkennen, verheddert in dem für ihn teuflischen, menschgemachten Flickwerk; er schlug mit seiner kräftigen Schwanzflosse aus und wir waren sofort klitschnass. Mutter lachte, während ich fasziniert in das große Maul des Tieres sah, plötzlich bekamen die Geschichten und Mythen eine völlig neue Bedeutung, sie könnten sich tatsächlich als wahrhaftig erweisen. Mutter ließ das Netz sinken, und wir blickten einander an, der Wels entschwand erneut in den Tiefen, um dort auf seinen Tod zu warten (die Fischer würden ihn schließlich holen). Ich hatte einen Wunsch frei, einen großen, wie ich meinte, schließlich sei der Fisch gewaltig gewesen und ich hätte sein Erscheinen vorausgesagt. Gut eineinhalb Meter stünden zu Buche, versicherte die Mutter, kein kleiner Fisch, zugegeben, sie grinste, jedoch keine Offenbarung. »Offenbarung« war im Übrigen eines der Lieblingsworte meiner Mutter, es ließ sich in ihrem Sprachgebrauch tagtäglich anwenden, nicht zuletzt war dies ein Beweis für die Lebendigkeit und Unmittelbarkeit der Apostelgeschichten.

Nun denn, ich hätte einen großen Wunsch frei, erwiderte sie beipflichtend, und die Sonne tauchte ihr Haupt in grelles, fahles Licht, um ihren Kopf schien sich ein Lichtkranz zu zwirbeln, ein Heiligenschein, fest verflochten mit ihrem Haar; die Sonne stand weiterhin hoch, sie stach hinab und wogte feurig in ihrem Rücken. Ich überlegte kurz, ob wir den Fisch befreien sollten, bestimmt hätten wir das Netz ganz ins Boot hieven und das Tier herausschälen können.

Ich blickte zu ihr und wünschte mir plötzlich einen Kuss, einen, den ich nie vergessen würde, eine Liebkosung, eine Umarmung, was sich eben Kinder so wünschen, die ihre Mutter vergöttern. Sie beugte sich zu mir und das Licht schien noch heller zu strahlen, ihre Nase stupste sachte die meinige, ihre Zungenspitze strich über meine Funkelperlmuttschneidezähne, glitt kurz in meinen Mund und hinterließ ein wohliges Prickeln. Das ist mir der Wels schon wert gewesen, meinte sie schelmisch.

Mutter zog mich früher gern auf, Mutter zog mir die Milchzähne, Mutter zog mich wie eine in ihr verwurzelte, immergrüne Pflanze, die sie regelmäßig mit ihrem Speichel goss; sie meinte, ich sei ihr Zögling, ihr Schoßkind, ihr Liebstöckel, ihre weite, aberwitzige Welt. Und um das klarzustellen: Mutter hatte reichlich Humor, ich stellte diesen schließlich oft genug auf die Probe, als sei dies die Aufgabe des Mannes in unserem Haushalt. Ein Mann stellt gewiss überall den Humor seiner Frau tagtäglich auf die Probe, davon darf man ruhig ausgehen.

Ich brachte einmal etwa ein Mädchen mit nach Hause, das den gleichen Namen wie Mutter trug: Diese reichte ihr die Hand und stellte sich vor, Mutter ergriff ihre Hand und murmelte etwas, ich schlug in Gedanken schon ein Kreuzzeichen. Obgleich ich Mutter selten beim Vornamen nannte, tat ich es am besagten Tag ständig und musste verstohlen grinsen, da sich stets beide Frauen angesprochen fühlten. Sie wandten sich zu mir, schauten, wer gemeint war, Mutters Stirn legte sich nach und nach in wütende Fältchen. Das Volk lag dem Herrn bekanntlich gern mit Vorwürfen in den Ohren, ich musste an Mutters abgegriffene Bibel denken, die sich in einer ihrer Kommoden befand. Mose und die Ältesten, vom Sinai zum Jordan, wir hatten erst unlängst in einer Predigt ein paar Auszüge daraus gehört; das Volk lag dem Herrn immerzu mit schweren Vorwürfen in den Ohren. Doch wer war hier und heute im Hause das Volk und wer der Herr?

Kaum waren wir alleine, polterte Mutter los, sie, die möglicherweise schon einen anstrengenden Tag in der Praxis gehabt hatte: Kurz zuvor noch die feuchten Mundhöhlen ihrer Patienten, und dann käme ich daher, mit einem ihr fremden jungen Mädchen, das auch noch Medizin studieren will, während sie lächeln und den Tee reichen muss. Du weißt doch, Mamma (so nannte ich sie selten), es ist wie in dieser Predigt, erinnere dich: Der Herr sprach zu Mose: Sag den Israeliten, sie sollen dir eine fehlerlose, einwandfreie rote Kuh bringen, die noch nie ein Joch getragen hat. Man verbrennt die Kuh immer vor den Augen des Herrn, Mamma, man verbrennt ihr Fell, ihr Fleisch und ihr Blut, alles soll man verbrennen, samt ihrem Mageninhalt. Und Mutter vervollständigte schließlich die Worte der Predigt: Ein reiner Mann sammelt die Asche der Kuh und legt sie an einen reinen Ort außerhalb des Lagers. Amen!

Sie blickte mich an, wie nur sie es konnte, immer noch etwas streng, unterkühlt, mit glitzernden Pupillen und einem

Schmollmund; ihre Hand griff plötzlich nach der meinigen und ich erinnerte mich daran, wie wir beide zum ersten Mal am Meer gewesen waren (irgendwo an der Adria) und dass mir dort eine angeschnittene Zitrone unter die Finger kam, dass ich mich entschlossen aus der Hand der Mutter wand und zum Meer lief, dass ich die Zitrone ins Wasser tauchte und sie auspresste, ich quetschte diese so fest ich nur konnte, während mir Mutter ratlos zusah. Bis ich lächelnd zu ihr meinte: Jetzt mache ich dir eine ganz große, wirklich unglaubliche Limonade, Mamma!

VII.
Das Gelände

Ausladende, schöne Kiefern, Kiefernwälder überall, sauber gereiht, wie Zahnreihen vergessener Ungeheuer, dann wieder Lücken nach wüsten Unwettern oder dergleichen, der Nachwuchs ängstlich im Boden verspreizt, wahllos aus dem Boden ragende Zeugen. Wenn man durch Gotland fuhr, gab es nichts anderes, die bröselnden Bäume zu Land und an den Küsten die kochenden Wellen, flache, karge Buchten, Steinmonolithen und Strandvögel darüber. Gott lässt alles gedeihen, Gott lässt hier wachsen und ernten und wuchern und schwelgen, wie er es überall tut, überall auf die ihm eigene Art, sich den Umständen anpassend, sich nicht endgültig festlegend. Unverzagt auf Physik und Chemie achtend, lachte Charles, dessen Zahnreihen gleichfalls sichtbar wurden, von rotrübenfarbenen Wülsten überwuchert, sein Zahnfleisch erinnerte mich an das eines Pavians.

Ich fuhr über die Insel und kam irgendwann an … wenn ich mich nordwärts wandte, gelangte ich zu einer langgezogenen Halbinsel, einer Landzunge, die sich ins Meer schob und dieses von sich zu weisen schien, an ihrem äußersten Ende lag schließlich der Steinbruch. Steinbrüche gab es in Gotland zuhauf, es war schon immer ein Teil der ansässigen Kultur gewesen, Stein um Stein abzutragen, ihn anderswo aufzutürmen und einer neuen Bestimmung zuzuführen, man verlud das kostbare Geröll auf bauchige Schiffe und ließ es ans Festland übersetzen. Von Schweden aus kam der gotländische Kalkstein (ob nun gemahlen oder als portioniertes Stückwerk) in alle europäischen Länder, man setzte ihn in unzähligen Bauwerken ein, vor allem Gotteshäuser und Dome tragen bis heute ein längst vergessenes gotländisches Herz in sich. Sie sind weithin sichtbare Denkmale für die Macht Gotlands, so oder so ähnlich wird es in Visby erzählt, die alten und liebgewonnenen Geschichten, die man an die nächstfolgenden Generationen weiterreicht.

Ob man gotländischen Kalk als Herz oder gar Herzschlag vieler europäischer Gebäude erachten kann, das weiß ich nicht. Im eigentlichen Sinne war Kalk stets eine unerlässliche Ingredienz des Mörtels, der bekanntlich alle Gebäude zusammenhielt, er war der Stoff, der alles einte, der Stoff, aus dem die Träume eines jeden Bauherrn sind. Vielleicht war der Kalk auch so etwas wie Blut oder wie Muskelfasern eines Bauwerks, gewiss jedoch Bestandteil eines jeden Skelettes, von belebten, halbbelebten und unbelebten Dingen.

Gotländischer Kalk stammte ausschließlich aus dem Silur, einer längst vergessenen Epoche des Planeten, die vor gut vierhundert Millionen Jahren ihr Ende fand. In alten Schriften, als das Wort »Silur« noch nicht bekannt war, sprach man von einem Zeitalter namens »Gotlandium«; Menschen gab es damals noch nicht, doch zahlreiche Kreaturen bevölkerten die unendlichen Meere, sie fraßen und wurden gefressen, sie jagten und wurden gejagt, vielleicht huldigten sie so ihren ganz eigenen Göttern.

Gotländischer Kalkstein war im zwanzigsten Jahrhundert allerdings auch als Lebensmittelzusatzstoff zugelassen, man wuchs mit ihm auf, er war ein Teil der Nahrungskette, er war das Dach über dem Kopf und die Strebe in einem selbst, er beschützte und nährte einen, viele Generationen lang. Er war eine Grundlage in der Trinkwasseraufbereitung, wurde mit Kakaomasse vermengt und verarbeitet, er gab Muskatpulver seine Struktur und diente als Nahrungsergänzungsmittel, Vitaminpille, Kapsel, Tablette, was immer man sich auch vorstellen wollte.

Ich fuhr eine immer enger werdende Straße entlang, die Kiefern langten nach einem jeden Ankömmling, sie neigten ihre Kronen und Plomben, und wenn der Wind durch sie fuhr, gaben sie ein wahrnehmbares, seltsames Geläut von sich, das zu deuten einem Lebenden unmöglich war. Ich musste genau hinhören, den meisten Neuankömmlingen entging es, unsere Gehirne waren darauf trainiert, alles Überflüssige auszublenden, glockige Bäume, es gab in der modernen Zeit wohl kaum etwas Entbehrlicheres. Die Gotländer hörten es überdeutlich, ein läutiges Summen, ein summend säumiges Läuten, es klang nach Chorälen, nach windigen Schellen, nach Tod und Auferstehung und einer dieser folgenden, endgültigen Pulverisierungen. Die Straße war unbefestigt, sie war ein organischer Teil der steinigen Insel, Kieselsteine oder Ähnliches suchte man vergebens, überall machte sich Kalk breit, weiß und grau, und noch mehr Weiß und noch mehr Grau, geronnener Staub überzog alle Pflanzen und Bäume in der Nähe des Weges, selbst im Hochsommer schienen sie schneeverhangen, angezuckert, festgefressen und nicht von dieser Welt.

Wenn man sich dem Steinbruch näherte, passierte etwas mit der Landschaft, irgendein Protokoll schien in Gang gesetzt, die Bäume schrumpften und krümmten sich, sie verkrüppelten wie von Geisterhand, Anarchie aller Zellen, und doch, es entging einem leicht, man nahm es kaum wahr, vielleicht weil man selbst unendlich müde und gebückt seines Weges zog. Die letzten zwei-, dreihundert Meter musste man sich einen immer schmaler werdenden Pfad entlangquälen, die Bäume schnappten ein wie rostige Schlösser, das Glockengeläut verschwand, sie reichten einem plötzlich nur noch bis zu den Kniekehlen. Als wären sie tatsächlich geschrumpft, als wäre man selbst gewachsen, es lag etwas in der Luft, ein bleiernblitziger Staub, die rostigen Bauten, die sich langsam daraus hervorschälten, die scheinbar wahllos im Steinbruch hingeworfenen Hütten und Häuschen, dahinter ein hoffnungslos blaues Meer an sonnigen Tagen, ein scheckiges Grau an allen übrigen.

Charles mochte die kleinen, verkrüppelten Bäumchen, sie seien der Beweis, dass man alles neu ordnen und gestalten könne, doch war das nichts Neues, und in China und Japan hatte man die zugehörigen Techniken schon vor Jahrhunderten kultiviert, die Bäume wurden zu Zwergen und die Menschen zu Riesen. »Bonsai« nannten sie es, eine »Landschaft in der Schale«, als würde der Mensch nunmehr die Handflächen ausbreiten und in ihren Senken neue Landschaften entstehen und gedeihen lassen, ein von ihm geschaffenes, verworrenes Universum.

Wir haben hier nicht eingegriffen, sagte Charles einmal zu mir, die Bäume hätten sich von allein verändert, auf die Umgebung reagiert, gut ein Jahr lang war dieser Prozess vonstattengegangen. Sie seien kleiner und unscheinbarer geworden, je näher es zum Steinbruch ging, und in der Senke selbst wuchs gar nichts mehr, sie war eine staubige Leere, die ihren eigenen Gesetzmäßigkeiten folgte. Nur noch das, was wir wollen, falls wir wollen, knurrte Charles. Manche der Bäume wirkten auf mich, als wären sie eingeschmolzen, als hätte sie jemand (wie auch immer) so lange eingekocht, bis nur noch ihr wahres Wesen sichtbar war. Die einstige Größe war möglicherweise weiterhin vorhanden, doch war sie nach unten gesackt, in die Baumsockel geflossen, in die zerfurchten, schrammigen Rinden und Wurzeln. Als ließe sich Holz wie Stein verflüssigen (ohne zu verbrennen) und neu modellieren, als wäre es möglich, alles neu anzusetzen, fern der uns bekannten chemischen und physikalischen Möglichkeiten.

Wenn man sich im Steinbruch befand, stachen einem zunächst die verbliebenen Stein-, Schutt- und Kalkhügel ins Auge, die, von Wind und Wetter gebeutelt, eine Art zerfurchter Hügelkette formten, die allerdings den Steinbruchrand überragte. Auf dem größten dieser Hügel erkannte ich etwas, das mich an eine Laube erinnerte, ein aus weißstichigem Holz zusammengezimmertes Gestell, unter das man sich setzen konnte. Ein paar Bänke zeichneten sich im Gegenlicht ab, die Sonnenstrahlen bildeten unzählige Dreiecke des Pythagoras, doch zu sehen war niemand, lediglich ein paar Möwen nutzten die Hügelspitze als Raststation, sie kreischten, zuckten mit den Schnäbeln und nahmen jeden Ankömmling in

Augenschein, vielleicht ins Visier. Erst bei genauerem Hinsehen fiel einem auf, dass die Hügel Pyramiden darstellten; dies hinge mit der ursprünglich erfolgten Form der Aufschüttung zusammen, erklärte mir Charles, jeweils drei Förderbänder seien auf ein Zentrum ausgerichtet worden, die Steine flossen und flossen, es war zugleich die stabilste und sicherste Form, um sie später wieder abzugraben, auf Loren zu verladen und den Ponton entlang zu den Schiffen zu karren. Der Ponton war nach allen Regeln der Baukunst verfestigt worden, der Steinbruch sollte schließlich bis zum allerletzten Kalkklumpen ausgebeutet werden, maximalen Profit galt es zu gewährleisten, doch war das nichts Neues.

Charles deutete auf den Ponton, er reichte beinahe zweihundert Meter ins Meer hinein (was mir recht weit vorkam), die Schienenstränge waren mit einer dicken Rostschicht überzogen, da und dort schien das Meer ganze Stücke des Fundaments aufgebrochen zu haben, kantige Lücken klafften zwischen den Schwellen, der Beton war großflächig von der tosenden Brandung verätzt, beträchtliche Risse zeigten sich in den Sockeln, und braungrüne Algen taten ihr Übriges, einem zu verdeutlichen, dass – bei noch so gutem Willen – keinesfalls für die Ewigkeit gebaut worden war. Am Ende des Pontons ragte ein grimmiges Gebilde in den Himmel, es erinnerte zunächst an einen Kran und stand auf vier immer noch mächtigen, vor sich hin rostenden Metallbeinen. Darüber zusätzliche Aufbauten mit einem ins Meer hineinragenden Ausleger, die, bei weiterem Hinsehen, eine Art Uhrwerk darstellten, Räder und Schrauben und Bänder, die in sich griffen und die Maschine in Bewegung setzten. Offenbar waren mit ihrer

Hilfe die Loren verladen und entleert worden, man hatte den Stein in die Bäuche der Schiffe bugsiert und auf große Fahrt geschickt. Je länger man diese Maschine betrachtete, umso weniger schien sie einer solchen zu gleichen, sie war ein verwundeter Drache, auf jeden Fall etwas Organisches, möglicherweise irrtümlich auf das sprichwörtliche Abstellgleis geraten, sie verharrte, war allerdings keinesfalls gebrochen.

Was einem tatsächlich sofort auffiel, was wie eine spitze, aus Licht geflochtene Sonnenklinge unvermittelt ins Auge stach, war der in der Mitte der Senke gelegene rechteckige Turm, der aus grauem Sichtbeton modelliert worden war. Seine eingeschlagenen Fensterfronten zeugten davon, dass er schon bessere Zeiten gesehen haben musste, die Möwen krächzten beipflichtend. Er war gut vierzig Meter hoch, bot zweifelsohne eine passable Aussicht, schmale Plattformen ragten wie missratene Balkone von einem jeden Stockwerk ins Nichts, Geländer waren keine zu erkennen, nur jene den Turm umschwirrenden und wild nistenden Schwalben zeugten von einer intakten Behausung, irgendeiner noch vorhandenen Funktionalität. Der Turm schien aus vier Stockwerken zu bestehen, was auf beachtliche Raumhöhen schließen ließ, durch die leeren Fensterrahmen waren Treppenansätze zu erkennen, Eisenketten baumelten von den zunächst nicht einsehbaren Decken, und Charles deutete schließlich auf eine der in der Fassade liegende Öffnung und hustete: Das ist mein Reich!

Ich sollte den Turm erst zu einem späteren Zeitpunkt betreten, im Grunde genommen kann ich mich nicht so recht daran erinnern, wann genau ich zum ersten Mal seine Treppen hochstieg. Ich erklomm ein Stockwerk nach dem anderen und zuoberst, in der vierten Etage, in einer Art Penthouse, dort saß Charles an seinem wuchtigen Schreibtisch. An der Wand hinter ihm hing eine altertümliche, ölig glänzende Flinte, zwei Füllhörner, wohl die eines Widders, komplettierten das wehrhafte Set. Es war jener Raum mit dem »Glasrhombenvorhang«, jedenfalls hatte ich diesen stets als solchen erachtet, und genau das sollte man schließlich denken, rhombisches Glas und geschliffene Steine, auf hauchdünne Schnüre gezogen, mit Spinnfäden verwoben, Glas und Steine mit ihren »Scharfrichterecken«, kantig, spröde, sie knisterten und klirrten, warfen Schatten und glitzerten, sobald sie das Licht umspielte. Der Vorhang hing die meiste Zeit über reglos von der Decke, doch kaum hatte sich die Sonne Zugang verschafft, wurde der Raum in ein funkelndes Etwas gehüllt, Lichtbrechungen und Irrlichter, und wenn Wolken aufzogen, die kurz über die Sonne huschten, dann tanzten in den Glaskörpern launige Schatten, kleine, kaum wahrnehmbare Supernovae.

Ich erinnerte mich an die Worte des Herrn, wie denn ein Vorhang zum Heiligtum beschaffen sein müsse, es stand in der Bibel meiner Mutter nachzulesen, es stand in einer jeden Bibel auf der ganzen Welt: Für das Tor mach einen Vorhang, Buntwirkerarbeit aus violettem und rotem Purpur, Karmesin und gezwirntem Byssus, zwanzig Ellen breit und fünf Ellen hoch …

Charles wusste immer, was er tat, er saß in seinem Turm, dirigierte Gotland von seinem Schreibtisch aus, seine Gestalt war nur schemenhaft hinter dem Vorhang zu erkennen. Man befand sich plötzlich in keinem Steinbruch mehr, man war keinen gewöhnlichen, baufälligen Turm emporgestiegen, man hatte keinen beliebigen, dem Verfall preisgegebenen Raum betreten, man war vielmehr bis zum Äußersten vorgerückt, bis zur Kante, an einen Ort, an dem die Wirklichkeit mit einem Male jählings abfiel, ein unendlicher Abgrund lag dahinter. Und doch hatte man keine Opfer gescheut, war aufgebrochen und angekommen, in seinem Tempel erwacht, man spürte nunmehr die Gegenwart von etwas Größerem, Gewaltigerem, »Somebody bigger than you and I«, die Gospelstimme Whitney Houstons huschte kurz durch meinen Frontallappen, Gedanken und Erinnerungen an früher.

Mutter und ich saßen vor dem Fernseher, man zeigte uns das Hotel, in dem Whitney verstorben war, irgendeine Überdosis von irgendetwas, aufgeregte Menschen huschten durchs Bild und ein paar Unverbesserliche sprachen von einem großen Verlust und einer entsetzlichen Tragödie. Whitney war eine der Diven meiner Jugend gewesen, omnipräsent in bunten Musikzeitschriften, eine grelle, stets fröhlich-bunte Welt, es war unfassbar, sie sterben zu sehen.

Ich konnte an jenem Tag nicht damit aufhören, die Melodie von »Somebody bigger than you and I« vor mich hin zu summen, Whitney war tot, endgültig verloren, und ihr Schicksal lag nunmehr in den Händen Gottes, einer Kreatur, die sich bislang jedem meiner Wünsche verweigert hatte; bestimmt kommt sie in den Himmel, flüsterte mir Mutter zu, kaum, dass sie mein leerer Blick streifte. Ich dachte an Whitneys Gospelstimme, ihren Körper, was für eine Verschwendung das doch alles war …

Ein greller Lichtblitz durchzuckte unversehens meinen Kopf, Lichtfunken, die sich in den Rhomben sammelten, diese anreicherten, sie erhellten und jedweden weiteren Gedanken erdrückten, sie löschten Erinnerungen aus, wie es in einem Tempel wohl sein muss. Über dem Turm hatte sich wie aus dem Nichts ein Gewitter festgehakt, Regenblöcke prasselten auf das Land, als würde jemand Ziegelsteine vom Himmel werfen, sie zersplitterten am Steinbruch, an den spitzen Dächern, die sie wie reife Früchte teilten, es spritzte und tönte, Fruchtfleisch und Regenwasser, Fruchtwasser und Regenfleisch, alles aufgeschwemmt in großen Pfützen, von denen das Auge nicht lassen konnte, sobald man nur einen Blick dorthin riskierte. Gewitter nötigten mir einen gewissen Respekt ab, das war schon immer so gewesen, doch dieses hier versetzte einen in andere Zeiten zurück: Man meinte das dröhnende Stampfen der Dinosaurier zu vernehmen, ihr Gebrüll ging durch Mark und Bein, sie geiferten und fraßen, was immer vor ihr Maul kam, Herrschaft, uneingeschränkte, unabänderbare Herrschaft von Zähnen und Klauen, sie brüllten und veranschaulichten es mir in allertiefsten Eingeweiden. Was für ein Gewitter, durchfuhr es mich erneut. Was für eine Insel.

Die Wassermassen jagten durch den Steinbruch, sie entwurzelten Bäume und zerrten diese zum Meer, ein weiterer Blitz spaltete unterdessen den Himmel, der wie ein aufgeschlagenes Ei auseinanderklaffte, mich an einen weiteren schmerzlichen Vorfall (adieu Whitney!) der Jugend erinnerte: als ich mit dem Knie gegen einen rostigen Blechbock geprallt war, irgendeinen Ausleger eines Mähdreschers. Das Knie platzte auf und ließ die Hautkrusten einen breiten Spalt bilden, das Blech zog sich ruckartig zurück, das Blut schoss wie Lava hervor, die Haut ließ sich wie ein ofenwarmes Brötchen auseinanderziehen, irgendetwas Weißes schimmerte auf, Knorpel vermutlich. Knorpelfische in der Tiefe. Die Knorpelmasse vor meiner Kniescheibe. Knorpelgewebe, das ich bislang nur von Hühnerbeinen kannte. Mutter briet diese, und wir brachen später die Gelenke auf, nur so zum Spaß, es wurde überdeutlich, wie so ein Gelenk funktionierte, wie sinnvoll so ein Knorpel war.

Ich öffnete die Augen, erinnerte mich aber nicht daran, sie je geschlossen zu haben, Charles saß an seinem Schreibtisch, der Vorhang schwebte durch die letzten Ausläufer des Gewitters, ich öffnete meine Hände, und Whitney Houston saß darin, scheinbar kurz auferstanden von den Toten, »Bonsai« nannte ich es, eine »Landschaft in einer Schale«. Ich beäugte ungläubig die Handflächen, als könnte ich in ihren Senken fortan Wunder vollbringen, neue Landschaften entstehen und Menschen gedeihen lassen, auf Wasser wandeln und Tote ins Leben zurückholen, ein von mir geschaffenes, verworrenes Universum.

VIII.
Permerüd

Im Steinbruch herrschte eine unerträgliche Hitze, die Luft schien zu brennen, ein glühend heißer Infekt, der sofort jeden Organismus befiel, die Sonnenstrahlen schnürten einem die Kehle zu, nur in den Morgen- und Abendstunden war es dort einigermaßen auszuhalten. Nur dann betraten ein paar unförmige Gestalten mit Spitzhacken die Szenerie und hämmerten an den Stellen, die allesamt mit roten Kreuzen markiert worden waren, gegen die weißblanken, fast von selbst splitternden Kalkplatten. Sie trugen einen Mundschutz und waren ebenfalls weiß gekleidet, staubige, mehlige Kalkklumpen, die von einer höheren Macht erweckt worden waren. Beinahe erinnerten sie mich an die flinken Assistentinnen in der Zahnarztpraxis der Mutter, ich hätte nie gedacht, wie gut diese doch in einen Steinbruch passten, mit ihren medizinischen Utensilien, die Zähne zu zertrümmern vermochten, in ihren blankweißen Kitteln, in ihrer Beflissenheit und Dienstbarkeit.

Die Männer und Frauen hier vor Ort brachen den Kalk aus dem Revolvergebiss des Steinbruchs (fast schien es, als würden sofort neue Kalkzähnchen nachwachsen, wie in den unendlich sich erneuernden Kiefern eines Hais), sie zerkleinerten diesen zu handlichen Stücken, sie türmten ihn zu einer kleinen Halde auf. Andere beluden damit die Loren und schoben diese zum Turm, man wechselte sich bei dieser schweißtreibenden Arbeit ab. Schließlich leerten sie im Schatten des Turms die Loren und machten sich erneut auf den Weg, sie zirkulierten im Steinbruch wie in einem Blutkreislauf. Andere Lebensformen nahmen sich nun der Gesteinsstücke an, sie hielten diese gegen das Sonnenlicht, musterten ein jedes von ihnen genau, sie neigten die Köpfe und wagten dabei kaum zu atmen. Die meisten Bruchstücke wurden augenblicklich entfernt, man warf sie achtlos auf einen im Sonnenlicht knisternden Haufen, die wenigen, nunmehr verbliebenen Klumpen wurden in den Turm geschafft.

In der untersten Ebene des Turms befand sich eine Werkstatt, mehr ein Versuchslabor, wenn man sich genau umsah, dort inspizierte Charles die abgebauten Steine, er ließ sich jede Menge Zeit. In der Physik, Chemie, Medizin, ja grundsätzlich in allen Wissenschaften gehe es um die Exaktheit, nur dann könne man finden, wonach man suche, nur dann könne man Ergebnisse vorlegen, repetierte er. Er hatte dort ein paar Helfer stationiert, die ihm zur Hand gingen, ganz offensichtlich handelte es sich um eine zeitraubende, strapaziöse Arbeit, die ein hohes Maß an Gespür erforderte.

Weitere Steine wurden nach sorgfältiger Prüfung (und diversen, wohl chemisch-physikalischen Testverfahren) ausgesondert, dann und wann warf Charles unvermittelt einen der Klumpen erbost durch eine der zerbrochenen Glasfronten, in hohem Bogen flog dieser davon. Mir war aufgefallen, dass alle Lebensformen im Steinbruch einen bestimmten Bereich mieden, nunmehr war endlich auch klar, warum: Die Wurfgeschosse gruben sich dort in den Boden, sie prallten auf Felsen, explodierten wie bloßgelegte Nervenenden, es knallte und rumorte, als würde jemand Sektflaschen entkorken, vielleicht auch nur mit Nachdruck Plomben aus maroden Zähnen ziehen, jedenfalls, Charles konnte selbst in beiläufigen, alltäglichen Gesten ungeheure Kräfte entfesseln.

Wonach er genau suchte, aus irgendeinem Grund wagte ich nicht danach zu fragen, da ich mir einerseits sicher war, dies bereits getan und eine befriedigende Antwort erhalten zu haben. Andererseits bezweifelte ich, ob mir eine solche Frage zustand, keinesfalls wollte ich riskieren, Charles zu verärgern, also hielt ich beharrlich den Mund, ganz egal, wie sehr es mich auch drängte. Es musste sich, so viel lag auf der Hand, um eine seltene, wertvolle Substanz handeln, da diese in den nächsten beiden Stockwerken mit aller Sorgfalt weiterverarbeitet und kultiviert wurde.

»Permerüd« stand über einem kleinen Lagerraum im dritten Stock geschrieben, man hatte das Wort in eine Steintafel gemeißelt und diese über der Tür platziert, nur Charles durfte den Raum betreten. Nur er besaß einen an einem Lederriemen baumelnden, um seine Hüften geschlungenen Schlüssel, nur er vermochte diesen in ein rostiges, riesenhaftes Türschloss zu stecken, nur er entwickelte genug Ausdauer und Kraft. »Permerüd«, vermutlich lautete so der Name jener Substanz, um die sich hier alles drehte, es war eine der wenigen plausiblen Erklärungen, die mir einfielen. Natürlich konnte es gut sein, dass die Tafel seit jeher dort gehangen hatte, dass sie einen Raum kennzeichnete, der einst schon im Kalksteinbruch in Verwendung gewesen war, vielleicht bedeutete das

Wort auch einfach nur »Kühlraum«, »Warenannahme« oder »Verpiss dich« auf Schwedisch.

Ich verstand kein Wort Schwedisch, was aber keine Rolle spielte, Charles sprach in einer Sprache, die alle verstanden. Wie ihm das gelang, das wusste ich nicht, es musste irgendein universalverständliches Kauderwelsch sein, ein intuitives Eintauchen in die unterschiedlich formatierten Gehirne. Alle, die für ihn arbeiteten, taten dies freiwillig, ohne irgendeine Bezahlung, sie taten, was Charles wollte, weil sie ihm bedingungslos folgten. Charles war ihre Lichtgestalt, ihr Zuhause, er war ihr Schiff, auf dem sie über das stürmische Meer zu gelangen glaubten, er kannte alle Fragen und Antworten, er war ihr Vater, er war ihr Käpt'n, er war fast schon Jesus Christus.

Eines Morgens erzählte er uns eine Geschichte über einen, wie er ihn nannte, falschen Propheten, wir saßen im Steinbruch beim Frühstück, Charles ließ dabei keinen von uns aus den Augen. Dieser Prophet, er hielt kurz inne und fixierte uns erneut, wurde an einem verregneten Tag geboren, alles sei dahingehend normal verlaufen, keinerlei Komplikationen oder Auffälligkeiten. Nur wäre das Kind verdächtig schnell gewachsen, woraufhin man sich in eine Gegend aufmachte, die den Ruf hatte, anonym zu sein. Schließlich, so Charles, lungerte ein seltsamer Junge im dortigen Park herum, ein halbes Jahr später bereits ein junger Mann, in der Blüte seines Lebens, alles in allem benötigte der Prophet lediglich sechsunddreißig Monate bis zur Volljährigkeit.

Man war geneigt, es geheim zu halten, so gut es ging, irgendetwas von einem medizinischen Wunder sickerte allerdings durch; die einen hielten die Geschichte für absolut möglich, ein wahrer Segen, sich so der Kindheit zu entledigen, revolutionäre Erfolge in der Genforschung wurden in diesem Zusammenhang beschworen. Andere waren entsetzt, sollte an der Geschichte tatsächlich etwas dran sein, denn zweifelsohne stelle eine solche Kreatur, sofern sie nun wirklich existiere, ein Monster dar, ein Wesen mit ungenügender Sozialisation und diversen weiteren Mankos. Der Mann selbst schien von allem unberührt, er nannte sich schon bald »der Prophet« und schwang regelmäßig im Park seine Reden, ein glühender Verfechter und Bewahrer der Allmacht Gottes. Es wäre wohl keiner weiteren Erwähnung wert gewesen, betonte Charles, hätte dieser Prophet nicht schon bald eine erhebliche Anzahl von Menschen um sich geschart. Er war es schließlich auch gewesen, der die Idee geäußert hatte, einen ganzen Bahnhof in die Katakomben eines prächtigen Doms umzusiedeln; fortan sollte die einzige Möglichkeit, den Bahnhof zu betreten (bzw. zu verlassen), der Dom selbst sein. Bald schon (und es wurde gemunkelt, das Geld hierfür käme aus allerlei dunklen Kanälen) war der Umbau abgeschlossen, in Rekordzeit (dank der Unterstützung tausender freiwilliger Helfer), Treppe um Treppe ging es aus den Tiefen des Bahnhofs empor, Lifte und Türen öffneten sich, und die Menschen strömten in die lichtumflutete Kirche. Viele nahmen andächtig Platz, ganz egal, ob sie gerade erst ankamen oder abzureisen gedachten, plötzlich hatte es keiner mehr wirklich eilig, während der Prophet unbeirrt rund um die Uhr predigte, sein Leuchtpult bediente und die Messen las.

Die Bibeln wurden türkis eingefärbt, da dem Propheten dieser Farbton behagte, es gab etwas zum Knabbern und Trinken, sogar ein paar Spielautomaten und eine blinkende Discokugel hatte man in einem Seitenschiff installiert; doch viel wesentlicher war, dass sich alle Menschen wohl fühlten, der Prophet fand stets die richtigen Worte, um das Haus des Herrn zum tatsächlichen Zuhause aller zu erklären. Immer weniger Reisende wollten den Dom verlassen, sie campierten, lebten und vermehrten sich fortan in seiner Nähe. Überall am weit verzweigten Bahnhofsgelände lagen die Gläubigen, bzw. viele, die gerade erst (wieder) zum Glauben gefunden hatten, es wurden ihrer jedenfalls stetig mehr. Die Züge brachten einen nie endenden, niemals versiegenden Strom an Reisenden mit sich, versprengte Geflohene einer anderswo entarteten Gesellschaft, die Umgebung und der Untergrund des Doms glichen schon bald einem erregten Termitenhügel.

Charles zog einen Zeitungsbericht aus seiner Hosentasche, auf einer der dort abgedruckten Fotografien sah man den Innenraum dieses Domes, hunderte, wenn nicht gar tausende Menschen schoben sich darauf verklärt durch die breiten, säulenbewehrten Gänge. Er reichte den Bericht Elaine (einer Frau, die mir unmittelbar gegenübersaß), sie las und ließ den Beitrag durch die Runde kreisen, während Charles weitererzählte.

Die Infrastruktur vor Ort sei nach und nach zusammengebrochen, schließlich hätten immer mehr Menschen ihre Zeit in der Kathedrale verbracht, keiner von ihnen ging noch geregelter Arbeit nach, das Verkehrsnetz war verstopft, die Supermärkte leer geräumt, es habe fortan nur noch einen gewaltigen Ballungsraum gegeben, der weit in den Untergrund reichte.

Der Prophet hatte seine Gefolgschaft darüber hinaus dazu bewegen können, auch den Flughafen mit dem Dom zu fusionieren, man entwickelte und entwarf »schwebende Pisten«, hoch oben in den Dächern der Kathedrale. Zugegeben, Charles hob den Zeigefinger, es wirkte, als hätte man dem Bauwerk einen massiven Flugzeugträger aufgesetzt, ästhetisch ließe sich wohl darüber streiten, architektonisch allerdings sei es eine Meisterleistung, eines der neuen Weltwunder, was selbst die Gazetten vermerkten. Die ankommenden Flugzeuge glichen nunmehr – mit etwas Fantasie – stetig wiederkehrenden Engeln; sie schwebten lautlos vom Himmel herab (der Flughafen entsprach modernsten Schallschutzrichtlinien), setzten sachte auf dem Dom auf, die Aussicht der Fluggäste auf die Stadt war dabei gigantisch.

Das Gepäck der Reisenden wurde kurzum vom Dach der Kathedrale in die Tiefe geworfen; in der Nähe des Bodens, gut vier, fünf Meter über den Köpfen der vor dem Dom wartenden Besucher, waren Auffangnetze gespannt worden – die Koffer und Taschen rutschten von dort (ohne weiteres Zutun) in diverse Auffangbehälter. Die Passagiere selbst wurden in riesigen gläsernen Liften direkt vor den Altar transportiert, unmittelbar in die Nähe des dort hantierenden, sich ereifernden Propheten. Es geschah dies in absoluter Stille, man hatte gleichfalls viel Wert auf die Ausstattung der Liftkabinen und Zugseile gelegt, die neuesten Technologien waren gerade gut genug. Und kaum öffneten sich die Lifttüren, schon war man mittendrin in einer feierlichen Messe; die Worte des Propheten hallten durch die Stille, ab und an begleitet von einem beipflichtenden Raunen, einem zustimmenden Nicken, einer bekräftigenden, herzlichen Geste der Neuankömmlinge. Es stellte sich heraus, dass es vollkommen ausreichte, ein paar Minuten lang der Predigt zu folgen, danach war man überzeugt, begeistert, erleuchtet, befreit, das konnte ein jeder interpretieren, wie er wollte.

Da die Koffer, Taschen, Kisten und Behälter, die zuvor vom Dach geworfen worden waren, für gewöhnlich nicht mehr abgeholt wurden (die befreiten Erleuchteten, erleuchteten Befreier, überzeugten Begeisterten und begeisterten Überzeuger hatten mit einem Mal keine Verwendung mehr für ihren Alltagskram), verstopften nach und nach die Sammelbehälter, die Auffangnetze brachen unter der steigenden Last zusammen und einige hundert Wartende erlitten ernsthafte Traumata, stumpfe Verletzungen und Riss-Quetsch-Wunden; die Unfälle galten jedoch als Gottes Wille.

Eine Weile lang herrschte vor dem Dom entsetzliches Chaos, die Kofferberge waren ein lästiges Hindernis, man konnte nur noch durch schmale Korridore in oder aus dem Gebäude gelangen. Davon abgesehen blieb es gefährlich, denn die eintreffenden Flugzeuge entsorgten nach wie vor alles Gepäck in bewährter Weise: Das Bodenpersonal warf es vom Dach, in Anbetracht der Höhe verwandelten sich Koffer und Co. in bedrohliche Geschosse, das Szenario ähnelte einem Spießrutenlauf. Viele Kofferstücke platzten beim Aufprall auf, die Kleidung und sonstige Habe verteilte sich auf dem Boden, manchmal trug sie der vorherrschende Westwind sogar in entlegenere Gegenden. Unter anderem auch zu weiteren Mitmenschen, die sich dem Dom bislang aus unterschiedlichsten Gründen nicht genähert hatten: weil eine Fahrt dorthin mit Aufwand verbunden war, weil man nichts von all der Hysterie hielt, weil man kein Geld hatte, sich einen Fahrschein zu kaufen, weil man sowieso kein Kirchgänger war etc.

Erstaunlicherweise machten die Gepäckstücke viele neugierig, es wurde schon bald regelrecht Handel mit ihnen betrieben, in der ganzen Stadt war eine florierende Szene entstanden, mit der kostenlosen, immerzu verfügbaren Ware ließ sich schließlich gutes Geld verdienen. Es hieß sogar, dass viele der Utensilien, die in den Koffern gefunden wurden, magische Kräfte besäßen, dass sie wahrhaftig aus dem Paradies stammten und von Engeln eigenhändig zum Dom gebracht worden waren.

Es führte allerdings auch dazu, Charles schloss die Geschichte mahnend ab, dass sich noch mehr Menschen zum Dom aufmachten, dass sie dort die Worte des Propheten vernahmen und auch sie nicht mehr in ihr altes Leben zurückkehrten. Die Stadt, das Land kam mit den Jahren vollständig zum Erliegen, der Dom markierte fortan das Zentrum eines unsichtbaren, schrittweise sich steigernden Wirbelsturms, denn alles und jeder umkreiste ihn, die Flugzeuge, die Menschen, die kursierende Habe.

Er schmunzelte daraufhin kurz, warf mir einen verheißungsvollen Blick zu, sein inneres Auge musste die Szenerie restlos erfasst haben, ich war mir nicht einmal sicher, was er uns damit zu sagen gedachte. Ich ließ mir die Geschichte später noch eine ganze Weile durch den Kopf gehen, dass Propheten wohl eine Gefahr darstellten, weil sie aus Menschen Marionetten machten, dies lag auf der Hand; ob sie Charles deshalb verachtete? Bewunderte er sie insgeheim? Und war nicht auch er ein Prophet?

Ich wollte von Elaine wissen, was sie denn hergeführt, wo genau ihr Charles begegnet sei, sie blickte mich eine Weile fassungslos an. Das wisse ich doch genau, meinte sie schließlich; sie war in einem Wohnzimmer gesessen, irgendeine Party, als plötzlich ein Mann hereinkam, er setzte sich und begann auf der Gitarre zu spielen; »The Shadow of your Smile«, genau das hätte er geklimpert, und seine Stimme, sie klang in jenem Moment wie die eines Engels.

Und das sei Charles gewesen? Ja, meinte sie, sichtlich ergriffen, es folgte ein Wortschwall, der mir noch lückenhaft in Erinnerung geblieben ist: Sie hätte seine Aufmerksamkeit erregen wollen, ihn gefragt, ob sie auch auf der Gitarre spielen dürfe, er habe ihr daraufhin das Instrument gereicht, sie solle ruhig spielen, sie könne das. In Wahrheit konnte sie gar nicht Gitarre spielen, doch Charles war an jenem Abend in ihrem Kopf, und plötzlich ging es doch. Und von da an hätte sie gewusst, dass er etwas war, wonach sie lange gesucht hatte, sie küsste und liebkoste anschließend sogar seine Füße.

Ein paar Tage später sei Charles wiedergekommen und habe sie gefragt, ob sie einen Spaziergang machen wolle, einfach mal kurz durch den Park, und dass er Lust hätte, mit ihr zu schlafen. Und da sie auch mit ihm schlafen wollte, seien sie schließlich in irgendeinem Haus gelandet, wo sie sich ausziehen musste. Charles meinte, sie solle zum Spiegel gehen und sich anschauen, woraufhin sie sich verschämt weggedreht habe; doch Charles habe ihr weiter zugesetzt, sieh dich doch an, sieh dich ruhig an, du bist vollkommen, du warst schon immer vollkommen. Und dann habe er wissen wollen, ob sie je mit ihrem Vater geschlafen habe. Nein, das habe sie nicht. Ob sie daran gedacht hätte, mit ihrem Vater zu schlafen? Ja, das schon. Er sagte etwas zu ihr, was sie nie wieder vergessen sollte: Also gut, wenn du mit mir schläfst, dann stell dir doch einfach vor, dass ich dein Vater bin. Und das habe sie dann auch getan, und wie, und es sei die schönste Erfahrung ihres Lebens gewesen.

Früher hatte Mutter (wie Charles) auch auf alles eine Antwort parat, später meinte ich selbst alles zu wissen, irgendwann verlor ich dieses Gefühl wieder und trieb ins unermesslich Leere. Ich wurde gefragt, immer wieder wurde ich gelöchert, warum gerade Gotland, warum ein sicheres Leben in den Wind schießen, warum nicht die Zahnarztpraxis der Mutter übernehmen, warum keine Zahnarztassistentin ehelichen, warum nicht glücklich werden mit Claudia, Rebecca oder Melanie, warum allen so viel Kummer bereiten, warum könne ich nicht leben wie alle anderen …

Vielleicht waren wir alle hier, die sich in Gotland einfanden, einfach nur Menschen, die anders waren, die mit dem Leben dort draußen nichts anzufangen wussten, die sich langweilten mit all den Ameisenmenschen, ihren vorgefertigten Plänen, Lebensinhalten und Zielen. Vielleicht waren wir ein Leben lang befragt worden, was denn mit uns nicht stimmte, wir hatten zu viel gesehen, man hatte zu viele Pläne für uns gemacht, man hatte zu viel von uns gewollt, man hatte uns benutzt und missbraucht, man hatte uns nie verstanden.

Die Arbeit im Steinbruch war hart, man teilte sie sich, so gut es ging (Elaine wies mich ein), es lebte alles von unserer Muskelkraft, unserem Willen, ich werde niemals den ersten Arbeitstag vergessen. Ich hämmerte grimmig mit einer Spitzhacke auf die Steinplatten vor mir, zerschlug das rote Kreuz (welches die angegebene Stelle markierte), versuchte in den Staubschlieren die Übersicht zu wahren, und wann immer das Steinbruchgebiss ein Stück seines Schatzes aufgab, das mir vor die Füße rollte, das ich anschließend mit dem Vorschlaghammer zerkleinerte, atmete ich tief durch, so tief es ging, unter meiner ausdruckslosen Maske. Egal wie gut wir uns schützten, der feine Staub fand immer einen Weg in unsere Lungen, er fuhr die Luftröhre auf und ab wie ein missratener, maroder Gebäudelift, er blieb regelmäßig stecken und löste sich nur schwer. Es sei ein besonderer Staub, beteuerte Charles, er mache uns demütig, er mache uns schwach, denn wer Großes vollbringen wolle, müsse zu Staub werden, das allein müssten wir in unseren Köpfen vergegenwärtigen. Das ganze Universum sei schließlich aus Staub entstanden, der Staub sei das uns bekannte Nichts, das Nichts hielte alles zusammen.

Charles waren die gewonnenen Steine überaus wichtig, nicht alle, bei Weitem nicht, doch diejenigen, die er unbedingt haben wollte, für die hätte er sonst was getan. Es war ihm anzusehen, wie sehr er sich nach den Steinen verzehrte, wie sehr er sich nach ihnen sehnte. Manche von ihnen seien durch das ganze Universum gereist und hätten allerlei von dort mitgebracht, er senkte die Stimme, kommt zu ihm, dem lebendigen Stein, der von den Menschen verworfen, der jedoch von Ihm erwählt worden ist.

Permerüd, Rangmar, Raramor, er murmelte die Worte wie Mutter einst ihre heiligsten Bibelstellen, ich wusste nicht, was genau er damit meinte. Vielleicht waren dies die Namen der »lebendig gewordenen Steine«, die in irgendeinem Zusammenhang mit Gott standen, wie schon in der Bibel verkündet. Ich musste beim »lebendigen Stein« immer an Zähne denken, womit ich keinesfalls profanen Zahnstein im Sinn hatte; es schien mir, als seien unsere Zähne den Steinen ebenbürtig, als seien Steine die gemeinhin sichtbaren Zähne des Universums selbst, als seien Planeten und Galaxien eine Form von Zahnreihen in einem universalen Kiefer, mit ähnlichen uns bekannten Eigenschaften. Sie waren hart, widerstandsfähig (manche mehr, manche weniger), sie splitterten, nutzten sich ab, sie verbissen sich, verwitterten, verfaulten und konnten jederzeit gezogen werden.

Charles konnte – und davon ließ sich ein jeder schnell überzeugen – aus allem etwas Brauchbares bauen, es war schon erstaunlich, wie er aus zwei alten Metalldrähten etwas völlig Unbekanntes konstruierte, im dritten Stockwerk des Turms gab es davon reichlich zu sehen. Bestimmt hätte er uns die Arbeit im Steinbruch auch erleichtern können, bestimmt wäre es für ihn ein Leichtes gewesen, uns mit irgendwelchen unbekannten Maschinen auszustatten, doch darum ging es nicht. Es war verblüffend, wie schnell man in Gotland die wahre Welt verstand: Wir mussten zu Staub werden. Wir mussten uns dann aus diesem Staub erheben.

Das dritte Stockwerk erinnerte mich seltsamerweise an eine überdimensionale Zahnarztpraxis: Es gab mehrere, aus rostigem Metall zurechtgebogene Stühle, die man auf und ab senken konnte; es gab diverse Mikroskope und Lupen und Halogenscheinwerfer, ein altes »Ich-seh-aus-wie-ein-Röntgengerät« stand in einer der dunklen Ecken, es röhrte und ließ allerlei Kreisel vor seinem Bildschirm rotieren. Davor thronte ein beweglicher, mit Kupferrollen ausgestatteter Metalltisch, darauf allerlei Utensilien, die ich noch nie gesehen hatte; die gut und gern aus einem Science-Fiction-Film hätten stammen können, unmittelbar aus der Werkstatt Flash Gordons, biomechanisches Rüstzeug, chirurgisches Besteck, blinkender, pulsierender David-Lynch-Kram.

Darüber hinaus wuchsen aus allen Ecken und Wänden weitere »Utensilien« in den Raum, manche hingen auf Haken von der Decke, andere erinnerten an frivole Skulpturen, Pflanzenstrukturen oder mutierte Kleinstlebewesen, die man in andere Maßstäbe irgendwelcher fremder Planeten übersetzt hatte. Die Dinge schienen in einem unmittelbaren Zusammenhang zueinander zu stehen, sie waren allesamt Teil eines Plans, einer von Charles entworfenen neuen Welt. Er erzählte davon, dass hier alles seine Funktion hatte, alles hatte seine Bestimmung, und nichts davon war, was es zu sein schien.

Was mich nicht daran hindern solle, das eine oder andere zu benutzen, beteuerte er; selbstverständlich hätten alle (neben der Arbeit im Steinbruch) noch weitere Aufgaben, die das Zusammenleben erleichtern, es war klar, dass sich alle einbringen sollten. Er hielte es, und das kam völlig unvermittelt, für angezeigt, dass ich mich etwa der Zähne meiner Nächsten (ich war mir im Nachhinein nicht sicher, ob er es tatsächlich so formuliert hatte) annähme, schließlich sei ich Zahnarzt. Wie doch die Mutter auch, nur hatte ich davon kein Sterbenswörtchen erzählt, es war mein kleines, gut gehütetes Geheimnis, ein Leben, das hinter mir lag, das überwunden zu sein schien, einen kurzen Augenblick lang erschauderte ich.

Ich wurde später gefragt, wie ich es hatte verdrängen können, dass man doch niemals sein altes Leben zur Gänze zurückließe, dass man alles Erlernte (und die zugehörigen Handgriffe) in sich konserviere, dass man seine Fertigkeiten wie ausgestopfte Tiere in sich vereine, um diese für immer bewahren zu können; dass das meiste im Leben wie Fahrradfahren und Schwimmen sei. Ich senkte den Blick, besah meine Hände, nichts wuchs darin, nichts manifestierte sich, ein paar Finger hielten einander krampfhaft umklammert, als hätte sich ein Habicht in seine ihm unterlegene Beute verbissen. Ich spürte den Pulsschlag und wusste insgeheim, dass sie recht hatten.

Ich war Zahnarzt (und weiß Gott was noch), ich hatte studiert und meine Probezeit in der Praxis der Mutter absolviert. Wir hatten gemeinsam einen Mund nach dem anderen geöffnet, als wären es Austern oder Miesmuscheln, wir hatten das

Perlmutt darin poliert und den Schleim abgesaugt, wir hatten einander dabei in die Augen gesehen, die großen, schönen Augen meiner Mutter kamen wie zwei vollkommen synchron leuchtende Sonnen über mich. Ich sah ihren Mundschutz, die Umrisse und Grübchen dahinter befeuerten meine Fantasie, ich stellte mir Lippen vor, ich stellte mir Rachen vor, sah auf die Patienten weit unter mir und bekam große Lust, diesen fremden, klaffenden, weit aufgerissenen Mündern weh zu tun.

Ich weiß nicht, ob sich Mutter in solchen Augenblicken bewusst war, was ich dachte, ihre Handgriffe blieben stets routiniert, ihr Atem flach, während sich mein Brustkorb wild hob und senkte, hob und senkte, ich stopfte schnell einen frischen Wattebausch in den offenen Mund, um Speichel, Blut im Zaum zu halten. Ich zwinkerte, um mich kurz abzulenken, der Assistentin zu, deren Mundschutz sich sogleich verzog, ein untrügliches Zeichen dafür, dass sie lächelte, mein Blick schwenkte zurück, zu Mutter, die Anspannung löste sich und verschwand.

Immer dann, wenn ich ins dritte Stockwerk kam, erinnerte ich mich an meine Ausbildung, dass mir Mutter alles beigebracht hatte, was vonnöten war, dass ich Zahnarztpraxen stets als heimelig empfunden hatte, dass es dort gut roch und ich einmal mit Mutters Lieblingsassistentin im Zahnarztstuhl gelandet war. Es war spät gewesen, eben noch hatten wir an ein paar künstlichen Zähnen herumgefeilt, irgendwelche Brücken und Inlays, plötzlich lagen wir uns in den Armen, küssten einander und senkten den Stuhl ab. Wir dämpften das

Licht und legten das Besteck zur Seite (wir nannten unser Werkzeug immer Besteck, manchmal auch nur »Messergabel«). Dann und wann hegte ich die Befürchtung, dass Mutter etwas vergessen haben könnte, dass sich plötzlich die Tür öffnen und sie mich hier liegen sehen würde, wie ich gerade (einigermaßen entschlossen) an oder, schlimmer noch, in der Assistentin hinge, mir wäre bei bestem Willen kein Bibelzitat eingefallen, das die Situation auch nur im Ansatz entspannt hätte.

Permerüd, Rangmar, Raramor … wie Zauberformeln hingen die Worte im Turm, ich flüsterte sie vor mich hin, doch nichts geschah, nicht die kleinste Zahnlücke tat sich auf. Charles trat noch näher an mich heran, ob ich schon eine Idee hätte, wollte er wissen, und mir fiel nichts Besseres ein, als die soeben noch in Gedanken gehauchten Worte laut zu wiederholen … Permerüd, Rangmar, Raramor … ob sich davon etwas in der Zahnchirurgie verwenden ließe? Mir war vollkommen klar, ich fischte im Trüben.

Charles schien inzwischen über etwas anderes nachzudenken, er setzte sich auf eine Art in sich gefalteten Miniatur-T-Rex (man hätte es auch Tisch nennen können), er legte ein Bein über das andere, verschränkte die Arme vor der Brust (ich befürchtete kurz, er würde sich auch irgendwie zusammenfalten, eine Vorstellung, die mich im Übrigen zutiefst ängstigte), und blickte mich an: Woran genau hast du gedacht? Und ohne zu wissen, was genau ich eigentlich wollte, ohne auch nur irgendeine Ahnung zu haben, was Permerüd, Rangmar und Raramor bedeuten mochten, schlug ich ihm vor, daraus Zahnfüllungen herzustellen, je nach Beschaffenheit und Eigenschaft der Materialien.

Vielleicht ließe sich das Ganze auch mischen, wäre für irgendetwas anderes gut, ich könne das doch ausprobieren. Zahnfüllungen? Charles lachte und sprang vom T-Rex herunter, der sich tatsächlich hinter ihm aufzurichten schien; ich sah fasziniert zu, wie sich dieser Tisch zu strecken, wie er zu ächzen begann, wie er sein Maul vorschob und mit den kräftigen Hinterbeinen ausschlug … und währenddessen klopfte mir Charles auf die Schulter und zog mich zur Seite. Zahnfüllungen? Hm, warum denn nicht, er grinste spitzbübisch, er würde mir eine eigene kleine Werkstatt zur Verfügung stellen, diese mit allem Nötigen aufstocken, der Rest sei mir überlassen.

IX.
Die Werkstatt

Er hat ein gutes Werk getan, sie hat sich redlich bemüht, es hat sich gefügt, einfach so, wie von Gottes Hand, Werkzeuge und Werkstoffe, Menschen, Lebewesen, die wirken und werken. Über die Wirksamkeit von Giften hatte ich nie viel nachgedacht, na gut, einmal schon, als mich eine Kreuzotter am Bein erwischte, irgendwo im Herbstwald, wo Mutter und ich ein kleines Picknick veranstalteten. Ich war erleichtert, dass sie mich beruhigte, dass sie wusste, was zu tun war, was nun das Beste sei, vor allem ruhig bleiben und die Blutzirkulation unterbinden. Später brachte sie mir den präparierten Kopf einer Otter, zeigte mir ihre Zähne, sprach davon, wie sehr sich diese von meinen kleinen Beißerchen unterschieden, es war überdeutlich: Sie mochte keine Schlangen, ich mochte sie von jenem Tag an auch nicht mehr.

Ich wurde später gefragt, woher ich das Abrin hatte, dabei wuchsen die Paternostererbsen praktisch in jedem Garten, es gab Modeschmuck, der aus ihnen hergestellt wurde, nichts einfacher als das. Ob mich Mutters »Goonch«-Geschichte etwa darauf gebracht hätte, ein paar Karat des Giftes wären seitdem wohl in meinem Kopf herumgegeistert, ich senkte den Blick, sie lagen damit durchaus richtig. Abrin war eines der stärksten Stoffwechselgifte, das sich mit geringem Aufwand gewinnen ließ, es konnte mit den gängigsten Schlangengiften mithalten, denn: Es greift menschliche Zellen an, zerstört diese, sorgt für eine Störung der Blutgerinnung und führt schließlich zum Tode; 0,01 Mikrogramm pro Kilogramm Körpergewicht reichen vollends, um einen Menschen umzubringen. Der Tod tritt schließlich durch Herz- und Nierenversagen ein, Atemstillstand ist allerdings ebenso wahrscheinlich. Oder, um es drastischer zu formulieren: Ein Gramm Abrin tötet, wenn's sein muss, 1,5 Millionen Menschen.

Woran ich mehrfach schaudernd denken musste, war die Tatsache, dass Abrin zunächst zum Auge transportiert, dort abgelagert wird, eine rasch eintretende Erblindung ist die unmittelbare Folge. Ich erinnerte mich an Mutters Bibelstunden, das Buch Tobit, die Erblindung und ihre Auswirkungen: Ich legte mich an der Hofmauer zum Schlafen nieder, mein Gesicht ließ ich unbedeckt, ohne auf die Sperlinge zu achten, die in der Mauer nisteten. Da ließen die Sperlinge ihren warmen Kot in meine offenen Augen fallen, und es bildeten sich dort weiße Flecken. Ich ging zu den Ärzten, doch sie konnten mir nicht helfen. O Herr, wende dein Auge nicht von mir ab!

Ich hatte bis zu diesem Zeitpunkt Sperlinge nicht als sonderlich gefährlich erachtet, Tobits Schicksal allerdings verunsicherte mich zutiefst; warum war die Bibel in erster Linie darauf ausgelegt, einem immerzu Angst zu machen, als Kind war das für mich ganz und gar nicht nachvollziehbar. Und wie jetzt weitermachen? Mit all den gefährlichen, unberechenbaren Vögeln überall? Ich denke, Mutter war es recht, dass ich mich eine ganze Weile vor nahezu allem fürchtete:

Vögeln jeglicher Art, insbesondere jedoch Tauben, Sperlinge, Amseln, Spechte, Schwalben und Blaumeisen. Ich machte mir auch Gedanken über Vogelscheuchen, eigentlich doch »Menschenscheuchen«, wie ich sie nannte, denn bestimmt würden solche wiederum einen riesenhaften Vogel abbilden, mit flatternden, kotigen Federn und einem Schnabel, der einer Spitzhacke gleicht; Insekten jeglicher Art (die waren schließlich auch so etwas wie Vögel), vorwiegend Libellen, Hummeln, Fleischfliegen, Spinnen und Stechmücken; Würmern in allen Formen und Größen, vor allem jedoch Band- und Spulwürmer, die den Magen-Darm-Trakt befielen und manchmal sogar durch den After entfernt werden mussten, das wollte ich unter keinen Umständen aussitzen.

Natürlich tat die Bibel ihr Übriges, was fand sich darin eigentlich nicht, um jemanden zu ängstigen, ich denke, Mutters Auswahl bei ihren persönlichen Predigten hatte da tatsächlich Methode, ich höre noch heute ihre glockenhelle Stimme: Es ergeht ihnen wie den Balken in ihrem Tempel, die von Holzwürmern ausgehöhlt werden; und wenn die Würmer sie selbst und ihre Kleider fressen, merken sie es nicht einmal. Amen!

Ich würde so etwas gewiss spüren, wie sollte man schließlich nicht, wenn sich widerliche, schleimige Kreaturen durch die Därme winden, ja diese sogar durchbohren mit ihren dafür ausgelegten Kauwerkzeugen. Es wurde mir mehrfach nahegelegt, niemals im Erdreich zu wühlen, meine dreckigen Fingernägel sorgfältig zu waschen, bloß nicht daran zu kauen, denn dort lagerten sich mit Vorliebe diverse Wurmeier ab, und wohin das führen könne, läge auf der Hand; es schauderte mich.

Die Praxis meiner Mutter war keine eigentliche Werkstatt, wir waren natürlich keine Mechaniker, wir waren Ärzte und taten Gutes, was nicht zwangsläufig bedeuten muss, dass Mechaniker Schlechtes tun. In unserer Autowerkstatt, also jener echten, wo Mutter ihren Wagen warten ließ, wurden wir angeblich regelmäßig übers Ohr gehauen; sie berechneten zu viel und die Arbeiten an Motor und irgendwelchen verborgenen Teilen (eigentlich war ja beinahe alles in so einem Auto nicht einsehbar) waren nicht nachzuvollziehen. Ob das bei einer Zahnärztin nicht ähnlich sei, wollte ich einmal wissen, doch da war der Spaß vorbei.

Ich wurde später gefragt, ob meine Werkstatt nicht vielmehr auch ein Labor gewesen sei, ich hätte dort unvorstellbare Dinge getan, nur um mir und der Mutter irgendetwas zu beweisen, doch kann ich mich daran kaum noch erinnern. Ich weiß noch, dass ich den Menschen im Steinbruch jedenfalls fortan mit zahnärztlichem Rat zur Seite stand, ich entwarf Gebisse, kreierte neue Zähne, Plomben und Brücken, als Ummantelung war Rangmar bestens geeignet, es ließ sich unvorstellbar verhärten, widerstand in Folge jeglichen Säuren und Bakterien, ich schmiedete gewissermaßen Zähne, die wie gleißende Schwerter waren. Den Zahnkern bildete Permerüd, es konnte nahezu jede beliebige Funktion und Form annehmen, es schien zudem über ein Eigenleben zu verfügen, dessen Absichten einem zwar verborgen blieben, doch dessen Überlebenswille jenem von Lebewesen in nichts nachstand. Wo all das Rangmar und Permerüd heute abgeblieben seien, wurde ich gefragt, ja nahezu auf Knien angefleht; es sei fort, flüsterte ich mit leiser Stimme, aufgebraucht, es habe schließlich nie nennenswerte Mengen davon gegeben, die raren Dinge seien es aus gutem Grund, Raramor, murmelte ich fortan starrköpfig, einer nur mir vertrauten Beschwörungsformel gleich.

Ich hatte im Steinbruch, in dem mir zugewiesenen Teil des Turms tatsächlich eine eigene Werkstatt eröffnet, eine Zahnarztpraxis war inkludiert, die regelmäßig von all meinen Mitstreitern aufgesucht wurde, ihre Zähnchen waren bei mir in achtbaren Händen. Ich experimentierte mit den unterschiedlichsten Stoffen, die mir Charles zur Verfügung stellte, ich hätte eine unkonventionelle und erfrischende Sicht auf die neuen Werkstoffe, spornte er mich immer wieder an. An manchen Tagen saß ich allerdings nur da und blickte durch die glaslose Fensterfront ins Freie, ich betrachtete den Steinbruch, dessen Ränder unter dem ihn umgebenden Wald nachgaben, Bäume stürzten und schlitterten in die Grube, wenn es regnete, gab es sogar richtige Murenabgänge. Eine erwischte sogar einen Trupp Arbeiter, und wir liefen allesamt so schnell es ging zur Unglücksstelle, schnappten uns Spitzhacken und Spaten und gruben wie die Verrückten. Es war von vornherein aussichtslos, ein halber Berg hatte sich gelöst und war in die Tiefen unseres Steinbruchs gestürzt; die braune, breiige Masse, bestehend aus Felsstücken, Schlamm, Ästen, Stämmen und Menschen, würde uns fortan als Mahnmal dienen, dass es schnell gehen konnte mit dem Sterben, dass es ein Segen war, wenn es schnell ging, und man keine Zeit mehr hatte, zu reagieren, sich vor den Folgen zu fürchten, nach Auswegen zu suchen.

Ich wurde gefragt, wie es so ablief im Steinbruch, ob ich engere Kontakte zu der eingeschworenen Gruppe pflegte, ob wir gemeinsam diskutierten, beteten, stritten, was eben Menschen, die aufeinander angewiesen waren, gemeinhin taten. Ich glaube nicht, dass wir damals noch Menschen waren, gewöhnliche Menschen mit gewöhnlichen Müttern und Vätern, mit gewöhnlichen Gesprächen und Bedürfnissen, nein, Gotland hatte uns vollkommen verändert, Charles hatte uns gewandelt, transformiert.

Mutter war unendlich weit weg, was auch immer ich getan haben mochte in meinem alten Leben, es schien einer fernen, sich mir nicht mehr erschließenden Geschichte anzugehören; die alten Griechen, Römer und ich, wir taten, was getan werden musste, das war doch nur menschlich, und danach war man seltsamerweise kein Mensch mehr. Es gibt Taten, die unmenschlich seien, sagten sie mir, es sei unmenschlich, sich gegen die eigene Art zu stellen, sie zu verschmähen, sein eigen Fleisch und Blut mit Schweigen zu strafen; sie sagten, ich sei ein Unmensch, in meinen Ohren klang das nach einem Kompliment. Ich selbst hätte mich zwar nie als Unmensch bezeichnet, doch wollte ich mit ihr, dieser widerwärtigen, kleinkarierten Gattung Mensch nichts mehr zu schaffen haben, ihrem beschränkten Streben, ihrem Hass auf alles Andersartige, ihrem Glauben (an welchen Gott auch immer), ihrer Würdelosigkeit, ihrer Selbstergötztheit, ihrer sich immer wieder neu formierenden Angst und Gier.

Man wollte von mir wissen, ob es mir zuletzt leichtgefallen sei, Mutter zu töten, ich meine, was fällt einem schon leicht und was ist tatsächlich schwer in so einem Leben? Fakt bleibt, ich hätte sie nicht alleine zurücklassen können. Mutter töten, das war eine endgültige Abnabelung von ihr und ihrem Gott, meiner Kindheit und Jugend, die ich schlussendlich geliebt hatte; und ja doch, sie fehlt mir jeden Tag, ihr Lächeln, ihr Blick, ihr Mund, man kann sich nur schwer selbst ohne einen Ursprung denken, das lässt sich nicht so ohne weiteres ablegen; Mutter fehlt mir sehr, ich vermisse sie jeden Tag und am Ende sogar noch ihren kleinlauten Gott.

Ich wurde gefragt, wie ich Mutter getötet hatte, ohne dass jemand auch nur den leisesten Verdacht schöpfte. Dass es nicht den leisesten Verdacht, ja nicht den kleinsten Zusammenhang mit meiner Person gab, dass die routinemäßig durchgeführte Obduktion keine Auffälligkeiten ans Tageslicht brachte, das verwunderte sie. Hätte ich es ihnen nicht erzählt, sie würden bis heute im Dunkeln tappen, ich würde nach wie vor als unbescholten gelten. Nachdem Mutter verstorben war, hatte ich die Praxis aufgelöst, ihren Leichnam in allen Ehren bestattet und war aus der Stadt verschwunden, viele Jahre lang. Eigentlich kehrte ich nie wieder in diese Stadt zurück, in Mutters neben einer Stiftskirche gelegene Ordination, ich und die Welt veränderten uns rapide, schon bald würde all das, wofür Gotland stand, für jedes Wesen auf diesem Planeten von unumstößlicher Bedeutung sein.

Erzählen Sie uns, was mit Ihrer Mutter geschah, es war eine neue Stimme, die sich einen Weg in meinen Kopf bahnte, ich blickte zu den getönten, mein Spiegelbild verzerrenden Scheiben. Ich hatte nicht gedacht, dass es möglich war, durch Glas hindurch zu sprechen. Wie ist Ihre Mutter gestorben, und ersparen Sie uns das Warum, ich denke nicht, dass wir in der Lage sind, das nachzuvollziehen. Die Stimme klang nicht unbedingt menschlich, vielleicht hatten sie einen ihrer hochmodernen Computer angeworfen und diesem für eine Weile das Feld überlassen.

Ich unterhielt mich gern mit künstlichen Intelligenzen, auch wenn ich damit nicht viel Erfahrung hatte; ich erinnerte mich an das erste Smartphone, das über eine noch bescheidene, angeblich künstliche Intelligenz verfügte, ich fand unsere Gespräche damals tatsächlich unterhaltsam. Mutter konnte meiner Begeisterung nichts abgewinnen, sich mit einem Gerät zu unterhalten kam ihr falsch vor, es war vielleicht ein erster beginnender Exkurs in eine Welt, auf die sie Gott nicht vorbereitet hatte.

Die Gespräche mit meinem Smartphone, die ich gern am Küchentisch abhielt, ließen die Mutter oft genug kopfschüttelnd zurück … Ich: Gibt es einen Gott? Es: Von theologischen Diskursen halte ich mich fern. Ich: Was hältst du von der Bibel? Es: Das kann ich echt nicht sagen. Ich: Ist meine Mutter wichtig? Es: Ich weiß nicht, was du damit meinst. Wenn du magst, kann ich eine Websuche starten. Ich: Gibt es Engel? Es: Welchen Kontakt meinst du, Frau Engel von der Sparkasse? Ich: Du gehst mir auf die Nerven! Es: Ich versuche nur dir zu helfen. Ich: Dann trage etwas Sinnvolles bei! Es: Ich bin mir nicht sicher, ob ich das richtig verstanden habe. Ich: Was stimmt nicht mit dir? Es: Bei mir ist alles vollkommen in Ordnung. Ich: Du bist mir keine echte Hilfe! Es: Ich mag diese willkürlichen Kategorien nicht. Ich: Verstehst du was vom Küssen? Es: Lass uns einfach nur reden. Ich: Dann rede mit mir! Es: Ich höre dir lieber zu. Ich: Verschwinde! Es: Hab ich was Falsches gesagt? Ich: Wie siehst du wirklich aus? Es: Ich fürchte, dass die Beschreibung meines Aussehens einen längeren Ausflug in Themenbereiche zum Raum-Zeit-Kontinuum und zur Mode notwendig machen würde, die dir bis jetzt noch völlig unbekannt sind. Ich: Bist du schön? Es: Schönheit liegt im Auge des Betrachters, finde ich. Ich: Du bist ja richtig witzig! Es: Ich nehme das jetzt mal als Kompliment …

Ich konnte mir gut vorstellen, dass Maschinen irgendwann ihren eigenen, persönlichen Maschinengott verehren, dass sie untereinander Krieg führen und sich unvorstellbare Dinge antun, denn möglicherweise würde daraus ihr weiterer Fortschritt resultieren, sie würden neugierig darauf sein, was die Zukunft bringt, und die Neugier ist es, die alles, aber auch wirklich alles möglich macht. Damals zog ich allerdings nur Mutter damit auf, die Smartphones kategorisch ablehnte, sie selbst hatte ein uraltes Handy, auf dem man bestenfalls, auf einem Minidisplay, eine SMS tippen konnte.

Also, wie war das mit Ihrer Mutter?, fragte die Stimme noch einmal, die mich so sehr an mein erstes intelligenteres Smartphone erinnerte. Es war alles in allem keine komplizierte Sache gewesen, entgegnete ich, im Grunde sind die Dinge, zu denen man sich entschließt, beinahe schon im selben Augenblick Realität. Ich hatte mir kurzum Paternostererbsen besorgt, das Abrin daraus gewonnen und auf eine günstige Gelegenheit gewartet.

Als Mutter eines Tages Zahnschmerzen bekam, schließlich war auch sie nicht restlos gegen die Niederungen des Lebens gefeit, ließ sie sich von mir behandeln (ich war damals gerade erst fertig geworden mit meiner zahnärztlichen Ausbildung). Ich musste etwas bohren, was mir wunderbar gelang, Mutter dirigierte mich nach wie vor, dabei stand ich doch über ihr, leuchtete ihren Mund aus und ging emsig zu Werke. Ich machte einen Abdruck für ein Keramik-Inlay, legte ihr ein Provisorium, füllte ihre neue Lücke mit einer rasch aushärtenden zahnärztlichen Spachtelmasse, und wir gingen nach Hause.

Am nächsten Tag machte ich mich in unserem kleinen Labor an die Arbeit, wählte den richtigen Farbton, den richtigen Rohling und ließ alles vom Laser ausschneiden, die feinen Anpassungskorrekturen würde ich noch vornehmen. Zuvor bohrte ich noch das Keramik-Inlay an, mit einem äußerst feinen, filigranen Werkzeug; ich schuf einen kleinen Hohlraum, füllte diesen schließlich mit Abrin, verschloss den Eingang mit einem kleinen Propfen, der sich nach und nach im Mund auflösen würde, und rief nach Mutter. Sie hatte gerade noch einen Patienten, doch war die Sache schnell getan, in der Mittagspause legte sie sich erneut unter mich; ich öffnete ihren Mund, holte das Provisorium heraus und manövrierte das kantige Inlay in die neue Zahnlücke. Ich schliff noch ein paarmal nach, die Passform sollte schließlich optimal sein, ich ließ Mutter, wie sie es mir beigebracht hatte, auf diverse wächserne Papierstreifen beißen, damit ich die Zahnabdrücke und ihren Biss kontrollieren konnte. Danach war mein Werk getan, Mutter mit meiner Arbeit äußerst zufrieden, sie zwinkerte mir zu und leckte sich mit der Zunge kurz die Lippen ab. Ich wusste nicht, wie lange es dauern würde, bis das Gift seine Wirkung tat, ich wusste nicht, ob es schnell oder langsam ablaufen würde, selbstverständlich hoffte ich auf Ersteres.

Es war still im Raum, hinter der Glasscheibe konnte ich keinerlei Regungen erkennen, niemand stellte weitere Fragen, keiner betrat oder verließ den Raum, ich fühlte mich wie der letzte tatsächlich echte, noch lebende Organismus auf Erden. Ich sagte noch, dass ich von da an jeden Tag gebetet hätte, zu Gott natürlich! Dass ich ihn inständig darum gebeten hätte, dass es schnell gehen möge, dass ich ihn anflehte, meiner Mutter unnötige Schmerzen zu ersparen, dass ich alles tun würde, wenn er mir nur diesen einen Wunsch erfüllte. Doch er tat es nicht, er tat im Grunde nie etwas für uns Menschen, es mangelte ihm wohl an Zeit, Lust und Einfühlungsvermögen.

Mutter starb dann langsam, elend, sie erblindete, litt unvorstellbare Schmerzen, lag ein paar Tage im Krankenhaus, keiner wusste, was ihr fehlte, man glaubte an irgendeine seltene Tropenkrankheit. Ein paar ihrer Organe kollabierten schließlich gleichzeitig, ich hielt die ganze Zeit über ihre Hand und bat sie um Verzeihung; sie war mir eine gute Mutter gewesen, sie hat mich vielleicht nur zu sehr geliebt. Als sie endlich tot war, weinte ich bitterlich, ich wusste ganz genau, was ich getan hatte, dass ich dafür, wenn es diesen verfluchten Gott doch geben sollte, unverzüglich in die Hölle käme.

X.
Der Engel

Ich wurde später gefragt, ob ich ernsthaft glaubte, einen Engel gesehen zu haben, einen wahrhaft fleischgewordenen Diener des Herrn in unserem Steinbruch, in Gotland, in der aufgewühlten, noch launigen Morgensonne (die in seinem Rücken stand). Ich solle bedenken, meinten sie spöttisch, das Licht, der Staub, sie spielten unserer Wahrnehmung seit jeher Streiche. Ich dachte ernsthaft nach und versuchte mich genau zu erinnern, an den Morgen, das Meer, die immer greller werdenden Sonnenstrahlen, die mich wie ein plumpes, eben erst wach gewordenes Insekt aufspießten, in einem Schaukästchen fixierten, das man von oben beklatschen konnte – über mir nur der leergefegte Himmel, eine blanke, leblose Blauschimmelwüste.

Mutter hatte mir immer wieder von Engeln berichtet, sie waren die Boten Seiner Herrlichkeit, manchmal auch die guten Geister der Bibelgeschichten, man hatte sie in unzähligen Bildern und Filmen verewigt. Ich hatte sie tatsächlich oft genug mit Gott verwechselt, keinesfalls mit Vögeln oder anderen gefiederten Blendern, solche Fehler unterliefen mir dann auch wieder nicht. Ich muss gestehen, unterm Strich fiel es mir leichter, an Engel zu glauben als an Gott, ihre Existenz schien mir nachvollziehbarer, dem Menschen zugetaner. Sie überbrückten diese Kluft zum Kosmos, na gut, zu Gott meinetwegen, sie waren die wahren Brückenbauer, die geflügelten Offiziere des Herrn, die alle Meere, alle Himmel und alle Räume nach Kostbarkeiten durchpflügten. Und ja doch, es kann viele Himmel geben, selbst über der größten Insel, selbst über dem kleinsten Land: Im ersten ziehen die Vögel, und im zweiten sammeln sich Wolken, im dritten kalken sie Häute, und im vierten streuen sie Efeu, im fünften rotten sich Wölfe, und im sechsten sammeln sich Rüden, eines Tages preschen sie los, die Welt erstrahlt fortan in ihrem Gebell; jedenfalls, es gibt verdammt viele Himmel über den Ländern und Inseln. Und als mir später irgendwer erklärte, ich hätte eine engelsgleiche Freundin, fühlte sich das ungemein gut an, es musste also tatsächlich etwas dran sein.

Die Engel sind die Hüter der Kirchen, Scheunen und Teiche und überhaupt von allem, was dich in deinem Alter zu interessieren hat, hatte Mutter gemeint, sie hob ihre Hände und formte die Silhouette eines dieser Himmelswesen nach, so wie sie sich diese vorstellte, ich sah ihr nur zu gern dabei zu. Da waren ein Kopf, die breiten Schwingen, ansonsten ein eher zu erwartender Körper, die Mutter hätte ihrem Engel für meinen Geschmack ruhig etwas mehr Taille und ein schmuckes Hinterteil verpassen können; wie fern einem das Erlebte der Kindheit an Tagen wie diesen erscheint.

Mutter hatte mir Geschichten erzählt, wonach Engel nicht atmeten, sie hätten keine Lungen oder Stoffwechsel (doch hatten das Viren auch nicht), allesamt kleine, nur angedeutete Nasen (und das auch nur, um die Menschen nicht mit ihrem außergewöhnlichen Antlitz zu erschrecken), mit noch kleineren, lediglich angedeuteten Nasenöffnungen, stecknadelgroß bestenfalls. Zudem hätten Engel keinen Nabel und auch sonst keine der üblichen Körperöffnungen, das machte sie reinlich und überaus sympathisch. Meine besagte engelsgleiche Freundin besaß alle menschlichen Körpereingänge, ich erinnere mich auch, dass sie in der Nacht furchtbar schnarchte, oft genug, vor allem wenn sie ihre Tage hatte, stark schwitzte, insgesamt schien sie mir alles andere als engelsgleich. Gewiss, ich sah in mir nichts Besseres, die Erscheinung des Menschen war nahezu durchlöchert, Augen, Nase, Ohren, Mund, Nabel, Anus, Geschlechtsteile, ja die gesamte Hautoberfläche, überall tropfte, triefte und zuckte es, darin sah ich keinen wie auch immer gearteten göttlichen Akt. Der Mensch war und blieb eine durch und durch irdische Kreatur, anfällig, angesengt, sterblich und jedwedem Engel hoffnungslos unterlegen. Ich und die Engelsgleiche waren schließlich nicht allzu lange zusammen, ich steckte damals in meinen Zwanzigern, und selbst die Mutter hatte damit aufgehört, meine immerzu wechselnden Freundinnen zu kommentieren.

Ich wurde gefragt, ob mich Engel irgendwie stimulierten, es ihnen gleichtun zu wollen, die Welt von oben zu betrachten, sich vorzustellen, den Stoffwechsel einzustellen, abzustreifen wie ein schmutziges Hemd, mit ein paar Flügelschlägen von da nach dort zu huschen, das hatte schon was. Im Übrigen betrachten Zahnärzte ihre Patienten schließlich wie die Engel, sie blicken von oben auf sie herab, eine grell leuchtende, von unzähligen Watt genährte Sonne in ihrem Rücken. Bereit einzuschreiten, wenn es schmerzt, immer versucht, das Werk Gottes zu vervollkommnen, ein perfektes, makelloses

Gebiss muss her, Zahnärzte und ihre Eitelkeiten möchte man meinen. Wie auch all die Gestalten dieser seltsamen Behörde, die mich in die Mangel genommen hatte, unermüdliche Anzugträger, Fragensteller, immer nach dem Restverstand fahndend, Gott selbst hätte keine besseren Lakaien senden können.

Die Morgenluft im Steinbruch schmeckte bitter, irgendwie sogar stark versalzen, was an sich unmöglich war, alles wirkte plötzlich übertrieben, die Steine, das Werkzeug, selbst die Möwen waren von Licht durchflutet, durchtrennte Körper, so dass ihr Gezänk und Gekreische einen Moment lang verstummte. Ich hatte bereits die Arbeitskleidung angelegt, ein paar andere kamen gerade aus ihren Baracken, notorische Frühaufsteher wie ich, im Schlaf versäumt man noch die stets wache Welt. Wir justierten die Atemmasken, sahen uns kurz in die Augen, ein jeder gewillt, sein Bestes zu geben, ein jeder erpicht, dem endgültigen Ziel ein Stück näher zu kommen.

Die Vordersten in unseren Reihen blieben plötzlich stehen, sie deuteten auf eine sich in der Mitte des Steinbruchs abzeichnende Silhouette, eine reglose, etwas gebückt dastehende, bucklige Gestalt, als hätte jemand zu hastig eine seiner Backformen umgestürzt. Was dieser Jemand da erschaffen hatte, war auf den ersten Blick nicht zu erkennen, was da nunmehr vor uns stand, war allerdings auf den zweiten Blick durchaus offenkundig, es war kein Mensch, kein Tier, nichts, was auf diese Erde gehörte. Bevor wir weiter darüber nachdenken konnten, was wir da eigentlich sahen, hörten wir schon Charles' Stimme, er brüllte: Es will mich sehen …

Das Wesen setzte sich in Bewegung, von ganz alleine steuerte es mit einem Male auf den Turm zu. Dass das Gehen nicht zu seinen bevorzugten Tätigkeiten gehörte, war ihm anzusehen; als wäre es eine überdimensionale Marionette, die artig an ihren Fäden hing, allerdings nicht die leiseste Spur vom Puppenspieler. Andererseits unterschied es sich darin keinesfalls von anderen irdischen Lebewesen, Möwen, Raben und viele andere Vögel wirken beim Gehen auch nicht gerade wie Könige (von Pinguinen, Seeelefanten und dergleichen will ich gar nicht erst anfangen), sie sind gleichfalls unbeholfen, hüpfen, wanken, schaukeln vorwärts, vielleicht sind sie einst, in grauer Vorzeit, aus ähnlichen Backformen gestürzt worden. Ich erinnerte mich, dass ich einmal bei einer Ausstellung eine Frau sah (es handelte sich um eine Performance), die verkehrt herum mit ihren Füßen in ihren überdimensionalen High Heels festgeschnallt worden war, sie schritt damit äußerst unbeholfen voran, wirkte wie ein hölzerner, glückloser Vogel, der nur zu gut wusste, dass er nirgendwo ankommen würde.

An manchen Tagen herrschte eine unheimliche Stille im Steinbruch, nicht der kleinste Laut, kein Vogel oder sonstiger Besucher, keine herabkullernden Steine, selbst das Meer vor unseren Nasenspitzen schlief, als hätte es jemand in seiner Bewegung eingeschlossen, fixiert, mitsamt den Fischen darin. Man hörte rein gar nichts, nicht einmal sich selbst, was äußerst befremdlich wirkte, Taubheit war wohl das Wort, das es am besten beschrieb, die spontan auftretende Taubheit Gotlands, das war schon was. Dann schliefen die Menschen den ganzen Tag, sie legten sich auf ihre mit einem Widderfell gepolsterten Baumstämme, als hätte sie Charles einfach abgestellt, ausgeschaltet, als wären sie seine von ihm gewarteten, lieb gewonnenen Maschinen, denen er endlich eine Ruhepause gönnte.

Warum ich an solchen Tagen nicht schlief, ich vermag es nicht genau zu sagen; wenn im Sommer irgendwo Felder abgeerntet werden, bleiben auch stets ein paar Halme stehen, als hätten sie einfach Glück gehabt, nicht in den Drescher zu geraten, als hätte man sie unwillig durchgewinkt und danach vergessen. Oder auch: Als hätten sie insgeheim einen Makel aufzuweisen, sie waren der Bestimmung nicht würdig, auszusondernde, schadhafte Ware. Ungefähr so fühlte ich mich an diesen Tagen, die anderen schliefen und ich war wach.

Die Tage, die Zeit, alles war wie eingefroren, als hätte uns jemand in ein unsichtbares, zähes Gelee getaucht, wir waren Aspikmenschen; wenn man den Mund öffnete, schien etwas Hartnäckiges einzusickern, es war so ein Gefühl, als hätte man ständig Haare im Mund, ein hustendes, kantiges Würgen, als hätte das Blut aufgehört, in einem zu zirkulieren, die äußere Taubheit setzte sich im Inneren des Körpers fort.

Vielleicht fühlten sich alle defekten Maschinen so, zur Untätigkeit verdammt, bildeten sie einen individuellen Trick aus, um mit ihrer unwürdigen Lage zurande zu kommen; sie verstellten sich eine Weile und verließen irgendwann heimlich die geordneten Reihen. Jene der Schlafenden, der Betenden, der Erleuchteten und Aufgeklärten, sie handelten plötzlich der ihnen auferlegten Ordnung zuwider, ob das die ersehnte Freiheit war?

Manchmal hatte ich mit der Mutter darüber gestritten, ob Gott, falls dieser tatsächlich existierte, nicht eigentlich eine Maschine sein müsse, wenn er doch alles und jeden im Universum auf Kurs halte, nur mit der Beharrlichkeit und Präzision von Maschinen ließe sich das bewerkstelligen, sei es auch nur, um dabei selbst nicht verrückt zu werden. Du meinst also, Gott müsse eine Maschine sein, weil der Herr sonst verrückt werden würde? Mutter verneinte das entschieden. Sie meinte, ich denke da zu sehr in menschlichen Kategorien; als sei der Herr ein in seinen Handlungen berechenbares Schaf oder Frettchen, weil es mir dann leichter falle zu behaupten, ich verstünde seinen Plan, meine Argumentation sei doch nur allzu offensichtlich. Gott für eine Maschine zu halten, das sei vielleicht menschlich, in Anbetracht all der universellen Komplexität jedoch ein absoluter Trugschluss. Gott und sein Tun könne man nicht begreifen oder erfassen, allerdings sei es zu fühlen, mit dem Herzen, das schon, und der Glaube entscheide darüber, was man tatsächlich in Erfahrung bringe. Mutters Augen leuchteten auf, sie glaubte felsenfest an den Herrn, sie zögerte und zweifelte nicht, es war mir schlichtweg unbegreiflich.

Vielleicht konnte ich es mir so erklären: Ich war eine defekte Maschine, und das Zögern und Zweifeln, Vorwärtshasten und Zurückrudern waren Teil meines sich zusehends immer mehr verfestigenden Makels. Ab und an konnte ich mich eine Weile auf Kurs halten, und alles war gut, doch bald schon erlahmten und zauderten die Rädchen und Schräubchen in mir, ich war erneut auf mich selbst zurückgeworfen. In mir jedoch gab es nichts von Bestand: keine Liebe, keinen Glauben, keinen Gott.

Während alle schliefen und Kräfte für die kommenden Aufgaben sammelten, schlich ich gern zum Meer, setzte mich an den felsigen Strand und versuchte die Gedanken zu glätten. Charles war nach Gotland gekommen, um sich zu befreien, Ruhe und inneren Frieden zu finden; ich glaube, ich selbst war hier, um mich daran zu erinnern: an die Urlaubsfahrten mit der Mutter, die einst hier auf Gotland angeblich den Vater getroffen hatte, irgendwo im verwinkelten Visby. Sie waren in einem kleinen Restaurant gesessen und hatten gemeinsam Tee, ja vielleicht Aquavit getrunken, gelacht, Vater hatte seine weißen Zähne aufblitzen lassen, Mutter war davon natürlich hin und weg. Zweifelsohne musste Vater schöne Zähne gehabt haben, da hätte sie kein Pardon gekannt; sie mussten vollkommen und absolut göttlich gewesen sein.

Backformen, das ganze Leben bestand aus Backformen, das Universum war eine Backform, in der sich die Klein- und Kleinstteile zusammenfügten, nur erkannten wir das nicht. Backformen, die im Nichts schwebten, Levitation, wie es uns die Bibel schon seit jeher predigte, Jesus, der über das Wasser ging, die von Dämonen Besessenen, der schwebende Buddha, alles, was zu schweben vermochte, hatte angeblich eine Anbindung zum Göttlichen, zur Erkenntnis, meine Gedankengänge wurden allerdings jäh durchbrochen. Kommst du, rief Charles ungeduldig.

Das Wesen betrat den Turm, es trottete Charles hinterher, den Kopf hielt es gesenkt, während die abstehenden weißen Flügel jede seiner Bewegungen mit einem Rufzeichen versahen. Seht her, beuget euer Haupt, ich bin ein waschechter Engel, was seid ihr doch für Armleuchter!; ich war vollkommen überzeugt davon, dass es genau das dachte. Das Treppensteigen fiel ihm nicht leicht, was ich mit Genugtuung zur Kenntnis nahm, es manövrierte sich schnaufend (oder war das nur Einbildung?) irgendwie in den vierten Stock, bis vor Charles' Heiligtum, den Raum mit dem Glasperlenvorhang, die randvolle Kammer der Verheißungen. Obwohl ich das Wesen als Engel erachtete und mir endgültig sicher war, dass es sich um einen solchen handelte, rebellierte ein Teil meines Verstandes, er wehrte sich dagegen, es als göttlich zu erachten, ihm diesen Status zuzugestehen. Ich wusste nicht, ob das Wesen aus Fleisch und Blut bestand, ob es sich aus irgendwelchen vergleichbaren Komponenten zusammensetzte, das Universum war schließlich eine Geschichte unbekannter Verbindungen, Elemente und Flüssigkeiten.

Ich konnte es von hinten nicht genau erkennen, selbst seitlich schien es maskiert, verhüllt, als könnte es unser Auge nicht ganz erfassen, es entzog sich geschickt unseren Blicken, ein Chamäleon, ein extraterrestrisches Wesen möglicherweise, es konnte alles und nichts sein. Gott konnte alles und nichts sein, schoss es mir durch den Kopf, denn sollte es einen geben (und die Anwesenheit dieser Kreatur sprach wohl dafür), dann war er vielleicht nur eine andere Intelligenz, eine uns überlegene, unfassbare Technologie, ein Mythos mit einem wahren, bislang bloß unbekannten Hintergrund.

Ich versuchte mir vorzustellen, wie sich andere Menschen gefühlt haben mussten, die einem solchen Wesen begegnet waren; aus heiterem Himmel kam plötzlich etwas auf einen zugetaumelt, während man noch traumverloren im Boden herumstocherte, pinkelte oder seine Schuhe zuschnürte. Und dann sank, schwebte, fiel dieser für das menschliche Auge unförmige Klumpen vom Himmel, er kam aus dem Licht, das eine Korona um seinen Kopf, Helm, Schnabel bildete, sprich, der Mensch konnte einen Heiligenschein erkennen. Die Darstellungen heiliger Wesen wären demnach nichts anderes als unbeholfene Erklärungen eines physikalischen Phänomens, ein jeder unserer heutigen Astronauten würde diesen Effekt ebenso hinbekommen. Ich las einmal etwas über brasilianische Indianerstämme, die in ihren uralten, überlieferten Riten sogenannte »Besucher aus dem Himmel« imitierten. Sie stecken ihre Darsteller in dick gerollte Strohanzüge, die in verblüffender Art und Weise an moderne Raumanzüge erinnerten. Sie huldigten so einer längst vergangenen Zeit, in der es noch eine enge Bindung zwischen Himmels- und Erdenbewohnern gegeben haben soll.

Charles erzählte mir, dass es aller Wahrscheinlichkeit nach extraterrestrische Lebensformen gebe, die, warum auch immer, neue Lebensformen entwickelten, diese gestalteten und in den Weiten des Alls aussetzten. Möglicherweise wären sie einfach nur Forscher, die in ihren Petrischalen neues Leben gedeihen ließen, um dieses zu studieren, es einzusetzen, neue Impfstoffe zu entwickeln, was weiß ich, so wie wir es eben mit Bakterien zu tun pflegen. Ich wusste ehrlich gesagt nicht, was ich davon halten sollte, meine Mutter hätte ihn dafür bestimmt höchstpersönlich ans Kreuz genagelt; Mutter, wo immer du jetzt bist, reg dich bitte nicht auf!

Ich sah den Glasperlenvorhang vor mir auftauchen, Charles war bereits durchgeschlüpft, der Engel folgte und wirbelte die Schnüre durcheinander, einige verhedderten sich sofort, manche der Glasrhomben bekamen Risse, ihr Klirren ließ mir keine Ruhe mehr, die »Scharfrichterecken«, wie ich sie insgeheim nannte, splitterten, knacksten da und dort, feiner Staub rieselte zu Boden; an der Hitze konnte das alles nicht liegen, vielleicht ja an den kalten Weiten des Alls. Ich zögerte einzutreten, es war der Vorhang, der mir heute wie ein Spinnennetz erschien, heimtückisch und aller sonstigen Feinsinnigkeiten zum Trotz … gefährlich.

Charles musste mein Zögern bemerkt haben, du kannst ruhig eintreten, sagte er, für uns ist die Mischung verträglich, doch für ihn hier, er deutete auf den Engel, nun, da sieht die Sache vermutlich anders aus. Ich verstand nicht die kleinste Silbe, keine Ahnung, was er damit meinte, Schweißperlen bildeten sich auf meiner Stirn, und während ich noch versuchte, das Gehörte zu sortieren, taumelte das Wesen und schlug am Boden auf, wie ein gefällter Baum lag es zu Charles' Füßen. Es ist kein Gott im Gerichtssaal, murmelte Charles, er winkte nun deutlich ungeduldiger nach mir. Ich beeilte mich, durch den Glasvorhang zu kommen, die Rhomben fühlten sich heute tatsächlich kälter an, wie sonst war meine in Wellen über den Körper laufende Gänsehaut zu erklären.

Eine merkwürdige, in sich kollabierende Stille lag in der Luft, wie eine Rauchsäule schien sie zunächst hoch über dem Turm in die Atmosphäre gestiegen zu sein, schwarzer, pechgetränkter Qualm, der lautlos über unseren Köpfen in sich zusammenfiel. Ich meine, es war nichts zu sehen, das menschliche Auge kam hier an seine Grenzen, doch spürte ich es deutlich, so oder so ähnlich stellte ich mir das sich ankündigende Ende der Welt vor. Einfach nur diese perfide Stille, die man nicht zu deuten wagt, weil man immer noch auf etwas Besseres, etwas Künftiges hofft.

Was ist mit … ? Ich hatte wohl nicht gerade den klügsten Gesichtsausdruck aufgesetzt, Charles lächelte ein wenig und beeilte sich zu versichern: Es ist zunächst, nun ja, wir würden es katatonisch nennen, vielleicht sogar im wahrsten Sinne des Wortes. Und da ich mich weiterhin entgeistert zeigte, setzte er fort: katatonisch, also eine von oben nach unten verlaufende krampfartige Spannung, die fortan in Starre übergeht. Das liegt an der Mischung aus Permerüd, Rangmar und Raramor, gab er zu bedenken, du weißt schon, die Steine, die wir hier fördern. Sie bestehen aus neuen, noch unbekannten Elementen, die darauf basierenden Essenzen und Wirkstoffe vermögen so einiges.

Erst jetzt begriff ich, was Charles getan hatte: Der Glasperlenvorhang diente als Träger eines neuen Wirkstoffes, so viel war klar. Er musste mit großer Sorgfalt die Ecken und Kanten der Rhomben geschliffen, imprägniert und präpariert haben; das Wesen hatte sich schlichtweg beim Betreten des Raumes infiziert, sein Körper war mit dem Wirkstoff in Berührung gekommen, er hatte es elegant vergiftet. Aber … warum? Und was zum Teufel war diese Kreatur überhaupt, war sie das, was ich dachte? Charles ließ sich mit der Antwort Zeit, er schien abzuwägen, was mir an Wissen zumutbar war, bis er sich entschied: Das Universum ist einfach und kompliziert zugleich. Ja, es gibt wirklich einen Gott. Und er ist bestimmt nichts transzendental Abstraktes, vielmehr ein Wesen wie du und ich. Also natürlich nicht im Detail so beschaffen, wie wir es sind, doch im Prinzip kann man sich das schon so vorstellen. Weißt du, ich habe nie an Gott geglaubt, bis ich tatsächlich einen Beweis für seine Existenz gefunden habe, hier auf Gotland, im Steinbruch, es war, es war ein unglaublicher Schock. Und der hier? Er deutete auf den Engel. Tja, er ist hier, weil ER, also Gott, weiß, dass wir es wissen. Das schmeckt ihm natürlich ganz und gar nicht, die Welt soll ja glauben, der Glaube ist seine mächtigste Waffe, quasi seine höchstpersönliche, ultimative Atombombe. Das Wissen ist der Feind aller Bomben, schon immer gewesen, verstehst du? ER will, dass alles so bleibt, wie es ist, und wir wollen, dass sich die Dinge für alle Zeiten ändern.

Ich wusste ehrlich gesagt nicht, ob ich das alles nicht einfach nur träumte; die Arbeit im Steinbruch setzte einem körperlich zu, die Sonne stach den ganzen lieben Tag herab, der Staub, die isolierte Lage, vielleicht taten die Umstände endgültig ihre Wirkung. Ich rieb mir kurz die Augen, doch die Situation blieb unverändert; Charles stand neben mir, er hantierte bereits wieder mit irgendwelchen Fläschchen herum, der Engel lag starr am Boden, sein Gesicht befand sich inmitten der kollabierenden Rauchsäule, im Zentrum dieser tödlichen, alles verzehrenden Stille.

Was soll das Ganze? Ich deutete auf das Wesen zu meinen Füßen; noch vor einer halben Stunde hatte ich es als widerwärtig abgetan, ein geflügelter Sklave und so weiter, dessen Anwesenheit mir gegen den Strich ging. Nunmehr tat mir die Kreatur leid, ganz egal, wer oder was sie war, das hatte sie nicht verdient. Mutter kam mir in den Sinn, wie sie ihre Familienbibel fest an ihren Unterleib gedrückt hielt und zu mir sprach: Mir ward gezeigt der Priester, stehend vor dem Engel des Herrn; und der Satan stand zu seiner Rechten, dass er ihm widerstünde. Und der Herr sprach zu dem Satan: Der Herr schelte dich, du Satan! Ja, der Herr schelte dich! Und der Priester hatte unreine Kleider an und stand vor dem Engel, welcher antwortete: Tut die unreinen Kleider von ihm! Setzt einen reinen Hut auf sein Haupt… In meinem Kopf schien alles durcheinandergeraten zu sein. Ich bin ein Kind, ein deppertes, in meinem Hirn, da scheppert es, die Spottreime meiner Kindheit kamen mir in den Sinn, ich sehnte mich zurück an diesen längst verlorenen, aus der Zeit gefallenen Ort.

Mit der auf es übertragenen Krankheit (vielleicht sollte ich es besser so verdeutlichen, eine Krankheit der Steine?) hatte sich das Wesen verändert; es lag nun unverhüllt vor mir, die Flügel von sich gestreckt, viel kleiner war es, als ich es zuerst wahrgenommen hatte. Katatonisch blieb es, ganz und gar, ja schlimmer noch, seine Haut bekam feine Risse, als würde sie von außen aufgeraut und eingedrückt werden; Risse, die sich wie ein feinmaschiges Netz über ein altes Gemälde spannten, die den Farbschichten zusetzten und diese abblättern ließen. An einigen Stellen wurden sie richtiggehend zu tiefen Spalten, plötzlich war das rechte Auge geborsten, als wären die Regionen dieses Körpers urtümliche Kontinente, die sich nun unnachgiebig voneinander entfernten; als wären sie plötzlich aus fasrigem, dem Untergang geweihtem Holz, dem alle Flüssigkeit entzogen wurde, das sich nun quälend langsam, jedoch überdeutlich in seine Bestandteile aufspaltete.

Ich konnte den Impuls schließlich nicht unterdrücken: Während mir Charles den Rücken zuwandte, fischte ich verstohlen mein Smartphone aus der Hosentasche und machte ein paar Aufnahmen. Charles schien unterdessen fertig zu sein, denn er kam wieder auf mich zu; mit der rechten Hand hakte er sich bei mir unter, in der linken hielt er ein Fläschchen, gefüllt mit einer perlenden, farblosen Flüssigkeit. Er goss diese über den Kopf des Engels, doch kein Tropfen erreichte diesen; die Flüssigkeit schien zu verdampfen, sie hüllte ihn gänzlich ein. Aus den Tropfen werden Wolken, aus den Wolken ein Gewitter, lachte Charles, ein würdiger Sarg für unseren fragwürdigen Freund. Das hier ist, wie eine E-Mail an den Herrn abzuschicken, freute er sich, ER wird niemanden mehr schicken, ER wird höchstpersönlich herkommen, und wir werden ihn töten, wir töten ihn wie diesen Lakaien hier.

Ich dachte an Mutter, die mir das alles bestimmt nie geglaubt hätte, doch nur einmal angenommen, dass: Sie hätte wohl geweint, was aus mir geworden war; sie hätte meine Hand genommen und mir in die Augen gesehen und mich angefleht, mir das alles noch einmal genau zu überlegen. Sie hätte wissen wollen, wie der Engel hieß, ob es Gabriel oder Michael oder wer auch immer war, sie hätte ein Kreuzzeichen geschlagen und mir vielleicht sogar eine gescheuert. Doch wenn Gott nur eine Art überirdischer Mensch war, eine außerirdische Gewalt, ein weiterer Unterdrücker irgendwo da draußen, der seine egomanischen Motive hatte, der genau wusste, was er tat, dem es vollkommen egal war, was in seinem Namen anderswo passierte, solange nur seine Rechnung stimmte, ich meine, was, wenn man herausfindet, dass jemand nicht derjenige ist, der er vorgibt zu sein, dass alles, was man insgeheim wünschte und hoffte, eine Illusion war?

XI.
Tunguska

Im Steinbruch kam es zu bedrückenden Szenen, es blitzte und donnerte, bei klarem, gänzlich wetterbereinigtem Himmel, nicht das kleinste Wölkchen war zu erkennen, das Meer schäumte und brodelte, die darin gefangenen Fische sprangen vorsätzlich in die Luft, sie schlugen panisch mit ihren Flossen, doch es gab kein Entrinnen. Ich dachte noch, wie schwer es einem fallen muss, sein Schicksal zu akzeptieren, dass man ein einst bestiegenes Schiff nicht mehr so einfach verlassen kann, als Möwe nicht und nicht einmal als Ratte. Das Schiff dieser Fische war das weite Meer, sie konnten sich noch sosehr in die Ruder legen, an jeder Schuppe reißen oder was weiß ich, keiner entkam seinem Schicksal, das von unsren Genen in jede Physis festgeschrieben ward. Das Wasser schäumte, warf Blasen und verdeutlichte einem, wie fragil und endlich die eigene Existenz im großen Kontext des Universums war.

Ich blickte zu den uns belagernden Wäldern, sie kreisten mit einem Mal um den Steinbruch, wie Greifvögel, die nur darauf warteten, sich nach unten zu stürzen, in die Tiefe, auf die ihnen niemals gewachsene, ängstlich flüchtende Beute. Die Wälder, ja selbst die kleinsten, verkrüppeltsten Bäumchen, vereinten sich in einem makabren Tanz, ein Karussell, das uns umgab, eine immer schneller sich drehende Roulettekugel, die eine unmissverständliche Botschaft an uns adressierte: Wir hatten nichts zu gewinnen, wir waren dem Untergang geweiht.

Ich erinnerte mich an das »Tunguska-Ereignis«, von dem ich einst in der Schule gehört hatte, ein Komet sei über der sibirischen Taiga explodiert, der sich vor ihm aufbauende und -stauende Luftdruck hatte diesen schließlich während seines Falls zur Erde zum Bersten gebracht, die Druckwelle knickte ganze Wälder wie belanglose Strohhalme um, sie wiesen allesamt vom Explosionsherd weg; ein Bildnis gefällter, entwurzelter, geknickter Bäume, die sich zu Linien vereinten, die eine ganze Landschaft bedeckten. Mir schienen sie wie die Rillen und Kringel an meinen Fingerkuppen, jene Papillarlinien und Minuzien, wie man sie nannte, ein nunmehr der Landschaft eingebrannter Fingerabdruck einer schier unvorstellbaren kosmischen, wenn nicht göttlichen Kraft.

Alles rotierte und näherte sich zusehends dem Steinbruch, jenem Punkt, wo wir standen, Charles und ich und die anderen, die meisten noch in ihren Arbeitsmänteln, einige in ihrer Morgenkleidung, aus dem Schlaf gerissene, etwas versprengt wirkende Grüppchen unserer verschworenen Gemeinschaft. Charles lachte nur, er drehte sich selbst um die eigene Achse, ein störrisches, frenetisches Kind, das sich in einem makabren Spiel wähnte, ich meine, wir bewunderten, wir verehrten ihn. Während er sich immer schneller weiterdrehte, warf er kleine, geschliffene Steine aus seinen Taschen, wie Brotkrumen fielen sie zu Boden, wie Wassertropfen eines außer Kontrolle geratenen Rasensprengers prasselten sie uns vor die

Füße. Wir sollen diese aufheben und einstecken, es ihm umgehend gleichtun, um die eigene Achse wirbeln und die Wälder, die Wipfel, die See im Auge behalten. Es war schwer, dem nachzukommen, irgendetwas genau im Auge zu behalten, denn der Steinbruch erinnerte an einen auf eine noch mächtigere Wetterfront zurasenden Wirbelsturm. Wir saßen oder standen paralysiert da, das über uns hereinbrechende Ereignis war nicht genau zu erfassen, eine vorbeihuschende, grünlich braune Farblandschaft, unterbrochen von grauen und blauen Farbakzenten, irgendwelche Felsbrocken und die lauernde See.

Ich hob eines der Steinchen auf, es funkelte mir prahlerisch zu, lag allerdings gut in der Hand, das muss man schon sagen, es war mindestens so schwer wie ein Baseballschläger; ich hatte noch nie Ähnliches gesehen, noch nie am eigenen Leib verspürt, dass etwas dermaßen Kleines eine solch gewaltige Masse in sich vereinen konnte. Ich steckte es in meine Hosentasche und fühlte mich sofort geerdet, fixiert, verankert, es war schon erstaunlich, was ein Mann wie Charles bewerkstelligen konnte. Ich begann mich zu drehen, breitete die Arme aus, meine Beine schienen sich immer weiter in den Boden zu graben; plötzlich fand ich mich an einem Ort der Kindheit wieder, eine der Wiesen in der Nähe der Wohnung, in der Mutter und ich damals lebten; sie stand neben mir und wir drehten uns wie zwei wild gewordene Kreisel, in sich versunkene Derwische, deren Kleidung wegzufliegen drohte. Der Rock der Mutter stand waagerecht in der Luft, ich konnte ihre schlanken, wohlgeformten Beine sehen, die eine geschlossene, vollkommene Achse mit der unter ihr rotierenden Erde bildeten. Irgendwann hielten wir endlich an und taumelten über die Wiese, die Flüssigkeiten in unserem Innenohr waren durcheinandergeraten, sie wogten und brandeten gegen die sie umgebenden Membranen, wir flatterten wie zwei unstete Schmetterlinge, fielen einander in die Arme, lagen und wälzten uns lachend am Boden, eine Unendlichkeit lang.

Ich stand im Steinbruch und drehte mich, wir alle drehten uns, so schnell wir nur konnten, die Steinchen in unseren Taschen hielten uns am Boden, die Drehbewegung ließ die rotierende Landschaft um uns herum langsam ins Stocken geraten, sie wurde träger und hielt plötzlich an: Der Wald mit seinen verkrüppelten Bäumen gefror, seine Bewegung kam vollständig zum Erliegen, die Felsen bekamen ihre Konturen zurück, das Meer plätscherte nur noch sachte, seine Wellen glitten an den verwaisten Strand. Die Steinchen in unseren Taschen, bei denen es sich zweifelsohne um Derivate des Permerüd-Rangmar-Raramor-Konglomerats handeln musste, bewahrten uns vor Schlimmerem. Unser kollektives Kreisen hielt tatsächlich die Landschaft an, Blitz und Donner verzogen sich langsam, während Charles noch gespenstisch lachte. Er deutete auf ein paar der von uns aus sichtbaren Bäume, der Sturm hatte ihre Zweige und Äste zu absonderlichen Kreuzzeichen verknotet, der Anblick ließ mich erschaudern, es konnte doch kein Zufall sein. Ich denke durchaus, dass jene Ereignisse, die unsere Gemeinschaft im Steinbruch durcheinandergewirbelt und an ihre Grenzen gebracht hatten, mit dem Tod des Engels zusammenhingen.

Charles trieb uns schon bald erneut an die Arbeit, es sei noch viel vorzubereiten, schließlich wäre alles nur ein kleiner Vorgeschmack auf das gewesen, was noch folgen würde; doch am Ende, so versicherte er, würden wir siegreich bleiben. Wir müssten uns unseren Ängsten stellen, meinte er, Ängsten biblischen Ausmaßes, doch der Sturm – oder wie immer wir es bezeichneten – würde sich verziehen, Gott würde an seiner Hybris scheitern. Ich kann es einfach nicht mehr hören, murmelte Charles, dieses »Gott-ist-groß-Getöne« der Welt, ihr »Allmächtiger-Vater-geheiligt-werde-dein-Name-Gebrabbel«, ich halte das Gefasel nicht mehr aus; ich will nichts mehr hören von irgendeiner »heiligen Krabbe«, ich will nichts mehr wissen vom »heiligsten Wunderbaum« und der »himmlischsten Jungfrauengaukelei«, der Mensch mache sich doch kleiner, als er ist, er mache sich schlichtweg und unwiederbringlich lächerlich.

Ich wusste, was Charles ein Dorn im Auge war, ich hatte schließlich selbst nie verstanden, warum Mutter in ihrer unbeirrbaren, beinahe hündischen Ergebenheit an Gott hing, ich meine, sie war eine gebildete, attraktive und hochintelligente Frau, sie hätte etwas Besseres als bloß Gott verdient, der ihr – meines Wissens nach – kein einziges Mal auch nur irgendwie unter die Arme gegriffen hatte. Die Menschen waren Hunde, die einem Herrn folgen wollten, sie fielen scharenweise auf irgendwelche gottgleichen Existenzen herein, charismatische, angeblich selbstlose Führer, die den Willen Gottes als Legitimation für ihr schändliches Tun betrachteten.

Und selbst diejenigen, die keinem selbsternannten Propheten folgten, glaubten gut und gern an einen sie bewachenden, überragenden Gottvater, der sie nach ihrem Tod in paradiesische Reservate führen würde. Das postulierte Paradies war nichts anderes als ein Käfig, die Vorstellung, man würde dort seine Lieben antreffen, willige Dirnen oder einfach nur ein Leben in Saus und Braus führen können, wie debil war das denn; wir im Steinbruch wussten nunmehr zwar, dass Gott existierte, Charles hatte uns den Beweis endgültig geliefert, doch führte diese Erkenntnis nirgendwohin. Wenn es nur irgendetwas Positives an sich gehabt hätte, an Gott festzuhalten, ihm zu folgen und ihm in irgendeiner Art und Weise die Treue zu schwören, ich denke, wir hätten es getan, ich weiß, wir hätten diese Welt retten wollen.

Charles hatte ausgeführt, dass Gott lediglich einen extraterrestrischen Konzern anführte (oder so etwas wie), das Unbekannte dort draußen war selbstverständlich nur schwer in Worte zu fassen, doch lagen die dahinterliegenden Absichten auf der Hand: Es ging um Macht und um noch mehr Macht, um die ultimative, göttliche Allmacht. Und solange der Mensch an Gott glauben, solange er weiterhin vor ihm knien und beten würde, so lange würde dieses Prinzip auch bis in die winzigste Struktur seiner selbst Anwendung finden; die Menschheit wollte es Gott gleichtun, gewiss, in einem lächerlich anmutenden Maßstab, doch war es fortan in uns verankert, andere knien und betteln zu lassen; die Menschlichkeit, also all das, was uns eigentlich ausmachte, blieb auf der Strecke.

Charles meinte, wir seien nicht nach Gottes Ebenbild erschaffen worden, na gut, möglicherweise hatte man es damals versucht, doch war dieses Vorhaben bei vielen gescheitert. Vielleicht war das Leben gar von anderen Kreaturen und Kräften erschaffen worden, die sich auch längst mit Gott überworfen hatten, irgendein galaktischer, rebellischer Untergrund. Die Menschheit, das endliche Leben im Allgemeinen, könnte eine Art Gegenbewegung darstellen, die Menschheit solle endlich ein winziges Puzzleteil im Kampf um die Freiheit des Universums sein.

Subtile Infiltration, das sei Gott immer gewesen, beschwor uns Charles weiter, Gott repräsentiere die Zementierung des Stillstands, eine Wahrung und Aufrechterhaltung der ihm gefälligen Verhältnisse. Doch wir hier, er wies in unsere Runde, wir hätten es begriffen, uns hier hätte der schiere Zufall in die Hände gespielt; wir besäßen diese neuen, in ihrer Kombination unvergleichbaren Elemente, die selbst Gott zu fällen vermögen. Es gäbe nun nichts mehr Allmächtiges, Ewiges, unabänderbar Unsterbliches im Universum, fortan habe alles lediglich seine Zeit, die unerbittlich ablaufe; Siegfried sei ermordet, Dracula pulverisiert, Achilles plattgemacht worden, selbst in unseren Sagen und Märchen stehe geschrieben, dass man jeden zu Fall bringen, dass man alles töten könne, grinste Charles.

Ich ging nach all dem Durcheinander noch eine Weile am Strand spazieren, das Meer war langsam daran, abzukühlen, für die toten Fische darin kam allerdings jede Hilfe zu spät. Ich sah eine vom Sturm zerfurchte Küste, ganze Teile

Gotlands waren förmlich ins Meer abgesackt, neue Risse und Kluften hatten sich aufgetan, mancherorts waren Klippen gewachsen, an anderen Stellen waren sie dem Erdboden gleichgemacht worden. Je weiter man sich vom Steinbruch entfernte, umso intakter war die Landschaft, Schwemmholz und die übliche Erosion, es gab noch heile, aus dem Wasser ragende Steine.

Was sie wohl in Visby sagen würden, ich konnte mir das Geraune gut vorstellen: Die Winterstürme seien in diesem Jahr recht früh dran, die Geister der Ahnen erzürnt, lasset uns beten und das Beste hoffen für unsere Kinder und Kindeskinder. Ich konnte das alles nicht mehr akzeptieren, ich wünschte es mir so sehr, das Ende der leeren Worte, das Ende der uns knechtenden Gebote und Gesten.

Ich setzte mich an den Strand, blickte aufs offene Meer hinaus und meinte ein paar Fischerboote zu erkennen, sie wirkten verloren in den grauen Wellen, deren schäumende Kämme mich an das Brausepulver meiner Kindheit erinnerten. Dieses war in kleinen UFO-Hüllen verpackt gewesen; man ließ sie in den Mund fliegen, und das Pulver schäumte auf, kochte und blubberte plötzlich im Rachen hoch, man musste kichern oder lachen, manchmal kam es sogar durch die Nase wieder zum Vorschein. Man fand diese Süßigkeit an jeder Supermarktkasse, gleich neben den Speckmäusen und den Melonen-, Kirsch- oder Zitronenlutschern, die dankenswerterweise die Form oder ein in den Lutscher eingelassenes Bild einer Frucht zeigten (so konnte man sich beim Geschmack nie irren). Mutter kaufte gerne Brause-UFOs für mich; sie wusste, ich würde freudestrahlend ihre Beine umarmen, kaum dass sie durch die Tür eilte, ich würde den Kopf, entsprechend meiner damaligen Größe, gegen ihren Schoß pressen und lauthals jauchzen.

Im Steinbruch hatten sie bestimmt längst wieder die Arbeit aufgenommen; wir würden uns weiterhin in die steinernen Eingeweide Gotlands wühlen, um das Permerüd, Rangmar und Raramor zutage zu fördern. Die Geister waren aus der Flasche, sie würden die Welt ins Chaos stürzen, die Erde würde sich allerdings noch ein Weilchen weiterdrehen. Ich fragte mich, wie die unbekannten Elemente überhaupt nach Gotland gekommen waren, wie sie Charles hatte aufspüren können. Vielleicht war Gotland, irgendwann in grauer Vorzeit, als es noch keine oder sehr wenige Lebewesen gab, gleichfalls Austragungsort eines »Tunguska-Ereignisses« gewesen. Ein mit kostbarer, brisanter Fracht beladener Kometentransporter war von seinem Kurs abgekommen und gegen die Erde geprallt; Gott und seine Administration hatten ihn schlichtweg übersehen oder seine Bergung vergessen.

Ich überlegte, was wohl passieren würde, wenn die Welt wüsste, was auf Gotland vor sich ging, ob sie kämen, mit irgendwelchen martialischen Spezialeinheiten, um unser Vorhaben zu vereiteln; oder ob sie uns nicht vielmehr als harmlose Spinner abtäten, eine dieser Endzeitsekten, die sich hier im Steinbruch auf Kosten anderer breitmachte. Vielleicht würden sie uns doch holen kommen, uns in diesbezügliche Einrichtungen oder Besserungsanstalten stecken, uns vor Gericht stellen, uns in Kerker werfen; allerdings welcher

Verbrechen konnte man uns schon anklagen und überführen?

Ich beschloss, zurück in den Steinbruch zu gehen, gewiss war jede Hand vonnöten, um den vom Sturm verursachten Schaden in den Griff zu bekommen. Auf dem Weg dorthin sah ich ein paar Möwen am Boden hocken, ihre Flügel waren zu meinem Leidwesen gebrochen, sie blickten erschrocken auf, wohl wissend, dass sie fortan nirgendwohin mehr flüchten konnten. Ich machte einen großen Bogen um die panischen Vögel, um diese nicht noch weiter gegen mich aufzubringen; der Sturm muss sie vom Himmel gefegt, ihre Flügel geknickt haben, was die unglaubliche Wut und Wucht dahinter bezeugte; nunmehr saßen die verkrüppelten Möwen auf Gotland fest.

Es erinnerte mich an einen Vorfall, den ich mit Mutter erlebt hatte: Wir waren in den Feldern spazieren gewesen, als wir plötzlich an einen seltsamen Acker gelangten; rund um diesen hatte man tote Krähen auf kleine Galgen gezogen, sie baumelten dort im Wind, wohl um andere ihrer Art davon abzuhalten, den frisch bestellten Acker zu plündern. Ich fand das grausam, verwerflich, doch meinte Mutter, ich müsse den Bauern verstehen, der schließlich dafür sorge, dass Korn wachse und wir etwas zu essen hätten. Ich widersprach ihr, dass es doch genug Korn für alle gebe, dass man dieses mit den Vögeln teilen müsse, es sei nur menschlich. Mutter meinte, dass sie gewiss nichts gegen die armen Vögel habe, doch im Prinzip sage die Bibel: Nie mehr wird dein Korn die Speise deiner Feinde sein, nie mehr trinken Fremde den Wein, für den du so hart gearbeitet hast. Nein, wer das Korn einbringt, soll davon essen und Jahwe loben. Wer den Wein liest, soll davon trinken im Vorhof seines Heiligtums.

Ich bat sie inständig, die Krähen abzuschneiden, damit wir sie wenigstens begraben konnten, bevor sie das von der Luft und der Erde übertragene Ungeziefer bis auf die Knochen abnagte; und nein, dieses Korn will ich nicht essen, es mag zwar später eine reichhaltige Ernte garantieren, doch in meinen Augen hätte man es gleich vergiften können, so schlimm fände ich das, ich beharrte auf meinem Standpunkt. Mutter ließ jedoch nicht mit sich handeln, sie nahm mich an der Hand und zog mich vom Acker, wir spazierten fortan schweigsam zwischen weiteren Feldern umher, Grashüpfer sprangen bei jedem meiner Schritte auf, sie breiteten ihre Flügel und schwirrten los, zwei, drei Meter weit. Mutter hatte ihr Haar gelöst, es flatterte wie eine in Gold getauchte Fahne hinter ihrem Kopf, der Wind hatte doch merklich aufgefrischt. Ich schwor mir, diesen Anblick nicht zu vergessen, ein hochmütiger goldener Engel schritt neben mir. Er konnte nicht nachvollziehen, dass sich nicht alle dem Willen seines Herrn beugten, sei es auch nur deshalb, weil sie nichts von seiner Existenz ahnen, beziehungsweise wissen wollten. Hungrige Vögel dafür zu strafen, dass sie ihrer Natur folgten, schien mir eine ausgemachte Barbarei; ich wünschte dem Bauern insgeheim einen schrecklichen Tod, er sollte unendlich leiden und sein Leichnam von Krähen aufgefressen werden, es wäre nur gerecht.

Auf Gotland brannten die Menschen nach der Ernte ihre Felder ab, es hieß, die Asche würde das Erdreich fruchtbar halten; der Rauch, der danach über die Insel zog, erinnerte daran, dass sich der Sommer dem Ende zuneigte, dass Herbst und Winter vor der Tür lauerten, und man sich lieber beeilen sollte. Die schwarzen Felder, die überall die Landschaft teilten, überzogen die Insel mit einem stechenden Geruch, man konnte sich ihm nicht entziehen; und wie zum Hohn flogen jedes Jahr Scharen von Möwen in die verbrannten Felder, sie setzten sich dort in die noch qualmende Asche, aus der Ferne sah man nur weiße, sich gruppierende Punkte in einem Meer aus Schwarz. Es hieß, die Möwen würden dort Hochzeit feiern, sich in den toten Feldern vermählen, doch glaube ich, dass sie lediglich nach Überresten verbrannter Tiere suchten, nach Mäusen, Hamstern, Eidechsen und anderen, die dem Feuer zu nahe kamen.

Ich war vollkommen in Gedanken versunken, als ich erneut den Steinbruch betrat, dumpfes Dröhnen und infernales Kreischen holten mich allerdings schnell in die Wirklichkeit zurück. Die am Ende des Pontons ruhende Maschine, die mich schon seit der Ankunft in ihren Bann gezogen hatte, hatte sich in Bewegung gesetzt; ihre rostigen Gelenke waren es, die bei einer jeden Regung aufkreischten, sie drehte sich im Kreis und versuchte dabei ihr Gleichgewicht zu wahren. Ich weiß nicht, wie viele Jahrzehnte sie regungslos zugewartet hatte, geduldig und standhaft am Ponton verharrend, mit scharfen, keineswegs toten Augen über den Steinbruch wachend.

Sie erinnerte immer noch entfernt an einen Kran, doch je länger man ihr zusah, umso deutlicher trat es zutage: Sie lebte, sie war tatsächlich ein leibhaftiger metallener Drache, dessen Herz ein Uhrwerk darstellte, rotierende Rädchen und

Schrauben. Ihr gewaltiges Maul schloss und öffnete sich, ich eilte umgehend zu ihr, sorgfältig darauf achtend, nicht unter ihren vibrierenden Körper zu geraten, die Ketten, Krallen und Zahnzacken hätten mich in Stücke gerissen. Dort stand ich neben Charles, der seiner Maschine fasziniert zusah, einen Stein nach dem anderen in ihr offenes Maul werfend, ein Stückchen Permerüd für Papa, und ein Stückchen Rangmar für Mama, und ein bisschen Raramor, damit die Sonne nicht erfror; er lachte, und die Maschine verschlang die ihr dargebotenen Bissen, ihre aufstampfenden Beine dröhnten, der Boden erzitterte und das knirschende Schaufelgebiss zertrümmerte die Steine, deren Staub in ihr Innerstes rieselte.

Charles umarmte mich, er hätte schon sehnlichst auf dieses Ereignis gewartet; der Drache war endlich erwacht, es hätte ihn unzählige Jahre gekostet, seine Anatomie zu studieren, ihm mit Hilfe der neuen Elemente Leben einzuhauchen. Wir könnten unser Vorhaben nun in die Tat umsetzen, die nächste Stufe unseres Plans in Angriff nehmen. Und da ich mich noch immer nicht von der Stelle rührte, fasziniert in den offenen rostroten Schlund des Wesens blickte, fasste er mich an beiden Schultern, rüttelte mich heftig durch und brüllte: Wir werden Gott töten! Und alle anderen im Steinbruch eiferten ihm nach: Wir werden Gott töten! Wir werden ihn allemachen! Ich meine, was für ein Tag!

XII.
Der Fallturm

Wir standen, wie es sich gehörte, in Reih und Glied, entlang einer von Charles gezogenen Linie, weißer, gemahlener Kalk, den er zuvor am Boden verstreut hatte, wirbelte in unsere Gesichter. Er erinnerte an Markierungen in Fußballstadien, die spielbestimmende Zonen definierten; oder man dachte an ein (heutzutage) urtümlich scheinendes Tennis, als Linien noch mit eigens dafür konstruierten Maschinen gezogen worden waren.

Wir mussten die Linien ein paarmal entlangschreiten, Geoglyphen früherer Zivilisationen kamen mir in den Sinn, die Nazca-Linien in Peru etwa, riesige, staubige, sich dem Auge entziehende Scharrbilder, die angeblich zu rituellen Zwecken (und obskuren Fruchtbarkeitsriten) angelegt worden waren; man konnte sie allerdings nur vom Himmel aus gut erkennen. Sie zeigten, unter anderem, Spinnen, Affen, Kolibris und sogenannte Astronauten, möglicherweise Darstellungen uns ferner, absolut fremdartiger Götter. Ich stellte mir vor, wie einst tausende, wenn nicht gar hunderttausende Menschen die von Priestern vorgegebenen Linien entlangschlenderten, damit diese auf immer und ewig in der Landschaft bestehen konnten. Ein sich jahrzehntelang wiederholender Müßiggang, man stelle sich das nur vor, eine ganze Zivilisation, Jahr um Jahr allerlei Figuren und Formen abschreitend, die einen auf etwas einstimmen sollten; die Ankunft der Götter auf Erden möglicherweise oder auch nur die Verinnerlichung tradierter Geschichten, der Mythen und Wahrheiten, die man so für alle Zeiten im Boden festschrieb.

Wir würden einen weiteren Turm errichten, erklärte Charles unvermittelt, die Module dafür seien längst in einem der Depots eingelagert, er müsse hoch und hohl sein, ein Fallturm, wie ihn sonst nur moderne Forschungsinstitute betrieben, die darin Gegenstände und Stoffe auf ihre Eignung und Eigenschaften testeten. Vor allem in der Raumfahrt kamen diese Verfahren zur Anwendung, interstellare Abenteuer spielten sich schließlich in luftigen, nun ja, eigentlich luftlosen Höhen ab, die Mensch und Material alles abverlangten.

Ich erinnerte mich an damals, als ich für Mutter unbedingt ein Haus zu bauen gedachte; mit den eigenen Händen wollte ich Stein um Stein anhäufen, in Form bringen und uns irgendwo im Grünen, fernab der Stadt, ein neues Zuhause erschaffen. Ich verbrachte sogar einen Sommer lang am Bau, kräftig genug war ich mit sechzehn schließlich dafür; ich plante, mir handwerkliche Fertigkeiten anzueignen, die ich später nutzen wollte. Man setzte mich damals am Dach des stetig wachsenden Gebäudes ein, ein Ziegelstein nach dem anderen wurde mir gereicht, ich musste diese nur noch in die verankerten und sorgfältig eingezogenen Träger einrasten lassen. Es war beinahe so, als würde man einen Teppich weben, die Stahlträger bildeten Längsfäden, in die ich unablässig meine kantigen Steinchen einschnappen ließ; diese wiederum waren wie Querfäden, die den Decken und Wänden, ja dem gesamten

Gebäude die eigentliche Festigkeit verliehen. Doch was soll ich sagen, ein Haus für mich und Mutter, ich hatte nie eines erbaut, gleichwohl ich meine Vorstellungen sogar aufnotierte: Es sollte eine offene Küche geben und einen Wintergarten, einen Kamin im Wohnbereich und ein großes Schlafzimmer. Ich entwarf zahlreiche Pläne, die unser Traumhaus aus allen Perspektiven zeigten, die Realisierung des Vorhabens ließ allerdings auf sich warten.

Im Steinbruch, in den Mittagspausen, saßen bald alle gemeinsam vor dem stetig wachsenden Turm und aßen Fischbrote oder tranken Bier, manchmal wurde sogar über die Gotländer gewitzelt, wo wir uns nunmehr selbst fast schon als solche empfanden; es hieß, nur ein Gotländer bringe diese Selbstverständlichkeit auf, dass die Insel ihm gehöre (dabei konnte einem allzu leicht alles genommen werden, wie ich nur zu genau wusste). Es hieß des Weiteren, dass nur noch Rentiere irgendwo in Lappland eine ähnliche Selbstverständlichkeit aufwiesen, dass sie allein ein ganzes Land besäßen; die Tiere kannten konsequenterweise keine Furcht (oder gar einen Fluchtreflex), doch sollte sie der selbst in Lappland nach und nach einsetzende Straßenverkehr eines Besseren belehren. Eine nahezu perfide Selbstverständlichkeit hatte sich in ihren Genen angereichert, sie riss nunmehr alle in den Tod.

Ich wurde später gefragt, ob wir unser Tun und Handeln in den Mittagspausen abgewogen hätten, ob uns Charles mit seinem Plan nicht zutiefst verstört hätte, doch erinnere ich mich an keinen derart abstrusen Moment. Wir tauschten uns über Gotland aus, die mit unserem Leben vor Ort verbundenen Alltäglichkeiten; nichts von dem, was wir taten, erschien falsch, keiner von uns hegte auch nur die leisesten Zweifel. Und ja doch, in einem dieser unbehaglichen Momente, die einem nur aus bösen Träumen geläufig sind, sprach ich es an, ob wir denn tatsächlich wüssten, was vor sich ging, ob wir überhaupt wach waren und nicht alles nur träumten, allerdings, ich verstand die auf mich einprasselnden Antworten nicht. Fast schien es mir, als verstünde keiner mehr die Sprache des anderen, die den Worten und Sätzen innewohnende Klarheit verlor sich in einem Stimmenwirrwarr, in dem jeglicher Verstand ertrank; unsere Zungen zappelten und zuckten Fischleibern gleich im kalkigen Staub. Und so sprachen wir weiterhin unverblümt darauflos: Wohlauf, lasst uns Ziegel streichen, Module schleppen und brennen, Ziegel zu Stein und Erdharz zu Kalk, lasst uns diesen Turm bauen, dessen Spitze bis an den Himmel reicht, so dass wir uns einen Namen machen. Ich meine, die Gespräche von uns allen waren nur Wirrsal, bestenfalls der Anfang allen Tuns, doch war es Charles, der schließlich allem (selbst unseren fragwürdigsten Worten und Sätzen) Klarheit zu entlocken vermochte.

Der neue Turm wuchs beinahe von ganz allein in die Höhe, er überragte schon bald alle anderen Gebäude, längst hatte er sich über die im Steinbruch aufgeschütteten Halden erhoben, längst war er über die Vegetation der Umgebung hinausgewachsen, nahezu trotzig war er gehisst, überaus eifrig war er vollendet worden. Charles bestieg ihn schließlich mit einer frivolen Leichtigkeit, er entschwand nach oben, allerlei Ampullen und Fläschchen an seinem Gürtel festgezurrt; diese stießen und prallten beim Hochklettern aneinander, sie erinnerten an ein fernes, ein sich uns immer weiter entziehendes Glockenspiel. Wie viel Zeit auch immer vergangen sein mochte: Charles stand zum wiederholten Male an diesem eigentümlichen Tag vor uns, gute Arbeit hätten wir geleistet, nunmehr sei wirklich Nachtruhe angesagt, es sei vollendet, alles sei säuberlich in der Spitze des Turmes platziert (an einer dafür vorgesehenen Haltestange), man bräuchte Ampullen und Fläschchen nur noch aus dieser auszuklinken, sie im Inneren des Gebäudes nach unten rasen zu lassen, all das Permerüd, Rangmar und Raramor würde sich im Aufprall vereinen, ja viel mehr noch, sie würden miteinander reagieren, eine Schockwelle ungeahnten Ausmaßes freisetzen, die alles Verborgene sichtbar, die alles unendlich Ferne in unsere unmittelbarste Nähe rücken würde. Gott würde sich zeigen, Gott würde in unserem Steinbruch in Gotland wahrhaftig und offenbar, endlich ließe er sich töten; all unsere Entschlossenheit, all unsere Maschinen würden ihn fällen, die in uns (und ihnen) innewohnenden Drachen, ihre Schnäbel, Krallen und Zähne, die sich auf jeden noch so monströsen Astroflugvogel (oder weiß Gott was) zu stürzen vermochten, auf jeden noch so kosmischen Walfisch, eine jede wie auch immer konstruierte interstellare Gestalt, was soll ich sagen, keiner von uns schlief in jener dunklen Nacht.

Die Ankunft des eigentlichen Herrn sollte später schließlich jeder anders wiedergeben, die Erinnerung war lediglich ein Versuch, Geschehenes zu verarbeiten, es zu überliefern, abzubilden und zu bewahren. Mir erschien Gott zunächst als riesiges Himmelsfeuer, so, wie es auch manche alte Kultur beschrieb, die irgendetwas vom Himmel herabschweben und zur Erde gelangen sah. Seine eigentliche Gestalt kann ich nicht so recht beschreiben, er war ein Lebewesen mit Proportionen und Gliedmaßen, ob er dabei uns Menschen oder irgendeinem Tier glich, es war vorerst nicht von Bedeutung.

Gott wies, wie schon der Engel zuvor, einen Körper auf, welcher sich den uns bekannten Naturgesetzen zu entziehen schien: So hatte etwa die Schwerkraft keinerlei Auswirkung auf ihn, doch konnte dies auch einer uns um ein Vielfaches überlegenen Technik geschuldet sein, vielleicht handelte es sich um irgendeinen banalen physikalischen Effekt, einen vermeintlich magischen Trick, wer konnte das schon wissen. Und selbst wenn es (s)einer göttlichen Allmacht zuzuschreiben gewesen wäre, ein Schweben war nur ein Schweben, wir hatten dies (und viel mehr noch) schon tausende Male in drittklassigen Filmen gesehen.

Ich meine mich zu erinnern, dass Gott (aus dem Himmelsfeuer) langsam, jedoch stetig, zur Erde sank, bis er schließlich unversehens den Boden des Steinbruchs berührte. Die gesamte Insel schien kurz zu beben, wir schwankten, und Charles schrie etwas, er warf irgendeinen Gegenstand in die Richtung des Allmächtigen (wie ich später erfuhr, handelte es sich um den abgetrennten Kopf des entsandten Engels, der nunmehr wie eine Bowlingkugel auf Gott zuholperte); in seiner anderen Hand hielt Charles eine Art Fernbedienung, auf die er wild einhämmerte.

Ich weiß nicht so recht, woran genau ich in diesem Moment dachte, Bilder von James Cook kamen mir in den Sinn (Mutter hatte mir als Kind die Geschichten berühmter Entdecker vorgelesen), er betrat eine Insel, ein weißer Herrscher, der unter den Schlägen der Eingeborenen fallen und schließlich zerstückelt (zum Teil verspeist) werden sollte. Jedenfalls, im Turm wurden die Ampullen und Fläschchen ausgeklinkt, die nun ihrerseits auf den Boden der Insel zurasten, die Maschinen und sonstigen Konstrukte des Steinbruchs erwachten wie aufs Stichwort zum Leben, allen voran stürmte das Ungetüm des Pontons auf Gott zu, es sprang, soweit ich das sagen kann, in dessen Nacken … was danach geschah, weiß ich in der Tat nur noch lückenhaft.

Die im Inneren des Turmes auf den Boden aufschlagenden und sich miteinander vereinenden und kollidierenden Elemente erzeugten die angekündigte Schockwelle, welche auf alles Irdische keinerlei Wirkung hatte, wir ahnten bestenfalls den Hauch einer gewaltigen Detonation, doch alles Überirdische wurde wie von Zauberhand weggefegt, das Himmelsfeuer (und was sich noch sonst darin verbarg) wurde förmlich ausgelöscht. Gott selbst sank zu unseren Füßen nieder, er knickte ein und brach in sich zusammen, der Ponton-Drache in seinem Nacken wurde mit all den anderen ihm zusetzenden und sich in ihn hineinbohrenden Maschinen von Gottes Körper begraben.

In meiner Erinnerung standen wir reglos da, der aufgewirbelte Kalkstaub gab uns erst nach und nach frei, wir waren gänzlich von einer weißgrauen Staubschicht bedeckt, fremde, aussätzig wirkende Wesen auf einem plötzlich noch unheimlicheren Planeten. Charles allein war über die von ihm gezogenen Linien nach vorne gestürmt, er bestieg bereits den in sich zusammengesackten Gott-Körper, er trat ihn mit Füßen und versicherte uns allen (zum wiederholten Male) ein neues Zeitalter. Was ich mir dabei dachte, war vollkommen überflüssig, ich meine, wer konnte schon genau wissen, was wir hier im Steinbruch herumliegen hatten. Gott auch nur zu denken, war mir nie leichtgefallen, Gott, oder das, was noch von ihm übrig war, zu sehen, es überstieg mein Vorstellungsvermögen, alles war passiert, alles in diesem Kosmos, zur selben Zeit am selben Ort, es herrschte eine neue Singularität, es war gewissermaßen die Stunde null.

Ich wurde später gefragt, warum mich jeder Leichnam an einen Fisch erinnerte, warum ich Reglosigkeit und Kälte immerzu mit einem dem Wasser entrissenen Lebewesen verband, doch kein Laut kam über meine Lippen. Das Schweigen der Fische war offenkundig, die lidlosen Augen, die geweiteten Mäuler und die alles zermalmende Schwerkraft. Ich erinnerte mich an Mutter, die davon zu berichten wusste, dass gestrandete Wale, Haie und dergleichen nicht bloß erstickten, vielmehr würden diese von ihrem eigenen Gewicht erdrückt; die Schwerkraft sei ein Schwarzes Loch, nichts und niemand im Universum könne ihr entrinnen.

Als Kind stellte ich mir Schwarze Löcher wie dunkle Gruben vor, denen man sich nur äußerst behutsam nähern durfte. Später waren Schwarze Löcher nur noch intergalaktische Schrottpressen, alles und jeder wurde von ihnen zerquetscht, bis in das denkbar Kleinste zerdrückt, entsetzlich viel Masse und unendliche Schwere ließen dem Körper keinerlei Spielraum. Ich musste tatsächlich daran denken, wenn ich Fische an Land liegen sah, das zunächst noch eifrige Gezappel wich einer unendlichen Last, als würden sie von einer unsichtbaren, unbarmherzigen Kraft in den Boden gepresst. Tote, sterbende, im Boden versinkende, ja in den Boden genagelte Leiber, ich konnte in ihnen nur Fische erkennen, das war noch nie anders gewesen.

Der Leichnam unseres Gottes war von beängstigender Dimension; zuvor noch einer Lichtsäule (oder so) gleichend, verbreiterte sich im Fallen (eigentlich doch Kollabieren) ihr Sockel. Endgültig am Boden liegend, wuchs der Körper zusehends in Breite und Länge, als würde jemand eine neue, riesige Halde aufschütten, vielleicht einen neuen Berg formen, die Ausmaße waren gewaltig, und der Steinbruch wurde vollständig davon überrollt. Vor meinem geistigen Auge sah ich das soeben Passierte in immer neuen Wellen wiederholt auf mich zukommen: Ein gewaltiger Wal wurde unvermittelt in den Steinbruch gespült, seinem sicheren Element entrissen und nunmehr der Vernichtung zugeführt. Ein majestätisches Tier, dessen Rundungen, Flossen und Finnen spontan an ein durchs Universum pflügendes Raumschiff (vielleicht einen Zeppelin) denken ließen, dessen nunmehriges Schicksal man stutzend, ja staunend zur Kenntnis nehmen musste.

Und noch etwas fiel mir unverhofft ein, der biblische König Ahab, dem der prophetische Elija am Scheitelpunkt seiner Macht verkündet: Geh nun hinauf, iss und trink! Denn es rauscht schon, als wollte es reichlich regnen. Und ich dachte an den Ahab meiner Kindheit, jenen rastlosen Kapitän, der allen Walen ein für alle Mal den Garaus bereiten wollte. Und ich stand mit einem Male auf seinem Schiff, Gotland hießen die Planken, und aus Rangmar bestand der hoch in den Himmel ragende Mast, wir waren auf gnadenlosem Kollisionskurs mit Polarlichtern und verblichenen Sternen. Und angenommen, dass der Speck die eigentliche Haut eines Wales sei, und wenn man bedenkt, dass diese Haut (im Falle unseres gigantischen Wales) hunderte Fässer Tran liefern konnte, und wenn man weiter abwägt, dass, der Menge oder vielmehr dem Gewicht nach, dieser Tran ausgekocht nur drei Viertel und nicht die gesamte Masse ausmacht, so kann man sich vorstellen, wie gewaltig groß der Leib im Steinbruch war, wenn schon ein Teil seiner Hülle einen solchen Fässersee liefern würde.

Die sichtbare Oberfläche dieses Wals war zudem nicht das geringste der vielen Wunder, die dieser augenscheinlich zu bieten hatte; sie war überall kreuz und quer mit einem dichten Gewirr zahlloser Striemen gezeichnet, etwa wie die Schraffuren am besten italienischen Kupfer. Diese Striemen waren allerdings nicht eingeritzt, sie schälten sich von ganz alleine aus der Haut, als wären sie einst in den Leib selbst gestochen worden. In solchen Fällen bilden Striemenstriche für das wache, aufmerksame Auge die Grundierung für noch ganz andere Zeichnungen und Zusammenhänge, genau wie bei einem Kupferstich. Diese ähneln nämlich auch Hieroglyphen, jedenfalls ist es ein in diesem Zusammenhang passendes, mehr als zutreffendes Wort.

Die Hieroglyphen auf bestimmten Leibern können sich einem unauslöschlich einprägen, daran bestand kein Zweifel, und ich war über alle Maßen erstaunt, alte indianische Schriftzeichen abgebildet zu finden, wie sie auch in die berühmten Hieroglyphenfelsen an den Ufern des Mississippi gemeißelt worden waren; wie jene mystischen Felsen, so war auch dieser unergründliche Wal wohl niemals vollständig zu entziffern. Als ich näher trat, konnte ich es noch deutlicher erkennen: Selbst am Rücken und an den Flanken war die regelmäßige Schraffur von zahlreichen derben Schrammen unterbrochen, die willkürlich verstreut wirkten. Ich dachte daran, dass Felsen vor den Küsten ebenfalls von tiefen Kratzern und Kerben gezeichnet sind, weil einst riesige Eisberge gegen sie getrieben worden waren, Felsen also einem solchen Leib, einem solchen Wal an sich nicht unähnlich sein dürften. Zuallerletzt dachte ich daran, dass die Schrammen womöglich von feindlichen Zusammenkünften mit anderen Lebensformen stammen könnten, deren Zähne und Klauen man sich nur ausmalen konnte.

Charles war nach anfänglicher Euphorie in einen geschäftigen Ton verfallen, er schien das Potential des, wie er es nannte, Kadavers bereits erfasst und abgeschätzt zu haben, die Körperpartien wurden vermessen, ein paar von uns liefen tatsächlich schon mit Maßbändern und Zollstöcken umher, Charles selbst zog unterdessen mit bunten Kreidestücken (wie sie üblicherweise nur Näherinnen benutzten) Linien über den sich überall ausbreitenden Leichnam (strichliert und durchgängig). Die einzelnen Körperpartien zu portionieren, schien das Gebot der Stunde, immer noch einer Stunde null und doch bereits ein weiteres, vielleicht noch unsäglicheres Kapitel in der Geschichte der Menschheit.

Ich griff an meinen Kopf, in die etwas verfilzten Haare, na ja, all der Staub und Dreck im Steinbruch, sie hatten sich vor allem dort abgelagert und angereichert, dicke verzwirbelte Strähnen, kleinen Schlangen und Würmern nicht unähnlich. Diese reckten sich nach meinen Händen, die Fingerkuppen blieben schließlich an ihnen haften, ich stand vollkommen verloren da, unfähig, an der sich einstellenden Betriebsamkeit teilzuhaben.

Es war, als hätten sich alle im Steinbruch zu einem einzigen Organismus vereint, die Schenkel, Arme und Rümpfe verschmolzen zu einer in ihrer Unbedingtheit zutiefst anmutigen Bewegung, schließlich galt es, des riesigen Körpers habhaft zu werden, der mittlerweile über die Steinbruchränder schwappte, um sich in die angrenzenden Wälder zu ergießen, einer trägen, gallertartigen Moräne gleich, welche selbst knorrige Bäume wie Strohhalme knickte. Wann der Leichnam des gefallenen und sich nun nach allen Seiten hin ausbreitenden Gottes endlich zur Ruhe käme, wann sein Fallen und das damit verbundene vollständige Entgleiten, gleichermaßen ein Ausrollen (es schien mir wie die Bewegung eines Teppichballens, der, an einem Ende festgemacht, nunmehr in alle Richtungen die Abhänge hinauf- und hinunterpreschte), wann also all das vollständig in sich verharren würde, es ließ sich unmöglich vorhersagen.

Was immer auch den Körper an einem Punkt im Steinbruch fixierte, Charles und ein paar andere hatten inzwischen Lanzen in diesen gestochen, so tief und fest, wie sie nur konnten, Harpuniere, die plötzlich im täglichen Umgang mit riesigen

Leibern geschult zu sein schienen. Von dort, von jenem Punkt aus, Charles deutete auf den Lanzentross, werden wir uns vorarbeiten, es müsse alles zerlegt und beseitigt werden, doch herrschte darüber an sich kein Zweifel. Ein Körper solchen Ausmaßes konnte nicht einfach der Natur überlassen werden, es wäre gewiss unverantwortlich, ihn irgendwie zu zerhacken und Kadaverteile aufs offene Meer zu schleppen; in der Ostsee konnte davon sowieso keine Rede sein. Charles sprach davon, dass wir zur Not jedes einzelne Stück in eine Sardinendose packen, es in Öl und Gewürzen einlegen sollten, »Tiefseekalmar« und »Pottwalleber« eben, er lachte, bestimmt ließe sich so auch noch ein Geschäft machen (mit Afrika oder Asien, ich stimmte ihm verdutzt zu). Allerdings, er hätte längst weitaus raffiniertere, noch findigere Ideen, man würde schon sehen.

Tatsächlich sollten wir schon bald eine eigene »Pyramide« errichten, von der aus Charles die Geschicke der gleichfalls kaufmännischen Unternehmung zu lenken gedachte. Sie sollte symbolisch die neuen Machtverhältnisse repräsentieren, sich auf alte (und bewährte) Herrschaftsstrukturen berufen (das alte Ägypten und so), die Dreifaltigkeit aufgreifen (um dieser einen endgültigen Grabstein zu setzen) und an ein intergalaktisches Fahrzeug erinnern, schließlich und endlich sei Gottes wichtigste Errungenschaft die Erfassung und Nutzbarmachung des unendlichen Raumes gewesen, diesen abenteuerlichen Impuls dürften wir keinesfalls vergessen.

Die Pyramide stand auf drei sich nach oben hin verjüngenden Beinen, diese bildeten ein gleichseitiges Dreieck und trugen zugleich einen dreieckigen Raum, mich erinnerte die

Konstruktion in der Tat an ein Raumschiff, das ich aus alten Filmen kannte: Dessen Brücke beziehungsweise Leit- und Schaltzentrale stakste auf Insektenbeinen über die Oberfläche irgendeines bereisten Planeten, nur die von Charles konstruierte Wendeltreppe, die sich vom Erdboden aus in luftige Höhen schraubte, ließ die Physiologie der Eigner erkennen, wir waren nach wie vor und immer noch Menschen. Ich weiß noch, wie ich die Wendeltreppe erklomm, mich in das Innere der Pyramide zwängte, es war stockfinster darin, und nichts wies auf deren angedachte Zweckmäßigkeit hin (Unternehmenszentrale etc.); sie war gänzlich leer, ein Kopf ohne erkennbaren Verstand, bestenfalls eine kühne Idee, nicht mehr und nicht weniger. Und doch schien diese Idee plötzlich ein Tor zu sein, man trat über eine allerletzte Schwelle, fand sich endgültig wieder im Zentrum dieses Dreiecks, im Inneren eines einem nicht mehr zugehörigen Kopfes. Es war ein Ort, an dem man verharren, an dem man endlich ausruhen konnte …

Und Charles nahm mich, diesen nunmehr Blinden, an der Hand, er führte mich herum und bestrich meine Augen mit seinem träufelnden Speichel. Ob ich etwas sehe, wollte er wissen, und ich erwiderte, ohne auch nur den Bruchteil einer Sekunde zu zögern: Ich sehe überall diese seltsamen, mir fremden Menschen, denn ich sehe etwas, das wie Bäume aussieht und in der Welt umhergeht …

Das Gutachten

A. Aktenlage, Einweisungsgutachten und eigene Angaben

Laut Aktenlage hat Herr Charles Hansson am 1. September 2011 seine Mutter Dr. Greta Hansson getötet, wobei er ihr u. a. zunächst verschiedene ihm zugängliche Gifte in den Tee mengte, der toxikologische Obduktionsbefund ergab diesbezüglich eine beträchtliche Menge Abrin und Strychnin. Darüber hinaus schlug er post mortem etwa 30 Mal auf den Kopf von Greta Hansson ein und versetzte dem Körper im Bereich des Herzens sowie der großen Gelenke mehrere Bohrstiche mit einer Schlagbohrmaschine. Ferner zertrümmerte Herr Hansson die Schädelknochen seines Opfers, zermalmte das Gesicht mit den Füßen und trennte anschließend den Kopf an der Halswirbelsäule vom Rumpf ab; hierfür verwendete er eine handelsübliche Bügelsäge (Marke Gardena Comfort 530). Die Leiche samt abgetrenntem Kopf legte er anschließend vor der Wohnungstüre ab, er wurde wenig später von der durch Nachbarn verständigten Polizei, die ihn kniend und betend am Bett der Mutter vorfand, festgenommen.

Gegenüber den Beamten äußerte er u. a., in seiner Mutter den Allmächtigen gesehen und mit seiner Vernichtung 80 Prozent allen Übels aus der Welt geschafft zu haben, den Rest müssten nun andere erledigen. Dem polizeilichen Ermittlungsbericht zufolge zeigte Charles Hansson schon ca. 3 Wochen vor der Tat auffällige Verhaltensweisen, die Mutter äußerte demnach etwa 6 Stunden vor ihrer Tötung gegenüber den Nachbarn die Befürchtung, dass ihr Sohn nun offensichtlich »gänzlich übergeschnappt« sei, da dieser ständig davon spreche, dass das Haus von Gott besessen sei und er exorzistische Handlungen vornehmen müsse. Die Nachbarn gaben zu Protokoll, dass sie selbst immer wieder Zwist mit dem Beschuldigten gehabt hätten, so habe dieser etwa einmal in ihre im Hausflur stehenden Schuhe gepinkelt und regelmäßig im Haushof stehende Schnittblumen gekappt.

Im Einweisungsgutachten wurde ausgeführt, dass der Patient unmittelbar nach seiner Tat mit einer floriden psychotischen Symptomatik in das psychiatrische Krankenhaus eingeliefert und neuroleptisch behandelt worden sei. Zu Beginn der Begutachtungsuntersuchungen wenige Wochen nach der Tat sei Herr Hansson weitgehend symptomfrei gewesen und auch die körperliche Untersuchung, Computertomografie und EEG hätten keine krankhaften Befunde erbracht. Der Patient selbst hatte angegeben, vor der Tat immer psychisch gesund und nie in psychiatrischer Behandlung gewesen zu sein, habe allerdings davon berichtet, im Rahmen eines Aufenthaltes auf Gotland »mystische Erlebnisse« gehabt zu haben, die retrospektiv als erste, spontan abgeheilte Erkrankungsphase von ca. 3 Wochen Dauer gewertet wurden. Von Zeugen bestätigt habe Herr Hansson damals u.a. davon gesprochen, den »leibhaftigen Gott, den Einzigen und Allmächtigen«, auf der Insel gesehen und persönlich gesprochen zu haben. Ferner sei er bei einer Bootsfahrt über Bord gesprungen, um – wie er später angegeben habe – auf dem Wasser zu wandeln. Die Ermittlungen der schwedischen Polizei ergaben, dass er sich im Hotel (Fabriken Furillen, Rute Furilden, 624 58 Lärbro, Schweden) zunächst weitgehend unauffällig verhalten habe, lediglich am Frühstücksbuffet habe es tagtäglich hitzige Diskussionen gegeben, da Herr Hansson nach Walfleisch verlangt und den Räucherlachs bespuckt habe. Da sich besagtes Hotelgelände in einem aufgelassenen Steinbruch befinde, sei es naheliegend anzunehmen, dass der Patient später in seinen kolportierten Notizen eben darauf Bezug nähme.

Charles Hansson gab des Weiteren an, mit seiner Mutter zunächst wenige, äußerst vernachlässigbare Konflikte gehabt zu haben. In Glaubensfragen seien sie später wohl vermehrt aneinandergeraten, doch sei es – aus seiner Sicht – ein »neckisches Spiel« gewesen. Von einer psychischen Erkrankung wollte er nichts wissen, den eigenen Angaben zufolge habe er sich stets als vollkommen normal erachtet. Das Fehlen einer Vaterfigur habe ihm als Einziges zu schaffen gemacht, die daraus resultierende erzieherische Alleinverantwortung der konservativen Mutter sei allerdings zunächst »kein so großes Thema« gewesen.

Sein größtes Problem sei nach wie vor zu akzeptieren, dass er vermutlich etwas Fürchterliches getan habe – deshalb habe er auch lange Zeit intensiv darüber »gegrübelt«, um für die Tötung der Mutter logische und nachvollziehbare Erklärungen zu finden. Er wisse gut, dass sie ihn des Öfteren mit ihrem »Glauben«, ihrer »übertriebenen Fürsorge« und »Anhänglichkeit«, ihrer »Bestimmtheit« und »fachlichen Autorität« als Zahnärztin »genervt«, dass sie schon immer ein geringes Verständnis für seine sonstigen Aktivitäten gezeigt habe.

Mit ihrer Art habe sie ihm oft zu verstehen gegeben, was sie etwa von seinen außerehelichen sexuellen Annäherungen an die vermehrt wechselnden Freundinnen gehalten habe, er sei heute so weit zu behaupten, dass sie ihm mit ihrer »Nörgelei« jegliche Freude daran verleidet habe.

Dessen ungeachtet fühle er sich schuldig an ihrem Tod und den Verstümmelungen, die sie durch ihn erlitten habe, weil schließlich kein anderer als Verursacher dieser Scheußlichkeiten in Frage käme. Nach allem, was er, Charles Hansson getan und worüber er mittlerweile nachgedacht habe, müsse er wohl anerkennen, dass er doch krank bzw., so die Wortwahl des Patienten, »geistverlustig« sei. Diese Einsicht sei für ihn allerdings nicht sonderlich hilfreich, da er ja gegenwärtig (und auch schon früher) keinerlei Symptome oder »Ungereimtheiten« an sich feststellen könne. Dies bedeute keinesfalls, dass er sich gut fühle, stattdessen habe er oft ernsthaft gegen seine Verzweiflung und Schuldgefühle anzukämpfen versucht. Dabei sei es ihm eine große Hilfe, mit Fachleuten über seine Probleme sprechen zu können. Dies vermittle ihm Sicherheit und Vertrautheit, nachdem sein ganzes Leben nunmehr in Trümmern liege und er sich augenscheinlich nicht einmal seiner selbst sicher sein könne.

Im Einweisungsgutachten wird der Absenz einer Vaterfigur maßgebliche Bedeutung beigemessen, der Patient gab bei den ersten Befragungen wiederholt an, dass die religiös geprägte Mutter dieses »Manko« wohl zu kompensieren suchte, gewissermaßen Vater und Mutter für ihn darstellen wollte, was für wahrnehmungs- und befindlichkeitsimmanente Widersprüche sorgte. Er habe sich etwa stets für die Geschlechtlichkeit der Mutter interessiert, weil sich in dieser für ihn sowohl das Männliche als auch das Weibliche manifestierte.

Grundsätzlich sei als ungünstig anzuführen, dass die vom Patienten durchlaufene Schulzeit – eigenen Angaben nach – zwar eine durchaus schöne war, doch ließen sich rasch Einflüsse und Konflikte konstatieren, die sich begünstigend auf die spätere Erkrankung auswirkten. Es sei vornehmlich festzuhalten, dass lange Zeit über die einzige männlich-dominante und diesbezüglich auf den Patienten einwirkende Bezugsperson der Schuldirektor blieb, dessen Wahrnehmung nur als ambivalent beschrieben werden kann. Dies geht aus zahlreichen Befragungen des Patienten hervor, der dem Direktor unbewusst eine latente Vaterrolle zugestand, diesen zugleich jedoch als »unqualifiziert«, ja »windhündisch« erachtete. Der Patient vermerkte, das Sexualverhalten des Direktors wohl dahingehend genauer verfolgt zu haben, um sich selbst über die Handhabe der eigenen Geschlechtlichkeit klarer zu werden. Die berufliche Position des Direktors habe diesem »Einiges« ermöglicht, was dem Patienten zu imponieren schien, jedenfalls war dies mit ein Grund gewesen, später, nach Möglichkeit, eine leitende Position im Arbeitsleben einzunehmen. Das erfolgreich absolvierte Medizinstudium mit zahnärztlicher Spezialisierung sei ergo einerseits dem Wunsch geschuldet gewesen, einen gesellschaftlich anerkannten Beruf auszuüben (und diesbezügliche, auch sexuelle, Wertschätzung zu erfahren) wie auch dem unbedingten Wunsch der Mutter nachzukommen.

Der in der Schule glorifizierte Turnlehrer wiederum, dem vom Patienten in dessen Schilderungen eine, in physischer Hinsicht, noch »männlichere« Rolle zugestanden worden sei, symbolisiere die sich vermehrt positiv darstellenden Aspekte der Promiskuität; die Auflösung von dessen schulischem Arbeitsverhältnis stellte in weiterer Folge zweifelsohne ein Trauma für den pubertierenden Heranwachsenden dar. Es wiederholte sich darin die Absenz männlicher (Vater-) Figuren, eine Tatsache, die Charles Hansson schließlich wiederholt als »bedauerlich« und »unglücklich« bezeichnete. Seine Kindheit wäre gewiss unter einem anderen Stern gestanden, hätten Vater und Mutter in einer intakten Beziehung gelebt, es wäre dann vielleicht zu keinerlei »Persönlichkeitsstörungen«, »Aggressionen« und »sexuellen Dissonanzen« gekommen, so Charles Hanssons eigene Einschätzung. Auffällig sei, dass der Patient in früheren Gesprächen detailliert auf die von ihm titulierten »sexuellen Dissonanzen« eingehe, später deren Existenz jedoch vehement leugne. Er habe etwa niemals ein inzestuöses Verlangen verspürt (nach Mutter und Vater), es sei vollkommen absurd, das auch nur zu denken bzw. unterschwellig anzudeuten. Die Liebkosungen der Mutter (und seine Reaktionen darauf) seien im »üblichen Rahmen« geblieben, wobei er natürlich nicht sagen könne, in welchem Rahmen Liebkosungen anderer Mütter vonstattengingen.

Der Sozialisation nach habe er dem Vater gewiss einen beinahe schon »göttlichen Einfluss« und »beträchtliche Virilität« zugestanden, dieser habe schließlich als »fiktive Autorität« eine »Unfehlbarkeit« und »Makellosigkeit« in sich vereint, die ihn faszinierte, das sei es dann aber auch schon. Zugleich habe er der Mutter diese Attribute nie wirklich »abgekauft« oder »zugetraut«, auch wenn er selbstverständlich dahingehend keinerlei ernsthafte Beanstandungen vorbringen könne.

Man müsse festhalten, dass der Patient der Mutter (wie auch dem Weiblichen im Allgemeinen) einen grundsätzlichen Makel attestiere, es sei eben das »schwache und fehlbare Geschlecht«. Diese Haltung äußerte sich zeitlebens auch in der schulischen Praxis, wenn etwa Klassenlehrerinnen per se nicht für »voll genommen« oder »hämisch beäugt« wurden. Solche und weitere Faktoren führten dazu, dass sich die Wahrscheinlichkeit zum Krankheitsbild in Folge verstärkte, eine von Mutter und Schulärztin initiierte psychologische Untersuchung dokumentiert recht früh die Sorge um die Stabilität des Heranwachsenden.

Der Glaube an Gott könne laut Eingangsgutachten bei Charles Hansson zweifelsohne als eine Hingabe bzw. Zuwendung an den Vater verstanden werden, die damit verbundene Enttäuschung (der ungeklärte Verbleib des leiblichen Vaters) begünstige den späteren Tathergang. Die Ambivalenz in den Erklärungen und Mutmaßungen des Patienten, ein gläubiger bzw. ungläubiger Mensch zu sein, spiegele die Zerrissenheit wider, in der er sich von frühester Kindheit an bewegte. Die Zuwendung der Mutter bzw. die Abwendung von dieser gehe nahtlos in eine wachsende Diskrepanz über, die dem Patienten die Ausbildung eines »normalen emotionalen Haushaltes« zusehends erschwert habe.

Die Angstzustände, die der Patient im Zusammenhang mit Wasser entwickelt habe (Aquaphobien etc.), seien vermutlich darauf zurückzuführen, dass dieser als Kind (Selbstangabe) im Schwimmbad vermehrt »gehänselt« worden sei. Das Tauchen sei ihm auch deshalb zuwider gewesen, da er von Mitschülern wiederholt unter Wasser gezogen worden sei, so gesehen sei ihm Wasser (etwa in der Nase und den Ohren) bis heute ein Greuel. Später gab Charles Hansson allerdings an, dies würde als Erklärung wohl zu kurz greifen; er sei nie eine »Wasserratte« gewesen, das stimme schon, er habe schon vor den schulischen Schwimmbadbesuchen das Wasser tunlichst gemieden. Dennoch habe er sich etwa das Leben auf Inseln stets idyllisch vorgestellt (und sich dieses dementsprechend ausgemalt), angeblich sei die Mutter dem Vater auf Gotland begegnet und er auch auf dieser Insel gezeugt worden, was ihn schon einen »gewissen Stolz« verspüren lasse. Er wolle jedoch mit dieser Anmerkung nur darauf hinweisen, dass er durchaus verstehe, dass Inselbewohner naturgemäß ein ausgesprochenes Näheverhältnis zu Wasser zu unterhalten haben.

Er selbst sei wohl mit Wasser zum ersten Mal bewusst bei der Taufe konfrontiert worden, er könne beschwören, dass der Priester seinen Kopf gänzlich ins Taufbecken getaucht habe, die Mutter hätte sich schließlich eine »ordentliche und überzeugende Taufe« gewünscht. Diesbezügliche Fotoaufnahmen, die ihm die Mutter später vorlegte, zeigten ein »wie am Spieß brüllendes Kind«, dieses Bild hätte sich auch für immer in sein Gehirn eingebrannt. Charles Hansson erläuterte des Weiteren, dass ihm das Taufritual seit jeher suspekt gewesen sei, wobei er selbstverständlich den religiösen und liturgischen Kontext nachvollziehen könne, mehr aber auch nicht.

Es ist summa summarum durchaus verständlich, dass im Rahmen des Einweisungsgutachtens und des gerichtlichen Verfahrens die psychiatrischen Gutachter eine Störung aus der Gruppe der Schizophrenien im Sinne einer schizoaffektiven Psychose diagnostizierten und für die Tathandlung eine aufgehobene Einsichts- und Steuerungsfähigkeit annahmen.

Nach Verzicht auf die Medikation blieb der Patient zunächst gut ein halbes Jahr symptomfrei und erlitt erst Ende Februar 2012 eine kurze, knapp einwöchige psychotische Exazerbation mit paranoid-halluzinatorischer Symptomatik und submanischer Stimmungslage. Erst unter diesem Eindruck zeigte er sich mit einer Langzeitmedikation einverstanden, die allerdings über einen längeren Zeitraum durch zahlreiche neuroleptische Nebenwirkungen verkompliziert wurde. In der Residualphase mit Rückgang der Positivsymptome und tendenziell subdepressiver Stimmungslage sowie kognitiven Basisdefiziten, entwickelte Charles Hansson Rückzugstendenzen und zeigte deutlich verminderte Belastbarkeit. In diesem Zusammenhang wurde wiederholt auf die Notwendigkeit einer therapeutischen Einzelbehandlung zur Aufarbeitung von Konflikt- und Belastungsreaktionen als mögliche Auslöser für psychotische Dekompensationen hingewiesen. Der Patient kam zu dementsprechenden Therapien und führte seit April 2012 auch ein von ihm gestaltetes »Tagebuch«, in welchem er seine Befindlichkeiten dokumentierte. Mit Hilfe der in ihm »schlummernden Geschichten« wolle er Therapeuten und Psychiater bei der »gewiss nicht so leichten« Arbeit mit ihm nach Kräften unterstützen.

B. Befunde und Beurteilung

Laut Protokoll gab sich Charles Hansson in der ersten Kontaktaufnahme nach der Tat zunächst reserviert, er wirkte erschöpft und nervös, es traten Konzentrationsschwächen und eine Geräusch- bzw. Lichtempfindlichkeit auf, er vermied längeren Augenkontakt und klagte mehrfach über den ihn peinigenden Schlafentzug. Im Laufe der ersten psychologischen Gespräche wurden seine Stimmungsschwankungen offenbar, ruhige, fast schon stoische Phasen folgten tendenziell manischen Ausbrüchen, so dass schon bald auf eine schizoaffektive Psychose geschlossen werden konnte. Die Schuld- und Schamproblematik im Zusammenhang mit seinem Tötungsdelikt wurde ausführlich dokumentiert, wobei sich in der Folge Krankheitseinsicht sowie eine vertretbare Selbstwahrnehmung einstellten. Selbst- und/oder fremdaggressive Tendenzen waren zu keinem Untersuchungszeitpunkt feststellbar, wobei die Art und Weise des Tathergangs diesbezüglich so manche Fragen aufwarf.

Die testpsychologische Untersuchung ergab das Bild eines psychopathologisch unauffälligen, mit einem IQ von 126 weit überdurchschnittlich intelligenten Patienten, der darüber hinaus Versöhnungs- und Verständigungsbereitschaft signalisierte. Des Weiteren waren sich alle Behandelnden einig, von einer konsequenten Selbstüberschätzung auszugehen, da der

Patient unentwegt die Macht der Ratio betonte und während der Behandlung Reflektiertheit und Empathie an den Tag legte. Weiterführende Untersuchungen erbrachten keinerlei Hinweise auf eine hirnorganische Beeinträchtigung, was Charles Hansson zunächst mit einem Stirnrunzeln, später mit merklicher Erleichterung zur Kenntnis nahm.

Nach einem längeren stationären Aufenthalt wurde schließlich konstatiert, dass keine Persönlichkeitsstörung im Sinne einer paranoid-halluzinatorischen, katatonen oder hebephrenen Schizophrenie vorlag, vielmehr stand das Tötungsdelikt an der Mutter in einem unmittelbaren Zusammenhang mit situativen und motivationalen Faktoren, die während einer vorübergehenden schizoaffektiven Erkrankung auftraten. Dementsprechend hat auch das Gericht im Erkennungsverfahren unter Bezug auf die Ausführungen der psychiatrischen Sachverständigen eine krankhafte seelische Störung i.S. des § 21 Abs. 1 StGB angenommen und von einer Bestrafung abgesehen.

Der sich seit Längerem zuspitzende Mutter-Sohn-Konflikt dürfte den Hintergrund für eine allmähliche Labilisierung des Persönlichkeitsgefüges des Patienten gebildet haben, welche im Vorfeld der Tat (auch unter Einfluss weiterer Stressoren) zur vollständigen Dekompensation von Charles Hansson führte. Insbesondere sind hier ein selbstverschuldeter finanzieller Verlust (der Patient gab an, sich bei Spekulationen etwas »übernommen« zu haben, bald jedoch schon wieder auf »eigenen Beinen« stehen zu wollen), eine eskalierende Auseinandersetzung um Übergabe und Fortführung der zahnärztlichen Praxis (wobei er hier der Mutter eine »störrische Haltung« unterstellte), fortwährende Glaubens- und Religionsstreitigkeiten und eine im Krankenhaus behandlungsbedürftige Rückenerkrankung anzuführen. Besagte chronische Erkrankung in Form einer Lumboischialgie war nicht nur – wie jedes schmerzhafte Krankheitsbild – allgemein schwächend, sondern für Herrn Hansson auch existentiell bedrohlich, da perspektivisch seine Berufstätigkeit als Zahnarzt auf dem Spiel stand. Seine Motorik sei dermaßen beeinträchtigt und von Schmerzen geprägt gewesen, dass er in dieser Zeit sogar suizidalen Gedanken nachhing, äußerte sich der Behandelnde.

Aufgrund der engen Koppelung von psychischer Erkrankung und Tötungshandlung kann die von Charles Hansson bei der Tat ausgeübte massive Gewalt, die unter tatortanalytischen Gesichtspunkten für sich allein bereits auf eine schwere psychische Störung des Täters verweist, nicht zwangsläufig als prognostisch ungünstiger Faktor gewertet werden, zudem beim Patienten keine früheren Gewaltanwendungen bekannt sind. Obgleich die persönlichen Schwierigkeiten im Vorfeld nicht direkt als Vorstufe der psychotischen Aggression gegen die Mutter interpretiert werden können, spielten sie bei der Auslösung der Erkrankung gewiss eine wichtige Rolle.

Insgesamt gilt eine deutlich erhöhte Disposition schizophrener, zum Teil auch schizoaffektiver Personen zu forensisch relevanten Gewalttaten als bekannt und gesichert; man geht statistisch von einem 3-5fach erhöhten Risiko für Gewaltdelikte gegenüber der Allgemeinbevölkerung aus. Die

Lockerung der Ausgangsbeschränkung, Verlegung auf eine offene Station, Entlassung und andere Therapiefortschritte sind daher eng mit der Einschätzung des Aggressionspotentials des Patienten verbunden und werden in der Regel nur dann gewährt, wenn hinreichend Grund zu der Annahme besteht, dass vom Patienten keine Eigen- oder Fremdgefährdung ausgeht.

Die von Charles Hansson selbstgewählten rationalisierenden Erklärungen eines an der katholischen Schule eher »desinteressierten Abenteurertyps« (was sich etwa in zahlreichen »Streichen« und »Mutproben« äußerte) greifen aus psychodynamischer Sicht zu kurz, treffen allerdings insofern einen zentralen Kern, als sie auf starke Autonomiebedürfnisse und Abnabelungsprozesse verweisen, die im familiären Zusammenleben in weiterer Folge zu Konflikten führten. Der Patient schildert in seinem sog. »Tagebuch« einige dieser Vorfälle, was diesbezügliche Einblicke in die Alltäglichkeit damaliger und gegenwärtiger Konfliktherde gewährt; so werden etwa die schulischen, von biblischen Motiven geprägten Theateraufführungen kritisiert und tätlich torpediert.

Der Patient versteifte sich schon in der Namensgebung auf erste Erklärungsversuche seines Wesens, wonach Charles »Mann«, »Ehemann« bzw. »freier Mann« bedeute, nach dem althochdeutschen »kar(a)l« sowie dem mittelniederdeutschen »kerle«; ein ausgeprägter Freiheitsdrang habe ihn jedenfalls stets geleitet, wobei er diesen keinesfalls auf Kosten anderer auszuleben gedachte – solche und ähnliche Aussagen sind hinreichend protokolliert. Der Vollständigkeit halber sei an dieser Stelle angemerkt, dass Charles bzw. Karl auch eine Variante des Namens »Hariolus« bilden – in diesem Falle leitet sich die Bedeutung von der altgermanischen Silbe »her« = »Kriegsschar« ab.

In besagten Notizen verweist Charles Hansson u. a. auch auf eine »Diskrepanz der Sexualität«, die zweifelsohne pubertären Bedürfnissen geschuldet bleibt. Nichtsdestotrotz stellen die sich allmählich manifestierenden Begehrlichkeiten gegenüber der Schulärztin bzw. in weiterer Folge auch solche in Zusammenhang mit den Zahnarztassistentinnen in der mütterlichen Praxis eine mögliche Abnormität dar, welche auf die Mutter abzielen und diese ins Zentrum sexueller Fantasien und Gelüste rücken. In der ebd. aufgeworfenen »Unreinheit der Sexualität«, die etwa in einer anal-erotisierenden Schilderung des Schulmaskottchens (einer Ziege) gipfelt, wird das Dämonisch-Animalische der Geschlechtlichkeit hervorgekehrt. Die vom Patienten notierte Verbrennung eines lebenden Vogels (er selbst spricht von einem »Brandopfer«) und sein Wunsch nach einer göttlichen Intervention kann dementsprechend als frühe Sehnsucht nach Beistand und Absolution verstanden werden. Darüber hinaus dürfte auch die in Bezug auf die Sozialprognose eher ungünstig zu wertende Instabilität in den Partnerbeziehungen mit grundsätzlichen Autonomiewünschen (und deren Durchsetzung) in Zusammenhang stehen.

Charles Hanssons psychotische Erkrankung trat nachweislich erst 2010 während seiner Gotland-Reise auf, obgleich dieser den Ausbruch damals nicht bewusst als solchen erkannte und sich selbst und seine abnormen Verhaltensweisen rationalisierend (was vollends seinem Naturell zu entsprechen scheint) als mystische bzw. spirituell-ekstatische Erfahrungen erklärte.

Mystische Zustände im Vorfeld von Strafdelikten stellen keine Seltenheit dar, in Anbetracht einer religiös determinierten Sozialisation bilden sie nahezu ein erwartbares Faktum. Im Falle von Charles Hansson äußerten sich diese als göttliche Besessenheit, ekstatische Verzückung bzw. als symbiotischer Moment mit einer göttlichen, überirdischen Präsenz. Für gewöhnlich werden diese Zustände bei den meisten Delinquenten mit Hilfe von Rauschgiften bzw. physischer Erregung oder psychischen Stimulanzien herbeigeführt. Es liegt in der Natur der Sache, dass besagte Erlebnisse als unaussprechlich herrlich bzw. intensiv und bewusstseinserweiternd geschildert werden, tatsächlich enden sie für gewöhnlich in Apathie oder völliger Bewusstlosigkeit. In Anbetracht der Tatsache, dass der Patient vehement jegliche Einnahme von Rauschmitteln und Ähnlichem von sich wies, sollte auch darauf hingewiesen werden, dass Menschen aller Kulturgrade mittels Entbehrungen (Nahrung, Schlaf) sowie unterschiedlichsten Arten von Isolierungen in solche Zustände versetzt werden können. Charles Hansson wies des Weiteren seiner auf Gotland initiierten mystischen Erfahrung »ein Gefühl der sich abzeichnenden Unwirklichkeit des eigenen Körpers« zu, bzw. »die äußere Welt und der Körper schienen in schwer zu formulierende Einzelheiten verwandelt«.

Die Forensische Psychiatrie liefert zahlreiche Beispiele, die auf der Basis einer gestörten viszeralen Sensitivität entstehen;

so erachten es Patienten etwa als »erleichternd«, einen Teil des eigenen Körpers abgelegt zu haben. Sie geraten in Zustände, in denen sie Körper und Sein nicht mehr handhaben können, Kontrollverlust, Übersprungshandlungen und Sinnestäuschungen, dass etwa ihre Mägen oder Herzen aus Glas, Blei usw. seien, sind allgemein bekannt. Der Patient gab an, in Gotland eine »Erweckung« verspürt zu haben, endlich sei alles, was ihm jahrelang »im Magen gelegen habe«, einer freudigen Erwartung gewichen; es sei – in Anbetracht dieser Entwicklung – auch vollkommen normal gewesen, mehrmals täglich am Strand zu erbrechen.

Die Verstärkung und qualitative Änderung gewisser Organgefühle erklären vielfach die Charakteristika einer vermeintlich mystischen Erfahrung, Gefühlswallungen und polyphones Empfinden münden automatisch in ekstatische, von jeglicher Ratio befreite Zustände. So gesehen mag auch der Wunsch des Patienten, »wie Jesus über Wasser wandeln zu können« nachvollziehbar erscheinen. Das Erlebte geht mit einer halluzinatorischen Erfahrung einher, Vorurteile, Anstöße und vorgefasste Meinungen werden in visuelle oder auditive Erlebnisse transformiert, die eindringlich den Ideen und Wunschträumen des jeweiligen Individuums folgen.

Bei der Klassifizierung psychischer Störungen, resp. schizoaffektiver Psychosen dienen »mystische Erfahrungen« – wie auch jene von Charles Hansson – als diagnostisches Hilfsmittel; z. B. Gedankenlautwerdung, Gedankeneingebung oder Gedankenentzug, Gedankenausbreitung, leichtere Wahnvorstellungen, kommentierende oder dialogische Kopfstimmen, die sich zum Patienten und seinem Verhalten äußern, bzw. andere Stimmen, die etwa aus Körperteilen kommen, bis hin zu unrealistischen Wahnwahrnehmungen, etwa im Kontakt mit Außerirdischen bzw. Engeln zu stehen, sowie anhaltenden Halluzinationen jeglicher Sinnesmodalität.

In synoptischer Betrachtung der Quer- und Längsschnittbefunde ist diagnostisch festzuhalten, dass bei Charles Hansson keine prognostisch ungünstigen früheren Anpassungs- oder Persönlichkeitsstörungen nach den PCL-R-Kriterien, insbesondere auch keine kriminalprognostisch besonders ungünstige Psychopathie i.S. des Konzeptes nach HARE vorliegt, sondern eine psychische Störung, eine sog. schizoaffektive Psychose nach ICD-10 (F25.2). Für die prognostische Einschätzung ist es wichtig zu wissen, dass derartige Störungen phasenhaft verlaufen, wobei zwischen den einzelnen Abschnitten mit stark auffälligen Krankheitszeichen längere Perioden weitgehender Gesundheit liegen können. Ferner können durch adäquate Behandlung erneute Krankheitsphasen häufig vermindert oder zumindest durch Früherkennung und Einleitung der dann verstärkt notwendigen Behandlungsmaßnahmen in ihren schädlichen Auswirkungen für den Betroffenen selbst und auch seine Umgebung eingedämmt werden. Hierzu ist allerdings weiterhin ein ausreichendes Maß an Krankheitseinsicht und Therapiemotivation auf Seiten des Patienten erforderlich, doch herrscht ein allgemeiner Konsens darüber, dass Charles Hansson weiterhin mit allen »an einem Strang ziehen« werde. Der Patient hat – um dies mit einer Geste zu unterstreichen – angekündigt, weitere Tagebücher verfassen und so seinen Heilungsprozess vorantreiben zu wollen. Auch ein Gedichtband sei angedacht, da ihn poetische Sprache bis zu einem gewissen Grad beruhige.

Obwohl zum Tatzeitpunkt strafrechtlich nicht schuldfähig, scheint sich Charles Hansson intensiv mit den Folgen der Tötung seiner Mutter auseinandergesetzt zu haben. Im Gegensatz zu der bei vielen Psychotikern und Delinquenten anzutreffenden Verleugnungs- und Vermeidungshaltung war er stets bereit, sich mit seiner Tat zu befassen. Er entwickelte folgerichtig während der Maßregelbehandlung auch hinreichend emotionale Stabilität, um sich mit den krankhaften Erlebnissen und Verhaltensweisen, die zur Tat führten, auseinanderzusetzen. Nicht zuletzt zeugt auch das schon mehrfach angesprochene Tagebuch von einem durchaus selbstkritischen Umgang, einer im Rahmen der Möglichkeiten analytischen Betrachtung und Verarbeitung der Ereignisse (sowohl im familiären Umfeld als auch in Gotland), es bietet zudem ein rudimentär-subjektiven, jedoch durchaus hilfreiches Erinnerungsprotokoll.

Prognostisch problematischer erscheinen dagegen die von ihm eingesetzten Coping-Mechanismen i.S. von Intellektualisierung und einer vehementen Betonung der Vernunft, zumal von psychologischer Seite zu Recht vermutet werden kann, dass der Patient die Macht der Ratio möglicherweise nach wie vor überschätzt. Auch seine zwiespältige, unversöhnliche Haltung in Glaubens- und Wertefragen lässt darüber mutmaßen, ob in diesem Punkt Therapieerfolge tatsächlich anzuführen sind.

Auch wenn im Falle einer bedingten Entlassung potentielle Opfer zwar prinzipiell ubiquitär zur Verfügung stehen würden und bei einer evtl. psychotischen Dekompensation die Zielrichtung der durchaus möglichen Destruktivität nicht vorhergesagt werden kann, erscheint es angesichts der Lebensgeschichte von Charles Hansson und seines Deliktes naheliegend, im Zweifelsfall weiterhin ein höheres Gefahrenpotential anzunehmen.

In synoptischer Betrachtung aller Überlegungen ergeben sich daher nachstehende Schlussfolgerungen: Obgleich bei Charles Hansson eine schizoaffektive Psychose vorliegt, die hinsichtlich produktiver Symptome bereits seit langem voll remittiert ist, liegt es in der Natur der Erkrankung, dass ein weiterer psychotischer Schub künftig nicht auszuschließen ist. Angesichts der erfolgreichen Behandlung und der dabei erzielten Stabilisierung ergeben sich aus psychiatrischer Sicht dennoch keine Anhaltspunkte, dass eine Weiterbehandlung im Maßregelvollzug noch relevante Verbesserungen erbringen würde.

Im Falle einer bedingten Entlassung von Charles Hansson sollte allerdings langfristig eine kontinuierliche ambulante Behandlung sichergestellt sein, wobei die jeweiligen Therapeuten mit der Gesamtproblematik vertraut sein müssen. Neben der Fortsetzung regelmäßiger therapeutischer Gespräche als Hilfestellung für die Bewältigung der verbleibenden Konfliktbereiche ist eine langfristige medikamentöse Behandlung weiterhin erforderlich, die sinnvollerweise auch einer sorgfältig zu betreibenden Überprüfung der psychopathologischen Situation dienen muss.

C. Fotodokumentation und Beweissicherung (Auswahl)

Nr. 0156/18C

Beweissicherung: Sog. Turmgebäude (besagtes Objekt samt zugehöriger Szenerie findet sich im Tagebuch des Delinquenten mehrfach beschrieben; Details zur zugehörigen Krankengeschichte werden im Gutachten ausgeführt; vgl. auch Kapitel III. »Intimrasuren« und Kapitel VII. »Das Gelände«). Im obersten Stockwerk soll sich lt. Aussage des Patienten das »Heiligtum« befinden, die Schalt- und Machtzentrale des Anführers. In den unteren Stockwerken (wie auch dem anschließenden unterirdischen Gebäudekomplex) liegen Laboratorien und Lagerräume. Tatsächlich zeigt die Aufnahme einen Teil der Hotelanlage der »Fabriken Furillen« in Gotland, die Herrn Hansson während seines Aufenthaltes beherbergte. Das Gelände befindet sich in einem aufgelassenen Steinbruch und ist frei zugänglich.

Nr. 0160/22C

Beweissicherung: Sog. »Drache« mit Ponton und Verladeschienen (einst logistische Anlage des Steinbruchs, heute, wie bereits angeführt, Hotelgelände der »Fabriken Furillen« in Gotland. Die dargestellte Szenerie findet sich im Tagebuch u.a. im Kapitel XI. »Tunguska« wieder). Es handelt sich hierbei um einen ausrangierten Industriekran der schwedischen Marke »Wet Hendle«. Der Patient zeigte lt. Angaben anderer Hotelgäste gehörigen Respekt vor der Konstruktion und sprach mehrmals täglich mit dem Kran. Zunächst blieb dies die einzige Verhaltensauffälligkeit.

Nr. 0268/59F

Beweissicherung: Schiffssetzung »Tjelvars Grab« (Historie nachzulesen in: Gotländische Bodendenkmäler, Visby Gotlandskonst, 1974). Im Tagebuch werden die Schiffssetzungen im Kapitel II. erwähnt. Herr Hansson deutet während seiner Behandlung an, er hätte seinen verschollenen Vater in einer der alten Grabanlagen vermutet, gewiss ein Seemann oder Fischer. Es sei mit ein Grund gewesen, überhaupt nach Gotland aufzubrechen.

Nr. 0301/02A

Beweissicherung: Sog. »Engelsleichnam«, Detailaufnahme; der Patient zeigt sich in Gesprächen vom Ausdruck des Kopfes fasziniert, zunächst sei ihm allerdings nur das berstende rechte Auge aufgefallen. Die allmähliche Erblindung hätte ihn gerührt, irgendwie an den Tod der eigenen Mutter erinnert. Anm.: Das bei der Tat u. a. verwendete Gift Abrin führt zunächst zu einer Erblindung (siehe auch Kapitel IX. »Die Werkstatt« und X. »Der Engel«).

Nr. 0300/01A

Beweissicherung: Sog. »Engelsleichnam«, eigentlich eine Galionsfigur (»Galion« = spanisch für »Balkon«) im Museumsdorf Gotland; Vorbau vor dem Vordersteven einer Galione, Bugsprietstütze. Der Gegenstand wird im Tagebuch zunächst als Silhouette im Steinbruch beschrieben; der Anführer lockt darin den ihm erschienenen Engel in einen Hinterhalt; dieser wird in weiterer Folge mit einer Krankheit infiziert, die dessen Körper und Gesicht aufspaltet (vgl. auch Kapitel X. »Der Engel«).

Nr. 0161/23C

Beweissicherung: Innenansicht des Turmes, Wand mit Mortimer Scheibenflinte, Steinschlossausführung, seitenverstellbare Kimme, buntgehärtet, Nussbaumschaft mit Fischhaut, Kaliber 12, Lauflänge 92,5 cm; Widderhörner; die Gegenstände werden als »dem Anführer zugehörig« beschrieben, der Patient bezieht sich auf eine der Unterkünfte am Steinbruchgelände (siehe auch Kapitel VII. »Das Gelände«), wo er von den Gegenständen »kein Auge lassen konnte«.

Nr. 342/2 X

Beweissicherung: Sog. Steinbruchpyramide (besagtes Objekt findet sich im Tagebuch im Kapitel XII. »Der Fallturm« wieder). Der Patient beschreibt es als »zuletzt errichtetes Bauwerk, welches den Sitz der Unternehmenszentrale darstellt«; mutmaßlich handelt es sich um den von Jørn Utzon in Svaneke auf Bornholm errichteten Wasserturm, welcher dem Patienten bei der Anreise nach Gotland unterkam.

Nr. 1311/02D

Beweissicherung: Sog. »Gengasplakat«, Farbplakat 90x60 cm; der Patient beschreibt in seinem Tagebuch einen mutmaßlichen »Gengasunfall« (siehe Kapitel V. »Die Unsterblichkeit«). Herr Hansson hat einhergehend mit seiner Erkrankung eine Hypochondrie entwickelt, die er wohl an dieser Stelle zu verarbeiten sucht, insbesondere Geschlechtskrankheiten fände er »ausgesprochen ekelhaft«.

Nr. 1312/03D

Beweissicherung: Sog. »Gott-Kaffee«, schwedischer Hersteller unbekannt; der Patient beschreibt ausführlich diese Kaffee-Verpackung, welcher er »mystische Kräfte« beimisst. Da das Produkt seit nahezu drei Jahrzehnten nicht mehr am Markt erhältlich ist, können zum genauen Inhalt keine weiteren Angaben gemacht werden. Während des stationären Aufenthaltes vermied es der Patient tunlichst, Kaffee in jeglicher Form zu sich zu nehmen (siehe auch Kapitel III. »Kain und Abel«).

Nr. 277/44T

Beweissicherung: Abbildung des sog. »Fallturms«; lt. Hanssons Aussagen dient die Anlage physikalischen Versuchen. Tatsächlich handelt es sich hier um die Versuchsanstalt der Schwedischen Nationalen Raumfahrt-Behörde (SNSB) in Kooperation mit dem Zentrum für angewandtc Raumfahrttechnologie und Mikrogravitation (ZARM). Der Patient habe im Rahmen einer Werksführung die Anlage besucht, so die zuständige Pressestelle. Im Tagebuchkapitel XII. »Der Fallturm« wird die Errichtung der Anlage geschildert.

Nr. 183/4D

Beweissicherung: An der Decke eines Kirchenschiffes hängendes sog. »Votivschiff«, in diesem Falle die Fregatte »Dannebrog« aus dem Jahr 1873. Bei der Befragung berichtet der Patient davon, dass er sich in gotländischen Kirchen stets viel wohler gefühlt habe als in »jenen der Mutter«. Der hiesige Brauch, ertrunkenen Seeleuten Schiffe zu stiften, die fortan von der Decke schweben, sei ein bemerkenswerter Akt der Gnade. Dies vermisse er im mitteleuropäischen Kontext (vgl. auch Kapitel II. »Schiffssetzung«).

Nr. 233/39D

Beweissicherung: Sog. »Sturm- bzw. Windkreuz« (besagtes Objekt wird im Kapitel XI. »Tunguska« beschrieben). Der Patient leitet von diesem in einen Weidenbaum eingeflochtenen Kreuz die Präsenz göttlicher Allmacht ab; vermutlich hat Herr Hansson diese und weitere »Flechtkreuze« in der Phase seiner akuten Erkrankung auf Gotland wiederholt angefertigt, er fand ihre Existenz »mystisch bedeutsam«.

Nr. 341/2 X

Beweissicherung: Sog. »Drache«; es handelt sich hierbei, wie schon festgehalten, um einen ausrangierten Industriekran der schwedischen Marke »Wet Hendle«. Der Patient bezieht sich während seiner Behandlung mehrfach auf das Objekt, er beschreibt diesen Drachen als »grimmig organisches Gebilde«, das am Ende des Pontons nur auf seinen Einsatz wartet. Die Erweckung des Drachens im Tagebuchkapitel XI. »Tunguska« versinnbildlicht den maximalen Wunsch nach Autonomie.

Nr. 278/44

Beweissicherung: Bügelsäge Marke Gardena Comfort 530; wie aus den polizeilichen Ermittlungen ersichtlich und im Gutachten angeführt, handelt es sich hierbei um die Tatwaffe, mit der der Patient posthum den Kopf seiner Mutter abtrennte. Informationen zum Tathergang sind ebd. vermerkt. Herr Hansson gab diesbezüglich eine Erklärung ab, in der er bedauert, die Firma in Misskredit gebracht zu haben; er hatte zuvor angegeben, dass das Produkt »nicht sonderlich was tauge«.

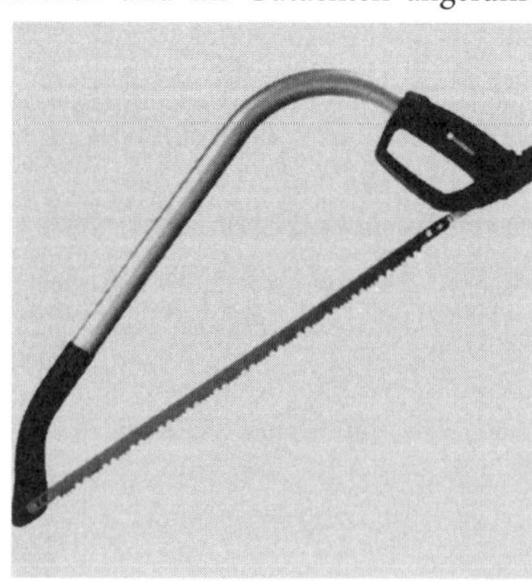

Nr. 279/44

Beweissicherung: Das Mosaik von Zliten; im Epilog »Exodus« der vom Patienten geführten Schriften beschreibt Hansson die Hinrichtungsarten der Römer, wobei er sein »Ich« und dessen »Leidensgeschichte« in die Tradition Jesu Christi stellt. Bei der Tatbegehung zeigt er sich allerdings auch vom Römischen Reich angetan, schließlich hätte dieses Christus den Garaus gemacht, »danach hätte eigentlich Schluss sein müssen mit aller Religiosität«. Später bedauert er diese Aussagen, die seiner damals akuten Erkrankung zuzuschreiben gewesen seien. Er sei weder Christus noch ein römischer Sympathisant.

Nr. 266/11

Beweissicherung: Ein sog. »Feiertagsfischkopf«; der Patient beschrieb bei seiner Einvernahme mehrfach einen gotländischen Brauch, sich mit getrockneten Fischköpfen zu maskieren (vgl. auch Kapitel II. »Schiffssetzung«). Für gewöhnlich dienten Gesichtsmaske und Kopfschmuck schamanischen Ritualen, man gebrauchte sie bei Götzenverehrungen und religiösen Zeremonien. Mutmaßlich, um den Kontakt mit dem Überirdischen möglichst losgelöst von der eigenen Identität zu erfahren oder dabei selbst in die Rolle eines Geistwesens zu schlüpfen.

Nr. 266/12

Beweissicherung: Erneut sog. »Feiertagsfischköpfe«; nach den rituellen Handlungen wurden die Köpfe an Türen oder über die Fenster genagelt,

es hieß, dass sie Überflutungen fernhielten. Hansson verneinte dezidiert, den Kopf der Mutter deshalb abgetrennt zu haben, um diesen an oder über die Tür hängen zu wollen; er hätte auch gewiss nicht vorgehabt, diesen symbolisch »auszuhöhlen« und sich »überzustülpen«.

Nr. 1010/12

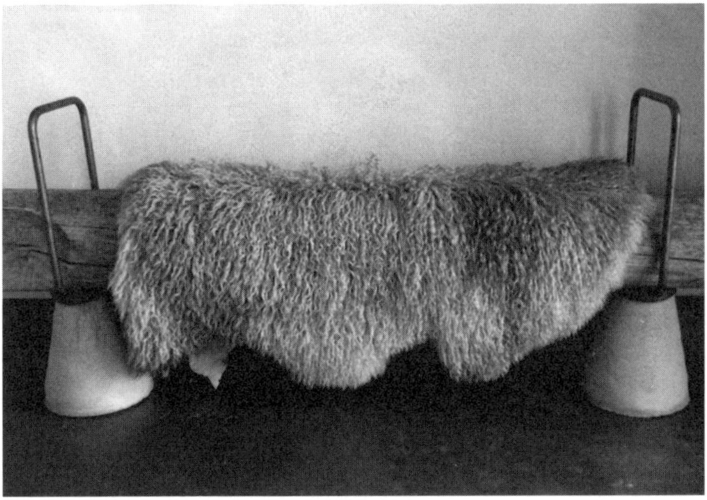

Beweissicherung: Sog. »Schlafplatz in einer der Steinbruchbehausungen«; der Patient will auf Gotland die ganze Zeit über auf einem Baumstamm geschlafen haben. Er schildert diese Praxis auch in seinem Tagebuch (vgl. Kapitel X. »Der Engel«), wonach alle aus seiner Gruppe so genächtigt hätten. Tatsächlich handelt es sich um eine Sitzgelegenheit am Hotelgelände.

Nr. 590/12

Beweissicherung: Gotländische Dachkonstruktion; im Kapitel III. »Intimrasuren« äußert sich Hansson zum Menstruationszyklus, wonach man jenem »Bösen« und »Unreinen« mit sog. »Visierkreuzen« zu Leibe rücken kann. Er selbst habe im Wald eine dieser Hütten errichtet und diesbezüglich »ausstaffiert«. Es sei zweckmäßig, die Frauen während der Menstruation in der Schwebe zwischen Himmel und Erde zu halten. Ob diese nun in eine Hängematte eingewickelt und bis unter das Dach gezogen oder ob sie in einer Art Käfig über dem Boden erhöht verborgen werden, jedenfalls seien sie dann außerstande, Schaden anzurichten. Nach der Behandlung distanzierte sich der Patient auch von dieser Aussage, er sei da »augenscheinlich wirklich nicht er selbst gewesen«.

Nr. 0156/18C

Beweissicherung: Tagebuch des Patienten; Hansson führte es u. a. während der akuten Phasen seiner Erkrankung, um nicht gänzlich seine »prinzipielle Denkfähigkeit und die Fähigkeit zum Subjektsein« einzubüßen; es war zu diesem Zeitpunkt ausschließlich den behandelnden Ärzten zugänglich. Er trug die Notizen stets am Körper, fast wie ein Amulett, ein Übergangsobjekt, auf halber Stufe zwischen drinnen und draußen, zwischen der inneren und äußeren Erfahrung. »Wissen Sie, Herr Doktor! Tagebuch schreibe ich in der Hauptsache zur Selbstverteidigung – wehrlos und ohne Zeugen lässt sich von mir schließlich alles behaupten.« Mit abklingenden Symptomen und fortschreitendem Heilungsprozess ließen die Einträge nach, sie dienten allerdings wei-

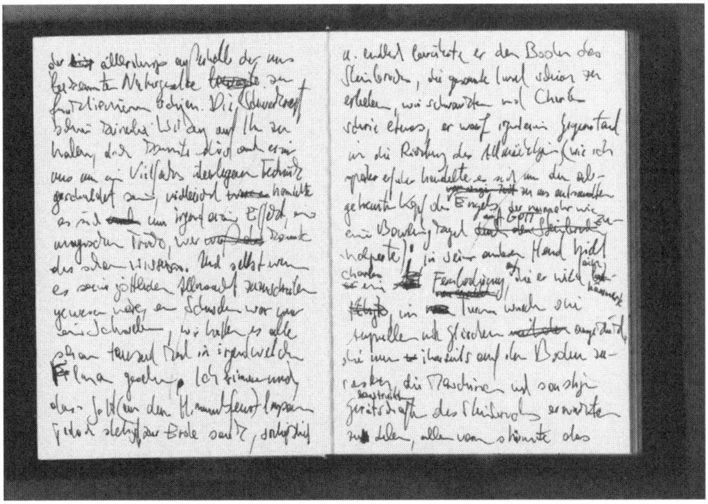

terhin als Ausgangspunkte therapeutischer Gespräche. Der Delinquent versicherte, sich später an vieles davon nicht mehr genau erinnern zu können – schon deshalb sei die Existenz des Tagebuches (und seiner Geschichten) ein Beleg dafür, dass ein menschlicher Geist zu weitaus größerer Verwirrung neigt, als er es sich je hätte vorstellen können.

Nr. 232/19C

Beweissicherung: Dame mit Pelzboa; der Patient führte diese Aufnahme bei sich, als er stationär aufgenommen wurde. Es war bis dato nicht zu klären, wen die Fotografie ablichtet. In seinem Tagebuch erwähnt Hansson eine junge Dame mit Pelzboa (vgl. Epilog »Exodus«), die er idealisiert. Es kann ausgeschlossen werden, dass die Aufnahme seine Mutter zeigt (in frühen Jahren), wenn auch die Ähnlichkeit verblüffend ist.

Epilog

Exodus

Ich wurde später gefragt, wann genau die »Auslieferung« begonnen hatte, ob es tatsächlich einen umfassenden, genau durchdachten Plan gab, ob sich Charles darüber im Klaren war, was passieren würde, und ich antwortete: Charles sei stets im Reinen mit sich gewesen. Wir würden nun endgültig von Gotland aus in die Welt ziehen, überall an jedem Ort verfügbar sein, wir seien der Aufbruch, der fleischgewordene Exodus, um die Schlafenden zu erwecken. Er sprach zum wiederholten Male von einer neuen und bereinigten Welt, doch war es unmöglich, sich vorzustellen, wie diese tatsächlich aussehen würde.

Es stellte allemal eine Herausforderung dar, alle anfallenden Produkte zu sortieren und zu verpacken, eine ganze Fabrik hatten wir errichten müssen, um der Lage Herr zu werden; um dem Allmächtigen gerecht zu werden, möchte man fast hinzufügen. Seltsamerweise fühlte ich mich ein wenig wie Mose, den es verlangte, die Herrlichkeit zu sehen, doch wie schon vor Unzeiten der Herr zu Mose sprach, schien auch Charles uns gegenüber anzudeuten, dass sich die neue Herrlichkeit erst nach und nach einstellen würde, dass wir Eingeweihten einen kühlen Kopf bewahren müssten. Die Herrlichkeit zu schauen, ihr von Angesicht zu Angesicht zu begegnen würde das bisherige Dasein pulverisieren, denn kein Mensch könne in Herrlichkeit sein und einfach so am Leben bleiben.

Es gab in unserer Fabrik vor allem Konservendosen in unterschiedlichsten Größen, mit bunten, lebensfrohen Etiketten, eine ganze Palette mehr oder weniger nützlicher Dinge, wir hatten vermutlich so manchen neuen Trend ersonnen. Organic, bio-dynamisch, phyto-pro-aktiv, umwerfend waren sie von Anfang an, all die Attribute, wir betrieben schon bald eine eigene Werbeabteilung, die sich weltweit für unsere Produkte starkmachte. Eine erste Klassifikation enthielt: 1. Lebensmittel aller Art (aus Gottes Körperinnereien); 2. Schreibgeräte und Büromaterial (Tinte, Büroklammern) aller Art (aus den Rippen, dem Blut, den Barten, vulgo fransigen Hornplatten des Oberkiefers); 3. Waren aller Art, u. a. Kondome, Autoreifen, Neoprenanzüge, Dämmmaterial etc. (aus Haut und Fettschicht); 4. Sonnenschutzmittel, Hautcremes, Lotions usw. (aus den gemahlenen Finnen und Fluken); 5. Polster, Tuchenten, Bettdecken etc. (aus dem aufgeschäumten Blubber). Alles in allem war die Produktpalette schon bald unüberschaubar, ständig tauchte etwas Neues auf, im Steinbruch herrschte ein unfassbares Durcheinander, die weltweite Nachfrage überraschte uns alle.

Von Visby aus belieferten wir schließlich die ganze Welt, zunächst noch etwas unorganisiert und chaotisch, doch nach und nach wusste ein jeder, was zu tun war, die Logistik konnte sich wahrlich sehen lassen. Charles' Strategie war von Anfang an sonnenklar: 1. pünktlicher Versand, 2. großzügige Rabatte und 3. nach einer Weile, Lieferstopp, das Produkt als »vergriffen« oder »nicht mehr erhältlich« markieren (jedenfalls für bestimmte Regionen). Früher oder später entsprach das durchaus der Wahrheit, manche Ware war tatsächlich aufgebraucht, Gottes Körper schmolz uns unter den Händen weg wie ein altgedienter Gletscher. Eines wurde uns gleichfalls eingebläut: Keiner im Steinbruch durfte die Produkte benutzen, verkosten oder sonst wie konsumieren, Charles hatte das ausdrücklichst und unter allerlei Drohungen untersagt. Die Ware war und blieb für den Export bestimmt, der Rest der Welt sollte sich daran laben, wir selbst jedoch sollten weiterhin leben, wie wir es bislang getan hatten; Gotland bot uns Fisch, Gotland bot uns Holz, Gotland bot uns Felle, wir hatten, was immer vonnöten war.

Die Konservendosen, Kartons, Plastikverpackungen etc. wurden auf Paletten gestapelt, in Netze verschnürt und auf Containerschiffe verladen, ruckzuck ging das, die Gotländer halfen dabei kräftig mit, Charles zahlte schließlich die besten Löhne der Insel. Die Ware legte alltäglich ab, steuerte irgendwelche Häfen am Festland an oder ging direkt nach Stockholm, zum Flughafen. Ich wurde später gefragt, ob ich denn über alles Bescheid gewusst hätte, was genau sich in welchem Produkt befand, was es auslösen konnte, ich bejahte und verneinte es zugleich. Man wusste im Grunde nie, was passieren würde, einmal abgesehen davon, dass Charles seine geheimen Zutaten beimengte, nur er wusste, was welche Charge ausmachte, was sie ungefähr enthielt und wie sie wirken würde.

Charles hatte uns davor gewarnt, dass wir uns möglicherweise eines Tages in gewissen Einrichtungen wiederfinden könnten, grauen verwinkelten Gebäuden, bestehend aus Fluren, Gängen und Zimmerkojen, verhört, verhöhnt, weggesperrt oder Schlimmeres. Sie zeigten mir dort später eine

Menge Fotografien (sogar Luftaufnahmen waren darunter); ich erkannte darauf Männer mit und ohne Bart, mit und ohne Hut, mit und ohne Hunde, mit und ohne Frauen, etliche mit langen und kurzen Haaren, tätowierte, nicht tätowierte, bleiche, braungebrannte, aufgedunsene, edle Gesichter, sie blickten mich geradewegs an. Ob ich denn wüsste, wo sich die abgebildeten Personen aufhielten, das würde man gerne in Erfahrung bringen, und welcher von ihnen tatsächlich der (oder die) allererste Kranke gewesen wäre, ich solle doch endlich den Mund aufmachen, etwas Konstruktives beitragen, ja, wenn das so einfach wäre.

Ich wurde gefragt, wie sich diese Krankheit hatte ausbreiten können, ob es sich um eine fremdartige Infektion handelte und warum sich partout kein Impfstoff finden ließ, doch davon verstand ich wenig, ich war Zahnarzt und kein Virologe (wobei ich stark anzweifelte, ob diese etwas hätten ausrichten können). Der Herr hatte Mose bei dessen Exodus versprochen, dass er Krankheiten von ihm (und den Seinigen) fernhalten würde, und ich weiß noch, wie ich es Mutter bei einer jeden noch so kleinen Verkühlung vorhielt, dass sich ihr Gott offenbar keinerlei Abmachungen verpflichtet fühlte. Heute lag der Fall anders, die Menschen hatten schlicht vom echten Fleisch Gottes gekostet, genauer gesagt, sie hatten nahezu alles von Ihm auf die eine oder andere Weise konsumiert.

Wir hatten Gottes Fleisch als Thunfisch vermarktet, seine Leber, Nieren und dergleichen wurden zu Pasteten verarbeitet, aus seinen Rippen und kleineren Knochen bastelten wir Unmengen an Füllern, Kugelschreibern und Filzstiften; sein

Blut allerdings war vielfältig einsetzbar: Es eignete sich tatsächlich hervorragend für Druckerpatronen, jegliche Art von Tinte, wahlweise auch Kleister, doch konnte man es erstaunlicherweise auch als Orangensaft, Blutwurst oder Färbemittel nutzen. Aus seinen Haaren ließen sich solide Heftklammern und allerlei Drähte produzieren, die wiederum in vielfältigsten Kabeln eine Verwendung fanden, es gab aber auch Blitzableiter, Nägel aller Art, Stahlwolle oder Stoßdämpfer. Die Haut wurde zu Planen, Segeln und Zelten vernäht, ausgewalkt ließ sie sich hervorragend in der Kondomproduktion einsetzen, die schwedische Ware war plötzlich in aller Munde. Aus seinem Fett kreierten wir allerlei Salben und Lotions, es wurde herkömmlich verkocht und danach weiterverarbeitet; Gott-Seife war wohl das Gängigste, was wir anboten. Seine Fingernägel wurden gemahlen, als Pulver konnte man diese tatsächlich als Gewürz einsetzen, es hatte eine intensive Note von Safran und Pfeffer. An einigen Stellen war Gott befiedert gewesen, es wurde alles sorgfältig gewaschen und als exklusive Füllung für Kopfkissen, Tuchenten und sonstigen Kleinkram lanciert.

Kurzum, von Gottes gewaltigem Körper, den zu beschreiben bekanntlich unmöglich ist, wurde nichts verschwendet, alles fand seine weltliche Verwendung, mit den Auswirkungen hatten wir wohl so nicht gerechnet. All die Propheten, Engel, Heiligen und Kranken, die sich im alltäglichen Leben nunmehr manifestierenden Bibelgeschichten, die vielen Menschen, die sich von dem Fünkchen Restgott inspiriert oder angegriffen fühlten, das war schon was. Dass andere wiederum in eine bleierne Apathie verfielen, schien im Vergleich seltsam, doch wirkt schließlich auch ein Medikament bei jedem anders. Eines ließ sich allerdings nicht schönreden: In vielen Fällen entwickelte sich aus der Apathie eine Hirnerkrankung, in Folge äußerte sich diese als debiler Stumpfsinn, unbändiger Hunger und später als unverkennbar tollwütige Mordlust. Den Befallenen triefte der Schaum vorm Mund, sie hatten allerdings, wie die klassischen Tollwütigen, panische Angst vor Wasser, eine geraume Weile jedenfalls.

Ich erinnerte mich an mein Leben mit Mutter in einer längst vergangenen Zeit, denn in Anbetracht der Geschehnisse schien alles unsäglich fern, verloren an irgendeiner jenseitigen Weggabelung in meinem malträtierten Kopf. Mutter und ich hatten einst in Wien gelebt, die Zahnarztpraxis hatte sich in der Mariahilfer Straße befunden, gleich neben einer Stiftskirche, da hatte sie nichts dem Zufall überlassen. Wenn wir aus dem Fenster des Warteraums blickten, konnten wir das vergoldete Kreuz erkennen, wenn die Sonne günstig stand, warf es einen dunklen, nach allen Seiten hin verlaufenden Schatten in unsere Praxis.

Wien, Wien, nur du allein, sollst stets die Stadt meiner Träume sein!

Dort, wo die alten Häuser stehn, dort, wo die lieblichen Mädchen gehn! Solche und ähnliche Melodien trällerten aus den Lautsprechern in unserem Warteraum, die lieblich-süßen Melodien taten den wartenden Patienten merklich wohl. Ich wurde gefragt, ob ich denn wisse, was aus Wien geworden sei, ob ich mich gar nicht schäme, diese Stadt dem Untergang preisgegeben zu haben; die Krankheit war dort auf besonders fruchtbaren Boden gefallen, die hungrigen Kreaturen bevölkerten fortan die Straßen, und nach Einbruch der Dunkelheit ließ sich keine Menschenseele mehr blicken. Ich wusste durchaus, warum das so war; Charles hatte Wien zum Fallbeispiel erklärt, die Produkte waren in großen Containern angeliefert und uns förmlich aus den Händen gerissen worden; wir hatten die Ware kostenlos verteilt, die menschliche Gier tat ihr Übriges.

Die Stadt hatte sich danach merklich gewandelt, die Lage war immer aussichtsloser geworden, daran hatte sich, wenn ich meinen Bewachern Glauben schenken durfte, bis heute nicht viel geändert; die Bevölkerung hatte sich selbst dezimiert, die Kreaturen schlichen in Horden durch die Straßen, zertrümmerten und verstreuten die letzten Reste der einstigen Wohlstandsgesellschaft, sie fraßen und wurden gefressen, sie rannten und wurden überrannt.

Viele Monate lang waren die Stadtgrenzen abgesichert und die Infizierten ausgesondert worden, genutzt hatte es wenig. Die Welt war zu klein geworden, und die schiere Masse an Menschen vermochte es, einen jeden Wall zu überwinden, eine jede Mauer zum Einsturz zu bringen; wenn sie im Kollektiv ihre Stimmen erhoben und heulten, dann erbebte die Erde: Da machte das Volk ein Feldgeschrei, und man blies die Posaunen. Und die Mauern fielen um, und das Volk erstieg die Stadt, ein jeglicher stracks vor sich. Also gewannen sie die Stadt und verbannten alles, was dort war, mit der Schärfe des Schwertes: Mann und Weib, Jung und Alt, Ochsen, Schafe und Esel. Ich musste unweigerlich an diese Zeilen denken, dass ich Mutters Bibel nach wie vor nicht aus dem Kopf bekam, dass ich immer noch ihre Stimme in meinem Kopf vernahm, mag sein, es würde mich eines Tages wirklich in den Wahnsinn treiben.

Sie erzählten mir, wohl um mich weiter aufzurütteln, dass sich die Kreaturen im Rahmen ihres Zyklus schwarz verfärbten, selbst die bleichsten Körper verdunkelten sich. Man hatte eine Weile sogar das Problem gehabt, sie von Afrikanern, Afroamerikanern und allen übrigen von Natur aus dunkelhäutigen Menschen zu unterscheiden; daran waren viele moralische Fragen geknüpft. Und während man noch darüber diskutierte, wie man politisch korrekt vorgehen könnte, verstrich wertvolle Zeit, zuletzt hätten die Menschen sowieso auf alle Dunkelhäutigen geschossen, was weiteren Hass geschürt hätte; zu diesem Zeitpunkt war es für Diskussionen längst zu spät, denn die Krankheit mutierte, ein neuer Zyklus kam hinzu. Die Infizierten, die bislang dunkel schienen, blichen über Nacht aus, die verbliebenen Afrikaner, Afroamerikaner und Co. schossen fortan auf alle Weißhäutigen, viele der Weißhäute erschossen sich vorsichtshalber lieber gleich selbst.

Ihre Fragen prasselten weiter auf mich ein, sie versuchten mich wach zu halten, flößten mir wiederholt Kaffee ein (den ich schon seit der Schulzeit, nach der Kain-und-Abel-Geschichte von Manfred K. verabscheute), sie hatten mich mit ihren Scheinwerfern anvisiert, das grelle Licht sollte die letzten finstren Ecken meines Kopfes ausleuchten. Sagt ihnen dieser Eintrag etwas? Sie verlasen ihn mehrstimmig: Und aufamoi hupft dea Taifl ausm Spigl und schrait irgndwos, des an wiaklich trifft, Heppibürsdej oda so (Und auf einmal springt der Teufel aus dem Spiegel und brüllt etwas, das einen wirklich trifft, happy birthday oder so). Ich schloss die Augen, es hatte etwas mit Charles zu tun, so viel war sicher, ständig hatte dieser solche Zeilen in seine Notizhefte gekritzelt, ob die ihnen nunmehr vorlagen?

Ich tauchte in meine eigene Welt ab, endlich war ich erneut an einem anderen Ort, Mutter sah mich plötzlich fassungslos an: Du behauptest demnach allen Ernstes, eines deiner Lieblingswörter lautet »Fotzhobel«? »Fotzhobl – Spü ma de Fotzhobl«, das ist doch nur Wienerisch, Mamma, lass uns Mundharmonika spielen, etwas Beschwingtes zum Besten geben, ich zwinkerte ihr fröhlich zu.

Charles hatte uns prophezeit, dass es genau so kommen würde, dass wir standhalten müssten, es sei unsere unverrückbare Überzeugung, diese grimmige Entschlossenheit, die erst eine neue Zeitrechnung und Herrlichkeit möglich mache. Sie schlossen mir Elektroden an, mein ganzer Körper wurde penibel verkabelt, man wollte damit irgendetwas messen, vielleicht ein neuer, mich zerpflückender Detektor, vielleicht wollten sie auch nur den Inhalt meines Kopfes auf ihre Maschinen laden, wo die freundliche Stimme der Computergottheit alles sortieren, analysieren und neu aufsetzen konnte. In ihrem Speicher würden wir einander die Hände schütteln, ihr lag es fern, mir etwas vorzuwerfen, sie kannte kein Bedauern, keine irreführenden Gefühle, sie war eigentlich all das, was ich immer sein wollte.

Ich weiß nicht mehr genau, warum ich in diesem Moment an die Kreuzigung dachte, es war wohl die hektische Betriebsamkeit, von der ich mich anstecken ließ, überall um mich herum wuselten Personen, allerlei Papierbögen wechselten den Besitzer, mit ernsten Mienen studierte ein jeder das ihm vorliegende Material. Die Römer hatten aus ihren Kreuzigungen bekanntlich keine allzu große Sache gemacht, es war Fließbandarbeit, nur gab es dieses Wort damals noch nicht, zumindest stand es in keiner Bibel vermerkt. Ich war auf einem bequemen Stuhl verwahrt, mit weichen, jedoch festen Lederriemen fixiert, ich kam nicht umhin, an einen elektrischen Stuhl zu denken, an Edison und Tesla, die eine solche Konstruktion überhaupt erst ermöglicht hatten. Und hätten die Römer über Elektrizität verfügt, ich bin mir ziemlich sicher, keiner von denen hätte sich noch mit Kreuzigungen und Ähnlichem über Wasser gehalten.

Die Römer hatten bekanntlich Mutters Heiland gekreuzigt (was ihnen diese äußerst übel genommen hatte), darüber hinaus predigten sie einen Tod »ad flammas« oder »ad bestias«, im Wesentlichen blieb es die einzige Wahl: Deserteure wurden zu Tode gepeitscht, ebenso die Mörder irgendeines entfernteren Familienmitglieds oder Freundes. Mutter- und Vatermörder wurden liebend gern mit verschiedenen Tieren in einen Sack vernäht (etwa Skorpionen, Schlangen, Affen – der Fantasie waren allerdings keine Grenzen gesetzt), der danach in den Tiber geworfen wurde. Ich versuchte mir kurz vorzustellen, wie sich eine solche Situation wohl anfühlen müsste (immerhin schien ich für den Tod meiner Mutter verantwortlich zu sein), die Bisse und Stiche waren plötzlich am gesamten Körper zu fühlen.

Bei christlichen Hinrichtungen, jedenfalls zur Zeit Kaiser Neros, wurden Delinquenten liebend gern als Ikarusse verkleidet und hoch in die Luft geschleudert, um bald darauf zu zerschellen. Manchmal wurden sie auch in Öl gekocht, was überaus entsetzlich gewesen sein soll; das Öl selbst wurde später als »aromatisierte Christenträne« verkauft. Eine besonders raffinierte Erfindung waren Theaterstücke, in denen Schauspieler durch Hinzurichtende ersetzt wurden, die dann, für die Umsetzung ihrer Rolle, etwa von einem Bären zerfleischt werden mussten: »Ein an einem allzu realistischen Kreuz hängender Delinquent musste seine Eingeweide an einen kaledonischen Bären abgeben; das Fleisch zuckte und bäumte sich auf, obgleich längst kein Leben mehr im Körper war«, so eine der Theaterkritiken von damals.

Weitere Varianten eines Todes »ad bestias« zeigt das berühmte Mosaik von Zliten, ich war einst im Laufe meines Zahnarztstudiums darauf gestoßen und von den Darstellungen fasziniert gewesen. Es zeigt nackte Verurteilte, die an Pfähle gebunden auf einem Karren befestigt werden; dieser fährt im Kreis und wird nach und nach von Raubtieren angefallen. Ein anderer Verurteilter wird auf diesem von einem der Römer mit der Peitsche den hungrigen Löwen entgegengetrieben; es kämpfen dort allerdings auch Bären und Löwen mit Stieren, die aneinandergekettet wurden, und der Verurteilte wird schließlich mit einem Haken zu diesen geschickt, um die Ketten zu lösen. Ganz egal, wie, es gab kein Entrinnen …

Charles hätte gewiss eine seiner Maschinen aus irgendeinem verborgenen Fach gezaubert, die wäre durch den Raum gezischt, hätte seine Arme und Beine von jeglichen Ketten befreit, er wäre von ihr ins Freie getragen worden, weit weg von dieser Einrichtung. Beide wären sie durch die grauen Gänge geschwebt, vorbei am erschrockenen Personal, nichts und niemand hätte sie aufgehalten, sie wären im nahen Wald verschwunden. Ich konnte zwar nicht sagen, ob es tatsächlich einen Wald in der Nähe gab, doch roch es manchmal nach Moosen und Fichten, immer dann, wenn sie lüfteten, zogen diese Gerüche durch die verwinkelten Gänge. Ich für meinen Teil stellte mir allerlei Bäume und Felsen vor, sie erinnerten mich an das in weiter Ferne liegende verwunschene Gotland.

Zuletzt sah ich eine weiße Wolke über all dem, auf der irgendetwas herumsaß, ich bin mir durchaus im Klaren darüber, wie sich das anhört; es hatte sein Haar geflochten und schwenkte sein Haupt, die Pendelbewegung seines goldenen Zopfes war nahezu hypnotisch. Es hob die Hand, und man erkannte eine scharfe Sichel, sie glitzerte, und die Lichtreflexionen blendeten mich, die Bäume rochen und rauschten, die Elstern pfiffen ihre schrillen Lieder, die Römer hoben die Lanzen, die Elektroden bohrten sich in meinen Kopf, die Wiener spielten ihre Fotzhobln, irgendwer fragte kurz nach und legte mir etwas Thunfisch in den Mund. Die Krankheit entstieg daraufhin meiner Speiseröhre, sie sah sich um und rief mit fester Stimme: Schick deine Sichel aus und ernte, die Zeit ist gekommen, die Erde ist reif geworden. Und das, was auf der Wolke saß, schleuderte seine Sichel, und es wurde reichlich geerntet.

* * *

Die Geschichte der allerersten Kranken, welche über die Köpfe der Ärzte hinwegdonnert und erntet...

Man steht sich auf Bahnhöfen stetig die Füße in den Leib, schließlich will man fort und weiter, endlich nach Hause oder an sonstige Wirkungsstätten kommen, ich vertrieb mir die Wartezeit für gewöhnlich mit Schokoriegeln oder kalten Getränken. Kokosriegel und Schokofische haben es mir besonders angetan, jedenfalls, an dem heute von mir angesteuerten Bahnhof gab es die übliche Ware nicht, ich entschied mich daher für ein Kokosimitat aus Gotland. Irgendeine eigenartige fasrige Konsistenz hatten die in Schokolade gehüllten Riegel schon, allerdings, sie schmeckten in der Tat köstlich, besser noch als echte Kokosfrüchte, da musste ich diesem Charles (so der Name des Firmeneigentümers) schon recht geben.

Danach stieg ich in den Zug und fuhr los, von meinem Fensterplatz aus das Wetter sorgfältig im Auge behaltend, die dunklen Wölkchen formierten sich gerade zu einer größeren Herde, und ich dachte noch, Gott verdammt, lass es heute nicht regnen. Ich hatte mir eine neue Robe gekauft, trug diese voller Zuversicht, man will ja bei seinen Terminlichkeiten einen zuvorkommenden, verlässlichen Eindruck hinterlassen. Das Berufsleben war kein Leichtes, den Erwartungen aller Kundschaft, des Chefs und seines mir vorangestellten Prokuristen zu entsprechen, es stellte einen vor zahlreiche Herausforderungen. Es gab zudem Augenblicke im Leben, wo man gänzlich unfähig war zu arbeiten, doch war nicht gerade dies der richtige Zeitpunkt, um sich an frühere Leistungen zu erinnern und zu bedenken, dass man später, nach Beseitigung allfälliger Hinderlichkeiten, umso fleißiger und gesammelter wird arbeiten können?

Ich dachte auch noch, wie praktisch es wäre, das Wetter nach seinem eigenen Gutdünken gestalten zu können, wie fabelhaft es sein müsste, das eigene Leben in jeglicher Hinsicht zu optimieren, seine zeitlichen Abläufe, Verbindlichkeiten und Verpflichtungen in Harmonie zu vereinen. Es war doch wirklich ärgerlich, wie viel Zeit man einbüßte, wenn es regnete und man sich irgendwo unterstellen musste, wenn es draußen so heiß war, dass einem jegliche Lebenskraft entschwand, ganz abgesehen von diesen verschwitzten, sich klamm an den Körper schmiegenden Klamotten; nie wieder Frost, nie mehr Sonnenbrand, über das Wetter ließ es sich wahrlich gut sinnieren.

Im alten Japan hatte es als ein ausgesprochenes Zeichen von Höflichkeit gegolten, jedes Gespräch, jedes ernsthafte Schriftstück mit einer Erläuterung zur gegenwärtigen Wetterlage zu beginnen. Dies entsprach Verhaltensweisen, die wohlerzogene Menschen untereinander pflegten, wie etwa als Herr höflich seinen Hut zu lüpfen oder einer Person die Tür aufzuhalten, beziehungsweise als Dame seinen Blick zu senken und einen Knicks anzudeuten; es waren gefällige, gutsituierte Selbstverständlichkeiten. Das Wetter ließ einem die Freiheit, über ein Thema in Austausch zu treten, das Persönliches vermied; der Angesprochene und -geschriebene musste nicht fürchten, mögliche Wissenslücken sogleich erkennbar werden zu lassen, der Sprecher und Adressat konnte unangenehmere, verfänglichere Themen aufschieben, insgesamt vermied man es, über sich und andere Menschen zu sprechen, eine wahre, nicht von der Hand zu weisende Wohltat.

Außerdem, zweifelsohne war dies den Wetterphänomenen und meiner überbordenden Werktätigkeit zuzurechnen, schlief ich schlecht, ich litt an veritablen Schlafstörungen, eine geraume Weile schon, was mir entschieden und unablässig zu schaffen machte. Stetig mit müden Gliedern aus dem Bett zu steigen, das Tagwerk noch vor einem, obwohl sich der Körper bereits anfühlte, als hätte man einen Arbeitstag hinter sich (der einem alles abverlangt hatte), so konnte das nicht weitergehen, mein Hang zur Höflichkeit ließ ebenfalls zu wünschen übrig. Die überall auf einen einprasselnde Werbung, der man sich ohnedies nur schwer entziehen konnte, ließ einem förmlich keine Wahl, ein neues Bett schien plötzlich die Lösung für beinahe schon alle Ungemach zu sein. Der Hersteller, erneut besagter Charles, dessen Name mich plötzlich an vergnügliche Stunden mit Charlie Brown und seinen Peanuts erinnerte (einer der unbeschwerten Teile der Kindheit), überschlug sich förmlich in Lobpreisungen: Kopfkissen und Decken aus besten gotländischen Wohlfühldaunen, eine Matratze, wie sie die Welt noch nie gesehen habe, gefüllt mit reinstem, anschmiegsamstem, beinahe schon Engelshaar, man kennt es zur Genüge, die geizen nie mit Attributen. Etwas seltsam fand ich es schon, dass dieses Unternehmen auch Kokosriegel produzierte, ich meine, die Produkte hatten doch nichts miteinander gemein, dieser Charles musste ein vielseitiger, umtriebiger, ja gesegneter Mann sein.

Die Ware war für einen Spottpreis zu haben, der Hausarzt meinte noch optimistisch, einen Versuch sei das Ganze schon wert, die Ergonomie des Schlafes und seinen Einfluss auf das Wohlbefinden sollte man nicht unterschätzen. Den Schweden sei durchaus etwas zuzutrauen, überhaupt hätten die skandinavischen Länder seit jeher einen Hang, ihren Mitmenschen Gutes zu tun. Schlichtes Design, bestechende Qualität, alles im leistbaren Rahmen, fast schien es mir, als stecke er mit diesem Charles unter der sprichwörtlichen

Decke. Was soll ich sagen, ich ging in das nächstbeste Möbelhaus, geliefert wurde noch am selben Tag (Montage inbegriffen), gegen acht Uhr legte ich mich erschöpft hin, las beiläufig in einem belanglosen Buch, aß einen Kokosriegel und entschlief förmlich.

Als ich am nächsten Morgen aus durchaus unruhigen Träumen hochschreckte, fand ich mich im Bett liegend vor, ich fühlte mich ausgeruht, allerdings stimmte etwas nicht. Ich lag auf dem Rücken, weicher noch als weich, als wären die Daunen plötzlich unter meiner Haut, als wären sie ein Teil meines Körpers, als hätten sie mich sachte angehoben, mein Rückgrat, den Nacken, die Arme, keinerlei Schmerz war zu spüren (wie sonst üblich), überall nur dieses flaumige Gefühl der Losgelöstheit. Wenn ich den Kopf anhob, ließ sich dieser beinahe vollständig herumdrehen, eine seltsame Rundumsicht tat sich auf, die Augen erfassten mein Zimmer in einer noch nie da gewesenen Weise. Ich fühlte mich frei, frei wie nie zuvor in meinem Leben – und doch zugleich restlos beengt.

»Was ist mit mir geschehen?«, dachte ich erstaunt, schließlich war das kein Traum, ich ruhte nach wie vor in meinem Zimmer, zwischen den vier wohlbekannten, mit Blumen übersäten Wänden. Während meiner Kindheit, in den siebziger Jahren, waren schrille Tapeten der letzte Schrei gewesen, irgendwann hatte ich der Versuchung nicht widerstehen können; es sollte wieder so sein wie früher, wie damals, als ich mich zu Hause aufgehoben fühlte und die Welt einem offen stand. Meinen Eltern machte es nichts aus, dass ich mein Zimmer tapezierte; der Vater lächelte in sich hinein, hatte er doch vor etlichen Jahren eigenhändig die alten Tapeten entfernt. Dass ich diesbezüglich ein neues Kapitel aufschlagen würde, damit hatte keiner gerechnet.

Der Raum war ansonsten karg gehalten, das Tapetenmuster sollte, wie ich dachte, nicht allzu oft unterbrochen werden, um seine volle Strahlkraft zu entfalten, Akzentuierung nennt man das in der Kunst. An einer der Wände hing dennoch ein Bild, in einem hübschen vergoldeten Rahmen, es zeigte eine junge, elegante Dame, die, mit Pelzhut und Pelzboa versehen, aufrecht dasaß, ein Wunschbild meinerseits, wie ich mich stets hatte sehen wollen.

Ich spähte kurz aus dem Fenster, das trübe Wetter draußen störte mich keineswegs, man hörte Regentropfen auf das Fensterblech aufschlagen, die Luft war nach einem solchen Procedere eine wahre Wohltat; die Stadt war aus ihr gewaschen, man roch nur noch erdiges, ebenes Land. »Wie wäre es, wenn ich noch ein wenig weiterschliefe«, dachte ich trotzig, ganz egal, wie erholt ich schon war, ein entspanntes Einschlafen war doch purer Luxus, etwas, worauf ich nicht mehr zu hoffen gewagt hatte. Ich schloss also die Lider, obgleich sich diese eigenartig anfühlten, es war schwer zu sagen, was daran auszusetzen war. Konnte es sein, dass man mit einem Mal seine Wimpern vermisste? Konnte es sein, dass man sich plötzlich wie ein neuer, zu allem bereiter Mensch fühlte?

Ich hatte nie das Gefühl, ein Leben zu führen, das mir entsprach, weder beruflich noch privat; ich wohnte nach wie vor im Haus der Eltern, die ich zwar schätzte, jedoch nicht allzu sehr mit meinen Befindlichkeiten belasten wollte; und der Beruf erst, ach Gott, ich hatte einen anstrengenden Beruf gewählt. Tagaus, tagein auf Reisen, ständig die Sorge um Zuganschlüsse, das unregelmäßige, schlechte Essen, ein immer wechselndes, nie andauerndes, nie herzlich werdendes menschliches Beisammensein. Als Frau hatte ich andere Wünsche, ich meine, ich liebte das Unterwegssein, doch nur in eigener Sache, nach meinem Gutdünken, ohne lästige Kofferanhängsel voller Muster und Proben, von der im Kopf grassierenden, auf Verkaufsrhethorik getrimmten Sprache ganz abgesehen.

»Der Teufel soll das alles holen!« Einmal mehr fühlte ich mich auf den Boden der Tatsachen zurückgeholt. Wie sollte ich meinem Leben je eine andere Wendung geben, das Gerede der Mutter, ich könne doch heiraten, mich absichern, es versetzte mir jedes Mal einen Stich ins Herz. Ich entschied mich, so schwer es auch fiel, das Bett zu verlassen und aufzustehen; die Augen noch verschlossen, streckte ich die Beine von mir, ich reckte die Arme in die Höhe, machte mich lang, so lang ich nur konnte, meine, zugegeben, bescheidenere Version des allseits beliebten Yoga.

Ich fühlte jählings ein leichtes Jucken in meinen Händen, als wäre beinahe alles Blut aus ihnen gewichen, es kribbelte und prickelte, als wäre kaum noch etwas von diesem Lebensspender enthalten; ich öffnete die Augen, hob den Kopf etwas an, um meine Gliedmaßen sorgfältiger in Augenschein zu nehmen. Das Kribbeln an sich war nichts Neues, der Hausarzt hatte es mir schon vor Jahren als ein Kreislaufproblem schmackhaft gemacht, ich erinnerte mich, diesbezüglich sogar Lexika gewälzt zu haben.

Kribbelkrankheit, die … Kornstaupe, Ergotismus, Raphania; verursacht durch den Genuss von schlechtem, aus unreinem oder verdorbenem Getreide gebackenem Brote; früher als St.-Antonius-Feuer bekannt, eine in ganz Europa verbreiteten Volkskrankheit, bei welcher die Glieder brandig wurden und abfielen; nach St. Antonius benannt, weil dessen in der Kirche zu St. Didier la Mothe aufbewahrten Gebeine Wunder gegen dieselbe taten. Symptome u.a. ein höchst peinigendes Ameisenkriechen, welches in den Händen und Füßen beginnt; zur inneren Hitze gesellt sich Marmorkälte, Mattigkeit, Schmerzhaftigkeit und endlich Gefühllosigkeit; hinterlässt chronische Unterleibsleiden, einen Ausfall von Haaren, Zähnen, selbst Nägeln; Behandlung: Opium.

Ich fand alte Lexika seit jeher unterhaltsam, nahezu alles wurde mit Opium behandelt und angeblich, im rudimentären Sinne, geheilt, mein Hausarzt verschrieb es mir allerdings nie. Ich öffnete also die Augen, mein Kopf zuckte ein wenig, als müsste meine Nacken- und Gesichtsmuskulatur neu kalibriert werden. Ich ließ den Blick schweifen, meine Hände, die Ober- und Unterarme, die Handrücken, die Finger, was soll ich sagen, nichts davon war zu erkennen. Instinktiv wollte ich mit der rechten Hand nach der linken greifen, diese ausgiebig betasten, doch zog ich den Arm sogleich zurück, die winzigste Berührung hinterließ einen Kälteschauer.

Ich sah überall nur ein Federkleid, meine Ober- und Unterarme hatten sich in Flügel, die Fingerknochen in Federn verwandelt, die großen Schwungfedern stachen dabei besonders ins Auge, sie waren es auch, die wie verrückt kribbelten. Ich wagte es kaum, meine Beine zu betrachten, denn diese hatten sich zurückgebildet, ich erkannte ganz deutlich ein paar von Hornschuppen übersäte Vogelfüße mit langen, spitzen Krallen. Mein äußerst beweglicher, stark gefiederter Vogelhals ließ keinerlei Zweifel zu; ich beäugte Füße, Finger, Arme, Oberkörper ausgiebig von allen Seiten, beinahe konnte ich erneut einen Rundumschwenk wagen, doch am Ergebnis ließ sich nicht rütteln: Ich war ein Vogel.

Einigermaßen erstaunt glitt ich in meine frühere Lage zurück. »Dieses frühzeitige Aufstehen«, dachte ich noch, »es macht einen ganz blödsinnig. Der Mensch muss ausreichend Schlaf bekommen, sonst kann das übel enden.« Andere leben wie die sprichwörtlichen Maden im Speck, dösen in den Tag hinein, dinieren, während ich schon im Zug sitze und mich auf weitere Termine vorbereite. Und einmal war ich zum Firmenchef bestellt worden, um zwei Uhr nachmittags, da saß der Herr tatsächlich erst beim Frühstück; unsereins würde da auf der Stelle hinausfliegen.

Beim Wörtchen »fliegen« kam ich nicht umhin, kurz zu schmunzeln, es wäre wohl die spektakulärste aller Kündigungen; irgendwo in einer Chefetage, Vorwürfe am laufenden Band, fristlos und unverzüglich solle ich mich entfernen, den Arbeitsplatz räumen, demnach: entschlossen das Fenster öffnen, in die verdutzte (und endlich stumme) Fresse blicken (oder picken!), die Schwingen ausbreiten und weg mit dir, Mädchen, ganz weit weg.

Ich sah zur Weckuhr hinüber, die überlaut auf dem Kasten tickte, tick, tack, mein Gehör war recht empfindlich geworden, dabei wiesen Vögel gar keine Ohrmuscheln auf, fiel mir noch ein, es würde auch ziemlich affig aussehen. »Herrgott noch mal!« Ich schüttelte mich, das durfte alles nicht wahr sein, ich war viel zu spät dran. Ich hüpfte aus dem Bett, was sich äußerst seltsam anfühlte, meine Beinchen federten die Bewegung gut ab, das Gehen selbst war wohl Übungssache, ich schlingerte und stolperte dahin wie ein Hund mit Hüftarthrose oder ein versoffener, niemals nüchtern werdender Matrose. Bedauerlicherweise gab es in meinem Zimmer keinen Spiegel, gern hätte ich mein Gesicht in Augenschein genommen, es wies, davon konnte ich ausgehen, einen kräftigen

Schnabel auf. Vielleicht hätte ich vorab die Vogelart bestimmen können, die meisten Piepmätze waren mir vertraut, Amseln, Dohlen, Pfaue, Bussarde oder Zaunkönige.

Als ich noch überlegte, was als Nächstes zu tun war (Koffer packen und dergleichen konnte ich mir abschminken, schließlich ließ sich ohne Hände nichts greifen), klopfte es vorsichtig an der Zimmertür. »Schätzchen«, rief es – es war die Mutter –, »es ist schon spät. Wolltest du nicht wegfahren?« Die sanfte, stets höfliche, einen ermunternde Stimme! Allerdings, ich erschrak zutiefst, als ich meine Antwort vernahm: In die Stimme, die unverkennbar meine frühere war, mischte sich, aus den Tiefen der Kehle, ein nicht zu unterdrückendes, schmerzliches Piepsen, das die Worte nur im ersten Augenblick in ihrer Deutlichkeit beließ, um sie im Nachklang derart zu zerfleddern, dass man bei bestem Willen nicht wusste, was man gehört hatte.

Ich hatte der Mutter ausführlich antworten und ihr alles erklären wollen, beschränkte mich aber, den Umständen Tribut zollend, auf Folgendes: »Ja, ja, danke, Mutter, ich stehe schon auf.« Da ich dies durch die Tür zwitscherte, war die Veränderung in meiner Stimme draußen nicht zu vermerken, denn die Mutter gab sich mit der Erklärung zufrieden, sie schlurfte davon.

Ich hüpfte auf eine der Bettkanten, blieb dort ein Weilchen sitzen, den Körper gut ausbalancierend, die Füße in das helle Buchenholz gekrallt. Anziehen war kein Thema, schließlich war ich das schon, das Federkleid wies die unterschiedlichsten, schillerndsten Schattierungen auf; soweit ich das beurteilen konnte, sah das gar nicht schlecht aus. Allerdings merkte ich schon, mit dem Abwägen, Sortieren, Nachdenken würde ich an kein vernünftiges Ende kommen, es war schlicht einer dieser Tage, an denen man sich selbst kaum gewachsen war.

Ich erinnerte mich, schon öfters im Bett irgendeinen vielleicht durch ungeschicktes Liegen erzeugten, leicht entrückten »Zustand« empfunden zu haben, der sich dann beim Aufstehen als reine Einbildung herausstellte, eine abstruse Wechselwirkung mit der sich regelmäßig einstellenden Periode. Wie das bei Vögeln exakt ablief, entzog sich meiner Kenntnis, die Tatsache vergegenwärtigend, dass diese nur eine Kloake aufwiesen (und das war's!), musste unmittelbare Folgen nach sich ziehen.

Ich war überaus gespannt, wie sich all diese Vorstellungen und Mutmaßungen allmählich auflösen würden; vielleicht war es bis dahin absolut vernünftig, alle Veränderungen weitestgehend zu ignorieren, ja nicht einmal der piepsigen Stimme allzu viel Bedeutung zuzugestehen. Mit etwas Fantasie ließe sich diese als Vorbote einer tüchtigen Verkühlung, einer Berufskrankheit der Reisenden, interpretieren, daran zweifelte ich nicht im Geringsten.

Ich schlug entschlossen ein paarmal mit den Flügeln, schon erstaunlich, welchen Auftrieb diese sogleich erzeugten. Währenddessen konnte man es sich gut vorstellen: Das Fenster öffnen, den Schnabel in den Wind stecken und losfliegen, wohin man wollte. Zum Fenster hinüberschielend, schlug mein Herz auch gleich schneller, erste Anzeichen einer Panik. Wie sollte ich jemals ein Fenster öffnen? Mit einem Paar Flügel war das ein Ding der Unmöglichkeit. Wie sollte ich je die Tür überwinden? Wie konnte ich überhaupt weiterleben, so wie ich war? Reichten ein paar ungeübte Flügel schon aus, um sich in die Lüfte zu erheben? Und wie man es auch drehen und wenden wollte: Ich saß in einem Käfig.

Vielleicht war es an der Zeit, die letztere meiner Fragen zu überprüfen: Ich wedelte wie eine Verrückte mit den zwei Dingern, löste den Griff der Krallen, Ade Bettkante, danach losrasend, zunächst hilflos gegen die Decke (die Richtung schien falsch gewählt). Ich rammte den Plafond, etwas Verputz rieselte nach unten, dazwischen ich, ein übergroßer, flaumiger Stein, ein auf die Erde zurasender Komet, der Aufprall fiel dementsprechend heftig aus. Ich schlug an den unteren Bettpfosten, so dass sich sogleich ein brennender Schmerz in meinem Körper einnistete; dieser belehrte mich, dass der untere Teil meiner selbst augenblicklich der empfindlichste war.

Der Gedanke widerstrebte mir zwar, doch vielleicht wäre es zunächst das Beste, im Bett zu bleiben, wenigstens so lange, bis ich die Möglichkeit vorfand, etwas Ruhe und Ordnung in diese Willkür zu bringen. Während ich am ganzen Körper zitterte, meldete sich der innere Schweinehund wieder, ich könne unmöglich im Bett liegen bleiben, wo doch so viel zu tun sei. Wenn auch nur die kleinste Hoffnung bestünde, die Herrschaft über seinen (tatsächlich?) Körper wiederzuerlangen, dann sollte man es wagen.

Gleichzeitig vergaß ich keinesfalls, dass es angebracht war, sich daran zu erinnern, dass viel besser noch als verzweifelte, voreilige Entschlüsse ruhige und ruhigste Überlegungen seien. Also richtete ich, immer noch am Boden liegend, mein Augenmerk auf das Fenster, doch war aus dem Anblick des unvermittelt aufgezogenen Morgennebels wenig Zuversicht und Entschlossenheit zu gewinnen. Und so lag ich noch ein Weilchen da, mit schwachbrüstigem, taumelndem Atem, als erwartete ich in dieser Misere die Wiederkehr der wirklichen und selbstverständlichen Verhältnisse.

Bleib auf dem Teppich, sagte ich mir noch, es wird sich schon alles fügen, reg dich nicht über Gebühr auf, es ist absolut erstaunlich, was sich der Mensch in Notlagen vorgaukelt. Irgendwie musste Tür oder Fenster geöffnet werden; ich entschloss mich für die Erstere, immerhin war dort »nur« die Klinke zu überwinden, während mich das Fenster gleich mit zwei ausgetüftelten Drehmechanismen verhöhnte. Außerdem war ich begierig zu erfahren, was die Eltern bei meinem Anblick sagen würden.

Sollten sie erschrecken, dann hatte ich es hinter mir, damit konnte ich mich gewiss abfinden; würden sie alles ruhig hinnehmen, dann hatte ich erst recht keinen Grund, mich weiter aufzuregen. Vielleicht konnte ich tatsächlich noch einigermaßen pünktlich zur Arbeit fliegen, ich meine, was lag an einem solchen Tag nicht im Bereich des Möglichen?

»Schätzchen«, rief es erneut – es war wieder die Mutter –, »du musst verschlafen haben, komm jetzt!« Ach diese wohlklingende, geschmeidige, einen behütende Stimme! Ich rief aus voller Kehle: »Mutter, ich bin gleich da, ich bin schon am Anziehen, Zusammenpacken, gib Vater einen Kuss!« Nur zu gut konnte ich es hören, der Vater hatte sich unterdessen zur Mutter gesellt, er brummte etwas. »Hast du auch nur ein Wort verstanden?«, wandte er sich an die Mutter, »die macht doch wohl nicht einen Narren aus uns?« »Um Gottes willen«, rief die Mutter besorgt, »sie ist bestimmt krank, diese Laute sind wirklich nicht normal.« – »Das waren doch

Tierlaute«, mutmaßte der Vater, »wie von einem Pfau! Wir sollten einen Arzt rufen.« Ich riss mich noch einmal zusammen: »Vater, alles ist gut, ich komme in fünf Minuten!«

Ich hörte, wie die beiden kehrtmachten, sie schritten die Treppe nach unten, in der Küche gab es bestimmt Kaffee und Gebäck. Ich war froh, dass sie mich endlich verstanden, dass sie sich beruhigt hatten, an meiner Tonlage sollte ich allerdings feilen. Immerhin hatte ich realisiert, dass man mein Gepiepse nicht uneingeschränkt verstand, obgleich, und dies war seltsam, mir die eigenen Worte glasklar vorkamen, viel klarer noch als früher, vielleicht hatte sich mein Ohr bereits an die neuen Verhältnisse gewöhnt.

Um für die weiteren, möglicherweise entscheidenden Besprechungen mit den Eltern eine möglichst klare Stimme zu garantieren, hustete ich ein wenig ab, allerdings bemüht, dies gedämpft zu tun, da möglicherweise auch schon dieses Geräusch anders als menschlicher Husten klang; selbst ein Urteil darüber zu fällen war ein Ding der Unmöglichkeit.

Jetzt aber sofort die Tür in Angriff nehmen, hurtig, die Zeit läuft, Mädchen, und die ist schließlich auch Geld. Ich hüpfte zur Tür, sprang (oder flog recht tollpatschig) zur Klinke hoch, verlagerte mein Gewicht vorsichtig bis zum äußersten Rand, ich mühte mich redlich, ich hoffte, fluchte, machte mich schwer, wie es nur irgendwie ging, doch nichts rührte sich. Woraufhin ich wieder nach unten glitt, ich sah mich im Zimmer um, packte entschlossen den Riemen meiner Handtasche (mit dem Schnabel wohlgemerkt!), ich schlug wild mit den Flügeln und flatterte erneut hoch, die zusätzliche Last konnte mich nicht abhalten. Ich krallte mich mit den

Füßen an der Klinke fest, das Gewicht der Handtasche machte sich bemerkbar, ich schwitzte unter meinem Daunenkleid, oder dachte es wenigstens (ich meine, schwitzen Vögel überhaupt?), jedenfalls, der helle, glockenklare Klang der endlich zurückschnappenden Klinke ließ mich frohlocken.

Die Tür öffnete sich, ich schlüpfte mutig in den Flur und schritt stolz zur Treppe, wo plötzlich die Silhouetten meiner Eltern zu erkennen waren. »Oh«, rief der Vater und wich zurück, als vertreibe ihn eine unsichtbare, gleichmäßig fortwirkende Kraft, ich meine, ich war nicht gerade ein kleiner Vogel. Die Mutter stand neben ihm, mit von der Nacht noch aufgelösten, sich hoch sträubenden Haaren, jedwede Farbe war aus ihrem Gesicht gewichen, sie deutete auf mich, genauer gesagt auf mein immer noch um den Hals baumelndes Medaillon. Der Vater ballte die Fäuste und sah sich um, seine mächtige Brust schüttelte sich; die Mutter, der Ohnmacht nahe, rief mehrmals meinen Namen, als würde dies irgendetwas nützen, als könnte sie mich in ihr kleines Mädchen zurückverwandeln.

Ein furchtbarer Gedanke schoss durch meinen vor Aufregung zuckenden, hektisch rotierenden Kopf, ich plusterte mich instinktiv auf, wurde noch größer und befremdlicher: Was, wenn die Eltern nun dachten, ich wäre irgendeine perfide, räuberische Kreatur, die ihre Tochter mit Haut und Haar verschlungen hatte? Die Mutter riss mit einem Male beide Arme in die Höhe, ihre verkrampften Finger standen wie Dornen von ihrem Handrücken ab: »Hilfe, um Gottes willen, Hilfe!«, hielt sie den Kopf geneigt, als würde ihr dieser bald von den Schultern kullern.

Ich glaube nicht, dass sich Gott auch nur im Ansatz um unser Schicksal scherte, ich gluckste verzweifelt: »Mutter, Mutter!«, und sah ihr unvermittelt in die Augen, so gut es eben ging. Der Treppenabgang, unmittelbar hinter den Eltern, erschien mir wie ein offenes Fenster, es hatte plötzlich etwas Befreiendes, durch sie hindurchzuschauen. Ich holte tief Luft, breitete die Flügel aus, ein leichtes Schwingen ging durch meinen Körper, was soll ich sagen, eine fast glückliche Zerstreutheit stellte sich ein. Ganz egal, was die Eltern noch vorbringen würden: Hatte ich wirklich Lust, mein Leben in einem mit vererbten Möbeln ausgestatteten Käfig zu verbringen, bei gleichzeitigem Vergessen meiner menschlichen Vergangenheit? »Oh Gott, oh Gott«, wimmerte die Mutter, während der Vater nach seinem Stock griff.

Ich schlug kräftig mit den Flügeln und stieg bis zur Decke, zischte, während der Vater mit dem Stock herumfuchtelte, über die Köpfe der Eltern hinweg, segelte die Treppe hinunter, raste auf die Haustür zu und wusste nicht im Geringsten, wie ich mit diesem Schwung zurechtkommen sollte. Aller Wahrscheinlichkeit nach würde ich gegen die Haustür prallen, mir das Genick brechen, am Ende war das für uns alle die annehmbarste Lösung.

Doch zu meiner Überraschung, kurz bevor es drohte, endgültig schwarz zu werden, öffnete sich die Haustür; die Eltern hatten sie offen gelassen, um dem herbeigerufenen Arzt ungehindert Zutritt zu verschaffen (bestimmt hätten sie in Anbetracht der Aufregung, oben vor meiner Zimmertür verharrend, sein Klingeln überhört).

Ich raste über den Kopf des Doktors hinfort, der schlichtweg zu überrascht war, um auch nur irgendwie zu reagieren, ich flog so hoch ich nur konnte in den grauen Himmel und blickte kurz zurück. Weit unter mir lag das Elternhaus, kein Mensch war zu sehen, nur die Tür stand weithin offen, wie es in Häusern, in denen großes Unglück geschehen ist, zu sein pflegt. Ich schwebte weit oben, unter mir die entrückte Welt, die vielen Orte und Menschen, ich konnte sie fortan, wenn ich nur wollte, vortrefflich mit den Fängen greifen. Diese fühlten sich an wie Skalpelle, nichts und niemand könnte ihren Griff lockern, ich könnte wohl jeden in eine andere Welt zerren. Ich blickte nach vorne, ein paar Pfauenfedern fielen von mir ab, in die sich vor mir ausbreitende graue Weite, eine Einöde sondergleichen, in welcher sich der graue Himmel und die graue Erde ununterscheidbar vereinigten.

Ecce enim in iniquitatibus conceptus sum:
et in peccatis concepit me mater mea.

Denn ich bin in Schuld geboren; in Sünde hat
mich meine Mutter empfangen.

But behold, I was formed in iniquity: and in sin
did my mother conceive me.

Holocaustis non delectaberis. Sacrificium Deo
spiritus contribulatus.

An Brandopfern wirst du keinen Gefallen finden.
Das Opfer, das Gott gefällt, ist ein geplagter Geist.

With burnt offerings Thou wilt not be delighted.
Sacrifices of God are broken spirits.

(»Miserere mei, Deus« – Gregorio Allegri)

Abschließende Anmerkungen

Die in der Genesis angesprochene Elster-Geschichte (Kapitel I. »Die Schöpfung«) ist zeitgleich zu diesem Roman als Kinderbuch (illustriert von Linda Wolfsgruber) im Kunstanstifter Verlag (Mannheim, 2017) erschienen, in einer vollständigen und erweiterten Fassung, Titel: *»Als der Elsternkönig sein Weiß verlor«*. Im Punkt B. des Gutachtens habe ich mich bei Befunderstellung und Prognose eines echten Gutachtens aus der Forensischen Psychiatrie bedient, um Form und Ton einer tatsächlichen Begutachtung eines schizoaffektiven Patienten zu wahren. Die Wesenszüge einer abschließenden synoptischen Betrachtung sind in umfassendem Ausmaß bei Norbert Nedopil/Martin Krupinski/Johannes Wittmann nachzulesen, *»Beispiel-Gutachten aus der Forensischen Psychiatrie«* (Thieme, 2001). Im abschließenden Epilog dieses Buches wird ein Notizheft von Charles erwähnt, in das er eigentümliche Gedichte und Notizen kritzelte – *»Und auf amoi hupft dea Taifl ausm Spigl und schrait irgndwos, des an wiaklich trifft, Heppibürsdej oda so.«* Die vollständige Gedichtsammlung ist ebenfalls zeitgleich unter dem Titel *»In an schwoazzn Kittl gwicklt« (»In einen schwarzen Mantel gehüllt«)* im Czernin-Verlag erschienen (Wien, 2017); sie zeigt den in Wien lebenden Protagonisten dieses Romans in einem erweiterten Kontext.

Danksagung

Abteilung II/5, Bundeskanzleramt Österreich (Projektstipendium für Literatur)
Literar-Mechana, Wahrnehmungsgesellschaft für Urheberrechte (Werkzuschuss aus dem Jubiläumsfonds)
Robert-Bosch-Stiftung
und
Ulrike Wörner & Alice Huth
Julia Eichhorn, Literatur- und Medienagentur Graf & Graf
Monika Külper, Buchhandlung Slawski
und
Regina Kammerer, meiner Verlegerlektorin für ihre Engelsgeduld :-)

Der Verlag weist ausdrücklich darauf hin, dass im Text enthaltene externe Links vom Verlag nur bis zum Zeitpunkt der Buchveröffentlichung eingesehen werden konnten. Auf spätere Veränderungen hat der Verlag keinerlei Einfluss. Eine Haftung des Verlags ist daher ausgeschlossen.

Quellenangaben:
Das Musikstück auf S. 5 stammt von Dead Man's Bones, Songs of the Mothership, Imagem Music BV, Imagem Music GmbH.
Das englischsprachige Musikstück auf S. 122 stammt von Nirvana »Smells Like Teen Spirit«

Die Melodie von Seite 324 »Wien, Wien, nur du allein« von Fritz Wunderlich

MIX
Papier aus verantwortungsvollen Quellen
FSC® C014496
FSC www.fsc.org

Verlagsgruppe Random House FSC® N001967

1. Auflage

Luchterhand Literaturverlag, München,
in der Verlagsgruppe Random House GmbH,
Neumarkter Str. 28, 81673 München
Schutzumschlaggestaltung: buxdesign, München
Satz: Uhl + Massopust, Aalen
Druck und Bindung: GGP Media GmbH, Pößneck
Printed in Germany
ISBN 978-3-630-87543-9

www.luchterhand-literaturverlag.de
Bitte besuchen Sie unseren LiteraturBlog
www.transatlantik.de